Alona Kimhi

# Lilly die Tigerin

Melodram

Aus dem Hebräischen
von Ruth Melcer

Carl Hanser Verlag

Die Originalausgabe erschien 2004 unter dem Titel
*Lilly la tigresse* bei Keter in Jerusalem.

1 2 3 4 5 10 09 08 07 06

ISBN-10: 3-446-20764-3
ISBN-13: 978-3-446-20764-6

Satz: Satz für Satz. Barbara Reischmann, Leutkirch
Druck und Bindung: Friedrich Pustet, Regensburg
Printed in Germany

Für Efrat Shenhar und Galit Ben Shimhon
mit Gebrüll

Erster Teil

# Ninusch

**Ich ziehe den Stopfen** aus der Öffnung des Kristallflakons und kippe den Inhalt in die langsam sich füllende Badewanne. In der Transparenz des Wassers wandelt sich das satte Violett der Salzklümpchen zu blassem Lila. Elemente zerfallen und gehen neue Verbindungen ein. Transparenz und Farbe. Fluss und Stillstand.

Jetzt der Duft. Das Geheimnis einer vollendeten Komposition liegt in der präzisen Dosierung. Eins nach dem anderen drehe ich die schwarzen Fläschchen mit den ätherischen Ölen um. Man darf sie keinesfalls schütteln, nur zusehen, wie sich die schweren Tropfen, Glückstränen gleich, von allein lösen, und mitzählen: je dreißig Ylang-Ylang, Bergamott und Orangenblüten zur Belebung der Nervenenden. Um den Reiz zu dämpfen, gebe ich zehn Tropfen Rosenöl hinzu, sie sollen dieses ganze beißende Gift mit einem Hauch weiblicher Süße umhüllen.

Niemand kann mir einreden, Badeschaum diene lediglich der Schönheitspflege. Badeschaum ist ein zeremonielles, heidnisches Mittel, dazu angetan, der Frau in Erinnerung zu rufen, dass sie mit jedem Bad in den urzeitlichen Schaum der Wellen zurückkehrt, aus dem die Venus, die in ihr steckt, geboren wurde. Also gieße ich, ohne meinen Blick von dem pulsenden Strom abzuwenden, das teure Gel aus dem Hause Guerlain hinzu, bis die Oberfläche des Badewassers aussieht wie der Himmel eines noch jungen Frühlings: weiche Wolkenfetzen vor einem fliederfarbenen Firmament.

Ich genieße es, mich zu entkleiden. Meinem Körper wurde heute eine Behandlung zuteil, die ihn jetzt dieses Bades würdig macht: Ich verbrachte Stunden unter Marlens Zauberhänden, die mittels Rupfen und Rasieren jedes überflüssige Härchen entfernte, von einzelnen Teufelshaaren auf den Zehen bis hin zu den Darbietungen wilder Natur in den Achselhöhlen und im Schambereich. Masken und Cremes aus Wundersubstanzen – Meeresalgen, Perlenstaub, Zellen aus der Plazenta einer Rhesusäffin – bedeckten mein Gesicht, und während Marlens taubstumme Assistentin meine Füße und Hände pflegte und mir die Nägel feilte, die zu guter Letzt im Rot reifer Kirschen angemalt wurden, fanden kecke Mikropartikel ihren Weg in die Zellen meiner Haut und bewirkten dort Metamorphosen, bis sich schließlich auch die letzte Verspannung gelöst hatte.

Noch zögere ich den Moment der Begegnung mit dem Wasser hinaus. Abendwind vom hohen Fenster streift meinen Nacken. Im Wohnzimmer erklingt Opus 100 von Schubert, blendet mit seiner nördlichen Sehnsucht die Straßengeräusche aus. Auf dem Wannenrand steht ein Glas Pernod mit dahinschmelzenden Eiswürfeln. Jetzt oder nie, dies ist die Sekunde, exakt der richtige Moment – ich tauche meinen Körper ins Wasser.

112 Kilo Frau.

Meine Brüste unterwerfen sich dem allgemeingültigen Gesetz des Wassers, sie treiben obenauf, leicht schlingernd, wie selbständige Körper, bestrebt, sich abzukoppeln und davonzutreiben in nicht vorhandene Weiten, die Brustwarzen inmitten der großzügigen Höfe wie Zwillingsinseln mit Aussichtstürmen. ›Skylla und Charybdis‹ hatte Amicam meine Brüste genannt, er war ein Verehrer der hellenistischen Kultur. Natürlich war sein Glied Odysseus' Schiff gewesen, und sein göttergleicher Wille hatte die Basaltfelsen des furchterregenden Klippenpaares in schaukelndes menschliches Gewebe verwandelt.

Mein Part bestand darin, die Voraussetzungen für seine Fantasien zu schaffen. Ich packte die weichen Inseln mit den Händen, drückte sie aneinander und knetete sie, als wären sie elastische Bälle zum Abreagieren von Stress, während das zwischen ihnen eingeklemmte Schiff sich vor- und zurückschob, sich an den fügsamen Steilhängen rieb. Ein Myrrhenbündel war mein Liebster mir, das zwischen meinen Brüsten ruhte.

Doch löste sich das mythische Bild nach einer Weile recht schnell wieder auf und zeigte mir die Wirklichkeit: ein Penis zwischen Riesenbrüsten, der einen kurzen Blick auf mein Kinn wirft und sich sogleich wieder zurückzieht. Guckuck, Lilly, guckuck! Das ging immer so lange, bis Amicam mit einem Stöhnen, das beinah ein Wimmern war – ein Laut, der sich zum Falsett aufschwang –, und mehrmals schnell meinen Namen murmelnd, seinen Samen abspritzte. Wenn das letzte Tröpfchen hinausgeschleudert war, blieb Amicam, entleert, aber immer noch atemlos, auf Knien über mir und betrachtete mich konzentriert, mit flachem Blick, dem Blick eines nach dem Kampf erschöpften Siegers, der die Leiche seines Widersachers mustert, während ich die männliche Feuchte auf beide Brüste verteilte und bedächtig-spielerisch mit nassem Finger um die Brustwarzen fuhr – eine erotische Geste, die bekunden sollte, wie sehr ich den Akt genossen hatte.

So, mit leicht geöffnetem Mund und schweren, halb geschlossenen Lidern, bemerkte ich dann (immer mit einem Stich des Bedauerns), dass das rötliche Glied meines Helden im Begriff war, sich aus der Schlacht zurückzuziehen; die Feuchte trocknete zusehends ein und bildete einen Film, das Glied ruhte zusammengeschnurrt zwischen den Lenden seines Besitzers und gehörte nur noch ihm allein. Oh, Illusion von Nähe durch erotische Spiele! Nicht du warst das Ziel meiner Begierde.

Eine unbestimmte Sehnsucht lässt mich erbeben, ich spüre das wohlige Klicken des Auslösers in den Tiefen der Scham. Tempi passati, all das gehört der Vergangenheit an. Doch zu spät, der Körper hat sich von der Erinnerung täuschen lassen und ist zu seinem anderen Leben erwacht. Selbst im Wasser spüre ich den Temperaturanstieg meiner Haut, die erhöhte Frequenz meines Herzschlags, die plötzliche Trockenheit meiner Lippen, die sich öffnen, um mit der beschleunigten Atmung mehr Luft aufzunehmen. Ich sollte mich lieber fügen, als gegen die Unternehmungslust des Körpers anzukämpfen.

Ich setze mich auf und nehme die Brause aus ihrer Halterung. Mit geübtem Griff, fast mechanisch, schraube ich den

Duschkopf ab, der den Wasserstrahl in Dutzende Tröpfchen spaltet, und lege ihn neben das Glas Pernod. Drehe mal am Warm- und mal am Kaltwasserhahn, bis die Temperatur des Strahls vertraut ist und genau stimmt. In meiner Sachlichkeit habe ich keine Geduld, mich mit Vorspielen aufzuhalten. Ich habe nur einen Wunsch: die lautstarke Forderung meines Körpers zu befriedigen, ihm das Pfund Fleisch hinzuwerfen, das er verlangt, und mir dadurch den Freiraum für andere Gedanken zu erkaufen. Temperatur, Wasserdruck, alles ist vorbereitet. Letzter Geländecheck, den Schlauch ins Wasser getaucht, schon wird der Strahl weich und widmet sich seiner Aufgabe, wie ein bestellter Liebhaber. Erste Fühlprüfung an der Innenseite des Schenkels, dann schiebe ich den Schlauch sanft an seinen Bestimmungsort. Mmmmh, fast perfekt!

Letzte Anpassung des Austrittswinkels, virtuose Feinjustierung eines pedantischen Klavierstimmers: einen Hauch weiter nach rechts. Nicht schlecht. Ziemlich gut sogar. Übrigens sollte man unbedingt darauf achten, die empfindliche Stelle, wo die Nerven zusammenlaufen, nicht bis hin zur Schmerzgrenze zu bearbeiten, nicht so weit zu gehen, dass die Empfindung unerträglich wird und damit jede dynamische Entwicklung ausschließt, denn genau hierin liegt die Voraussetzung für einen punktgenauen, gründlichen Orgasmus.

Alles startklar. Der Winkel, die Intensität, und jetzt – Licht aus im Saal! Bleibt nur noch, mich zurückzulehnen und das kleine Drama zwischen Wasser und Körper sich selbst zu überlassen. Schubert.

**Nichts ist schlimmer** als Launenhaftigkeit von der Sorte, die Künstler und Jugendliche auszeichnet, daher setze ich alles daran, die Rinde meines Bewusstseins wieder abzudichten, die infolge eines lächerlichen Vorfalls heute Mittag aufgeplatzt ist: ein Regen zur Unzeit, der letzte in diesem Winter – es ist Ende April –, ein kurzer, schmutziger Regen, der in meinem Innern etwas zum Brodeln brachte und eine böse, unerklärliche Angst schürte. Durch die wunde Rinde meines Bewusstseins brach eine Flut von Erinnerungen über mich herein und ließ sich nur vorübergehend von einer fieberhaften Durchsicht meines jetzigen Lebens und dem gewissenhaften Versuch, das Brodeln zu ergründen, zurückdrängen. Vielleicht braute sich in meiner Seele ein Chaos zusammen; früher oder später würde es garantiert auch in mein verregnetes Leben platzen.

Befreit von Gelüsten und sinnlichen Fantasien liege ich breitbeinig und genüsslich da und sehe mit geschlossenen Augen das erste Mal vor mir, als ich mir mit der klarsten aller Flüssigkeiten Lust verschaffte – eine Erfahrung, die so verwirrend war, dass ich meine mittleren oberen Schneidezähne dabei einbüßte. Damals besiegelte ich im Geheimen, aber bei vollem Bewusstsein und zielgerichtet mein berufliches Schicksal.

In haargenau derselben Wohnung, in der ich heute wohne, in diesem Badezimmer, aus exakt denselben unter Putz liegenden Wasserleitungen, widerfuhr mir die Urbegegnung mit meiner Weiblichkeit. Denn worin besteht diese Begegnung, wenn nicht im ersten Orgasmus? (Was diesen Punkt angeht, widerspreche ich jedem, der den Beginn des Frauseins in der ersten Monatsblutung oder im ersten Geschlechtsverkehr sieht.)

Hier also, in der Wohnung meiner verstorbenen Großmutter Rachela, wagte ich damals mit der intuitiven Abenteuerlust einer Wissenschaftlerin meinen ersten kühnen Versuch in weiblicher Anatomie und ihren Vorzügen. Es war ein umwerfendes Gefühl, und es traf mich völlig unvorbereitet. Mein Körper wurde von spontanen Konvulsionen gebeutelt, mein Kopf flog gegen die rosa vergissmeinnichtverzierten Fliesen, und als ich jäh das Gesicht zur Seite drehte, kassierte ich einen heftigen Schlag gegen die Vorderzähne. Zum Glück brach nur eine kleine Ecke vom Zahn ab, doch nach einigen Monaten bemerkten meine Eltern, dass meine beiden oberen mittleren Schneidezähne zunehmend schwarz wurden.

Da brachten sie mich unverzüglich in die Praxis von Doktor Dorian Boiangiu, dem Zahnarzt der Familie, der mich routinemäßig einmal jährlich untersuchte und mit seinem rollenden R aus den Vororten von Timisoara stets mit den Worten »Zähne perfectu, ohne jeden Defectu« die Anspannung vertrieb, die meinen Eltern in Erwartung seines Urteils ins Gesicht geschrieben stand.

(Mit der Zeit vertrauten meine Eltern Doktor Boiangiu so sehr, dass sie mich gelegentlich auch allein dort ließen und die Gelegenheit nutzten, zur Post oder zur Bank zu gehen. Dann änderte Doktor Boiangiu seinen Behandlungsstil leicht ab: Während er sich mit seinem geflüsterten »Jetzt groß-groß Mund auf, aaaaahhh« über mich beugte, stützte er sich auf meine Brust, die sich, wie bei vielen pummligen Mädchen, frühzeitig gerundet hatte, und legte sich fast auf mich drauf, wie um die Geheimnisse meines weit aufgesperrten Mäulchens besser ergründen zu können. Einmal erdreistete er sich sogar, seine Hand unter meinen quietschbunten Achtzigerjahrerock zu schieben und an meiner in Baumwollunterhosen verpackten Scham herumzuquetschen, als wäre sie eine halbe Saftorange.)

Ich brannte jedes Mal vor Enttäuschung, wenn ich die Praxis von Doktor Boiangiu verließ, ohne dass er mich mit den blitzenden Instrumenten behandelt hatte, die zum Greifen nah und doch unerreichbar fern, wie Gottes Hand für Adam in der Sixtinischen Kapelle, in Reih und Glied auf einem Nirostatablett lagen. Mundspiegel, Scaler, Curette, Paradontalsonde –

oh, süße Namen! Aber ich war von Kindesbeinen an mit dem zügellosen Optimismus gesegnet, der mir auch heute hilft, mein Leben zu meistern, und ich wusste: Meine Zeit würde schon noch kommen.

Und wie sie kam! Nämlich in dem ersehnten Augenblick, als ich, zu einem ordentlichen medizinischen Fall avanciert, meinen Kopf mit weit aufgesperrtem Mund nach hinten legte, um tatkräftig mitzuwirken, damit Doktor Boiangiu meine oberen mittleren Schneidezähne in Augenschein nehmen konnte, die auf dem Altar meiner Tuchfühlung mit dem Geheimnis menschlicher Lust geopfert worden waren.

»Hast du da Schlag gekriegt?«, wollte der Doktor wissen, nachdem er das gleißende Halogenlicht ausgeschaltet und mir gestattet hatte, meinen Mund zu schließen. Ich wagte es kaum, zu meinen Eltern hinüberzusehen, die nebeneinander auf ihren Stühlen in der Ecke des Raums saßen; auch so konnte ich die besorgten grauen Gesichter und die aufrechte Sitzhaltung ahnen. Zwei Komödianten mittleren Alters, klein und hager – mein Vater, in einer dunklen, vom Waschen fadenscheinigen, aber fabelhaft gebügelten Anzughose, die von einem beigefarbenen Kunstledergürtel mit vergoldeter Nickelschnalle gehalten wird, das blaue Hemd (ein gestreiftes Sommerhemd mit Ärmeln bis zum Ellbogen, das zu groß wirkt, wie seine gesamte Garderobe) in die Hose gesteckt und bis oben zugeknöpft, dazu meine Mutter, sein vollendeter Zwilling, in einem dunklen, ebenfalls ›sommerlichen‹ Kleid aus ›luftiger‹ Baumwolle von der Stoffmeile Nahalat-Binjamin und wie all ihre Kleider maßgeschneidert –, wie fabrikneue Puppen, die als Pärchen auf den Markt gebracht werden, eine nicht mehr ganz taufrische jüdische Variante von Barbie und Ken.

»Vielleicht jemand dich geschlagen, vielleicht du hingefallen und nix gemerkt? Passiert, so was, muss sein starke Schlag«, fuhr Doktor Boiangiu mit seinem Kreuzverhör fort. Ich schielte zu meinen Eltern hinüber. Mein Herz krümmte sich von der Furcht, die ihre Gesichter – klein und runzlig wie von Äffchen, Zwillingsäffchen – mit jeder neuen Möglichkeit, die der Doktor aufwarf, zunehmend erstarren ließ.

»Wie kann man nicht merken, dass man hingefallen ist?«, warf mein Vater ein, doch meine Mutter brachte ihn schnell zum Schweigen, indem sie eine warnende Hand auf sein Knie legte, aus Angst, die Vehemenz seiner Frage könnte Doktor Boiangiu so sehr ärgern, dass er mir eine fachgerechte Behandlung verweigerte, wie etwa einem Bankräuber, der sich während des Tathergangs eine Verletzung zugezogen hat.

»Ich bin weder hingefallen noch sonst was«, wiederholte ich zum wer weiß wievielten Mal.

»Schade, dass du nicht willst sagen. Kann helfen bei Behandlung«, log Doktor Boiangiu. Und obwohl ich damals noch nicht wie heute in die Geheimnisse der Dentalmedizin eingeweiht war, schüttelte ich instinktiv und beharrlich zu einem verstockten Nein den Kopf.

»Das gibt zwei Kronen vorn«, verkündete Doktor Boiangiu triumphierend. »Jetzt muss kommen ein paar Mal: Anfang Wurzelbehandlung, dann ich prufe Status – vielleicht schleifen, vielleicht ich mache schon Abdrucke, muss Maß nehmen für Techniker, und noch ein-, zweimal für Probe vor Kleben.«

»Und was kann das kosten?«, fragte mein Vater. Diesmal bremste meine Mutter ihn nicht, obwohl sich ein widerwilliger Unterton in seine Stimme geschlichen hatte, der Doktor Boiangiu ebenfalls hätte verärgern können. Unvorhergesehene Ausgaben machten meinen Eltern Angst. Zwar waren die bescheidenen Ersparnisse, die sie regelmäßig von ihren Gehältern abzweigten, allein für mich bestimmt, doch hatten sie damit eher renommierte Stätten der Bildung und Erziehung im Sinn, vielleicht auch eine kleine Wohnung, in der ich mein Erwachsenenleben antreten könnte, wie es sich für eine Tochter aus gutem Hause gehört. Eine Verschwendung des zweckgebundenen Geldes an Zahnbehandlungen im zarten Alter von dreizehn Jahren war in ihrem Wirtschaftsplan nicht vorgesehen. Wer weiß, was noch auf sie zukommen würde, wenn mich jetzt schon meine berühmten Zähne im Stich ließen! Beide hatten als Kinder die Schoah überlebt, und wer den Abgrund mit eigenen Augen gesehen hat, fürchtet bis in alle Ewigkeit dessen Wiederkehr.

Schweigend gingen wir über die staubige Ben-Jehuda-Straße, wo die Sammeltaxis der Linie 4 uns ihre giftigen Abgase entgegenschleuderten, nach Hause. Ich stapfte trotzig vorneweg, immer ein paar Meter vor meinen Eltern, die Schulter an Schulter hinter mir gingen. Mein Vater zügelte bewusst seinen Schritt und passte ihn dem meiner Mutter an, die aufgrund ihrer kleinen, noch dazu platten Füße jeden Spaziergang als Qual empfand.

Die Sorge meiner Eltern und, bedeutsamer noch, ihre Fassungslosigkeit über den Mangel an Vertrauen, den ich an den Tag gelegt hatte, als ich nicht erzählen wollte, wie die Zähne zu Schaden gekommen waren, bereiteten mir unendlich viel Schmerz, doch ich beschloss, die neue Distanz zwischen uns heldenhaft zu ertragen, und ging weiter vor ihnen her. Mein Rücken sollte ihnen zeigen, dass ihr Misstrauen mich kränkte. Doch mein Herz! Mein Herz platzte vor Siegestaumel, vor Beinahe-Glück, weil ich bei Doktor Boiangiu eine eingehende und langwierige Behandlung bekommen sollte, die mir die Möglichkeit bot, den Beruf kennen und verstehen zu lernen, der mich mehr als jeder andere faszinierte, weil ich durch ihn das Geheimnis meiner Geburt zu ergründen hoffte und er mir womöglich sogar meinen weiteren Lebensweg aufzeigte. Immerhin trug ich, Lilly, ein absolut normales Mädchen, auf meinen zarten Schultern die Last, als erstes und bislang einziges Baby in Israel mit einem kompletten Milchgebiss zur Welt gekommen zu sein.

Bis zum heutigen Tag bewahre ich in einem besonderen Kartonordner die Zeitungsausschnitte auf, die der Welt dieses außergewöhnliche und einmalige Phänomen verkündet hatten. Kurze Kolumnen von den hinteren Seiten der *Yedioth Aharonoth* und der *Ma'ariv* in Begleitung verschwommener

Fotos – ein Neugeborenes, so klein, dass man denken konnte, es sei noch feucht vom Fruchtwasser, zeigt beim Weinen ein Gebiss, das einem vierjährigen Kind zu Gesicht stünde, meine Eltern halten mich gemeinsam hoch, als hätten sie den Tennispokal im gemischten Doppel gewonnen, ihr Lächeln ist gefroren, aber nicht gezwungen, wenngleich eine verborgene Hand mich ins Knie kneift, damit ich weine und das Wunder herzeige.

Ein gesonderter Umschlag, ein Umschlag der Scham, enthält Zeitungsseiten mit einem enthüllenden Interview, das meine Mutter seinerzeit der Frauenzeitschrift *La'ischa* gab – ein Interview, das ihr wegen der persönlichen Fragen zu ihrem Eheleben einen Nervenzusammenbruch bescherte. In meiner Kindheit wurden diese Seiten vor mir versteckt, was natürlich nur dazu führte, dass ich sie auswendig lernte. Jahrelang, bis zu dem Tag, an dem sie auszog, wurde meine Mutter bei der bloßen Erwähnung dieses Interviews rot und erging sich in Entschuldigungen, vermischt mit Beschuldigungen, die sich allesamt gegen den inzwischen verstorbenen Monia Schneiderman richteten, den damaligen künstlerischen Leiter des Jiddischen Theaters, zu dessen Ensemble meine Eltern gehörten.

Und dann war da noch ein Umschlag – diesmal einer der Ehre. Er enthielt einen wissenschaftlichen Artikel in serbokroatischer Sprache, der in einer Quartalszeitschrift für Zahnärzte erschienen war, und zwar aus unerfindlichen Gründen in Begleitung eines Fotos von Doktor Rosen, dem Chefarzt der Entbindungsabteilung von Tel-Haschomer. Dass dieser Rosen allerdings eine Kippa trug, trübte den Stolz meiner Eltern und weckte in ihnen gemischte Gefühle, denn sie argwöhnten, der Text sei womöglich antisemitisch motiviert und stufe das Wunder meiner Zähne als typisch jüdische Anomalie ein.

Es ist keineswegs übertrieben zu behaupten, dass ich als Kind mit meinem Gebiss eine schier unerschöpfliche Aufmerksamkeit erregte, die zwar nicht immer von der feinen Art war, aber dennoch dazu beitrug, meine Eltern – und im Laufe der

Jahre auch mich selbst – glauben zu lassen, ich sei mit einem Mal gezeichnet, dessen Ursprung in den obersten Sphären und damit jenseits des menschlichen Daseins angesiedelt war.

Da meine Mutter vor allem in der zwanghaften Ratsuche bei Außenstehenden Trost fand, scheute sie keine Mühe, um dem Geheimnis auf die Spur zu kommen. Sie küsste die Hände von Rabbinern in ganz Israel, warf sich auf die Gräber von Gerechten am Fuße des Berges Miron und verabschiedete sich von nicht wenigen israelischen Pfund bei Raschida, der Kaffeesatzleserin in Jafo, oder bei der aus Argentinien stammenden Sylvia in Bat-Jam, die mittels eines Duralex-Glases und eines Bogens Bristolpapier, auf den die Buchstaben des Alphabets geschrieben waren, mit der Welt der Toten kommunizieren konnte. Einhellig sah man für mich Großes und Sensationelles voraus, doch wie in dem Lied von den Rolling Stones fand meine Mutter keine Befriedigung. Sie wandte sich an immer neue Wahrsager, Hexer und Kabbalisten, und immer wieder war sie enttäuscht von der bescheidenen Hellsichtigkeit ihrer Ratgeber. Sie trafen artig ihre Vorhersage, die aber nie über einen Ehemann, Kinder, Geld und Reisen hinausging, und bescheinigten meiner Mutter eine ehrgeizige Natur, die sie hinter ihrem grauen Äußeren allerdings erfolgreich zu verbergen verstand.

In ihren eigenen Träumen sah mich meine Mutter in einem Kleid aus güldenem Samt, einen Chinchillapelz, leicht wie ein Nebel, auf den Schultern, ein Diadem aus Berylliumsteinen um die Stirn, mit geröteten Wangen müde lächelnd, allerdings mit strahlenden Zähnen (was sonst!), in einem tiefen Louis-Quatorze-Samtsessel in meiner Privatgarderobe im ›National Theatre‹ oder in der ›Comédie française‹ nach einer brillanten Premiere Rosensträuße entgegennehmen, die zu umschlingen menschliche Arme nicht lang genug sind.

Mein Vater, wie Männer eben sind, maß das Leben mit rationaleren Mitteln und ließ sich von den metaphysischen Spinnereien meiner Mutter nicht anstecken. Er hing einer wissenschaftlichen These an, die er sich eigens zu diesem Zweck zurechtbastelte. Demnach war das frühe Erscheinen meiner Zähne nichts als die Ouvertüre zur Symphonie der Über-Eigenschaften, die in meinem Innern schlummerten und noch irgendwann zum Vorschein kämen. Zweifellos erhabene Eigenschaften, dank deren ich die Entwicklung der übrigen Menschheit in hohem Bogen überspringen würde. Wenn das Mädchen schon mit den Zähnen früh dran war, was mochte sich da in ihrem Innern noch alles früh entwickeln?

Anders als meine egozentrische Mutter wob mein Vater in seine Zukunftsvisionen auch patriotischen Ruhm mit ein; er liebte es, Privates mit Öffentlichem zu vermischen, und vor seinem geistigen Auge sah er mich als eine der Frauen, die der jüdischen Historie noch mehr Glanz und Ehre verliehen. Zwar protestierte er, wie bei modernen Eltern üblich, regelmäßig gegen die Pläne meiner Mutter und behauptete, es sei egal, wofür ich mich entscheiden würde, ihm lägen allein mein Glück und meine Selbstverwirklichung am Herzen. Doch in seinem tiefsten Innern hegte auch er die Hoffnung, dass ich mich der Theaterfamilie anschloss, denn das Theater war in seinen Augen die erhabenste aller Künste.

»Du immer mit deiner ›Comédie française!‹«, fauchte er meine Mutter an, wenn sie laut ihren Träumen nachhing. »Warum bei den Gojim, was ist hier schlecht?«

Wenn meine Mutter sich mit der Behauptung wehrte, sie spüre intuitiv, dass meine Persönlichkeit in den Grundzügen an Sarah Bernhardt erinnere, brauste mein Vater auf und rief, gerade deshalb müsse ich die jüdische Sarah Bernhardt werden, wie ein Rebstock, dessen uralte Samen in den Schlammpfützen und dem Ziegenkot des Stetl ausgestreut worden seien, dessen Früchte jedoch in der Rolle eines beschnittenen Hamlet auf den Brettern des israelischen Nationaltheaters geerntet würden.

Somit war die Enttäuschung meiner Eltern nur allzu verständlich, als sie im Laufe der Zeit feststellen mussten, dass meine Entwicklung in einem durchaus normalen Tempo vonstatten ging und in etwa der meiner Altersgenossen entsprach. Natürlich blieb die Hoffnung bezüglich meines schauspielerischen Talents, doch auch hier drohte eine Enttäuschung auf der ganzen Linie. Mein Gesicht wurde zwar hübsch und zeichnete sich immer noch wie in der Kindheit durch ein weiches Strahlen aus, das über eine etwaige Leidenschaftlichkeit hinwegtäuscht – ein Ausdruck, der die Schönheit jüdischer Frauen ausmacht und unübertroffen ist, wenn es gilt, tragische Heldinnen zu verkörpern –, doch blieb meine Begeisterung für das Theater trotz tief empfundener Achtung vor dem Beruf meiner Eltern, trotz zahlloser Stunden hinter der Bühne und im Probensaal und trotz Hunderter Vorstellungen, die ich sah und deren Texte ich stets mit den Helden auf der Bühne mitflüsterte, für immer die Verzückung eines Zuschauers, eines Zaungasts.

Mit der Zeit wurde zudem klar, dass sich meine natürlichen Voraussetzungen, von dem schönen Gesicht mit den glänzenden Augen einmal abgesehen, nicht für den mir zugedachten Beruf eigneten. Mein genetischer Code hatte verhindert, dass ich zumindest die bescheidenen Fähigkeiten erbte, die es meinen Eltern ermöglicht hatten, ihren Traumberuf auszuüben: das absolute Gehör meiner Mutter, die Leichtigkeit der Bewegung und das Rhythmusgefühl meines Vaters, ihrer beider Begabung, mit wunderbarer Präzision die Pointe eines Witzes zu servieren, oder die Natürlichkeit, mit der sie auch nur gehauchte Repliken vortragen konnten. Ich dagegen war unfähig, auf Bestellung Gefühle und Erinnerungen abzurufen, vor einem Publikum zu stehen, mich zum Abend hin mit Energie aufzuladen. Oh, Lilly, Lilly – Fehlanzeige, wohin das Auge schaut!

Privatlehrer für Gesellschaftstänze, Ballett, Stimmbildung und die Präsentation von Monologen baten meine Eltern nach wenigen Unterrichtsstunden zum Gespräch und erklärten mit gedämpfter Stimme, anstandshalber müssten sie ihnen sagen, sie verschwendeten ihr Geld.

Ich möchte betonen, dass mein Bühnenversagen mit Böswilligkeit nicht das Geringste zu tun hatte. Meine Liebe war so rein und stark, dass ich mir nichts sehnlicher wünschte, als meine Eltern zufrieden zu stellen und ihren Erwartungen zu entsprechen. Mein Mangel an Talent war für mich genau wie für sie ein Schlag ins Gesicht, und er traf uns alle mit unverhohlener Boshaftigkeit. Bis heute verkrampft sich mein Herz, wenn ich daran denke, wie ich in Anwesenheit von Gästen auf einen Stuhl stieg und mit dem Lied *Ein jiddisches Jingele* meiner Kehle eine gewisse Musikalität zu entlocken versuchte. Wie viel Scham und Schuld raubten mir den Schlaf, während ich mich im Bett hin und her wälzte und die Bilder von einer alternativen Zukunft ebenso wenig abschütteln konnte wie die trügerischen Wachträume von anderen Berufen, von denen ich heute weiß, dass ich auch für sie nicht viel besser geeignet gewesen wäre als für die Kunst der Tragödie und der Komödie.

Doch mehr als alles brannte die Kränkung. Die Kränkung eines sardonischen Schicksals, das mir, gleich einem verlogenen, von Versprechungen triefenden Liebhaber, mit der Geburt ein Gebiss schenkte. Das Warten trieb mich nie zur Verzweiflung, immer richtete ich den Blick auf eine gute Zukunft voller Licht, nur manchmal siegte die Müdigkeit über meine angeborene Lebensfreude und die angelernte Erwartung. Und deshalb frohlockte mein Herz, als unsere kleine Familie in der stechenden Sonne von Tel Aviv dahinmarschierte und meine Eltern sich wegen des Vermögens beratschlagten, das in die Renovierung meiner angeschlagenen Zähne investiert werden sollte. Fort, fort, ihr Träume der Unreife, die vor allem die Leere der Ungewissheit und der enttäuschten Erwartungen füllen sollen! Fort, ihr Ängste vor klitzekleinen Nebenrollen, falls ich meinen Weg doch noch in die Winkel der Theaterwelt finden sollte! Fort, ihr untauglichen Geheimpläne, in denen ich Müllwagenfahrerin, Polizistin, Mannequin, mutiges Mitglied einer Feuerwehrmannschaft oder Spieß einer Fliegerstaffel bin! (Oh, die Vorstellung von einem braun gebrannten

Piloten in ölfleckenübersäter Montur, der mich auf goldenen Sanddünen mit starken Armen hochhebt, hoch, höher, der Sonne, dem endlosen Blau des Himmels über Suez entgegen!)

Jetzt wusste ich, wer ich sein wollte und, als direkte Folge, wer ich überhaupt war. Ich wollte mit Zähnen zu tun haben. Egal, wie. Egal, als was. Ich bin weder kleinlich noch wählerisch. Wie blind ich doch gewesen war, wie taub für meine innere Stimme! Dabei hatten sie mich von überall her angesprungen: im strahlenden Lächeln von Kleinkindern, im Lachen der Garbo, die den Kopf in den Nacken wirft, im schreienden Mund der Gebärenden bei der letzten Anstrengung, im stöhnenden Mund des Sterbenden, in der schmerzverzerrten Siegergrimasse des olympischen Sprinters, der mit der Brust das Zielband zerreißt – Zähne, Zähne, nichts als Zähne, überall.

Ab sofort würde bis in alle Ewigkeit ein Gebiss auf meinem Wappen prangen. Das Rätsel meiner Geburt und meine außergewöhnliche Eigenschaft bekamen ihre magische Bedeutung, die Bedeutung, die sich bislang trotz aller Anstrengungen nicht hatte zeigen wollen: Zähne waren die Prophezeiung meiner Zukunft. Auf einmal war die bizarre Abnormität wieder mehr als nur ein spannendes Thema für Nachbarn, Wissenschaftler und Wahrsager. Das Leben bekam eine Kontinuität, eine unbestechliche Logik, einen eleganten Lauf, der sich dem Prinzip von Ursache und Wirkung entzog.

Natürlich konnte ich diese wunderbare Entdeckung, die ich zufällig gemacht hatte, nicht mit meinen Eltern teilen. Ich konnte ihnen nicht die letzte Hoffnung rauben, wenn sie zusahen, wie ich mir verzweifelt die Hände rieb, um die Blutflecken abzuwaschen, die die mörderische Lady Macbeth auf immer beflecken würden, oder wie ich Troilus in der Gestalt der Cressida hinterherrief: »Prinz Troilus! Euch liebt' ich Tag und Nacht / seit manchem langen Mond.«

Und daher stapfte ich tapfer weiter, die Eltern im Rücken und vor meinen Augen die Zukunft als Silberstreif am Horizont. Mein Bauch tat weh von den vier mit hausgemachtem Pflaumenmus gefüllten Krapfen, die ich am Morgen gegessen hatte, und das Kreuz des Geheimnisses, das ich in strahlender Einsamkeit tragen musste, drückte meine Schultern nieder, doch ich wusste: Religiöse Erleuchtung und mystische Entdeckungen sind stets nur demjenigen vergönnt, der sie erlebt hat. Und war nicht auch Prinz Siddharta einsam wie der Baum, unter dem er vierzig Tage und vierzig Nächte saß, bis er in sich selbst das innerste Wesen des Buddha schaute?

**Ich justiere den Wasserstrahl** zwischen meinen Beinen. Gerade erstirbt der letzte Akkord des Andante con moto und wird vom leichten, die Seele erhebenden Scherzando abgelöst. Mit geübter Hand verkürze ich den Abstand des Wasserstrahls, führe ihn mit kleinen, sanft kreisenden Bewegungen so nah wie irgend möglich heran. Jetzt gilt es, exakt den einen Punkt zu finden, darauf zuzuhalten und abzuwarten. In Rubinsteins Klavierspiel, irdisch und warm, mischt sich der Liebesakt des Wassers und des Körpers. Geige und Cello, sie beschwipst, er brünstig, halten flirtend ein Zwiegespräch, legen ihre letzten Kleidungsstücke ab. Wohlwollend und voller Erregung eilen Arturs Finger ihnen hinterher und törnen mich an, als spielten sie auf mir und nicht auf den Tasten.

Mein Becken zieht sich nach innen und unten zusammen, hin zu dem einen Punkt, der das Auge des Sturms ist. Jetzt der konzentrierte, schnellspurige Galopp zum Orgasmus. Gefangen in den Szenen aus meiner Kindheit, denen ich mich in den vergangenen Minuten hingegeben habe, versuche ich vergeblich, ein Erinnerungsbild zu evozieren, das die Ekstase bereichern und beleben soll. Zu spät. Das Einzige, was ich vor mir sehe, ist das inzwischen vergilbte Gipsmodell meines Kiefers im Alter von dreizehn Jahren, der Abdruck, den Doktor Boiangiu seinerzeit für die beiden unvergesslichen Kronen anfertigte. Meine Mutter hatte das Modell in einer Plastiktüte in der Schublade mit ihren Büstenhaltern aufbewahrt, und ich hatte es von Zeit zu Zeit hervorgeholt und neugierig und angewidert betrachtet.

Und jetzt flimmert dieses abstoßende Modell vor meinen Augen, vereitelt meine hektischen Versuche, mir den tabakverseuchten Atem eines mysteriösen Fremden vorzustellen, Johnny Depps Espresso-Augen oder gar – ich bin inzwischen zu jedem Kompromiss bereit – Odysseus' beknacktes Schiff, das die Meerenge meiner Brüste durchquert. Doch meine Anstrengungen werden zunichte gemacht, und während mein Becken, wie es in der schönen Literatur immer heißt, triebhaft zuckt und ich unter Stöhnen komme, schenkt meine widerspenstige Fantasie mir nichts als das Bild des gelblichen, weit aufgeklappten Kiefers, den aufgerissenen Mund eines spöttischen Clowns, der mich just in dem Moment nachäfft, als sich mein Gesicht verzerrt.

Ah, ah, ah, aaaaaaaah!

Allmählich beruhigt sich mein Atem. In meinen Gliedern macht sich süße Entspannung breit. Kurze Stille, gefolgt vom ruhigen, feierlichen Anfang des Allegro moderato. Zeit, die Augen zu öffnen und das Wasser abzudrehen.

**Ich setze mich auf.** Schraube den Duschkopf wieder an und lege die Brause zurück an ihren Platz. Wasche mir das verschwitzte Gesicht mit Badewasser, nehme einen Schluck Pernod.

Heute finde ich keine Ruhe. Wie eine Droge, die mir ohne mein Wissen gespritzt wurde, durchreist meinen Körper eine Unruhe, die auf meinem Weg zu Marlens Kosmetiksalon begann. Völlig überraschend hatte sich am Mittag eines Apriltags der Himmel mit grauen Wolken zugezogen, und binnen weniger Minuten prasselte auf die Straßen von Tel Aviv ein letzter lauwarmer Winterregen herab, wie ein zerstreuter Gast, der zum Ende der Party noch hereinschneit. Überraschte Passanten beschleunigten ihren Schritt, manche suchten eilends in Hauseingängen und unter den Markisen von Schaufenstern Zuflucht. Ich dagegen blieb aus einem merkwürdigen Impuls heraus stehen, wo ich war, hob mein Gesicht zum teigigen Himmel, ließ mich von dem schmutzigen, warmen Regen waschen und meine Kleider durchnässen, und während ich noch so dastand, schwappte in mir eine dunkle Angst hoch, eine Vorahnung, dass etwas geschehen würde, vielleicht ein Unglück, vielleicht eine schlimme Wende, die sich jeder Vorstellungskraft entzieht, und im selben Moment wusste ich, dass ich mein Leben erneut überprüfen musste, jedes Detail, jede Komponente, ausnahmslos und schonungslos, bevor es zu spät wäre – aber zu spät wofür, in Gottes Namen? Doch die beängstigende Vorahnung wollte sich nicht zu einem klareren Wissen bündeln lassen, und nur der flüchtige Impuls, unverzüglich eine Bestandsaufnahme durchzuführen, trieb mich auch dann noch um, als der Regen so plötzlich aufhörte, wie er begonnen hatte, und die Sonne die Ränder der auseinandertreibenden Wolken wieder mit einem Gold versengte, das nichts anderes war als eine verspätete Botschaft des Frühlings. Hatte ich irgendetwas übersehen?

Die Behandlung bei Marlen und ihrer taubstummen Assistentin hatte mich nicht von den letzten Resten dieser merkwürdigen, unergründlichen Angst befreien können, die mich dazu anhielt, jeden Winkel meines Bewusstseins zu erforschen, und auch Onanieren schien nicht zu helfen. Nicht umsonst dient dieser Akt als Symbol für eine nutzlose, fruchtlose Tat, trotz der scheinbaren Freiheit, die darin steckt und die es dir erlaubt, durchs Leben zu tanzen, ohne dass dir ein Mann am Ausschnitt deines Kleides klebt.

In einem solchen Moment kann sogar ich, die ich auf das Bild der autarken Frau schwöre, die Reaktion verstehen, die Ninusch an den Tag legte, als ich ihr beibringen wollte, wie man sich mit dem netten Duschschlauch Lust verschafft. Auf mein »Und? Wie ist es? Und jetzt?«, antwortete sie, den glasigen Blick auf eine gesprungene Kachel gerichtet (ja, ja, die mit den Vergissmeinnicht), ebenso lakonisch, wie ich gefragt hatte: »Warm. Feucht. Keine Ahnung. Irgendwie kitzelig. Genug, Lilly, das reicht. Können wir aufhören? Wozu soll das gut sein?«

Und in der Tat – wozu soll es gut sein?

Natürlich ist Ninusch nicht der Prüfstein für die weibliche Libido. Dennoch vorhandene sinnliche Freuden erschöpfen sich in heimlichem Nasebohren und im Wegschießen der sorgfältig zwischen Daumen und Zeigefinger gerollten Funde unters Sofa. Oder zur Abwechslung im geräuschvollen Lutschen von Rocher-Kugeln vor dem Fernseher. Welch eine Ironie des Schicksals, dass ausgerechnet eine Frau wie Ninusch eine geradezu hypnotische Schönheit ausstrahlt, die in jedem, der ihre Wege kreuzt, Lust auslöst, ohne dass diese Lust in ihr auch nur den geringsten Widerhall fände. Sogar Leon war es bei aller Eitelkeit einmal herausgerutscht, dass er keine Eiswürfel in seinen Whisky zu tun brauche, es reiche, Ninuschs Nase hineinzutauchen, doch hatte er seine Aussage sofort zurück-

und Ninusch in Schutz genommen: Schuld an ihrer Unterkühltheit sei ihr niedriger Blutdruck. Denn Leon, ganz Mönch einer absoluten Vollkommenheit, liebt es, von der ganzen Welt als Repräsentant dieser Vollkommenheit wahrgenommen zu werden.

Und ich frage noch einmal: Wozu soll es gut sein? Und antworte wie ein Computerorakel: Um den Schrei des Körpers zu ersticken. Doch ich weiß: Nicht den Schrei mit der Lautstärke von Ultraschallwellen, die man trotz ihrer Frequenz außerhalb des menschlichen Gehörs nicht ignorieren kann, sondern den Schrei der hohen Seele. Wie soll ich ihren Schrei bloß abstellen? Wie die Verkrampfung ihres aufgesperrten Kiefers lösen? Beschworen hab ich euch, Töchter Jerusalems, wenn meinen Geliebten ihr findet, was wollt ihr ihm sagen?

Dass ich krank bin vor Liebe.

So einfach ist das und so furchtbar.

Und wie seltsam die Erkenntnis, dass die Abwesenheit eines hypothetischen Geliebten ebenso wehtut wie die eines realen Geliebten! Das ist sicher nur so, weil das Bedürfnis nach Liebe ein ureigenes Bedürfnis ist, die nachhaltigste Bestätigung für die Existenz Gottes überhaupt und, noch wichtiger, für die Annahme, dass wir nach seinem Bild und nach seiner Gestalt erschaffen wurden. Der modische Kampf, um der Freiheit und Unabhängigkeit willen das Bedürfnis nach Liebe niederzuringen, hat einen logischen Fehler, einen Denkfehler. Er resultiert aus der falschen Annahme eines zum Ideal erhobenen Individualismus, allerletzte Opfergabe an die heidnischen Götter des Ich. Götzendienerei. Onanie.

Dieser Kampf, der Kampf gegen die Liebe, ist eine Sünde, die sich direkt gegen die eigene Menschlichkeit richtet, denn was ist die Liebe anderes als der höchste Ausdruck der Fähigkeit des Menschen, über seine primäre, egoistische, triebhafte Natur hinauszuwachsen?

Liebe. Allein das Nachdenken darüber bewirkt, dass meine Brust sich hebt und mit einem sehnsüchtigen Stoßseufzer wieder ins schaumige Wasser taucht. Manchmal kommt es mir vor, als schlüge mein Herz in einem stets gleichen Takt: wann wann wann?, und dieser Rhythmus bestimmt mein Leben, das aus nichts anderem besteht als Erwartung. Man kann die Zukunft nicht wissen, man muss sie wollen. Also will ich sie, will sie mit aller Macht. Infiziert von einem Bedürfnis, infiziert von einer Idee, habe ich nur eins im Kopf: wann wann wann?

Doch ach!, nicht wir, die bedürftigen Menschen, haben die Antwort. Die Zahl der nach Liebe Verlangenden ist ebenso groß wie die Zahl der Vermutungen, wie die Liebe zu finden sei. Manche sagen, sie kommt, wenn du sie am wenigsten erwartest. Andere dagegen denken, wenn du innerlich dazu bereit bist. Und wieder andere behaupten, sobald der richtige Mensch daherkommt. Ich aber glaube, die Liebe ist launisch und unvorhersehbar, genau wie die Musen, und sie bestimmt selbst, wann sie ihr strahlendes Gesicht zeigt. Die armseligen Versuche der Sterblichen, ihre Gesetzmäßigkeit zu ergründen, bringen die Liebe nur zum Gähnen.

Meine Schlussfolgerung aus alledem ist, dass man allzeit bereit sein muss. In jedem einzelnen Augenblick. Und deshalb stehe ich heute, obwohl wir nur in den Zirkus gehen, zunehmend unter Spannung, wie ein dressierter Tiger im Sekundenbruchteil vor dem Sprung durch den brennenden Reif.

Doch der Abend ist noch im Embryonalstadium, und bis Ninusch kommt – oder besser gesagt hereinbricht, denn sie ist wie ein nächtlicher Himmelskörper – und wir in den Bus zum Messegelände steigen, wo der Zirkus einen gigantischen Phallus von Zelt hochgezogen hat, kann ich noch ein Weilchen das Badewasser und Schubert genießen und an dem Anisgetränk nippen, das mir auf der Zunge brennt.

Vorsichtig hebe ich mich aus dem Wasser und werfe einen Blick auf meine Armbanduhr, die auf dem Waschbeckenrand liegt. Leider verspätet Ninusch sich gern. Aber nicht etwa aus bösem Willen oder aus einer Gedankenverlorenheit, wie man sie von Künstlern kennt, obwohl auch das bestens zu ihr passen würde. Nein. Ninusch lässt sich von ihrem Freund Leon aufhalten. Obwohl er eine Therapie macht, um seine krankhafte Eifersucht zu überwinden, überfällt ihn der Argwohn just, sobald Ninusch das Haus verlassen will, und dann hält er sie an der Tür seiner Dachterrassenwohnung auf und quält sie mit Verhören oder – was, wie sie behauptet, noch schlimmer ist – bettelt um Wärme und Liebe, ohne die sein Leben angeblich nicht lebenswert sei.

Gelegentlich wird Leon dann auch gewalttätig, und das reicht bei ihm von gemäßigten Druckmitteln – Schubsen, Ohrfeigen, Boxen – bis hin zu zügelloser Brutalität. Dann tritt er Ninusch in den Bauch und ins Gesicht, schlägt ihren Kopf gegen die Wand, bringt schwere Gegenstände zum Einsatz. Oft verdrischt er Ninusch derart, dass selbst das ganze Make-up, das er ihr aus dem Duty-free-Shop mitbringt, die aufgeplatzten Lippen nicht überdecken kann, von den Veilchen um die Augen und dem zermatschten Nasenbein ganz zu schweigen.

Das Problem ist sogar noch verfahrener, als es auf den ersten Blick aussieht. Ninusch gehört nämlich zu der Sorte Menschen, die früher in Romanen gern als ›kränklich‹ bezeichnet wurden. Sie leidet an einem genetischen Defekt, der in der Fachsprache Ehler-Danlos-Syndrom heißt und eine lange Latte von Symptomen umfasst; zum Teil sind sie bereits in Erscheinung getreten und gehören inzwischen zu ihrem Alltag, andere dagegen werden sich zwangsläufig erst im Laufe des Lebens zeigen, das ihr eigensinniges Schicksal für sie bereit hält.

Die Krankheit hatte sich schon im Säuglingsalter angedeutet. Ein charakteristischer, besonders niedriger Muskeltonus sorgte dafür, dass Ninusch nur sehr langsam lernte, sich auf den Rücken zu drehen, zu sitzen, zu krabbeln und zu laufen, und man attestierte ihr eine absonderliche Form von Entwicklungsstörung, eine sowohl geistige als auch körperliche Behinderung. Ihre inzwischen verstorbene Mutter hatte Ninusch erzählt, dass sie als Baby wie ein Lappen gewesen sei: Wenn man sie hochhob, hingen der Kopf und die Glieder ohne jeglichen Widerstand herab, als wäre sie eine Kreuzung aus Mensch und Trauerweide. Bis heute kämpft Ninusch mit Übungen gegen ihre Muskelschwäche an, ein seltsam anmutendes Sportmenü aus Yoga, klassischem Ballett, Stretching, Tai Chi und Feldenkrais, das Ninusch selbst zusammengestellt und verfeinert hat und ohne das sie inzwischen nicht mehr leben kann.

Ninuschs Haut ist dünn, fast transparent und aufgrund des extremen Kollagenmangels hyperelastisch, außerdem fühlt sie sich manchmal sonderbar unangenehm an. Die kleinste Verletzung braucht eine Ewigkeit, bis sie verheilt, und selbst beim leichtesten Schlag oder Stoß zieren sofort blaue Flecke ihre Haut. Man braucht Ninusch nur etwas fester am Arm zu packen, schon zeichnen sich an der Stelle fünf Blutergüsse ab, als wäre sie brutal gefoltert worden, und wenn sie sich beim Salatschnippeln versehentlich in den Finger schneidet oder sich an der Spitze der Nagelschere sticht, hören die kleinen Wunden lange nicht auf zu bluten, da helfen weder fließend kaltes Wasser noch straffe Verbände mit dünner Gaze. Bleibende Narben sind wulstig und unübersehbar, doch davon hat sie nicht viele – Leon verdankt sie vor allem innere Verletzungen. Auch sind Ninuschs Knochen spröde und brechen leicht, und seit wir uns kennen, hatte sie dreimal einen Gips: zweimal am Finger und einmal am rechten Arm.

Doch das eigenartigste Symptom ist die extreme Beweglichkeit ihrer Gelenke, Ninusch ist biegsam wie ein Schlangenmädchen und steht mit ihren körperlichen Fähigkeiten einem Zauberkünstler und Eskapisten wie Houdini in nichts nach. Sie kann die Hände vor- und zurückklappen, als hätte sie keine Gelenke. Wenn sie in der Stimmung dazu ist, amüsiert und schockiert sie mich manchmal mit Kunststücken, die man von dressierten Schimpansen im Zirkus kennt: Sie zündet sich eine Zigarette an, hält sie mit den Zehen und raucht genießerisch, legt sich ein Bein um den Hals oder schlingt ihre Gliedmaßen zu einem unauflöslichen Knoten um den Körper, oder sie legt sich auf den Bauch und biegt ihren Rücken so weit durch, dass ihr Schambein den Hinterkopf berührt und die Beine neben dem Kopf einen ukrainischen Tanz vollführen. Dann beobachte ich sie mit einer Mischung aus Verzauberung und Abscheu, kreische erschrocken und flehe sie an, mit den abartigen Faxen aufzuhören, doch sie schafft es immer wieder, meinen Ernst zu untergraben, indem sie mir mit den Füßen zuwinkt, den großen Zeh mit dem durchsichtigen Fußnagel in die Nase schiebt, mit den Ohren wackelt und dazu ein aufgesetzt verdutztes Gesicht macht, bis ich nicht mehr anders kann und lachen muss. Dann bewerfe ich sie mit Exemplaren der Frauenzeitschrift *La'ischa*, die ich aus Doktor Riklis' Praxis mitgehen lasse, oder mit den bestickten Kissen, die das Sofa in meinem Wohnzimmer zieren, wo wir den Großteil unserer gemeinsamen Zeit verbringen.

Es erübrigt sich zu erwähnen, dass Ninusch sich unter solchen Voraussetzungen besser einen Partner ausgesucht hätte, der, wie soll ich sagen, gemäßigtere Vorstellungen vom Körperkontakt zwischen Männern und Frauen hat, doch bekanntlich tun uns gerade diejenigen, die uns über alles lieben, die schlimmsten Dinge an, und in der Tat komme ich angesichts des Gefühlswirrwarrs, der Leon umtreibt, aus dem Staunen nicht heraus. Ninusch selbst jedoch behauptet, sie sei noch nie mit so vielschichtigem Tiefgang, mit einem solchen Verantwortungs- und Pflichtbewusstsein geliebt worden wie von Leon.

Rein psychologisch betrachtet könnte man sagen, Ninusch gibt diese Beziehung nicht auf, weil sie sich ihr Leben lang nur hat ausnutzen und schlecht behandeln lassen, aber das ist nicht der wahre Grund, weswegen sie die ungebührliche Behandlung ihres Lebensgefährten schluckt. Das Geheimnis liegt in ihrer seltenen Gabe, in einer niemals endenden Gegenwart zu leben. Für sie ist die Vergangenheit eine Abfolge verblasster Erinnerungen in Schwarzweiß, während die Zukunft in ihren Gedanken überhaupt nicht existiert, und daher fehlt Ninusch jede Fähigkeit, Pläne zu schmieden, zu fühlen, zu hoffen, sich nach irgendetwas zu sehnen oder von etwas zu träumen. Besagte niemals endende Gegenwart, in der sie ihre Tage und Nächte verbringt, ist schieres Existieren, Atmen, Sich-Bewegen. Nicht gut noch schlecht, einfach bloß da. Ich weiß, dass eine solche Haltung nicht neu ist, aber in Ninuschs Fall handelt es sich nicht etwa um ein philosophisches Konzept, das sie sich nach jahrelangem Suchen und Nachdenken über die Bedeutung von Glück erarbeitet hat, sondern lediglich um einen raffinierten Schutzmechanismus des Bewusstseins, mehr nicht.

Ninusch ist meine beste Freundin. Eigentlich meine einzige Freundin.

Unsere Freundschaft begann in der Zahnklinik von Doktor Riklis, wo ich als Dentalhygienikerin arbeite, aber eigentlich waren wir uns bereits zwei Jahre davor zum ersten Mal begegnet. Die Umstände dieser ersten Begegnung hätte ich zwar am liebsten für immer vergessen, doch leider brennen sich gerade die Dinge, die man besser vergessen sollte, wie kleine Kainsmale ins Gedächtnis ein, ob einem das nun gefällt oder nicht. Und so war unsere peinliche Begegnung häufig in meiner Erinnerung hochgeschwappt, bis Ninusch mir schließlich ein weiteres Mal über den Weg lief, als sie nämlich in Begleitung von Leon eines Tages zu uns in die Praxis kam, um sich das gesamte Gebiss mit Keramik überkronen zu lassen, und die Götter der Dentalmedizin mögen meine Zeugen sein – sie hatte diese Kronen bitter nötig. Selbst der Blick von Israel Riklis mit seinen dreißig Jahren beruflicher Langeweile auf dem Buckel erstarrte beim Versuch, seinen Ekel zu verbergen, als Ninusch den Mund öffnete. Zwei Reihen Zähne, die fast bis auf die Wurzeln verfault waren, Zähne, deren Farbe von schwarzbraun bis perlgrau reichte und die krumm und schief und furchterregend waren, als bildeten sie die Zaunpflöcke am Tor zur Hölle.

Dieser Mund in einem dünnhäutigen slawischen Gesicht mit leicht mandelförmigen Augen und Nasenlöchern, eine Schönheit von der Art, die schon Puschkin und Lermontov als Quell der Inspiration gedient hatte – all das verlieh unserem Zurückschaudern eine geradezu metaphysische Bedeutung. Hier zeigte sich uns die Launenhaftigkeit der Natur in ihrer ganzen schrecklichen Pracht, und wir standen eine Weile stumm da, bis Israel das Schweigen brach.

»Äääääähm. Das wird sehr teuer.«

Und als hätte er die Worte des Arztes vorausgewusst, antwortete Leon wie aus der Pistole geschossen: »Ich bezahle, was Sie verlangen. Ich will das Beste, das Teuerste, das Modernste, weil, ich liebe diese Frau, sie hat es verdient.«

Und während ich noch auf Ninuschs Mund starrte, fragte ich mich, ob sie sich wohl an unsere erste Begegnung erinnerte, doch ihr Blick war flach und ohne jeden Funken eines Erkennens, und als Israel mit den Aufnahmen von ihrem Mund fertig war und seine Sekretärin sich mit Leon hinsetzte, um eine ganze Reihe von Terminen zu vereinbaren, zog ich Ninusch in meinen Behandlungsraum, sah sie eindringlich an und fragte: »Wir sind uns schon mal begegnet, wissen Sie das noch? Können Sie mir verzeihen?«

Da zeigte sie lächelnd ihre fauligen Zähne und sagte: »Das ist gestorben.« Und bekräftigte gleich noch einmal: »Komplett gestorben, ich bin jetzt glücklich«, und berührte meine Hand, zum Zeichen, dass wir nun Verbündete waren.

Ich konnte noch monatelang nicht recht glauben, dass Ninusch mir nicht mehr böse war, doch dann fand ich heraus, dass sie sich Erlebtes sehr wohl merkt, nur dass ihr Gedächtnis genau wie Haare und Fingernägel keine Nervenbahnen hat, so dass es Schmerz nicht von Wohlgefühl unterscheiden kann und weder Erkenntnisse noch Schlussfolgerungen abspeichert.

**Mit einem Seufzer des Bedauerns** verabschiede ich mich vom erkaltenden Wohlgeruch des Badewassers und hülle mich in ein frisches, noch raues Frottiertuch. Mein Körper saugt die Berührung ein, und wieder erfasst mich die Sehnsucht nach einer anderen Berührung, einer warmen, menschlichen Berührung, die durch die Poren bis ins Blut sickert. Vom Staub und Schweiß befreit, ist die Haut dem kosmischen Strom der Lust ausgesetzt, der die verschmutzte Stadtluft auflädt und vibrieren lässt. Ninusch verspätet sich, natürlich, da werde ich wohl auf ihren guten Rat bei der Auswahl des Kleides verzichten müssen.

Mein Körper ist üppig, er tritt über seine Ufer wie der einer antiken Göttin der Fruchtbarkeit. Um mich mit all meinen Rundungen betrachten zu können, muss ich vor dem schmalen Spiegel in der Schranktür einen Schritt zurücktreten, und ich verdränge den schmerzhaften Stich – Amicams Worte in jener schicksalhaften Nacht, als er mir mitteilte, er werde die Hochzeit absagen und sich endgültig von mir trennen.

Noch heute schäme ich mich, wenn ich daran denke, wie ich, Rotz und Wasser heulend, auf dem Fußboden der Wohnung herumkroch, die der Kibbuz ihm zur Verfügung gestellt hatte; die Wände dort waren mit afrikanischen Masken und afghanischen Teppichen gepflastert, in den Regalen standen Bücher des *Am-Oved*-Verlags neben Elfenbeinfiguren und Aschenbechern aus ausgestopften Händen von Gorillas, die Pech gehabt hatten. Ich versprach wimmernd Diäten, Operationen zur Darmverkürzung, zur Verkleinerung des Magens, zum Verschluss des Kiefers – vielleicht, vielleicht wäre Amicam ja bereit zu warten. Und er nickte: »Ja, Lilly, dann vielleicht schon«, obwohl wir beide wussten, dass mein Körper sich prinzipiell jeder Einmischung von außen widersetzt und kein Fasten mir hilft, die überflüssigen Pfunde loszuwerden, als wollte in meinem Innersten etwas Geheimes, Dunkles immerfort größer und breiter werden und sperrte sich eisern gegen jede Gewichtsabnahme.

Wenn ich heute darüber nachdenke, scheint mir, die Kehrtwende in Amicams Geschmack hat mich tiefer getroffen als seine Zurückweisung. Nichts ist erschütternder als eine jähe Veränderung, auch wenn sie lediglich ein seelisches Problem sichtbar macht, das man schon lange mit sich herumschleppt und das sich auch in der Vergangenheit gelegentlich bemerkbar gemacht hat, nur dass man die Anzeichen nicht hat wahrnehmen wollen. Denn wer anderes als Amicam – derselbe Amicam, der mich plötzlich verschmähte – war der Hauptnutznießer dieses weichen, unendlich weiblichen Körpers gewesen, der jedes Mal wie ein weiteres zu eroberndes Gebiet vor ihm lag, wenn er von seinen endlosen Reservediensten heimkam und mich im Sturm von hinten nahm?

Ich weiß noch gut, wie ich mich anstrengte, meinen ins Kissen gedrückten Kopf zu drehen, um den Geruch von Schweiß und Waffenöl einzuatmen, den Amicam verströmte, und im Augenwinkel die beiden Feigenblätter seines Dienstgrads auf den Schulterklappen einzufangen, die begehrten ›Falafel‹, wie die Metallknöpfe, die ihn als Oberstleutnant auswiesen, im Volksmund heißen.

Mein Geliebter verriet mir nie, worin genau die Aufgabe des Panzerbataillons bestand, das er in seinem Reservedienst befehligte – ein viel gepriesenes Bataillon, das seinen Standort südlich von Ramalla hatte –, doch ich wusste sehr gut, dass der Analfick, der seinen Urlaub jeweils eröffnete, eine Fortsetzung der intensiven militärischen Aktivitäten war, die er mit aller Macht, selbst vor mir, der Frau, die er über alles liebte, geheim hielt.

Mir entfährt ein Seufzer, aus Sehnsucht und auch weil mir nichts anderes übrig bleibt, als mich damit abzufinden, dass es vorbei ist. Ich streichle meinen Hals, den Bauch. Die Haut ist noch warm und aufgeweicht, ideal zum Einreiben einer Feuchtigkeitscreme, denn dann werden die Leben spendenden Moleküle in die Zellen aufgesogen und verleihen der Haut die Frische rosiger Babybäckchen. Die Elizabeth-Arden-Creme mit Extrakten von grünem Tee ist die perfekte Wahl. Sie ist leicht und nicht fettig und riecht warm, süßlich und dezent, ihr unaufdringlicher Duft wird sich bestens mit dem natürlichen Geruch der Haut verbinden, in den sich bereits die Aromen der Badeöle gemischt haben. Einen Fuß auf dem Hocker, trage ich die Creme großflächig auf, klopfe sie am üppigen Bogen der Hüften sanft in die Haut ein und massiere geduldig und gleichmäßig kreisend die Oberschenkel, wo sich die Haut an der Außenseite leicht rau anfühlt, an der Innenseite dagegen, die bei der leisesten Berührung blitzschnell erwacht, weich und zart. Keine perfekten Beine, aber weiblich, mit klassischen Proportionen und so lang, dass sie meine naturgegebene Leibesfülle abmildern.

Der Gott der Israeliana möge mein Zeuge sein – an Amicam hatte ich stärker geglaubt als an jeden Geliebten vor ihm, ja ich war von einem derart unerschütterlichen Glauben beseelt gewesen, dass es mir völlig unmöglich war, an Amicam zu zweifeln. In meinen Augen besaß er Tiefe, und zwar gerade aufgrund seiner israelischen Einfachheit, die frei von Angst war: der Kibbuz, aus dem er stammte und dem er auch immer noch angehörte, obwohl er ›draußen‹ arbeitete, die *Ha'aretz*-Zeitung, Salat ohne Zwiebeln, gelbe und starke Zähne, eine klare politische Zugehörigkeit, eine feste Meinung zu Angelegenheiten persönlicher und öffentlicher Moral und vor allem ein unerschütterliches Vertrauen in die eigene Identität, die Zugehörigkeit zu diesem Land, das Recht auf jeden Quadratzentimeter von dessen Boden. Selbst Amicams Samenflüssigkeit schmeckte und roch faulig wie frisch gepflügte, von ruckelnden Wassersprengern durchnässte Erde.

Und dann die hohe Abstammung! Wenn er sich verletzte oder schürfte, war ich jedes Mal überrascht, dass sein rotes Blut nicht in adligem Blau erstrahlte. Denn zumindest dem

Namen nach war Amicam ein Abkömmling des alten Herrschergeschlechts der Chaldäer – Kasdim, wie sie auf Hebräisch heißen –, aus dem biblischen Ur. Der Großvater, Nachtsche Ur-Kasdim (vormals Branowitz) hatte während der Mandatszeit in der Palmach gekämpft, der Bruder des Großvaters, Onkel Jehoram (›Schurik‹) Ur-Kasdim, im Marinekorps, und Vater Daniel (›Dan-Dan‹) Ur-Kasdim gehörte zu den Wagemutigen, die in grauer Vorzeit, an einem historischen Tag im Juni 1967, keuchend den Tempelberg erklommen hatten.

Und die Körperbehaarung! Der Stoppelschatten, der sich schon wenige Stunden nach der Rasur auf seinen Wangen zeigte, die weichen, spärlichen Achselhaare, lange, immer feuchte Fransen, die süßlich-stechend nach männlichem Schweiß rochen. Der großzügige, die Brust bedeckende Wildwuchs, der die Klingelknöpfe von Brustwarzen unter sich begrub und sich über dem Bauch lichtete, nur um im Lendenbereich wieder in seiner ganzen Pracht hervorzubrechen und das männliche Glied, voller Bedrohlichkeit und zugleich voller Verheißung, in einen wuchernden Busch zu hüllen.

Und diese Beine! Ich kann mich kaum beherrschen, sie wie bei uns daheim, auf Jiddisch, ›Baindelech‹ zu nennen, diese kurzen, strammen Fußballerbeine, die, selbst wenn er sie geschlossen hielt, eine ovale Öffnung ließen, durch die ein Kind oder ein Labrador schlüpfen konnte, eine Krummbeinigkeit, die den Profireiter verrät. Und reiten konnte er, mein Amicam. Nie ließ er eine Gelegenheit aus, sich auf den Rücken der Stute Zila zu schwingen. Das anmutige arabische Vollblut, der ganze Stolz des Kibbuzstalls, rotbraun und mit grazilen Fesseln, tänzelte ungeduldig unter Amicams Gewicht, bis er mit einer lässigen Geste den hinkenden Stallmeister Jechiel fortscheuchte und in rhythmischem Galopp quer durch die Avocadoplantagen davonsprengte, ohne Sattel, die Brust an den Rücken des Pferdes geschmiegt, gleichsam mit ihm verschmolzen, so ähnlich wie die sagenhaften Kentauren. Er galoppierte davon und ließ mich mit den Kibbuzjungen im Vorhof des

Stalls zurück, bis mir vom Auf und Nieder des Pferde- wie des Reiterarschs die Augen vergingen. Amicam Ur-Kasdims ganze Art, sich zu bewegen, sein Atem, jedes Gen, jede Zelle seines Körpers schienen zu sagen: Ein echter Mann!

Ich bin mit den Beinen fertig und creme mir den Bauch ein. Wie ein Haufen Weizen, beim lebendigen Gott, wie ein Haufen Leben. Ein weicher, etwas schlaffer kugelrunder Bauch mit tiefem Nabel, wie abgemalt aus Rubens' *Raub der Sabinerinnen*. Eine tarnende Decke aus Muskel-, Fett- und Hautschichten für das geheimste aller Geheimnisse unseres Daseins, den göttlichen Brutkasten, in dem das Leben entsteht. Und kann mir vielleicht jemand sagen, wieso der witzig-spritzige, kluge und erfahrene Amicam es strikt ablehnte, aus der Brailleschrift meines Körpers diese zeitlosen Archetypen herauszulesen und partout lieber einen äußerlichen Makel darin sehen wollte, eine ästhetische Unzulänglichkeit, so kurzlebig wie ein Diktat der Mode?

Ja, Amicam war zweifellos der Letzte, dem ich zugetraut hätte, dass er sich dem Zeitgeist unterwirft, der von Frauen verlangt, schlank zu sein. Schließlich hatte er mir immer stolz seinen starken Arm mit dem von Ramallas Sonne gebleichten Pelz um die Schulter gelegt, wenn wir am Tor zur gepflegten Rasenfläche mit dem kibbuzeigenen Schwimmbecken anlangten.

Trotz Rayban-Sonnenbrille war das draufgängerische Funkeln in Amicams Augen nicht zu übersehen, wenn er seinen Blick über die Hängebrüste der Kibbuzfrauen gleiten ließ, bevor er mit dem geübten kleinen Handgriff, der auch den Sicherungsbügel einer Handgranate löst, den Deckel der Sonnenmilch mit Lichtschutzfaktor 45 aufschnappen ließ und sich daran machte, die blasse Haut meines Dekolletés einzucremen, und dabei wieder und wieder mit dem Zeigefinger in den Spalt zwischen meinen Brüsten fuhr.

Oh, diese ganze geballte, angeborene, bestechende, unübersehbare, schwach machende Männlichkeit!

Wer hätte geglaubt, wer hätte voraussehen können, dass dieser Mann unsere Hochzeit absagen würde, und das alles wegen der paar Kilo, die ich hätte abnehmen müssen, um mich in das Hochzeitskleid zu zwängen, das er mir von einem der berühmten Flohmärkte Johannesburgs mitbrachte, wo er sich als internationaler Bewässerungsexperte häufig aufhielt?

Jetzt kommen meine Schultern und die Brüste dran mit Eincremen, und ich mache mich lustlos und nüchtern ans Werk. Die Erinnerung, die diese Berührung mit sich bringt, wühlt mich zu sehr auf, und ich beeile mich, schließe einigermaßen erleichtert den Cremetiegel und verstaue ihn wieder in der Kommode.

Noch heute steht mir alles lebendig und in Farbe vor Augen. Das aufs Sofa gepfefferte Kleid mit dem ausgerissenen Reißverschluss erweckt den Anschein, als umhüllte es einen Körper, der schlanker ist als meiner, eine Lichtgestalt, eine sterbende, auf dem Fluss dahintreibende Ophelia, deren Rundungen exakt der Größe des Kleides entsprechen, Größe vierundvierzig, wenn's hoch kommt.

Ich dagegen, Ophelias verzerrter, gigantischer Schatten, umklammere verzweifelt Amicams stämmige Beine. Er steht in blauen Boxershorts über mir, Gesicht, Nacken und Unterarme brauner gebrannt als die übrigen Körperteile – wieder die grausame Sonne Ramallas –, und sein Mund sagt ein ums andere Mal den unerträglichen Satz: »Vielleicht, Lilly, dann vielleicht schon, aber im Moment – ausgeschlossen.«

Und obwohl ich wusste, dass er seine Absage nie zurücknehmen würde – seine Augen waren dunkel von der Leere, die uns immer dann erfüllt, wenn wir uns innerlich von jemandem abwenden –, und auch wusste, dass mein Verhalten widerwärtig war, kriecherisch und ein Verstoß gegen alle Regeln der klassischen Strategie zwischen Männern und Frauen, ein Verhalten, das die Aussichtslosigkeit zu einer festen Größe macht, krallte ich mich weiter an die schlanken Fesseln meines Bataillonskommandanten und trug ihm das abgedroschenste und verzweifeltste aller Plädoyers vor: »Aber ich liiiiiiiiiiebe dich doch!«

Nur dank Ninusch und ihrer hingebungsvolle Pflege konnte ich den Schmerz darüber verwinden, dass er mich hatte sitzen lassen, und mich meines neuen Lebens als alleinstehende Frau freuen.

Ich zwänge meinen Bauch in einen schwarzen Slip und meine Brüste in einen schwarzen BH, schlüpfe dann in die Ärmel meines Samtkleides und ziehe es über den Kopf nach unten über Hüften und Po. Der Samt schimmert festlich in dunklem Karmesinrot, und während ich mich noch vor dem Spiegel hin und her drehe, schwappt plötzlich Zufriedenheit in mir hoch. Etwas in der Art, wie das Kleid an mir sitzt, überdeckt die Verletzlichkeit meines Körpers und sorgt dafür, dass er geschützt und stark, ja geradezu angriffslustig wirkt und Respekt und Aufmerksamkeit einfordert.

Draußen ist es inzwischen völlig dunkel, aber Ninusch ist immer noch nicht da. Ich habe nicht den geringsten Zweifel, dass Leon unsere gemeinsame Unternehmung missfällt. Natürlich hätte Ninusch ihm nichts vom Zirkus sagen müssen, aber zu ihren vielfältigen Eigenarten gehört leider auch die grenzenlose Unfähigkeit, Lügen bewusst einzusetzen. Allerdings nicht, weil Ninusch ein besonders aufrichtiger Mensch wäre, ehrlich gesagt: Das Gegenteil ist der Fall.

Ihre einzigartige Biografie trug dazu bei, dass Ninusch für sich eine Moral entwickelte, die irgendwo zwischen Nietzscheanismus und Anarchie angesiedelt ist. Schmuck entwenden und ihn dann verschenken? – Für Ninusch kein Problem. Kleine Beträge aus Leons Geldbörse oder Seidenunterwäsche und Kosmetika in Kaufhäusern stehlen? – Praktisch ihre zweite Natur. Die Unterschrift auf einem Scheck fälschen, im Restaurant die Zeche prellen, sich irgendwelche Sachen auf unbestimmte Zeit ausleihen, bloß weil sie das Gefühl hat, sie selbst hätte mehr Spaß damit als der eigentliche Besitzer? – Je öfter, desto lieber.

Für Ninusch mit den flinken Händen ist selbst eine mit Reißverschluss nebst Schlösschen gesicherte Gucci-Handtasche kein Hindernis. Erst seit ein paar Monaten bekämpft sie vehement die zwanghafte Angewohnheit, allein um der Eleganz des Coups willen zu stehlen. Sie ist eine Meisterin des Täuschungs- und Ablenkungsmanövers und misst jedem noch so belanglosen Detail enorme Wichtigkeit bei. Informationen sollen so verschlüsselt werden, dass alle schier durchdrehen beim Versuch, hinter das Geheimnis zu kommen? – Wendet euch jederzeit an Ninusch! Vollkommene oder partielle Amnesie hinsichtlich biografischer Details, die dringend benötigt werden, damit der Lebenspartner oder die Psychologin sich ein schlüssiges Bild machen kann? – Vor euch steht die Spezialistin Nummer eins.

Doch wenn es darum geht, vorsätzlich lügen, also etwas in Worte kleiden zu müssen, was nicht der objektiven Wahrheit entspricht, da hat meine Freundin etwas weit Schlimmeres als einen ›Mangel an Talent‹, nämlich eine Behinderung von satten einhundert Prozent.

Ninusch ist außerstande, auf die Frage: »Und, was habt ihr beide heute Abend vor?« – natürlich will Leon das wissen, noch dazu völlig gelassen, weil er gewohnt ist, dass wir unsere gemeinsame Zeit meist bei mir zu Hause verbringen –, schlicht und mit Unschuldsblick zu antworten: »Ich gehe ein bisschen zu Lilly. Wir ziehen uns zum dritten Mal *Breaking the Waves* rein, diesen Film von Lars von Trier über die grenzenlose Liebe einer Frau zu ihrem Ehemann.«

Alles, was sie zustande bringt, ist ein mit ihrem russischen Akzent genuscheltes »Wirrr gähän in Zirrrkus. Gähän aus. Lilly chat mir eingeladden«.

Ich war praktisch fertig mit meinen Vorbereitungen. Meine Auswahl an Schuhen ist zwar kleiner als die von Imelda Marcos, doch ich gehöre zu der raffinierten Sorte Frauen, die lieber verhungern als an der Qualität ihres Schuhwerks zu sparen. Und wieso auch nicht? Ich zitiere, aus dem Zusammenhang gerissen, meine Eltern: »Dafür arbeite ich schließlich.«

Meine Füße mit den blutunterlaufenen Nägeln passen nur knapp in eine stolze Einundvierzig, sind aber weiß wie die Füßchen eines kleinen Mädchens. Ich schiebe sie vorsichtig in die Stéphane-Kélian-Plateausohlenschuhe und durchmesse das Schlafzimmer, wie um die vollendete Kreation zu prüfen, die mein öffentliches Ich darstellen soll, wie ein Schauspieler, der vor dem Auftritt seine Stimme testet, indem er sich auf die Brust klopft und ein genäseltes »Ma-mu-mi-ma-muh« intoniert.

Man sollte die Qualen der Eifersucht nicht unterschätzen und noch viel weniger die Menschen, die sich zu ihren Sklaven machen und sich von dem grünäugigen Monster lenken lassen, als wären sie Marionetten. Brächte Leon seine Eifersucht nicht regelmäßig in der ihm eigenen, alles niedermähenden Art zum Ausdruck, könnte ich glatt Mitleid empfinden – ein Quäntchen dessen, was in dem kleinen, eiskalten, allein ihm gewidmeten Winkel meines Herzens reserviert ist.

Und wer kennt schon wie ich die Qual eines geschundenen Herzens! Der Geruch des fremden Shampoos, das Amicam verströmte, wenn er mit noch feuchten Haaren von einem Besuch bei seiner Exfrau nach Hause kam, war wie der wabernde Schwefelgestank über dem Tümpel der Hölle. Doch in allem, was dieses große Thema anbelangt, bin ich eine glühende Verfechterin der Selbstbeherrschung. Schmerz, Wut, Erniedrigung sind ebenso wie die anderen Atome, die die Moleküle der Eifersucht bilden, pures Gift, und wir dürfen nicht zulassen, dass sie die Macht über unsere Gefühlswelt ergreifen. In der Seele einer Frau, die ihre Geschlechtlichkeit bewusst auslebt, ist für den archaischen Schmerz der Eifersucht kein Platz. Ich habe gelernt, ihn im Keim zu ersticken, und nur gelegentlich zeugt ein rasender Puls davon, wie oft und wie sehr mein Oberstleutnant d. R. mit seinen tatsächlichen und vermuteten Seitensprüngen einst mein Ego verletzt hat.

Hier sei die Anmerkung erlaubt, dass Leon diesbezüglich völlig harmlos ist und auch keinerlei revolutionären Ideen nachhängt, die alles Herkömmliche und Bürgerliche durch einen neuen, freiheitlichen Geist ersetzen wollen.

Leon ist einfach nur unheimlich eifersüchtig, und zwar in einem durch und durch altmodischen Sinn. Man muss ihm jedoch zugute halten, dass seine Eifersucht nicht daher rührt, dass er etwa selbst fremdgeht und also von sich auf andere schließt. Im Gegenteil, er ist Ninusch so treu, wie man nur irgend sein kann. Gleichzeitig brauchen wir uns natürlich nichts vorzumachen: Weder werfen sich die Frauen Leon zu Füßen noch reißen sie sich ein Bein aus, um ihm den Kopf zu verdrehen. Aber Treue ist schließlich eine seltene Tugend, und daher hinterfrage ich Leon in diesem Punkt nicht, sondern respektiere ihn lieber für seine Treue, ohne mir über die wahren Gründe den Kopf zu zerbrechen.

In puncto Eifersucht dagegen ist Leon weit weniger edel. Vordergründig ließe sich sein Verhalten mit der felsenfesten Überzeugung erklären, dass die gesamte männliche Bevölkerung, genau wie er selbst, Ninusch für das begehrenswerteste aller Geschöpfe hält und daher niemand ihrem Zauber widerstehen kann – ein rührender Beweggrund und wohl gemeinhin typisch für naiv Verliebte.

Doch in Leons Fall ist diese Begründung nur vorgeschoben. Mehr als alles andere nämlich fürchtet er, Ninusch selbst könnte dämlich genug sein und sich so sehr nach menschlicher Wärme sehnen, dass sie jedes unanständige Angebot annehmen würde, sofern es auch nur halbwegs manierlich vorgetragen wird.

Leider muss ich einräumen, dass seine Vermutung nicht weit hinter die Wahrheit zurückfällt. Erst vor ein paar Tagen, als ich Ninusch an einer Litfaßsäule zurückließ, um bei *Ben&Jerry's* schnell zwei Tüten Eis für uns zu holen, entdeckte ich bei der Rückkehr zu meiner Bestürzung, dass sie gerade mit ein paar Soldaten aus Bat-Jam verhandelte, die auf

Urlaub waren. Sie wollten Tel Aviv unsicher machen und hatten Ninusch eine Pille Ecstasy und ein Abendessen im *Hatikva-Grill* angeboten, wenn sie sie auf ihrem nächtlichen Streifzug begleiten würde.

Wie gesagt, Leon kennt Ninusch und tut, was er kann, um zu verhindern, dass sie alleine loszieht. In dieser Hinsicht unterstützt er unsere Freundschaft, zu unserem Glück. Ich mit meiner resoluten Art kann Ninusch jederzeit davon abhalten, den gesamten Bauarbeitertrupp an der Ecke Melchett/Bar-Ilan mit Oralsex zu bedienen, bloß weil die sie darum gebeten haben.

An dieser Stelle fragt man sich, welche archaischen Instinkte einem Tier, das sich so verbogen und selbst gezähmt hat wie der Homo sapiens, eigentlich noch geblieben sind. Aber Männer spüren offenbar mit geheimen, unsichtbaren Antennen, dass Ninusch Ninusch ist. So kühl und in sich gekehrt sie sich auch geben mag – wenn sie durch die Straßen unserer staubigen Stadt stromert, wissen die Kerle sofort, dass sie es mit einem geschädigten Geschöpf zu tun haben, das zum Ausnutzen förmlich einlädt. Es ist so verletzt, dass es aus einem einzigen riesigen Bluterguss besteht, und sie wittern das verborgene Blut, als hätte man ihnen in einem teuren Restaurant ein rohes, gut abgehangenes Filet unter die Nase gehalten. Das gegenseitige Erkennen von Henker und Opfer funktioniert in Ninuschs Fall glänzend, geradezu lehrbuchmäßig, wie in einer Vorlesung über die Anatomie der Seele.

Ninusch selbst fühlt sich übrigens nie ausgenutzt. Aus ihrer Sicht ist eine Begegnung immer ein Handel, bei dem jede Partei bekommt, was ihr zusteht. Das macht Leon noch rasender. Der Gedanke, dass sie ihren Körper ohne Not zu Freiwild macht, setzt bei ihm ganze Ölfelder von Wut und Angst in Brand.

Zu Anfang ihrer Beziehung, bevor Ninusch ihm ihre passive Freizügigkeit gestand, hatte Leon ihr noch vertraut. Er baute auf die Vorteile, die er ihr insgesamt mit seiner Liebe bot, und konnte sich einfach nicht vorstellen, dass eine ansonsten vernünftige Frau blöd genug wäre, für einen Gelegenheitsfick mit zwei ghanaischen Fremdarbeitern, die sie zufällig auf einem Stadtplatz kennen gelernt hatte, das Glück und die Sicherheit, die ihr in den Schoß gefallen waren, aufs Spiel zu setzen. Mit der Zeit fand er jedoch heraus, dass Ninusch jede Aufmerksamkeit beantwortete wie Joyces Molly Bloom: »Ja. Ja. Ich will. Ja.«

Diese traurige Erkenntnis mündete in einen Eklat, der eine abwechslungsreiche Phase der Schläge, Tränen, Gespräche bis tief in die Nacht, Drohungen und sanftäugigen Belehrungen nach sich zog. Als sich aus dieser Odyssee die Regeln des Zusammenlebens schließlich herauskristallisiert hatten, schwor Ninusch bei allem, worauf sie noch schwören konnte (und das war nicht viel, liebe Leute, nicht viel!), dass sie sich ab sofort so zurückhaltend und anständig benehmen würde, wie es sich für eine Frau, die einen Mann an ihrer Seite hat, geziemt. Doch ach, es war bereits zu spät: Leons Eifersucht war aus ihrem Kellergefängnis aus- und in seine Gedanken- und Gefühlswelt eingebrochen, wo sie jedes Fitzelchen Vernunft verschlang.

Das schockierte ihn. Früher, so Leon über sich selbst, war er nie im Geringsten eifersüchtig gewesen. In den ganzen siebenundzwanzig Jahren seiner Ehe mit Mary-Ann hatte er nie auch nur einen Hauch von Eifersucht verspürt, und da ihn diese psychologische Auffälligkeit damals beunruhigte, animierte er schließlich die arme Mary-Ann, von Natur aus ebenso treu wie er, zu allen möglichen Seitensprüngen, in der Hoffnung, dass diese bei ihm die ersehnten Gefühlsregungen auslösen würden. Zum Beispiel nötigte er sie zu Sex mit seinem Partner Moische Zwengenboim, mit dem er seinerzeit in Miami eine Schönheitsfarm betrieb, oder er schleppte sie in Swingerclubs, und zur Party anlässlich ihres vierzigsten Geburtstags engagierte er einen braun gebrannten, wasserstoffblonden jungen Mann, der mit nicht mehr als einem getigerten Lendenschurz à la Johnny Weissmuller bekleidet aus einer mehrstöckigen Cremetorte sprang und über Leons ›beschränkte Schickse‹, wie er sie zärtlich nannte, herfiel.

Doch all diese Versuche, so erzählte Leon Ninusch – und sie natürlich mir –, erfuhren eine herbe Niederlage: Der von ihm angestiftete Ehebruch mit Moische Zwengenboim weckte in Leon nichts als Schuldgefühle gegenüber seinem Freund und Partner, in den Swingerclubs hing er gelangweilt herum und beobachtete, an einer Cola-light-Dose nuckelnd, wie seine Frau von fremden Männern vernascht wurde, während er im See seiner Gefühle nichts anderes an die Angel bekam als Gedanken über die Hässlichkeit und Vergänglichkeit des menschlichen Körpers im Allgemeinen und die des weiblichen im Besonderen. Selbst auf der allseits bejubelten Geburtstagsparty saß er am Ende um vier Uhr morgens in Gesellschaft des Tortentarzans, der ihm anvertraute, er wolle seine billige Beschäftigung aufgeben und ein buddhistischer Heiler werden, in der Küche seiner Villa und vertilgte die Reste der koscheren Sushiplatte.

Ich bin fertig mit Frisieren. Dutzende Klämmerchen halten den Schwall meiner dunklen Haare zu einem raffinierten Gebilde zusammen, aus dem mir einzelne Strähnen gespielt lässig in Nacken und Stirn fallen.

Armer Leon! Wer hätte gedacht, dass die Aufregung, nach der sein unerschütterliches Herz sich so sehr sehnte, sein Leben in eine Hölle verwandeln würde. Und so geschah es, dass der gehörige Absturz einen manierlichen und respektvollen Menschen auf einen Schlag zu einem dionysischen Chaoten mutieren ließ, der sich nach vollkommener Verschmelzung sehnte. Und dieser Mensch, der daran verzweifelte, dass direkt vor seiner Nase eine andere Welt existierte, heimlich, unberührbar und für ihn verboten – die Welt, in der jeder nur sich allein gehört –, dieser Mensch hielt jetzt gerade meine Freundin auf.

Um mich abzulenken von dem, was in diesem Augenblick zwischen Ninusch und Leon geschieht, sehe ich meine Handtasche durch. Alles ist an seinem Platz, das Bargeld, die Brille, die Puderdose, das Lipgloss.

Ich studiere die Eintrittskarten. Es ist der letzte Abend, an dem der Zirkus in Israel gastiert, die Vorstellung beginnt um halb neun. Doktor Israel Riklis hatte mir die Karten mit leicht verächtlicher Miene in die Hand gedrückt, nachdem ich ihm auf dem schmalen Flur zum Klo erfolgreich ausgewichen war, als er mir im Vorbeigehen einen Klaps auf den Po geben wollte.

»Hier, Lilly, das ist von dieser PR-Tante mit der Notextraktion.«

Als ich höflich ablehnen wollte, fiel er mir ins Wort.

»Nimm sie ruhig. Adina mag so was nicht, weil es an Tierquälerei grenzt, und ich würde mich bloß langweilen. Ein gutes Ballett von Bat-Sheva, so was wie ›Anaphasa‹, jederzeit, aber auf engstem Raum mit den ganzen Prolls aus Bat-Jam und Holon, das ist doch ein bisschen too much«, sagte er und beendete die plumpe Vertraulichkeit, indem er mich zum Abschied in die Wange kniff.

Natürlich hätte ich die Karten ausschlagen können, aber ich dachte sofort an Ninusch: Ihr schlaffes Gesicht würde schlagartig in kindlicher Erwartung erstrahlen, wenn ich ihr einen Zirkusbesuch in Aussicht stellte. Für sie waren schon ein Milchshake an der Strandpromenade oder eine Nachmittagsvorstellung mit einer romantischen Kinokomödie die reinste Freude, aber ein Zirkusbesuch, das war ästhetischer Hochgenuss, das Allerhöchste der Gefühle. Ob es an ihrer Krankheit lag oder mit der Mentalität ihres Herkunftslandes zu tun hatte, weiß ich nicht, aber Ninusch sah im Zirkus ihr privates Arkadien, da gehörte sie hin, nur hatte sie es leider nie dahin geschafft, an den Ort, wo ihr angeborener Defekt ein Segen gewesen wäre und ihr nur zum Vorteil gereicht hätte.

Ich stecke die Eintrittskarten in die Handtasche.

Man könnte die Beziehung zu meinem Arbeitgeber als anhaltende sexuelle Belästigung bezeichnen, doch das wäre zu kurz gegriffen. Es stimmt zwar, dass der gute Herr Doktor jede sich bietende Gelegenheit nutzt – und deren gibt es nicht wenige –, um mich flüchtig zu streifen, sich von hinten an mich zu schmiegen und manchmal gar meinen Busen zu begrapschen, doch dank meines Taktgefühls, meines spritzigen Humors sowie meines diplomatischen Geschicks gelingt es mir, diesen wiederholten Annäherungsversuchen zu entgehen, ohne Doktor Riklis' Selbstachtung als Mann wie auch als Arbeitgeber zu verletzen. Schließlich ist das, was man sexuelle Belästigung nennt, auch nur eine Frage des Anspruchs und des Geschmacks und hat mit political correctness nichts, aber auch gar nichts zu tun. Wäre mein Herr Doktor jünger und sähe besser aus, ich würde mich auf der Stelle und mit Vergnügen auf seinem High-tech-Behandlungsstuhl von ihm vernaschen lassen.

»Und abgesehen davon«, antworte ich Ninusch auf ihre wiederholte Frage, warum ich mich nicht entschiedener wehre, »ist Doktor Riklis sozusagen meine Lolita, ein zweiter Dorian Boiangiu. Riklis ist sein Replikat, so wie Lolita das Replikat von Annabelle war, dem Mädchen, in das der vierzehnjährige Humbert an der französischen Riviera unsterblich verliebt war.«

Ninusch kichert, obwohl sich dieser Witz in unserer privaten Mythologie schon totgelaufen hat.

»Aber noch wichtiger«, hier ziehe ich streng die Augenbrauen zusammen, »und das hab ich dir schon tausendmal erklärt, Nina: Als Dentalhygienikerin darf ich nach geltendem Recht in diesem Land, in das du eingewandert bist, keine eigene Praxis betreiben. Bleibt nur zu hoffen, dass unser Berufsverband irgendwann eine Änderung erreicht.«

Und da quietscht Ninusch vor Vergnügen: »Weil eine Dentalhygienikerin nämlich nur eins zu verlieren hat: ihren Zahnarzt!«

Doch ich lasse mich von ihrer Albernheit nicht anstecken. Mein Beruf, das bin ich, und ich lasse mich nicht zur Witzfigur machen. Hin und wieder ein bisschen Eitelkeit muss erlaubt sein.

»Außerdem«, fahre ich fort, »hab ich bei Israel Riklis Kundschaft am laufenden Meter und mache Kohle ohne Ende.«

Ninusch stöhnt und nickt verständnisvoll. Worte wie ›Kundschaft‹ und ›Kohle‹ sind ihr Sesam-öffne-dich, das ultimative Argument in jeder Lebenslage.

Ein letzter Blick auf die teure Breitling, die sie von Leon für mich gestohlen hat: Viertel nach acht. Ein letztes Zögern, bevor ich ihre Nummer wähle – eigentlich sollte man Leon nicht reizen, wenn Ninusch mit ihm allein ist. Aber vielleicht schaffen wir es noch zur zweiten Hälfte der Vorstellung. Dann schicken wir den dressierten Raubkatzen solidarische Gedanken, bevor wir wieder gehen.

Ninusch antwortet ausdruckslos und lakonisch, was manche Leute ihr als eine Art Autismus auslegen.

»Geh ohne mich, Lilly. Ich kann jetzt nicht.«

**Natürlich. Hätte ich mir ja denken können.** Dennoch rege ich mich auf, laufe kopflos hinunter zur Straße. Besser, ich gehe irgendwohin, als dass ich zu Hause vor Sorge durchdrehe. Wenn sie sich doch nur von mir helfen ließe! Aber vielleicht ist das Recht ja auf ihrer Seite. Wie könnte ich irgendjemandes Leben – irgendjemandes Leben? Quatsch! Ninuschs Leben! – einfacher machen? Schließlich ist das Leben für jeden eine höchst subjektive Angelegenheit, und für eine knapp Fünfundzwanzigjährige, die zwar im herkömmlichen Sinn nicht ganz dicht ist, dafür aber eine heile, engelreine Seele hat und dazu eine solche Vergangenheit – Mutter früh verloren, Auswanderung nach Israel, Inzesterfahrungen, Flucht von zu Hause, Trebe, Straßenstrich, Hostessendienst, Suppenküchen und Übernachten auf Parkbänken –, bedeutet das, was sie jetzt hat, wahrscheinlich Erholung.

Neben mir hält mit quietschenden Bremsen ein Taxi. Durchs offene Fahrerfenster linst eine Frau zu mir herüber.

»Wo soll's hingehen?«

Damit ist mir die Entscheidung abgenommen.

»Messegelände, zum Zirkus.«

Ich zwänge mich auf den Rücksitz und mustere den blondierten Hinterkopf der Fahrerin, während sie das Taxameter anstellt. Dann nehmen wir in ihrem kleinen Rückspiegel, an dem schaukelnd ein rosa Stoffhäschen baumelt, Blickkontakt auf. Sie ist nicht mehr jung und sieht ziemlich fertig aus, dennoch versucht sie, getreu dem Ethos ihres Berufs, ein Gespräch mit mir anzuknüpfen. Sie habe gehört, der Zirkus sei super, aber sie werde nicht hingehen – fünf Kinder, das mache fünf Eintrittskarten und noch eine für sie selbst, da könne man ja arm werden.

Ich nicke höflich, mir ist nicht nach Unterhaltung, ich möchte meine Gedanken über Ninusch ordnen. Außerdem bin ich immer noch aufgewühlt vom letzten Winterregen, der am Mittag dieses Apriltages Tel Avivs Straßen überflutete und mir eine sorgfältige Innenschau abverlangte, und ich grüble nach einer Erklärung für die Unruhe, die mich umtreibt und schlafende Erinnerungen weckt.

Mit weiblichem Feingefühl hat die Taxifahrerin meine Reserviertheit bemerkt. Sie verstummt, stellt das Radio lauter, heftet den Blick auf die Straße. Obwohl ich aufgewühlt bin, kann ich nur mit Mühe den Impuls unterdrücken, der in jeder Frau erwacht, wenn ihr eine andere Frau über den Weg läuft. Im Gegensatz zur schlampigen Frisur sind die Hände auf dem Lenkrad gepflegt, mit langen, eckig gefeilten, perlmuttfarben lackierten Fingernägeln. Solidarische Wärme berührt meine Wange – o nein, wir, die berufstätigen Frauen, das schöne Proletariat, würden nie darauf verzichten, der Welt mehr Glanz zu verleihen.

Natürlich hat Leon seine guten Seiten. Er hat Ninusch bei sich aufgenommen, die einsame, bescheuerte Ninusch mit ihren fauligen Zähnen. Er hat sie Tschengis Magometov, genannt ›der Greifer‹, entrissen. Und Norman. Und ihrem Stiefvater. Und noch einer langen Latte weiterer, namenloser Kerle, die ihre Herren und Folterer gewesen waren, und solche, die es mit Sicherheit noch geworden wären.

Und nicht zu vergessen: Er meint es ernst mit ihr. Ein Jude aus Miami, Florida, der nach dem Tod seiner nichtjüdischen Frau in der Rückkehr zu den Wurzeln Trost fand. Zwar war er kein junger Hüpfer mehr, er befand sich auf dem aufsteigenden Ast zu den ›besten Jahren‹ – oder sollte man da eher vom absteigenden Ast sprechen? –, doch bekanntlich sind Männer Kindsköpfe, und das Alter meint es mit dieser anhaltenden Kindheit nur gut. Die Seele wird trauriger, während die Persönlichkeit wächst und gedeiht wie ein Baum am Ufer eines Wasserlaufs. Natürlich spielt der Körper nicht immer mit –, die einzige Komponente der menschlichen Pracht, die mit der

Zeit nicht besser wird –, doch wie gesagt, Ninuschs ausgeprägter Geschlechtstrieb ähnelt der Wucht, mit der Amundsen die norwegische Flagge ins ewige Eis gerammt hat, und es ist ihr egal, ob sie ihr Bett mit einem Adonis oder einer Mischung aus Quasimodo und Elefantenmensch teilt. Immerhin waren selbst Berühmtheiten wie Sokrates oder Lincoln hässlich – ihrem Ansehen hat das keinerlei Abbruch getan, im Gegenteil.

Auf der Suche nach neuen Lebensinhalten ließen Leon die Erinnerungen an seine Jugend in der Bnei-Brith-Loge keine Ruhe, und er beschloss, nach Israel auszuwandern. Ein neues Leben, eine neue Frau, diesmal aber aus seinem eigenen Volk – das war, was ihm vorschwebte, und er stürzte sich wagemutig auf die Verwirklichung seiner Träume. Dass Ninusch allerdings um kein Gen jüdischer war als die verstorbene Mary-Ann, das wurde vor ihm sorgfältig geheim gehalten. So viel dazu.

Sein Geld machte Leon mit ›Lady's Little Shaking Friend‹, einer elektrischen Radlerhose zum Abbau von Cellulite. Die arme Mary-Ann seligen Angedenkens war sozusagen der Entwicklung dieses ›Lady's Little Shaking Friend‹ zum Opfer gefallen – sie fand den Tod in einem frühen Prototyp, einem primitiven Vorläufer, der noch an die Steckdose angeschlossen werden musste: Leons ›beschränkte Schickse‹ verkohlte im Badezimmer des kleinen Schlösschens, das wie ein schmucker Steilhang vor dem blauen Golf von Florida aufragte.

Seit damals hat diese Radlerhose zahlreiche Weiterentwicklungen durchlaufen; sie ist inzwischen patentiert und wird mit Batterien betrieben, damit sich die Damen beim Abnehmen frei und ohne Gefahr für Leib und Leben bewegen können. Im Prinzip funktioniert die Sache folgendermaßen: Die Radlerhose vibriert mit schwindelerregender Frequenz auf Po und Oberschenkeln und baut auf diese Weise das unliebsame Fett ab. Ob aus diesem oder anderen, eher schlüpfrigen Gründen, jedenfalls werden derzeit weltweit acht ›Lady's Little Shaking Friends‹ pro Minute verkauft, und das Geld strömt auf Leons zahlreiche Konten wie Wasser aus einer nie versiegenden Quelle.

Leider hat Ninusch praktisch nichts von diesem Reichtum, da Leon es strikt meidet, ihr ›leibhaftiges‹ Geld in die Hand zu drücken, aus Angst, sein Täubchen würde, sobald es genug zusammengespart hätte, den Knackarsch heben und für immer auf und davon fliegen.

Nur ein einziges Mal hat er sich nicht lumpen lassen: als er ihr die neuen Zähne spendierte. Wenn Ninusch sonst etwas will, muss sie Leon mit feuchten Augen anflehen oder aber auf den guten Willen und den guten Geschmack ihres Gönners vertrauen.

Und Leon hat einen sehr guten Geschmack. Seine Wohnung ist hell und großzügig wie ein venezianischer Palazzo und voller Bilder, Möbel, Teppiche und Kunstgegenstände. Seine Schränke platzen vor Designerklamotten, Seidenunterwäsche, Anzügen und handgenähten Schuhen. Die Kommodenschubladen sind randvoll mit antikem wie neuem Schmuck, brillantbestückten Patek-Philippe- und Cartier-Uhren, schnörkeligen Armbändern aus blassem Platin, Siegelringen, die er Museen für viel Geld abgekauft hat, und schweren, meisterlich gearbeiteten Goldfeuerzeugen. Die Regale im Badezimmer biegen sich unter dem Gewicht Dutzender Tiegel, Töpfchen und Flakons mit Mixturen und Parfüms, lauter Kreationen der weltbesten Kosmetikologen und Dermatologen. Doch ach und weh!, all diese künstlichen Schönheitsmittel unterstreichen nur Leons angeborene Hässlichkeit.

Und Sokrates hin oder her, Leon ist wirklich hässlich, abgrundhässlich, grottenhässlich. Da er aber ein Ästhetiker ist, wie er im Buche steht, ein Augenmensch, erlebt er seine eigene Hässlichkeit als Fluch. Ich weiß genau, dass das Leben für Leon in jeder Sekunde eine Hölle der Scham ist, und dieses Wissen tröstet mich. Er schämt sich seiner Untersetztheit, seines feisten, mit Aknenarben übersäten Gesichts, der wimpernlosen Augen, seiner Haut, weil er am ganzen Körper mit Ekzemen und Psoriasis geschlagen ist. Doch leider weiß ich auch: Diese Hölle sorgt dafür, dass Leon Ninusch so gnadenlos klammert. Als wäre ihre betörende Schönheit in höchstem Maße ansteckend, so dass er sich nur lange genug in ihrer Nähe aufhalten muss, um von seiner Hölle erlöst zu werden.

**Ich sehe durchs Fenster,** irgendetwas draußen hat meine Aufmerksamkeit geweckt. Ist das hier nicht eine Einbahnstraße? Merkwürdigerweise durchfahren wir sie meiner bescheidenen Ansicht nach gegen die Richtung. Ich suche den Blick der Taxifahrerin im Rückspiegel. Sie zieht die Augenbrauen leicht zusammen, eine Reaktion, die ein Fragezeichen ausdrücken soll.

»Sind Sie sicher, dass wir richtig fahren?«

»Schätzchen«, antwortet sie ungerührt und selbstbewusst, »ich fahre in dieser Stadt seit zehn Jahren Taxi.«

»Wieso kommt es mir dann so vor, als würden wir gegen die Richtung fahren?«

»Sie haben sich doch gerade selbst die Antwort gegeben: ›Es kommt Ihnen so vor‹. Sie können mir glauben, ich bringe Sie auf dem kürzesten Weg zum Ziel. Ich bin den ganzen Tag in der Stadt unterwegs und weiß genau, was wo zu welcher Uhrzeit auf den Straßen los ist. Warum sollte ich Staus nicht umfahren? Und jetzt haben wir auch noch die Vollsperrung in der Balfour, die wurde komplett aufgerissen, da werden Rohre verlegt oder was, Scheißtiefbauamt. Was ist denn, haben Sie's eilig?«

Ich werfe einen Blick auf meine Uhr. Das hätte ich mir sparen können, ich weiß auch so, dass ich den Beginn der Vorstellung verpassen werde.

»Ich bin nicht gern unpünktlich.«

»Rufen Sie doch an, wenn jemand auf Sie wartet, und sagen Sie Bescheid, dass Sie ein paar Minuten später kommen, dann gibt's keinen Stress. Soll ich Ihnen mein Handy geben?«

»Nein, danke.«

Ich weiß nicht, was mich dazu veranlasst, ihr Bild zu korrigieren und in einem Anfall von Aufrichtigkeit hinzuzufügen: »Außerdem wartet niemand auf mich.«

Das war dumm. Offenbar hat sie auf ein Eingeständnis dieser Art nur gewartet.

»Was Sie nicht sagen! Wie schade! Eine junge Frau wie Sie? Und da gehen Sie einfach allein in den Zirkus?«

»Wieso nicht? Finden Sie etwa, Frauen sollten nicht allein ausgehen?«

»Wenn ich ehrlich sein soll: nein. Allein ausgehen, das zieht einen bloß runter. Außerdem kann man hinterher mit niemandem darüber reden.«

»Mich zieht das nicht runter. Ich finde, eine Frau kann und soll allein ausgehen.«

»Aha, eine Feministin.«

»Absolut. Außerdem war ich mit einer Freundin verabredet, aber sie hat in letzter Minute abgesagt.«

Ich sehe weg, ich will mein Privatleben nicht weiter mit ihr diskutieren, geschweige denn, mich für meine Ansichten auch noch rechtfertigen. Es macht mich rasend, wenn Frauen das Wort ›Feministin‹ aussprechen, als stünde es für eine anstrengende, verstaubte und anstößige Lebensweise.

Ich blicke wieder aus dem Fenster: Wir kommen sagenhaft langsam voran.

Leon hatte Ninusch kennen gelernt, als sie von ihrem letzten Arbeitgeber zu ihm geschickt wurde, von Tschengis Magometov, dem Greifer, einem Mann mit aristokratisch geschwungener Nase und dem schmalen, geschmeidigen Becken einer verwilderten Katze, einem Mann in dem besten Jahren, der bei Frauen Lust, bei Untergebenen dagegen Ehrfurcht weckte.

Was dem Greifer seinen Spitznamen eingebracht hatte, war das fabelhafte Becken, das trotz eines festen kleinen Kugelbauchs, der wie eine halbe Wassermelone aussah und inzwischen auch ein wenig über den Jeansgürtel hing, nichts von seinem Reiz eingebüßt hatte. Magometov war sich seiner naturgegebenen Vorzüge voll bewusst und trug daher stets einen breiten Ledergürtel, auf dessen schwerer Schnalle ein Weißkopfadler, Symbol des großen Amerika, prangte. Der Gürtel betonte das schmale, muskulöse Becken, die Greifvogelschnalle aber diente zur Veranschaulichung der Kraft, die in ihm steckte – ein Fetisch, ein heiliges Utensil, eine blickleere kultische Maske.

Ferner verdankte Magometov seinen Spitznamen dem berüchtigten Gebrauch, den er von seinem Gürtel machte, wenn er, der ansonsten gute Manieren an den Tag legte und mit sanfter Stimme sprach, meinte, dem einen oder anderen Geschöpf mal wieder Bescheid stoßen zu müssen, wer der strafende und mildtätige Gott des Universums sei.

Das Unternehmen des Greifers lief außerordentlich gut, ja geradezu fantastisch, besonders wenn man bedenkt, dass das Zielpublikum in unserem kleinen Land nicht sonderlich groß ist. Waren die erste hebräische Prostituierte und der erste hebräische Dieb deutliche Anzeichen dafür, dass wir auf dem besten Weg waren, uns zu einem ganz normalen Volk mit den üblichen Licht- und Schattenseiten zu entwickeln, so hob Magometovs Unternehmergeist uns – zumindest in dieser einen Hinsicht, um die es hier geht – auf eine Stufe mit den Ländern der aufgeklärten westlichen Welt.

Verglichen mit Magometovs exquisitem Anspruch war der Name des Unternehmens eher trivial: *Fitnessstudio Exklusiv*. Die Gegend, in der es lag, strotzte nur so von Etablissements ähnlichen Namens, die auf den ersten Blick ähnliche Dienstleistungen anboten. Doch eben nur auf den ersten Blick. Magometovs Unternehmen war nämlich im gesamten Nahen Osten das einzige seiner Art, wie der Greifer sowohl Mitarbeitern als auch Kunden gegenüber bereits im ersten Gespräch gern betonte. Auch der ordinäre Standort – in der Ben-Avigdor-Straße – diente nur der Tarnung. Wie beiläufig in den zweiten Stock eines Industriebaus eingewoben, der eine Bäckerei, eine Schweißerei, eine Schnurfabrik und einen Verlag für Handbücher aller Art beherbergte, wirkte das Büro des

Greifers mit der daran angeschlossenen Wohnung wie ein stinknormales Hostessenstudio.

Hier muss betont werden, dass auch die bescheidene Wohnung genutzt wurde – ein Mann wie Tschengis Magometov würde sein Geld nie zum Fenster rauswerfen. In dem kleinen ›Salon‹ hinter dem Büro standen stets zwei Mädchen aus der Sowjetunion bereit, die weniger anspruchsvolle Kunden in eines der kleinen, durch Rigipswände voneinander getrennten Zimmer führten, wo sie sie zu fairen Preisen nach Wunsch bedienten. Wer sich dagegen ein bisschen in der Branche auskannte – und Ninusch kennt sich mit den Geschäften des Greifers hervorragend aus –, wusste, dass das Haupteinsatzgebiet der Mädchen im Bürobereich lag: Tschengis hatte alle Hände voll zu tun und brauchte immer jemanden, der mal kurz einen Brief an einen seiner drei Anwälte tippte oder seinen Terminkalender auf Vordermann brachte.

In ihrer freien Zeit beschäftigten sich die Mädchen, die Julia und Oksana hießen, mit dem systematischen Befüllen und Entladen der vier Waschmaschinen auf dem hinteren Balkon der Wohnung. Die anfallende Schmutzwäsche bestand ausschließlich aus Berufsbekleidung – Slips aus schwarzer und roter Spitze, kunstseidene Tops und Shorts, Seiden- und Netzstrümpfe, Baby-Dolls, Strapse, String-Tangas, Korsetts, Büstenhalter und was es sonst noch an Intimwäsche gibt – und gehörte den übrigen Frauen, die im Dienst des umtriebigen Greifers standen. Anders als die samen-, blut-, kotze- und urinbefleckte Bettwäsche, die jeweils montags und donnerstags in Tschengis' Vertragswäscherei gegeben wurde, fielen die farbigen Haufen, die Julia und Oksana zu betreuen hatten, in die Kategorie ›Feinwäsche‹: maximal dreißig Grad, auf keinen Fall schleudern und auf links im Schatten trocknen!

Das Büro war selbst für Ninuschs damals noch einfachen Geschmack höchst bescheiden eingerichtet. Am rechten Ende eines alten, aber ausladenden, meist mit Stapeln von Papieren und Rechnungen zugemüllten Schreibtischs standen zwei billige Glasaschenbecher, die ständig überquollen von nur angerauchten Winston Light, weil sich die Bemühungen des Greifers um eine gesunde Lebensweise darin erschöpften, jede seiner sechzig Zigaretten pro Tag in der Regel nur halb zu rauchen, und Julia und Oksana mussten sich häufig Tschengis' Gemecker anhören, dass der Ärger ob dieser Verschwendung den Gewinn für seine Gesundheit glatt zunichte mache.

Links auf Magometovs Schreibtisch stand eine veraltete elfenbeinfarbene Telefonanlage, doch er tätigte die meisten Geschäfte, indem er geschickt vier Mobiltelefone jonglierte, zu denen er zwischendurch noch ein fünftes hinzunahm, das nur seine nächsten Familienmitglieder anrufen durften, sprich seine Frau – sie hieß, genau wie Ninusch, Nina (wieder die berühmte Ironie des Schicksals!) –, die vier Kinder, die alte Mutter und die beiden Brüder und Geschäftspartner, die den Greifer im Norden und Süden des Landes, also in den nördlichen Vororten von Haifa sowie in Beer-Schewa, der Hauptstadt des Negew, seinem Ruf entsprechend vertraten.

Das Einzige, was irgendwie auf einen gewissen Luxus hinwies, war ein ergonomisch geformter Bürosessel, in dem Magometov seine langen Arbeitszeiten zubrachte. Aus seiner Sicht war diese Caprice mit amerikanischem Komfort eine unverzichtbare Notwendigkeit, denn trotz seines berühmten aufrechten Gangs litt Tschengis an chronischen Schmerzen im Lendenwirbelbereich, und Julia oder Oksana mussten regelmäßig zur Massage antreten. Zu diesem Zweck wurde der Schreibtischsessel, wie in der Werbung gezeigt, mit einem einzigen Handgriff in eine bequeme Einzelliege verwandelt, und der Greifer lag da und grunzte unter Stöhnen Anweisungen, wo und wie lange die Mädchen ihn bearbeiten sollten.

Aber von dieser einen Verwöhnung abgesehen, achtete Tschengis strikt auf ein spartanisches Ambiente; er, der seine Kindheit und Jugend unter dem sowjetischen Regime verbracht hatte, wusste genau, dass Bescheidenheit das Maß aller Dinge war, ob im Auftreten gegenüber den Behörden oder im

Umgang mit sich selbst – ein mindestens ebenso wichtiger Aspekt für ein gesundes Leben wie das Zurückschrauben des Zigarettenkonsums.

Ja, hier, inmitten des ohrenbetäubenden Lärms der Straße, in der sich ein Etablissement ans andere reiht, und der in unmittelbarer Nähe vorbeiführenden Stadtautobahn betrieb Tschengis Magometov sein etwas verschlafenes Schaufenster; das eigentliche Leben und Wirken des Greifers spielte sich dahinter ab.

Einmal im Monat änderte sich alles schlagartig, dann herrschte in der bescheidenen Kommandostelle die hektische Betriebsamkeit einer Operationszentrale im Verteidigungsministerium. Die Fenster wurden geschlossen, die Rollläden heruntergelassen, die beiden altersschwachen Klimaanlagen erfüllten den Raum mit einem dumpfen, alles vereinnahmenden Summen wie die Motoren der *Nautilus*, und der Greifer mutierte zum wortkargen, schnell denkenden Käpt'n Nemo. Dann war im Büro der Bär los – so erzählte Ninusch immer wieder gern, ernst und mit gefurchten Brauen –, und es herrschte Betrieb bis tief in die Nacht. Julia und Oksana mussten Massage Massage und Wäsche Wäsche sein lassen und wurden stattdessen zum Kaffee machen, Aschenbecher leeren, Knabberzeug besorgen, Schnitzel holen oder anderen Botengängen abkommandiert, wie es Magometov in dieser heißen Phase seines Geschäfts eben gerade einfiel.

An solchen Tagen kam eine neue Ladung Mädchen an, zusammengesammelt aus allen Ecken des niedergegangenen sowjetischen Reiches. Von Riga bis Tschernowitz, von Jerewan bis Charkow, von Taschkent bis Odessa – die flinken Agenten des Greifers waren überall im Einsatz. Sie annoncierten in den örtlichen Zeitungen, vereinbarten Termine, besorgten Bahn- und Flugkarten, verteilten Bestechungsgelder, fälschten Ausweispapiere. Am Ende wurden die Geschäfte per Handschlag besiegelt, und ab ging die Post nach Israel. Bei der Ankunft hatten sich die Mädchen einer sorgfältigen Inspektion zu unterziehen, die der Greifer persönlich durchführte. Dabei verzichtete er auf die gewohnte Methode, alles in Eigenregie abzuwickeln, und zog als Berater seine Brüder Tolik und Jakob hinzu, die, wie gesagt, die Zweigstellen betreuten.

Magometov war in allem, was die Arbeit anging, ein Profi und arbeitete streng nach der Maxime ›Qualität schafft Vertrauen‹. Hatten die Agenten Narben am Körper, ein Muttermal von der Größe des Deckels einer ›Snapple‹-Flasche, Haare um die Brustwarzen oder einen asymmetrischen Busen übersehen, so sank der Preis für das Mädchen automatisch von den üblichen sechs- auf nur dreitausend Dollar. Ninusch wusste sogar zu berichten, dass Kunden, die ein Mädchen kaufen wollten und den betreffenden Mangel nicht bemerkt hatten, von Magometov ausdrücklich darauf hingewiesen wurden. Er gewährte dann von sich aus Rabatt und duldete kein weiteres Feilschen – ein geradezu frappant redliches Geschäftsgebaren.

Kein Wunder also, dass Tschengis Magometov auf dem Markt käuflicher Liebe der Ruf eines Mannes vorauseilte, der das Motto ›Der Kunde ist König‹ – Patentrezept eines jeden florierenden Geschäfts – zutiefst verinnerlicht hat und höchsten Ansprüchen genügt. Seit ich denken kann, zermartert sich Ninusch ihr hübsches Köpfchen nach einer Berufsbezeichnung, die die Unternehmungen des Greifers hinreichend beschreibt: Vermittler? Entrepreneur? Großhändler? Unternehmergenie? Keine davon stellt sie zufrieden, und in vielerlei Hinsicht zu Recht. Irgendwann legte sie sich auf ›Import-Export‹ fest, eine Verknappung, die gerade das Wesentliche an Magometovs Tätigkeit nicht berücksichtigt – aber was hat Ninusch schon mit Vokabeln am Hut?

Wie dem auch sei, jeder umsichtige Geschäftsmann weiß: Ein Geschäft, das nicht expandiert, ist eine gescheiterte Unternehmung, was zählt, ist Dynamik oder zumindest die Tendenz dazu, und daher war Tschengis Magometov der Letzte, der sich mit dem Gütesiegel ›Herausragender Importeur‹ zufrieden gab oder sich auf seinen Lorbeeren ausruhte. Der guten Ordnung halber unterhielt er in einem Altbau an dem Knick, wo die Ibn-Gvirol in die Jehuda-Halevi übergeht – eine der wichtigen Nord-Süd-Magistralen der Stadt –, zwei Wohnungen als Unterkunft für je vier Mädchen, die hier nach telefonischer Vereinbarung im Innen- und Außendienst tätig waren und ihre Leistung bar oder per Kreditkartenzahlung abrechneten. Touristen wurden bevorzugt, doch ach, auch diese Branche war von der allgemeinen Ebbe des israelischen Binnenmarkts betroffen, da selbst die mutigsten und gläubigsten Diaspora-Juden sich von den Anschlägen der Al-Aqsa-Brigaden abschrecken ließen, egal wie fern von Tel Aviv sie sich ereigneten, und dem ersehnten Land ihrer Väter weitestgehend fern blieben. So waren die Mädchen gezwungen, für die hiesige Bevölkerung die Beine breit zu machen. Dort also, in einer dieser beiden Wohnungen, begann Ninusch ihre steile Karriere im Dienste des Greifers.

Anders als die anderen Mädchen war Ninusch nicht frisch aus der Sowjetunion importiert. Sie war als Teenager nach Israel gekommen, ein salziger Tropfen im Einwandererstrom der frühen Neunzigerjahre: Ihre Familie, die sich schon des öfteren neu konstituiert hatte, bestand zur damaligen Zeit aus Ninuschs Stiefvater, einer Stiefmutter und Stiefgeschwistern. Der bereits mehrjährige Aufenthalt in Israel verschaffte Ninusch den Kolleginnen gegenüber einen Vorsprung: Sie kannte sich vor Ort aus und beherrschte die heilige Sprache.

Verglichen mit der schillernden Biografie der Akteure war der Zufall, der sie mit dem Greifer zusammenführte, eher banal. Das Drehbuch sah Folgendes vor:

SIE: sitzt am Mittag eines glühend heißen Sommertages auf einer Bank im Glockenpark in Jerusalem und stippt ein getoastetes Brötchen in ein Glas geschmolzene Nutella, erstanden vom letzten Geld, das ihr nach der Verhaftung ihres verantwortungslosen bisherigen Gönners Norman geblieben war.

ER: hat seinen Wagen am Rande des Parks abgestellt und führt, ganz der fürsorgliche Vater, seinen Jüngsten, Tomer Magometov, in unmittelbarer Nähe der Parkbank, auf der Ninusch sitzt, hinter ein Gebüsch, damit der Junior dort sein Geschäft verrichten kann. Der Rest der Familie, Nina Magometov und drei weitere Magometov-Zwerge, Michael, Rafael und Nethanel, wartet im weißen BMW und genießt die Annehmlichkeit der Klimaanlage.

Junior Tomer bemerkte Ninusch als Erster. Der Zauber wirkte sofort, und der Junge stapfte zu ihr hin, noch ehe der Vater ihm mit einem Feuchttuch der Marke Johnson&Johnson den Po fertig abgewischt hatte. Der Vater lief seinem Kind hinterher. In der Mittagsglut – es war immerhin Juli – stachen Vater und Sohn Magometov ein scharf geschnittenes Kinn, ein wie von einer Eisschicht verschleierter Blick, die fließenden Bewegungen schlaffer Hände ins Auge. Ninuschs Schönheit lag auf der Parkbank wie eine prall gefüllte Brieftasche, die Gott in einem Augenblick geistiger Umnachtung hatte liegen lassen, und Tschengis gehörte zu der Sorte Mensch, die – Metapher oder nicht – Portemonnaies nur ungern auf Parkbänken vor sich hin gammeln lassen.

Blicke flogen hin und her, Ninusch bot dem Jungen ein Stück Brötchen mit Nutella an, es folgten ein paar bedeutungslose Worte, und am Ende der Begegnung lag neben dem Glas mit der geschmolzenen Nutella eine Visitenkarte auf der Parkbank: ›Tschengis Magometov – Importeur‹, und auf der Rückseite war handschriftlich die seiner Familie vorbehaltene Geheimnummer vermerkt.

Ninusch schob den schicksalhaften Augenblick um zwei weitere Tage hinaus. Tagsüber saß sie bettelnd unter dem Talita-Kumi-Bogen, dem Relikt einer christlichen Mädchenschule mit der ermunternden Inschrift »Los, Mädel, auf geht's«, vor dem Kaufhaus Maschbir Lazarchan in der Fußgängerzone und bezirzte mit feuchten Augen den Tellerwäscher des Restaurants *Fink*, der ihr einen halben Liter saure

Gulaschsuppe sowie Brot- und Gemüsereste schenkte. Die Nächte verbrachte sie auf ihrer Bank im Glockenpark. In ihrer für Obdachlose eher untypischen Art kehrte Ninusch nachts immer dahin zurück, wo sie den Tag begonnen hatte; sie war in der Lage, binnen kürzester Zeit feste Gewohnheiten und eine Beziehung zu einem Ort zu entwickeln. Dass sie das Telefonat mit ihrem Retter vor sich her schob, rührte in erster Linie von der Angst vor dem Moment, da der Greifer ihre fauligen Zähne entdecken würde – ein Anblick, der selbst den glühendsten Verehrer abschreckte. Sie hatte sich eine ausgefeilte Technik zugelegt, mit praktisch geschlossenen Lippen zu sprechen, und tatsächlich schien der Greifer mit seinen Adleraugen nichts bemerkt zu haben – zumindest dachte sie das. Erst als sie den Drang nach Nestwärme und Nähe nicht mehr unterdrücken konnte, raffte Ninusch sich auf und stieg in den Bus nach Tel Aviv.

»Mach mal den Mund auf, kukla«, verlangte Magometov, als Ninusch, den Blick auf seine schönen Augen geheftet, ihm an seinem großen Schreibtisch gegenübersaß; sie hatte inbrünstig gehofft, die Macht ihres Blickes würde Tschengis von den zusammengepressten Lippen ablenken, die lakonische Antworten auf nicht weniger lakonische Fragen gaben. Sie tat, wie ihr geheißen, und öffnete den Mund – mit geschlossenen Augen, um nicht mit ansehen zu müssen, wie sich der Traum von einem warmen Mittagessen und einem sauberen Bett in Luft auflöste.

Schon bald sollte Ninusch erfahren, dass Magometov das Zahnproblem seines Neuzugangs bereits bei der ersten Begegnung im Park erkannt hatte, denn genau das erzählte er ihr nach dem gemeinsamen Besuch in einem Zahnlabor im Hatikva-Viertel, wo er für wenig Geld das künstliche Gebiss eines Verstorbenen gekauft hatte – ein angegilbtes Gebiss mit unnatürlich geraden, alabasterartigen Zähnen, das Anatoli, der Zahntechniker, mit seinen bescheidenen Fähigkeiten notdürftig an Ninuschs Mund angepasst hatte und das sie von nun an tragen sollte, wenn sie Kunden empfing. In der übrigen Zeit durfte sie ohne herumlaufen, sogar wenn sie mit dem pingeligen Greifer verabredet war, der außer einem beneidenswerten Geschäftssinn ein feines Gespür für alles Schöne hatte – in seiner Branche das A und O des Erfolgs.

**An der Ampel** steht neben uns ein Taxifahrer und bedeutet meiner Fahrerin, sie solle ihr Fenster herunterkurbeln. Sie streckt den blonden Kopf hinaus, wechselt ein paar Worte.

»Ist was passiert?« Ich frage aus reiner Höflichkeit; eigentlich interessieren mich ihre Sorgen nicht.

»Kann man wohl sagen«, antwortet sie. »Ein Platter am Hinterrad. Ich hatte vorhin schon das Gefühl, dass was nicht stimmt. Ist Ihnen nichts aufgefallen?«

Ich nutze die Gelegenheit für einen kleinen Seitenhieb. »Nein, außer dass wir wahnsinnig langsam vorankommen.«

»Tja, ich halte eben viel von Verkehrssicherheit«, entgegnet sie, ohne mit der Wimper zu zucken. »Soll ich Sie hier rauslassen? Dann schnappen Sie sich einfach ein anderes Taxi. Ich muss jetzt erst mal den Reifen wechseln.«

Nach meinem vehementen Bekenntnis zur Frauenbewegung kann ich sie – eine Frau, eine Schwester – unmöglich in einer Notlage sitzen lassen, die gemeinhin als ›Männersache‹ gilt. Noch dazu, wo mir ohnehin noch Zeit bleibt, bis die zweite Hälfte der Vorstellung beginnt.

Sie parkt den Wagen auf dem nächsten Gehweg. Wir steigen aus. Während sie im offenen Kofferraum wühlt, biete ich meine Hilfe an.

»Kann ich irgendwas tun?«

»Kommt nicht in Frage, meine Beste. Ich mach das mit links und im Schlaf. Obwohl – es ist ja stockdunkel, hier, halten Sie mir die Taschenlampe, dann mach ich das mit dem Wagenheber.«

Ich streiche mit dem Finger über die Karosserie des Taxis, um zu testen, ob es genauso verstaubt und verrußt ist wie alle Autos in dieser Stadt. Und tatsächlich klebt auf der Kühlerhaube eine dicke Schmutzschicht. Die hat natürlich der Regen hinterlassen, der heute auf die Stadt niedergegangen ist – dieser Regen, der sensible junge Frauen wie mich aufwühlt, indem er den Erinnerungsschlamm vom Grund ihres Bewusstseins aufwirbelt und sie zwingt, ihr Leben mit hochgezogener Braue und forschendem, kritischem Blick unter die Lupe zu nehmen.

Wie so oft, wenn eine Anspannung sich löst und wieder Frieden einkehrt, senkt sich eine seltsame Ruhe auf mich herab, eine Art buddhistische Ergebenheit ins Unabänderliche. Ich habe sämtliche Termine versäumt. Jetzt bin ich frei, mein Leben und das der mir Nahestehenden nach Herzenslust zu prüfen.

Das Leben unter der Herrschaft des Greifers entpuppte sich als wundersam komfortabel. Die starke Zuneigung, die er vom ersten Augenblick an für Ninusch empfunden hatte, veranlasste ihn, ihr Anliegen positiv zu entscheiden, und er dachte keine Sekunde daran, sie an einen seiner Einzelhändler zu verkaufen. Stattdessen brachte er sie sofort in einem der beiden Edelapartments unter, wo sie den Platz von Oletschka Bondartschuk einnahm, einem Mädchen, das ihre Amtszeit beendet und genug Geld zusammengespart hatte, um zu ihrer Familie nach Lvov in der Ukraine zurückkehren zu können.

Die Wohnung, die Ninusch bezog, war renoviert und gepflegt. Zwar war die Renovierung billig und reine Augenwischerei – die großen Bodenfliesen waren aus Marmorimitat, die Wasserleitungen völlig verrottet, und an der Decke zeigten sich gelbliche Flecken –, doch hatte man offenbar einiges in die Beleuchtung gesteckt: Sie war sorgfältig durchdacht und mit Dimmern ausgestattet, so dass sich der auf neureich getrimmte Schrott mit einem Tastendruck in ein exquisites Amüsiernest verwandelte.

Die Sozialleistungen waren vom Feinsten: Die Wäsche erledigte, wie bereits erwähnt, das Büro, das auch sämtliche anfallenden Kosten trug, und jeden Morgen brachten zwei wieselflinke philippinische Putzfrauen die Wohnung nach den nächtlichen Besuchen wieder auf Vordermann. Jedes Mädchen verfügte über ein verdienstunabhängiges monatliches Budget für Arbeitsklamotten, alle gingen einmal im Monat zu Tamazi Mananschwili, einem jungen Gynäkologen, der kurz vor dem Abschluss seines sechsten Semesters an der medizinischen Fakultät in Tbilisi stand, und alle zwei Wochen meldete sich Madame Suzie zum Dienst: Sie kam mit dem Bus aus Bat-Jam und entfernte unerwünschte Körperhaare, modellierte Fingernägel und schälte nach einem Fußbad in warmer Seifenlauge die Hornhaut von den Fußsohlen. Darüber hinaus konnten die Mädchen das Geld, das sie verdienten, ansparen oder sogar anlegen, um es sich am Tag X mit einem Wertzuwachs von ein paar beachtlichen Prozent auszahlen zu lassen: So machte der Greifer die Mädchen zu seinen stillen Teilhabern oder, wenn man so will, zu Aktionären seiner Firma.

Bis heute verzieht Ninusch die Lippen zu einem schmalen, seltenen Lächeln, wenn sie an diese Zeit zurückdenkt. Die Wohnung hatte Kabelanschluss, und Ninusch hockte stundenlang vor dem Fernseher und guckte *National Geographic* und den Modekanal. Die drei Mitbewohnerinnen waren freundlich und großzügig, und Ninusch hatte Spaß daran, sich um die Bedürfnisse ihrer neuen Freundinnen zu kümmern. Sie malte ihnen die Zehennägel an und färbte ihnen die dunklen Haaransätze nach, sobald diese das slawisch-goldblonde Aussehen zu ruinieren drohten, und es machte ihr auch nichts aus, am Kiosk russische Monatszeitschriften für sie zu besorgen oder von Sesamsauce triefende Pita-Sandwiches vom nahe gelegenen *Falafelland* zu holen. Am Schabbat bereitete sie ihnen ein russisches Frühstück, bestehend aus einem Tomaten-Gurken-Salat in saurer Sahne, Pellkartoffeln und in Zitrusessig mariniertem Salzhering mit saftigen Zwiebelringen. Im Gegenzug lernten die Mädchen, Ninusch mit ihrer beschränkten Auffassungsgabe wenn nicht zu verstehen, so doch zumindest freundlich anzunehmen, zumal dieses Manko Ninuschs gnadenloser Schönheit die Spitze nahm. Gelegentlich machten sich die Mädchen den Spaß, Ninusch zu schminken und zu frisieren, als wäre sie eine elegante Schaufensterpuppe, und am Ende standen sie da und betrachteten in stummer Andacht ihr Werk, bis eine von ihnen es nicht mehr aushielt und mit einem tiefen Seufzer ausstieß: »Boshe moi, nu i kakaja kukla!« – Mein Gott, sieh dir diese Puppe an!

Doch die glücklichen Tage verflogen im Nu. Das künstliche Gebiss, das der kniepige Greifer gekauft hatte, erfüllte seinen Zweck nicht. Ninusch war zwar nicht redselig und machte bewusst nur dann den Mund auf, wenn sie den fälligen Betrag nannte oder einem Kunden einen Blow-job verpasste, und doch wurden die billigen Zähne in ihrem neuen Beruf zum Stolperstein.

Da das Geschäft vom Renommee lebte, höchsten Ansprüchen zu genügen, verlangte der Greifer entsprechend astronomische Preise, was wiederum die Kunden veranlasste, nur das Allerfeinste zu erwarten. Und so kam es, dass der Greifer Ninusch nach einer Reihe von Missgeschicken – in ihrer Unerfahrenheit hatte sie schon mal einen Kunden ins empfindlichste aller Glieder gebissen, außerdem war ihr gelegentlich bei wilden Küssen oder einer leichten, vom Room Service angelieferten Mahlzeit das Gebiss aus dem Mund gerutscht – in sein Büro bestellte, wo er sie, das männliche Kinn auf die Hände gestützt, eine Weile eingehend betrachtete.

»Du brauchst nicht zu weinen, kukla«, bemerkte er, als er sah, dass Ninusch kichererbsengroße Tränen über die Wangen kullerten, als veranstalteten sie einen Wettlauf um den ersten Platz in ihrem flachen Ausschnitt. »Die Menschen sind Tiere. Dreck. Müll. Mich stört das nicht, weil ich mich von diesen Eigenschaften ernähre. Die begreifen nicht, dass in einem Gesicht wie deinem so ein Schönheitsfehler ein Segen ist. Dafür fehlt ihnen der Sinn, sie nehmen die Realität nicht in ihrer Tiefe wahr. Sie suchen Mittelmäßigkeit. Und das ist dann auch genau, was sie kriegen. Hier sind hundert Schekel, nimm ein Taxi und fahr zu mir nach Hause, nach Jehud. Ich sage den

Mädchen Bescheid, dass sie deine Sachen packen sollen, und schicke später jemanden hin, der sie dir dann vorbeibringt. Moment, hier geblieben, komm mal her, kukla, und gib Papa Tschengis, der dich sooo doll lieb hat, einen dicken Kuss.«

So stieg Ninusch vom ältesten Gewerbe der Welt quasi unfreiwillig auf einen anderen Beruf um, der eine nicht minder lange und beachtliche Tradition hat: Sie wurde zum Dienstmädchen im Haus der Magometovs oder, wie sich Nina Magometov mit ihrer Vorliebe für Fremdwörter bevorzugt ausdrückte, zur Au-pair.

Nina Magometovs schokobraune Augen bezeichnete Ninusch gern als Matador-Augen. Schon bei der ersten Begegnung fielen ihr die hektischen Bewegungen und der forsche Gang ihrer neuen Herrin auf: Sie führte sie schwungvoll durch die Zimmer der zweistöckigen Villa, öffnete und schloss wild und ungezügelt wie ein Luftzug Türen und fegte leichtfüßig über die Treppe zum zweiten Stock hinauf, wo die Schlafzimmer lagen.

Vor ihrer Heirat mit dem Greifer hatte Nina eine leitende Stellung als Bauzeichnerin gehabt, doch als das junge Paar nach Israel auswanderte, ließ Nina die veraltete sowjetische Einstellung von geteilten häuslichen und außerhäuslichen Pflichten fahren und widmete sich ganz der Führung des komplexen und verzweigten Systems, für das die postmoderne Gesellschaft noch immer keinen überzeugenden Ersatz gefunden hat: der Kernfamilie.

Da sie aus einem technischen Beruf kam, achtete Nina Magometov auf eine präzise, systematische Planung. Sie brachte ihre Söhne in regelmäßigen Abständen von zwei Jahren zur Welt. Nach der Geburt ihres Jüngsten, Tomer, war das Thema Vermehrung für sie ausgeschöpft, jetzt galt es, das Vorhandene weiterzuentwickeln und zu verfeinern.

Wie viele ihrer Landsleute sah Nina Magometov in der Perestroika die Chance zu einer neuen Vernunft und einem neuen Wertesystem. Mit verschleiertem Blick und stolzem Lächeln verfolgte sie die Metamorphosen, die ihr Ehemann durchlief, als er sich nach und nach von einem unbedeutenden, dauergestressten Flipflop-, Plastikspielzeug- und Strohmattenimporteur zum erfolgreichen, dynamischen Geschäftsmann mauserte, und sie war felsenfest überzeugt, dass die liberale Haltung, die der Westen mit dem Eintritt ins einundzwanzigste Jahrhundert eingenommen hat, zumindest einen Vorteil bot, nämlich eine neue Aufgeschlossenheit gegenüber uralten Ideen, die die Frauen bis oben hin satt gehabt und denen sie im Zuge der sexuellen Revolution eine Abfuhr erteilt hatten.

»Wir brauchen uns nichts vorzumachen«, erklärte sie voller Enthusiasmus bei einem Abendessen mit Freunden. »Die totale Auslöschung der moralischen Aspekte hat das Leben seicht und unzivilisiert gemacht. Sollen die Hardliner-Feministinnen mit ihren veralteten Ansichten gegen Pornografie und Schönheitspflege doch wettern, bis sie heiser sind – hinter jedem erfolgreichen Mann steckt eine Frau, die weiß, wo's langgeht.«

Nach diesem Spruch sahen sich Nina und der Greifer wie Verbündete an, was in der Tischrunde eine Mischung aus Bewunderung und Neid für das erfolgreiche Paar in ihrer Mitte hervorrief.

»Jeder hat eben sein Spezialgebiet«, schloss Nina Magometov dann gern. »Der Mensch ist ein hierarchisches Wesen, und das zwanghafte Streben nach Gleichheit, und sei es nur als Ideal, zerschleißt einem die Seele und öffnet Tür und Tor für Missverständnisse und ewigen Frust.«

Seit sie aufgehört hatte, Nachwuchs zu produzieren, absolvierte sie an der Offenen Universität einen Kurs am anderen in Gender Studies, Philosophie und Philosophiegeschichte.

»Der Mensch ist ein hierarchisches Wesen«, sagte Nina Magometov auch zu Ninusch, nachdem sie ihr das prächtige Haus gezeigt und sie über ihre zukünftigen Pflichten und Befugnisse aufgeklärt hatte. Sie setzten sich auf ein Glas Pulverkaffee der Marke *Maxwell House* in die voll ausgestattete Küche aus glänzendem Edelstahl und schwarzem Marmor. »Hat man dieses Grundverständnis von der Natur des Menschen erst einmal verinnerlicht, kommt man insgesamt sehr viel leichter durchs Leben.«

Nina Magometov sah etwas jünger aus als ihre achtunddreißig, neigte jedoch zu weiblichen Pölsterchen an den Hüften. Ninusch starrte sie an wie hypnotisiert. Ihre neue Herrin hatte einen leicht olivfarbenen Teint und eine schmale Adlernase, die geschwungene Oberlippe zierte, hauchzart wie die Abenddämmerung, der Schatten eines Damenbarts. Sie trug einen teuren Jogginganzug von Nike, und als sie lächelte, sah Ninusch rechts von den unteren Schneidezähnen einen Goldzahn aufblitzen. Nina Magometov fuhr sich mit der Hand in den Nacken, holte ihr dichtes, glänzendes Haar über die Schulter nach vorn – es war kastanienrot gefärbt, um die ersten grauen Fäden zu überdecken – und flocht den Schwall mit flinken, geübten Handgriffen zu einem lockeren Zopf.

»Alles klar?«, fragte sie.

Ninusch nickte dienstbeflissen.

Obwohl Tschengis Magometov kaum etwas überraschen konnte, entdeckte er im Laufe seiner Bekanntschaft mit Ninusch, egal ob sie als Gardemädchen oder später auch in anderen Funktionen für ihn tätig war, immer wieder ungeahnte Seiten an ihr, die seine Bewunderung weckten. Dieser Umstand bereitete ihm einen solchen Hochgenuss, dass er Ninusch in einem gänzlich untypischen Anfall von Poesie mit den Matruschkas verglich, aus deren Bauch immer neue, zunehmend kleinere Matruschkas zum Vorschein kommen, bis man schließlich das letzte Püppchen herausholt, das nur noch aus einem klitzekleinen, bunt bemalten Holzsplitter besteht.

»Und was geschieht, wenn man bei dem Splitter ankommt?«, wollte Ninusch wissen, nachdem Tschengis ihr sein bildreiches Kompliment serviert hatte.

»Dann werfe ich dich auf den Müll, kukla«, antwortete Tschengis und zerwuschelte ihr blondes Haar, damit Ninusch begriff, dass es sich nur um einen Scherz handelte und nichts seinen Glauben an ihre vielseitige Verwendbarkeit erschüttern konnte.

**Endlich kommen wir einigermaßen zügig voran.** Selbst die Ampeln spielen mit und folgen brav dem Rätsel Grüne Welle. Meine Taxifahrerin hatte wohl Recht, sie durchschaut die Geheimnisse des Verkehrs in dieser Stadt tatsächlich besser als ich.

»Find ich nett, dass Sie bei mir geblieben sind, ein anderer Fahrgast hätte sich längst verdünnisiert. Die Leute haben kein bisschen Geduld, immer haben sie's eilig, als müssten sie wo hin ...«

»Nur weil Sie eine Frau sind«, merke ich an. »Sonst hätte ich mir sofort ein anderes Taxi gesucht.«

Ich will, dass sie sich für die Geringschätzung meiner feministischen Ansichten schämt.

»Alle Achtung, ehrlich. Jetzt kann nichts mehr schief gehen. In exakt sieben Minuten sind Sie beim Zirkus.«

Ich lehne mich zurück, schließe erleichtert die Augen. Jetzt darf ich loslassen und mich ausruhen, mich gedanklich von den taktischen Überlegungen der Taxifahrerin abwenden. Nichts beflügelt das Gute im Menschen so sehr wie Dankbarkeit. Und jetzt schaltet meine Fahrerin sogar vom Militärsender mit seinen grausigen Liedern zum Klassiksender *Stimme der Musik* um, eine bescheidene Geste zur Bekundung ihrer Sympathie.

Wie so viele Neuanfänge war auch Ninuschs Neuanfang im Hause Magometov nicht gerade rosig. Das Haus der Familie war kein architektonisches Meisterwerk, aber vom Keller bis zur Dachterrasse mit ihren italienischen Gartenmöbeln und den Dutzenden automatisch bewässerter Kübelpflanzen funktional in kleinere Räume unterteilt, die Ninusch täglich unter Nina Magometovs gebieterischem Regiment zu putzen und aufzuräumen hatte.

Im Parterre lagen der strikt nach dem Motto ›Je teurer, desto schöner‹ ausgestattete Salon zum Empfang der Gäste, das mit modernen Klassikern möblierte Esszimmer und die edle italienische Küche. Am anderen Ende des Flurs befand sich das im marokkanischen Stil eingerichtete Familienzimmer mit Diwanen und jeder Menge Damast- und Samtkissen in Gold, Türkis und Purpur; ebenfalls zum Inventar dieses exotischen Raums gehörten ein Breitwandfernseher, eine stattliche Sammlung russischer Kinofilme auf DVD und Video sowie ein Heimkino-System. Der größte Stolz der Magometovs jedoch war eine Karaoke-Maschine mit einer Fülle aktueller Hits der russischen Popszene von Alla Pugatschova bis hin zu gecoverten Versionen internationaler Songs wie *Diva* und *Macarena*.

In diesem Familienzimmer wurden von Zeit zu Zeit fröhliche Abende mit improvisierten Auftritten und Liedern zum Mitsingen veranstaltet. Nina Magometov sang für ihr Leben gern, und sie ließ keine Gelegenheit aus, sich das Mikrofon zu schnappen und mit bemerkenswert profimäßiger Pose und entsprechendem Gewackel der monumentalen Hüften loszublöken, während die Zeilen des Liedtextes vor dem Hintergrund kurzer Filmchen mit Liebespaaren am Strand oder in einem Weizenfeld über den großen Bildschirm zogen.

Der erste Stock beherbergte die vier Zimmer der jungen Magometovs und einen Raum zur Aufbewahrung der Winterkleidung, der zweite Stock das in zartem Pastell gehaltene Schlafzimmer von Nina und Tschengis, ein Wäschezimmer sowie ein weiteres Zimmerchen, das ›Arbeitszimmer‹ genannt wurde, jedoch nie zum Arbeiten genutzt wurde. Vielmehr stapelten sich hier alle möglichen Gegenstände, für die die praktisch denkende Nina keine Verwendung hatte, die zu entsorgen ihr aber aufgrund ihrer Erziehung im Sinne der sowjetischen Wirtschaftsmisere zutiefst widerstrebte: Geschenke wie Tafelgeschirr und Bettwäsche mit altmodischen Blumenmustern – alles noch originalverpackt –, die nicht den Geschmack der Bewohner getroffen hatten, ausrangierte Spielsachen, Schuhe und Kleidungsstücke in durchaus ordentlichem Zustand, die vielleicht doch noch mal jemand etc., geschmacklose Kunstgegenstände wie ein Gipstorso von Apoll und Repliken griechischer Amphoren – lauter Mitbringsel aus dem Familienurlaub auf Kreta –, ein paar dekorative Aschenbecher aus der Zeit vor Nethanels erstem Asthmaanfall oder auch Fehlkäufe wie die englische Bronzestatuette eines nackten Mädchens, Mitte achtzehntes Jahrhundert, die Nina aus einer unwiderstehlichen Laune heraus für ein Schweinegeld auf dem Flohmarkt in Jafo erstanden hatte.

Das fürstliche Spielzimmer der vier Kinder Michael, Rafael, Nethanel und Tomer befand sich im Keller, und direkt daneben lag Ninuschs Zimmer. Trotz der bescheidenen Größe war das Au-pair-Zimmerchen mit eigenem Klo und Duschbad ausgestattet, was Ninusch angenehm war, aber auch dem Wunsch der Familie nach Distanz entsprach.

Nina Magometov ließ sich zunächst von Ninuschs Temperament täuschen und gab sich Tag um Tag der Hoffnung hin, die neue Haushaltshilfe würde sicher bald lernen, ihre Energie besser einzuteilen.

Morgens nämlich war das hübsche Au-pair-Mädchen voller Elan. Sie stand früh auf, bereitete Michael, Rafael, Nethanel und Tomer das Frühstück und ging dann mit schier grenzenlosem Erfindungsreichtum jeden einzelnen Jungen auf die ihm entsprechende Art wecken: Kitzeln und Küsse für den kleinen Tomer, Vorsingen bekannter Schlager des Rote-Armee-Chors für Nethanel, den kränklichen Brillenträger, Streicheln und sinnliches Gurren für das hinreißende Pummelchen Rafael und Schmeicheleien für den missmutigen und selbstgefälligen Michael. Das Frühstück wurde zu einem fröhlichen, entspannten Ereignis, und hinterher hatten alle Beteiligten das Gefühl, ein herrlicher Tag liege vor ihnen und überhaupt sei das Leben eine richtig feine Sache.

Bis Ninusch die Kinder zum Sammelpunkt gebracht hatte,

wo sie dem davonfahrenden Minibus, der die Truppe zur Schule brachte, noch lange, auf der Stelle hüpfend, hinterherwinkte – der kleine Tomer drückte sich stets am Rückfenster die Nase platt, um den Blickkontakt mit seiner heiß geliebten Ninusch möglichst lange zu halten –, war Ninusch engagiert und sprühte vor Leben.

Doch kaum sollte sie zurück ins Haus der Magometovs, um die tägliche Plackerei rund um den Haushalt anzugehen, befiel Ninusch eine unendliche, von Schwermut begleitete Kraftlosigkeit, die jede Bewegung auf Zeitlupentempo abbremste. Dieser überstrapazierte und ins wahre Leben übertragene filmische Effekt brachte Nina Magometov auf die Palme. Sie probierte jede erdenkliche Methode aus, um Ninusch wenigstens eine Spur von Arbeitslust einzuhauchen. Doch ob überschwängliches Lob oder unumwundene Kritik, mütterliche Milde oder die kühle Sachlichkeit gegenüber einer Angestellten, Schimpfen, Drohen oder gutes Zureden, Nichtbeachtung, Überwachung auf Schritt und Tritt oder aber eine Endlosschleife aus Belohnung und Strafe – nichts half. Ninusch kroch weiterhin im Schneckentempo durchs Haus, als wäre die Zeitlupe ihre zweite Natur.

Natürlich war das merkwürdige Phänomen wie weggeblasen, sobald die Jungen aus der Schule kamen. Dann verwandelte sich Ninusch in einen aufgekratzten Kobold, der vor Erfindungsgeist und Ideen nur so sprühte, ein vollendeter Spielkamerad, der für jeden Quatsch zu haben war und doch wie eine verantwortungsbewusste große Schwester durchaus Strenge walten lassen konnte, wenn es um Hausaufgaben, Zähneputzen oder Süßigkeiten ging.

Abends arbeitete Ninusch dann in ihrem Zimmerchen mit Feuereifer das Gymnastikprogramm ab, das ihre schwachen Muskeln stählen und sie für den nächsten Arbeitstag fit machen sollte, doch vergeblich. In allem, was körperliche Arbeit anging – und das Magometovsche Haus von oben bis unten sauber zu halten durfte getrost als körperliche Arbeit bezeichnet werden –, entpuppte sich Nina als Fehlkauf. Auf ihren Wanderungen von einem Zimmer zum nächsten ließ sie in ihrer Schusseligkeit den Eimer mit wohlriechendem Wischwasser irgendwo stehen und verstreute überall im Haus Plastikflaschen mit Putzmitteln aller Art sowie Bodenlappen und bunte Staubtücher. Sie war alles andere als belastbar und musste häufig Pausen einlegen; dann hielt sie auf dem marokkanischen Diwan oder auch auf einem Berg Schmutzwäsche ein Nickerchen. Doch wehe, die Hausherrin stauchte sie wieder einmal zu Recht zusammen. Dann stiegen Ninusch zwar vor lauter Frust und Selbstverachtung die Tränen in die stahlgrauen Augen, aber besser wurde es davon nicht. Tag für Tag lauschte Ninusch pflichteifrig den immer gleichen Anweisungen, hob und senkte das Kinn wie ein Samurai, der seinem Dienstherrn kompromisslose Unterwürfigkeit bekundet, und zog anschließend los, nur um irgendwo in der weitläufigen Villa erneut an der simpelsten Aufgabe zu scheitern, ganz egal, ob Michaels Computer mit einem Antistatiktuch abzuwischen oder die Kuscheltiere auf Tomers Bett hübsch anzuordnen waren. Sie verwechselte die zu benutzenden Spezialprodukte, verzettelte sich, kippte versehentlich den Wassereimer um, ließ Vasen und Schalen fallen, machte mit giftigen Chemikalien Flecken auf dem Teppich, goss die Zimmerpflanzen mit Klorixwasser oder füllte Waschpulver in Zucker- oder Salzstreuer. Je mehr sie sich ins Zeug legte, desto gründlicher scheiterte sie, und mit jedem Fehler geriet Nina Magometov schneller in Rage. Und während Ninusch sich immer mehr als hoffnungsloser Fall fühlte und ihre Herrin sie darin nur bestätigen konnte, strebten die Ereignisse unweigerlich einem noch nicht erkennbaren, aber nahen Höhepunkt zu, in dessen Folge – so viel war allen Beteiligten klar – Veränderungen anstanden.

»Es reicht«, sagte Nina Magometov am Ende eines solchen ›ganz normalen‹ Tages nachts zu ihrem Mann, ehe beide ihre Nachttischlampe löschten.

»Ja, nur was wird mit den Kindern«, gab Tschengis Magometov ohne Fragezeichen zurück und faltete die *Nascha Strana* zusammen.

»Ich bin mittlerweile so weit, dass mir das egal ist. Das Haus sieht aus wie ein Schweinestall. Wir sollten uns eine Putzfrau nehmen. Dann ist das Mädchen eben nur für die Kinder da.«

»Ich dachte, wir hätten uns darauf verständigt, dass das zur Zeit ziemlich ungünstig wäre«, sagte Tschengis ohne eine Spur von Verärgerung. »Die Leute sind wachsam. Stellen Fragen. Die Polizei hat mich im Visier, das Finanzamt bombardiert mich mit Forderungen, und da willst du dir gleich eine ganze Schar von Bediensteten zulegen?«

Er drehte sich zur Seite und löschte sein Licht.

»Mir wird schon was einfallen«, versprach er und beantwortete damit das eisige Schweigen seiner Frau auf der anderen Betthälfte.

Ninusch, die die Unterhaltung mit dem Ohr am Schlüsselloch belauscht hatte, musste sich beherrschen, um nicht laut loszuheulen.

Da keine Beziehung in ihrem Leben je lange von Bestand gewesen war, hatte sie gelernt, sich enorm schnell an neue Umstände zu gewöhnen und diese sogar würdevoll zu ertragen. Dennoch verabscheute Ninusch Veränderungen zutiefst, insbesondere wenn alles darauf hindeutete, dass ihr Leben sich verschlechtern würde.

**Ich kurble das Fenster herunter** und traue kaum meinen Augen: Wir stecken schon wieder in einer unüberschaubaren Wagenkolonne fest.

Ich richte meine Frage an den blondierten Hinterkopf. »Was ist denn jetzt schon wieder los – Stau?«

Die Nägel meiner Taxifahrerin trommeln ungeduldig auf dem Lenkrad herum.

»Wahrscheinlich ein Unfall oder so. Kaum wird einer überfahren, schon liegt die ganze Stadt lahm. Dabei warten meine Kinder auf mich, der Große ist gerade vorhin auf Erholungsurlaub aus Dschenin gekommen. Echt toller Abend.«

»Wenn die Leiden kommen, / So kommen sie wie einzlne Späher nicht, / Nein, in Geschwadern«, zitiere ich im Geiste den König aus *Hamlet*. Irgendwie finde ich die nicht abreißen wollende Kette von Verzögerungen inzwischen grotesk.

Jetzt bin ich an der Reihe mit Trösten, die Taxifahrerin wirkt ratlos und genervt, wie sie da im Schritttempo hinter der Wagenschlange herzuckelt. Und dann sagt sie plötzlich:

»Na schön, dann werd ich mal aussteigen und nachsehen, was los ist. Soll ich das Radio lauter stellen?«

Ich schüttle den Kopf, doch meine Antwort prallt gegen die Wagentür, die sie hinter sich zugeknallt hat, ich sehe nur noch einen Po, dann schließe ich die Augen.

Tschengis Magometov war zweifellos ein Mann, der Wort hielt. Im Hause Magometov erschien nach kürzester Zeit Ludmilla, doppelt so alt wie das ungeschickte Au-pair-Mädchen und siebenmal so tüchtig. Nach einer kurzen Überlappungsphase, in der Ludmilla und Ninusch gemeinsam die Hausarbeit erledigten, sprach Tschengis eines Abends Ninusch an. Er trank sein drittes Glas Tee nach dem Abendessen und Ninusch räumte gerade das schmutzige Geschirr ab.

»Komm bitte auf einen Sprung mit mir ins Büro, wenn du die Truppe im Bett hast.«

Ninusch versuchte, mit dem Hinweis auf ihre Lieblingssendung, die sie nicht verpassen wolle, Zeit zu schinden.

»O Gott, o Gott«, gab der gut gelaunte Greifer vorgeblich entsetzt zurück. »Diese ganze Gewalt im Fernsehen ist nicht gesund für dich, kukla. Und wie oft hab ich dir schon gesagt, du sollst aufhören, die Reste von den Tellern der Kinder zu essen, du lebst nicht mehr auf der Straße!«

Sie fuhren zur Ben-Avigdor-Straße, wo sie im Salon, dem Zimmer hinter Tschengis' Büro, bereits von Oksana und zwei Helfern des Greifers erwartet wurden. Dem untersetzten, feisten Serjoga mit den weichen, weiblichen Lippen und den Basedow-Augen war Ninusch bereits in ihrer früheren Wohnung in der Jehuda-Halevi und in Magometovs Haus manchmal begegnet. Den anderen, einen Schrank von Mann mit verschlossenem Gesicht, buschigen Brauen und eng stehenden Augen in tiefen Höhlen, hatte sie nie zuvor gesehen; er hatte eine frappierende Ähnlichkeit mit Béla Lugosi, dem Star des frühen Horrorfilms.

Oksana saß auf einem Bürostuhl, der aus Tschengis' Arbeitsraum stammte. Man hatte sie mit dem Oberkörper an die Rückenlehne gefesselt und ihr den Mund mit einem breiten Klebeband zugeklebt. Oksanas ohnehin runde Augen wurden noch runder, und die Angst darin wirkte wie das Staunen eines Wanderers, der nach einem bewaldeten Aufstieg plötzlich ein herrliches Panorama vor sich sieht.

Als Tschengis Ninusch von hinten seine Hand auf die Schulter legte, spürte sie sofort die Sicherheit, die sie stets umfing, wenn sie von einem guten Bekannten unter die Fittiche genommen wurde. Tschengis nickte dem untersetzten Serjoga zu, woraufhin dieser auf das gefesselte Mädchen zuging. Erst jetzt bemerkte Ninusch, dass er das Schneidemesser mit dem grünen Plastikgriff in der Hand hielt, das sonst immer auf dem Schreibtisch ihres Arbeitgebers herumlag. Wie ein Maler, der seine Pinselstriche setzt, fuhr Serjoga mit der Klinge über Oksanas Gesicht und verpasste ihr sechs tiefe Schnitte. Unterstützt wurde er dabei von dem großen Kerl, der den Stuhl festhielt, da Oksana trotz der Fesseln auszuweichen versuchte und wild um sich trat, wobei sie fast mitsamt dem Stuhl umgekippt wäre. Ihre Schreie wurden von dem Paketklebeband erstickt, so dass man sie kaum hörte, zumal die Szene von den Klängen eines bekannten Disco-Hits begleitet wurde, das vom äthiopischen Nachtclub *La Bomba* in der nächsten Straße herübertönte.

Als Serjoga fertig war, trat er ein paar Schritte zurück und sah hinüber zu Tschengis. Die roten Striemen, die Oksanas Gesicht wie ein Gitternetz überzogen, quollen nach und nach auf und hoben sich dunkel, fast schwarz, aus dem Gesicht, ohne jedoch ihre scharfe Kontur zu verlieren, als würden sie den Moment abwarten, da die Schwerkraft auf sie einwirkte, damit das Blut fließen und in seinem herrlichen Rot erstrahlen konnte. Oksana hielt das rechte Auge geschlossen, auch hier klaffte von oberhalb der Augenbraue bis hinunter zur Nasenspitze ein Schnitt. Man sah die vor Anspannung geschwollenen Adern an ihrem Hals, wo der stumme Schrei stecken blieb, während sie wieder und wieder ruckartig den Kopf nach hinten warf. Dabei fiel ihr das glatte, zu einem kurzen Pagenkopf geschnittene schwarze Haar über die Stirn und ersparte den Anwesenden den Blick des anderen, noch heilen braunen Auges, das sie offen hielt. Oksana hörte nicht auf, zu strampeln und zu zucken und riss fast den Stuhl um, was den großen Mann, der ihn festhielt, unweigerlich mitgerissen hätte, doch der hielt mit aller Macht dagegen.

»O Gott, o Gott, was bist du empfindlich, kukla«, meinte Tschengis, als er die Urinpfütze sah, die sich unter Ninusch auf den alten Bodenfliesen gebildet hatte.

»Das mag ich so an ihr, dass sie so empfindlich ist«, erklärte er den beiden Männern, die Blicke tauschten, und Serjoga sah zu, dass er das schiefe Grinsen abstellte, das sich in sein Gesicht gestohlen hatte, als er das kleine Missgeschick bemerkte, das dem Schützling seines Bosses unterlaufen war.

Ohne ein weiteres Wort führte Tschengis Ninusch zum Aufzug und von dort zurück zum Wagen der Familie.

»Übrigens, ihr Auge ist heil geblieben, da bin ich mir so gut wie sicher. Serjoga ist eine Seele von Mensch«, informierte Tschengis Ninusch, als der weiße BMW auf die Stadtautobahn einschwenkte. Aus Angst, die verpinkelte Hose könnte auf dem hellen Polster Flecken hinterlassen, kauerte sich Ninusch in einer unnatürlich schrägen Haltung in den Sitz.

»Das ist genau sein Problem: Er ist zu sensibel. Hat immer mit allen Mitleid. Ist dir das auch aufgefallen?« In Tschengis' Stimme schwang nachsichtige Unzufriedenheit mit.

Ninusch nickte und starrte geradeaus auf die Schnellstraße, wo sie sich auf die Markierungen konzentrierte, die die einzelnen Spuren voneinander trennten.

»Wieso wollte ich dich wohl dabei haben, kukla?«, fuhr Tschengis fort und trat mit der Leichtigkeit eines Tänzers aufs Gaspedal. »Weil, das Wichtigste in meinem Business – und überhaupt in jedem Business – ist Diskretion. Das gehört zum Abc des geschäftlichen Erfolgs. Und wenn jemand diese Diskretion missachtet, kann das äußerst unangenehme Folgen haben, wie du gerade selbst gesehen hast.«

»Und was wird jetzt aus ihr, aus Oksana?«, würgte Ninusch mit krächzender Stimme und trockenem Hals hervor.

»Nichts. Was soll schon aus ihr werden. Sie wird sich ein bisschen erholen müssen, danach kann sie sich einen anderen Job suchen. Sie hat ja einen Abschluss vom Technikum in Charkov, ich glaube, als Industriechemikerin. Da wird sie schon was finden.«

Als sie in den Carport der Villa einfuhren, hatte Ninusch, kaum dass der Greifer den Motor abstellte, schon die Hand am Türgriff, um sogleich hinauszuspringen und sich in ihre nun nicht mehr so sichere Bude zu flüchten. Doch Magometov hielt sie zurück.

»Ich will, dass du ab sofort eine andere Arbeit übernimmst«, sagte er ernst, ohne das weiche Lächeln, das normalerweise seine Worte begleitete. »In einem anderen Bereich meines Geschäfts. Eine Sache, die mir sehr wichtig ist. In der mein Herzblut steckt. Ein Geschäft, wie es in Israel kein zweites gibt und, soweit ich weiß, auch im gesamten Nahen Osten nicht. Die Kunden sind von hier und aus dem Ausland. Sie kommen inkognito, mit fremden Pässen. Sogar aus arabischen Ländern und aus den Golfstaaten. Es ist ein Geschäft, in dem Diskretion noch wichtiger ist als sonst. Verstehst du?«

»Und was soll ich da tun?«

»Warum machst du dir Sorgen, kukla?« Jetzt lächelten die schönen Augen des Greifers wieder. »Hast du noch nicht gelernt, dich ein bisschen auf dein Papilein zu verlassen? Du wirst das tun, was dir am meisten liegt. So, und jetzt ab mit dir, sonst verpasst du noch deine blöde Serie.«

Und das war der Auftakt zu Ninuschs Job in einer der beiden Top-Secret-Unternehmungen des Greifers, wenngleich in der weniger wichtigen. Doch das merkte sie erst viel später.

**Ich öffne die Augen.** Das Taxi steht immer noch im Stau und meine Fahrerin hat sich offenbar in Luft aufgelöst. Die Neugier hat sie in die große Dunkelheit irgendwo hinter der Ampel getrieben, wo sich höchstwahrscheinlich der Grund für unsere Zwangslage verbirgt.

Ninuschs Leben als chronologische, kohärente Geschichte zu erzählen, ist, als wollte man ein Puzzle zusammensetzen – Ninusch ist die Königin des Dekonstruktivismus. Im Verlauf unserer Freundschaft hat sie nach und nach ihre Geschichten ausgespuckt, völlig emotionslos und ohne jede ersichtliche Ordnung, und manchmal waren es auch nur Teile oder Splitter von Geschichten. Haarsträubende Ereignisse schilderte sie leise, mit teilnahmsloser Stimme, doch als sie von der Entdeckung des Goldzahns in Nina Magometovs Mund berichtete, funkelten Ninuschs blassgraue Augen vor Begeisterung – ein Anblick mit Seltenheitswert.

Darüber hinaus hat Ninusch die merkwürdige Angewohnheit, Leute, die in ihrem Leben eine Rolle spielen oder gespielt haben, ohne erklärenden Zusatz einfach nur beim Namen zu nennen, als wäre man über die betreffende Person längst im Bilde. So verstand ich in der Anfangsphase unserer Freundschaft oft nicht, von wem sie gerade sprach. Sie sagte zum Beispiel: »Dieser Typ trug genau die gleichen Hosen wie Norman«, oder: »Und dann meinte Norman, wir müssten viel mehr Geld verlangen.« Auf meine Nachfrage, wer dieser Norman sei, verstummte Ninusch, als hätte ein Kurzschluss ihr Antriebssystem lahmgelegt. Statt einer Antwort wiederholte sie den Namen Norman, diesmal mit leichter Betonung, als Hinweis, dass jeder gut informierte Mensch über den Mann Bescheid zu wissen habe und ich wohl einen kleinen Aussetzer hätte. Anschließend nahm Ninusch den Faden wieder auf – für sie war die Frage nach Normans Identität erledigt.

Nur mit unendlicher Geduld und einem meisterlichen Geschick beim Ineinanderschieben und Aneinanderfügen einzelner Bruchstücke konnte ich mir irgendwann zumindest einen Entwurf von Ninuschs Biografie zusammenreimen, der zeitlich und inhaltlich einigermaßen schlüssig war. Aber noch ist das Ziel nicht erreicht, und es gibt schwarze Löcher zuhauf.

Wenn man unzufrieden ist, weil man nicht hat, was man sich wünscht, soll man sich über das freuen, was man hat. Also: Zwar bin ich ohne meine Freundin auf dem Weg zu einer Vergnügung, doch draußen ist April, ich gefalle mir in meiner Aufmachung, die Nacht ist noch lang, und irgendwo da draußen, in dem Abend voller glänzender Augen und lachender Münder, zwischen den Düften von Parfüm und Schokolade, in die sich der Harngeruch von Löwen mischt, wird das Gesicht auftauchen, auf das ich warte: eine Seele, die mit der meinen verschmilzt, wie zwei schwere, quirlige Tropfen Quecksilber, die, einmal vereint, kaum wieder zu spalten sind, wie das androgyne Wesen aus der mythischen Urzeit der heilen Gefäße. Tief im Innern meiner Schenkel ein unwillkürliches Zucken verborgener Muskeln, eine Feder spannt sich in meinem Unterbauch, ich versinke im hypnotisierenden Ticken einer inneren Pendeluhr:

Tick, tack, tick, tick, tack,
Zeit verrinnt, Zeit zerspringt
Zukunft, Gegenwart, Vergangenheit
Eulenzeit und Mäusezeit
Ohrenzeit, Schwanzzeit
Niezeit, Jetztzeit
Kreiszeit, Dreieckszeit
Herrscherzeit, Dienerzeit
Salonzeit, Höhlenzeit
Lustzeit, Grabeszeit
Wonnezeit, Nichtszeit

Spielzeit, Bußzeit
Träum schön, Lilly, Schlafenszeit,
bis der Kuckuck »Aufstehn!« schreit.

**Durch das offene Fenster** weht mir kühler Wind entgegen. Ich öffne meine von Schlafsand und Wimperntusche verklebten Augen. Das Taxi braust auf einer nächtlichen Straße dahin.

Der blondierte Hinterkopf der Taxifahrerin nimmt mich sofort wahr.

»Guten Morgen, wieder munter? Sie haben aber einen gesunden Schlaf!«

Im Bemühen, zu ergründen, was ich versäumt habe, suche ich ihren Blick im Rückspiegel.

»Wo sind wir, wie spät ist es?«

Die Fahrerin genießt ihre Überlegenheit: Wissen ist Macht.

»Wir haben an die zwei Stunden im Stau gestanden, verdächtiger Gegenstand auf der Ibn-Gvirol. Polizei, Entschärfer, die ganze Latte. Und das Ende vom Lied? Nix und wieder nix, harmlose Geschichte, irgendeine alte Frau hat ihre Tasche stehen lassen. Hauptsache, ich mit meinen fünf Kindern drücke fünfunddreißig Prozent Steuern ab. Krank, dieses Land.«

»Und was jetzt?« Ich habe das Bedürfnis, mich zu orientieren, sie soll mir die Koordinaten in Raum und Zeit nennen.

Leichte Ungeduld in ihrer Stimme.

»Was jetzt? Jetzt sind wir wieder flott. Sehen Sie, da vorne, hinter der Kurve, ist Ihr Zirkus, in zwei Minuten sind wir da.«

»Aber die Vorstellung ist längst vorbei! Da ist kein Zirkus mehr! Es ist elf Uhr nachts!«

Ich schiebe meinen Arm durch den Spalt zwischen den Vordersitzen und halte ihr die Breitling vor die Nase, damit sie einen Blick auf die leuchtenden Ziffern wirft und begreift, wie absurd ihre Ansage ist.

»Sehen Sie? Elf Uhr. Was hab ich jetzt noch da verloren? Die Vorstellung ist zu Ende!«

Ihre Stimme wird auf einen Schlag kühl.

»Sie wollten zum Zirkus, bitte schön, da vorn ist der Zirkus. Hätten Sie mal gesagt: ›Halten Sie an, ich steige aus!‹ Aber nein, nichts dergleichen. Ich muss schließlich auch von was leben.«

Betrügerlogik. Trotz meiner Benommenheit bäumt sich alles in mir auf. »Aber ich bin eingeschlafen, und zwar aus Versehen, das werden Sie doch wohl mitgekriegt haben, oder?«

Gespielt ungerührt, wie ein Pokerspieler, der sein Blatt mit vier Assen und dem Herz-König präsentiert, weist sie mein Argument zurück.

»Woher soll ich denn wissen, ob es ein Versehen war? Vielleicht wollten Sie ja hier im Taxi eine Runde schlafen? Vielleicht schlafen Sie gern in Taxis? Sie glauben gar nicht, was die Leute alles im Taxi tun. Haben Sie nie *Taxi Driver* mit Robert De Niro gesehen? Wenn ich darüber nachdenken würde, ob die Leute alles, was sie bei mir im Taxi tun, aus Versehen tun, hätte ich nicht mal Geld, um meinen Kindern Essen zu kaufen, von Zirkuskarten ganz zu schweigen! Verstehen Sie, was ich meine? Aber eins muss ich Ihnen lassen: Die Uhr ist nicht von schlechten Eltern.«

Jetzt weiß ich Bescheid. Doch ich habe keinen Nerv, mich weiter mit ihr zu streiten. Schon gar nicht jetzt, wo sie die blöde Uhr bemerkt hat. Jeder Versuch, die Taxifahrerin zu überreden, sich mit mir auf der Mitte zu einigen, würde mir doch nur als Ausnutzen meiner privilegierten Situation ausgelegt, und die einzige angemessene Antwort darauf wäre bewaffneter Widerstand.

Das gigantische Zelt zeigt sich in seiner ganzen grün-weiß gestreiften Pracht.

»Sie können hier anhalten.« Jetzt, wo alles auf dem Tisch ist und von Schwesternschaft unter Frauen nichts bleibt als blödes Verhandeln über den Preis, erlaube ich mir, mich als Patriarch zu geben. Das Taxometer steht auf 346 Schekel. Glücklicherweise habe ich mir am Morgen Bares geholt, um das

Wohngeld fürs vergangene halbe Jahr nachzuzahlen. Ich strecke ihr vier Hundert-Schekel-Scheine hin.

Sie sucht einen fairen Schlussakkord für unsere Begegnung. »Momentchen, Sie kriegen noch Rückgeld.«

Ich ersticke die Wut in einem kalten, gezwungenen Lächeln. »Kaufen Sie sich davon was Schönes zum Anziehen. Was sagten Sie vorhin, wie Sie heißen?«

»Eigentlich brauchen wir uns nicht zu siezen. Michaela.«

In der munteren Art, mir ihren Vornamen zu nennen, schwingt ein Schuldgefühl mit, das macht es mir leichter, sie stehen zu lassen und dem erleuchteten Freiplatz zuzustreben, doch damit hat sich das bisschen Freude, das mir vergönnt ist, auch schon erschöpft. Der Anblick, der sich mir hier bietet, besagt eines: alles vorbei. Von der Fröhlichkeit eines Publikums, das randvoll mit Eindrücken nach der Vorstellung herausströmt, ist nicht die geringste Spur übrig, um mich herum zeugen nur noch armselige Überreste von der verpassten Festlichkeit: Zigarettenstummel, Reste von Pitabrot und Würstchen, leere Snackpackungen und Getränkedosen, die in den überquellenden Mülleimern keinen Platz mehr gefunden haben.

Jetzt, aus der Nähe, sehe ich, dass die Strahler um den Freiplatz herum bis auf die für die Abbauarbeiten benötigte Beleuchtung ausgeschaltet sind. Männer mit besorgten Gesichtern schwärmen in alle Richtungen aus. Ein schnauzbärtiger Mann läuft neben einem einparkenden Lastwagen her und schreit dem Fahrer Anweisungen zu. Ein weiterer Lastwagen steht bereits vor dem Eingang, daneben drängen sich ein paar Arbeiter um einen extravaganten Typen in einem hellblauen Anzug; er richtet sein Italienisch an eine ältere Dolmetscherin, die seine Worte ehrfürchtig aufnimmt. Nicht weit von diesem Grüppchen strampeln sich drei Arbeiter mit einer riesigen Kiste ab und erstarren, als von irgendwoher Geschrei ertönt: »Lasst das jetzt, was macht ihr denn da, Motti? Baut lieber die Leitern ab!« Und der Größte von den dreien, offenbar Motti, ruft beleidigt zurück: »Wenn ihr bloß mal wisst, was ihr wollt! Vorhin hieß es noch, wir sollen damit warten, bis die Elektriker fertig sind!«

Jemand rempelt mich grob von hinten, und ich falle fast über einen Mülleimer, als ich hastig für vier Träger Platz mache, deren Gesichter vor Anstrengung glänzen. Ihre Schultern werden vom Gewicht eines Packens dicker Eisenstangen eingedrückt, und einer von ihnen faucht mit russischem Akzent: »Los, los, weg da, nix zu suchen hier, Vorstellung vorbei.« Und dann brabbelt er, halb zu sich, halb zu seinen Freunden, aber so, dass ich jedes Wort hören kann: »Und Diät muss auch. Hure.«

Um nicht das Gleichgewicht zu verlieren, klammere ich mich an den Mülleimer und fasse prompt in einen feuchten Brei, Kichererbsenpüree oder womöglich etwas noch Widerwärtigeres. Es schüttelt mich vor Ekel, und ich sehe mich nach einem Stück Papier um, damit ich das Dreckszeug abwischen kann, da fällt mein Blick auf ein farbiges Programmheft, auf dem mein Fuß steht. Ich hebe es auf und säubere damit meine Hand.

Was zum Teufel mache ich hier? Ich, Lilly, mit meinem dummen Stolz. Ich hätte das Angebot der Taxifahrerin, mich wieder mit in die Stadt zu nehmen, nicht ausschlagen sollen. Und überhaupt wäre ich von Anfang an besser zu Hause geblieben. Soll das etwa ein Ausgehvergnügen sein? Ganz allein. Hätte ich Ninusch dabei, würden wir über unser Künstlerpech lachen und uns eine Ersatzunternehmung einfallen lassen, einen Vanillemilchshake mit Whisky im Café bei mir um die Ecke oder irgendwas auf dem Spielfilmkanal.

Und wie lächerlich ich mir vorkomme in meinem verführerischen Aufzug! Da zieh ich mir einen Dreihundert-Schekel-Slip an, und wofür? Für einen Abend ganz mit mir allein. Am Ende ist das edle Stück verwaschen und hat nicht einmal erlebt, wie es ist, von einer Männerhand mit brennender Ungeduld heruntergerissen zu werden.

Fast geistesabwesend streiche ich das zerfledderte Programmheft glatt. Ich will wenigstens nachlesen, was ich verpasst habe. Doch das Heft ist völlig verschmutzt von dem schmierigen Zeug, das ich vorhin an der Hand hatte, und von den einzelnen Programmpunkten ist ein Teil komplett abgerissen. Mechanisch gehe ich die Liste der künstlerischen und technischen Leiter durch. Kapellmeister, Beleuchtungsdesigner. Umberto, Roberto, Gilberto. Lauter Italiener, Verlierertypen, die es nicht in ein seriöseres Umfeld geschafft haben. Nichtsnutze. Zirkusvolk. Der Verantwortliche für die Akrobaten. Der Verantwortliche für die Raubtiere.

Der Verantwortliche für die Raubtiere.

Weißes Feuer schlägt mir ins Gesicht, raubt mir die Luft zum Atmen. Versteinertes Weinen aus längst vergangenen Tagen schießt aus den Tiefen meines Schädels und katapultiert sich in die Augenhöhlen.

Und das Herz! Das Herz droht die Fesseln aus Blutgefäßen zu sprengen.

Der Verantwortliche für die Raubtiere.

Der Lastwagen hat endlich geparkt und dabei einen Mülleimer unter seinen Rädern zermalmt. Der Fahrer springt heraus und fällt sofort fluchend über seinen schnauzbärtigen Parklotsen her.

Ich streiche das Hochglanzpapier noch etwas glatter, fahre mit dem Finger über die Wörter, um sicherzugehen, dass sich mein trauriges und hungriges Hirn die Buchstabenabfolge nicht nur einbildet. Nein. Alles richtig. Verantwortlicher für die Raubtiere: Momotaro Okasaki.

Ich bewege die Lippen, damit der fast vergessene Name in meinem Hier und Jetzt wieder aufleben kann, und lasse mir die beiden Wörter auf der Zunge zergehen.

Momotaro Okasaki.

Und dann sage ich laut und ruhig: Taro.

Taro.

**Dieses komprimierte Stück Vergangenheit** habe ich in Gedanken durchgeknetet, bis es am Ende nur noch eine ausgefranste Jazzimprovisation war. Jetzt suche ich nach der Grundmelodie.

Aber da ist nur der Abglanz einer Erinnerung.

Zwölf Jahre zuvor. Ein Transatlantikflug in soundso vielen Metern Höhe. Mit meinen achtzehn Jahren war ich auf dem Weg zu einer neuartigen Klinik in up-state New York: Meine Eltern hatten mir als Geschenk zum bevorstehenden Militärdienst eine dreieinhalbwöchige Abspeckkur spendiert.

Zum ersten Mal stand uns eine richtige Trennung bevor. Zwar sollte das Ferienlager zur Gewichtsabnahme nur wenige Wochen dauern, doch da außerdem die Distanz eines ganzen Ozeans hinzukam, der sie von mir trennen würde, empfanden meine Eltern diesen Zeitraum als derart grausamen Einschnitt, dass selbst das absehbare Ende für sie zu einer angsterfüllten, nebligen Hoffnung geriet, als schickte man mich mit Kohorten der Roten Armee ins Hinterland des Feindes, was ein Wiedersehen mit mir ebenso fraglich machte wie die Rückkehr der kämpfenden Truppen.

Eigentlich hatte ich den Wagemut und die Großzügigkeit meiner Eltern nur meiner dickköpfigen Großmutter Rachela zu verdanken, deren Wohnung heute mein Zuhause ist. Oma Rachela, die Mutter meiner Mutter, war das absolute Gegenteil ihrer Tochter: groß, mager und kerngesund, mit einer großen Nase in einem ausdrucksvollen Gesicht, das mit zunehmendem Alter richtig männlich aussah. Seit ich denken kann, trug sie das dichte Haar kurz geschnitten – als es im Alter einen gelblichen Stich bekam, lehnte sie eine Blautönung wie von Dandys und Politikern strikt ab –, und wenn sie um eine Entscheidung rang oder über etwas nachsann, was ihr unlogisch vorkam, fuhr sie sich mit der Hand, da und dort zwirbelnd, durch den grauen Schopf.

Sie war ein emotional engagiertes Mitglied der ersten Stunde in der kommunistischen Rakach-Partei. Selbst im Trubel eines Parteitags drehte sie ihren Hörapparat auf volle Lautstärke, und auch ihre an erotische Leidenschaft grenzende Liebe für Josef Wissarionowitsch Dschugaschwili verlor sie zeitlebens nicht: Ein großes, gerahmtes Porträt des Schnurrbartgesichts, umsteckt mit Fotografien von mir in verschiedenen Altersstufen, bildete das pièce de résistance in ihrem spartanischen Wohnzimmer.

Noch im stolzen Alter von siebzig Jahren fuhr meine Großmutter Rachela mit ihrem alten Käfer hinauf nach Galiläa, um ihre Freunde in den arabischen Dörfern zu besuchen, wo sie zum Entzücken der Enkelkinderschar des einen oder anderen Respektablen ihr künstliches Gebiss herausnahm, um ihr Geschmetter von *Katjuscha* oder der *Internationale* mit einem rhythmischen ›Rattattatta‹ zu begleiten.

Hinter Oma Rachelas Rücken behauptete meine Mutter gern, diese arabischen Freunde hätten nur einen Grund, Kommunisten zu sein, nämlich den, ihren Hass gegenüber Israel besser zu verpacken. Beweis: die traditionell patriarchalische Lebensweise, die keinen Funken Gleichberechtigung zulasse. Meine Großmutter wusste um die reaktionär-subversive Haltung ihrer Tochter und schrieb die Ursache einem unentdeckten Hirnschaden zu, der, wie sie sagte, jede politische und gesellschaftliche Sensibilität verhinderte.

Obwohl Oma Rachela im Laufe der Jahre eine philosophische Akzeptanz gegenüber ihrer geschädigten Leibesfrucht entwickelte, brachten sowohl die Ängste meiner Mutter als auch deren andere ›diasporische‹ Eigenheiten meine Großmutter regelmäßig aus der Fassung, insbesondere wenn es dabei um mich ging, ihre einzige Enkeltochter. Oma Rachelas Meinung nach hatte die, wie sie es nannte, ›jiddischistische Stettl-Mentalität‹ wie durch ein Wunder eine Generation übersprungen und war mittels eines neurotischen Gens bei ihrer Tochter voll durchgeschlagen.

»Ich kann nicht mit ansehen, dass dieser ›Jewrejski-Komplex‹ dem Kind das Leben versaut«, wetterte sie mit ihrem verrauchten Bariton, als die Idee meiner Reise in die erste Verhandlungsrunde am Familientisch ging. Meine Eltern saßen mit hängenden Köpfen da und ließen sich von meiner Großmutter Tee einschenken, zu dem sie Würfelzucker reichte – »wprikusku«, zum Abbeißen. »Aber zu eurem Glück ist Lilitschka von Geburt an ein putzmunteres und gelehriges Kind und lässt sich nicht in diesem dekadenten Bunker begraben, den ihr für sie gebaut habt!«

Der ›dekadente Bunker‹ war das Jiddische Theater im Allgemeinen und die Gefühlswelt meiner Eltern im Besonderen.

»Lasst sie ruhig nach Amerika fahren«, fuhr sie fort, und ironische Fältchen strahlten von den Augenwinkeln zu den Schläfen hin. »Eure Scheißjuden sind doch auch immer gern nach Amerika gefahren. Soll sie die Welt sehen!« Und dann, in einem ausgesprochen spöttischen Ton, die Art, wie meine Mutter redete, nachäffend: »Und ›die Welt‹ ist bei Gott kein Fünfsternewochenende in Eilat, Mira, nicht solange ihr beide sie auf Schritt und Tritt überwacht wie der israelische Geheimdienst.«

Die Verhandlung ging aus wie immer – am Ende erklärten sich alle mit meiner Reise einverstanden. Dennoch betrieben meine Eltern die Vorbereitungen wortlos wie Eliteeinheiten, wo sich die einzelnen Kämpfer auch nur mit Blicken oder einer Kinnbewegung verständigen. Zweifellos steckte in dem Schweigen auch Empörung über die erzieherische Unverkrampftheit meiner Großmutter Rachela, die ihr als eine Art Fahrlässigkeit ausgelegt wurde, da sie offenbar grob unterschätzte, welche Gefahren die Welt für hübsche junge Mädchen birgt, wenn sie, behütet großgezogen wie seltene Rosensträucher, eines schönen Tages aus dem weichen Boden des Gewächshauses gerissen werden und sich plötzlich auf den Asphaltstraßen unserer wahren Welt wiederfinden.

Als ich, um meine sauertöpfische Mutter zu besänftigen, die Bemerkung wagte, sie habe doch schon ihre Einwilligung gegeben, und fragte, warum sie sich denn jetzt immer noch quäle, bedachte sie mich mit einem Blick, der selbst in Rabins Mörder Jigal Amir Schuldgefühle entfacht hätte.

»Vielleicht wirst du es irgendwann begreifen, wenn du selbst Kinder hast. Abgesehen davon – falls du es vergessen haben solltest: Ich habe nur eine Tochter.«

Natürlich hätte ich sie daran erinnern können, dass sie im Verlauf ihrer Ehe mit meinem Vater freiwillig elf Schwangerschaftsabbrüche hatte vornehmen lassen – die Aufzucht von Kindern wäre ja Gift für ihre Theaterkarriere gewesen. Doch ich war glückliche Besitzerin eines Flugtickets, eines Visums und eines Packens speckiger, abgenutzter Dollarscheine vom Schwarzmarkt in der Lilienblumstraße, also ließ ich Milde walten, denn verglichen mit dem Mutterdasein voller Sorgen und Einschränkungen und einer verblassenden Zukunft hatte ich schließlich den Himmel auf Erden.

Meine Siebensachen wurden in zwei Koffern verstaut, der eine, gigantisch und aus grünem Synthetikmaterial, hatte uns auf den wenigen Reisen gedient, die wir als Familie unternommen hatten, der andere war eine Leihgabe meiner Großmutter Rachela, ein altes rechteckiges Ungetüm aus Krokoimitat, bei dem man immer damit rechnen musste, dass im falschen Moment an irgendeiner Stelle der Reißverschluss aufging, weshalb mein Vater ihn längs und quer mit einem Seil aus dem Heimwerkerladen in unserer Nachbarschaft verschnürte.

Mit diesen beiden eleganten Reiseaccessoires und meinen Eltern als Begleitung fuhr ich im Taxi zum Flughafen. Ich konnte es kaum erwarten, mich zu verabschieden und endlich meine Ruhe zu haben, denn meine Eltern überschütteten mich mit Anweisungen für reifes und sicheres Reiseverhalten und ich musste pausenlos ihre Bedenken zerstreuen.

Doch schon bald zeigte sich, dass meine Ungeduld und mein eingebildetes Selbstbewusstsein voreilig gewesen waren.

Nicht umsonst waren die Gesichter meiner Eltern beim Abschied am Terminal gelb gewesen vor Sorge: Kaum hob die Boeing vom Boden ab, wurde ich von der ersten Panikattacke meines Lebens geschüttelt.

»Ich will hier raus!«, flehte ich kreischend meine Sitznachbarn an, zwei junge Orthodoxe mit schütteren Bärten. Die Luft weigerte sich, ihren Weg in meine Lungen zu finden, im sicheren Gefühl eines nahen Todes zitterte ich an allen Gliedern, und mein schweißgebadeter Körper verströmte im Innenraum des Flugzeugs Dampfschwaden wie ein isländischer Geysir.

Vergeblich fächelten die Stewardessen mir mit Werbebroschüren des Bord-Duty-free-Shops Luft zu und tupften meine Stirn mit wohlriechenden Läppchen trocken, während unter den Fluggästen nach einem Arzt gesucht wurde. Meine Angst trotzte allen Bemühungen wie ein hartnäckiger Zahnschmerz. In ihrer Verzweiflung beschlossen die Stewardessen mit ihren hellblau geschminkten Lidern nach einer Weile, mich in die Business Class zu verlegen – wenn ich schon am Abkratzen war, dann doch lieber in einem edleren Ambiente.

Ihre Rechnung ging auf: Kaum sank ich in den breiten Sessel, war meine Angst verflogen, und ich lehnte mich entspannt zurück. Ich lernte schnell, dass rauschender Luxus die Unannehmlichkeiten des Lebens wettzumachen vermag. Das Brummen der großen Motoren hörte sich schon bald weich und freundlich an, ich stellte mir vor, es sei das sanfte Wellengeplätscher des Mittelmeeres, das ruhig unter uns lag, schluckte eine der beiden Schlaftabletten, die meine Mutter mir mitgegeben hatte, und schlief ein.

Erst als wir nach der Zwischenlandung in Paris wieder startklar gemacht wurden und meine Freundinnen, die Stewardessen, mit kaum verhohlener Ungeduld zwischen den Sitzreihen patrouillierten und auch die letzten Verweigerer unter den Passagieren aufforderten, ihre Sitzgurte zu schließen, erwachte ich wieder. Mit bleiernen Lidern beäugte ich meinen neuen Sitznachbarn, einen in ein Buch vertieften Japaner, der auch nach dem Start brav angeschnallt blieb. Da sich mein Wissen über japanische Touristen darauf beschränkte, dass sie viel lächelten und noch mehr fotografierten, wollte ich ihn zunächst nicht eingehend inspizieren, doch die aufdringliche, durch die Anordnung der Sitze bedingte Nähe zwang mich förmlich dazu. Schon bald merkte ich, dass ich die Hände studierte, die das Buch hielten. Sie waren verhältnismäßig groß, mit eckigen, kräftigen Fingern, und glatt, ohne Fältchen, nicht einmal über den Knöcheln – eine Haut wie aus Gummi. Grünliche Adern zeichneten eine verzweigte Flusslandschaft auf den Handrücken, flache und sehr helle Fingernägel rundeten den synthetischen Eindruck ab, und nur das leichte Zittern der Finger bezeugte, dass die Hände einem Menschen gehörten. Obwohl er saß, konnte ich erkennen, dass mein Sitznachbar nicht sonderlich groß war. Er trug einen teuren Pullover, aus dessen Ausschnitt ein pergamentfarbener Hals ragte, der in seiner Makellosigkeit von ähnlich künstlichem Aussehen war wie die Hände. Das exotische Profil – praktisch ohne Einbuchtung an der Nasenwurzel, breite Lippen, die nur dank ihres ernsten Ausdrucks nicht weiblich-sinnlich wirkten – blieb in die mit unleserlichen Anmerkungen vollgekritzelten Seiten vertieft, und als er das Buch zu Ende gelesen hatte und es zuklappte, sah ich zu meinem Erstaunen auf dem Umschlag die traurige und gequälte mondäne Gestalt von Marcel Proust mit übereinandergeschlagenen Beinen.

Der Japaner spürte meinen Blick und wandte mir sein Gesicht zu.

»Manchmal finde ich dieses Gemenschel einfach widerwärtig«, sagte er, als hätte er die stumme Frage in meinem Blick gelesen.

Der rostige, brüchige Klang seiner Stimme zeugte von Überresten eines kindlichen Soprans, den er vor nicht allzu langer Zeit noch gehabt haben musste. Das kurz geschnittene Haar bildete eine weiche Bürste auf dem Kopf, die schmalen

Augenschlitze waren so lang, dass sie praktisch bis zu den Schläfen reichten, doch die geradezu comicartigen, spitzen, gebogenen Wimpern, die seinen Blick überschatteten, nahmen seinem Aussehen ein wenig das Fremde, das von den Schlupflidern und der asiatischen Schrägstellung der Augen herrührte. Die obere Hälfte des Gesichts mit den feinen, ebenmäßigen Zügen schien so gar nicht zur unteren Hälfte zu passen, die etwas beinahe Klobiges hatte, und nur die scharfe Kontur des Kiefers bewahrte ihn vor dem primitiven Aussehen einer Gestalt von Gauguin. Er war ungefähr gleich alt wie ich, so dass ich mich überlegen genug fühlte, um einen ironischen Ton anzuschlagen.

»Von welchem Gemenschel redest du?«

Die schrägen Comicaugen musterten mich kühl.

»Von der Liebe. Alles daran ist so menschlich. Du bist Sklave von etwas, das du nicht im Ansatz verstehst, aber du hast gar keine Wahl als dich diesem Etwas zu unterwerfen, weil du ein Mensch bist und die Natur oder Gott oder weiß der Teufel wer dich so gemacht hat.«

Die Stewardess näherte sich mit dem Getränkewagen und reichte mir mit einem wissenden Lächeln den Tomatensaft, den sie bereits als ›mein Getränk‹ registriert hatte. Und da sah ich das erste Mal, dass das flache Gesicht meines Platznachbarn den gefrorenen Ausdruck verlor und sich zu einer verwöhnten Grimasse verzog.

»Ich glaube, ich nehme den Dom Pérignon, aber nur wenn er sehr kalt ist.«

Noch Monate später war dies für mich der Moment, in dem mich der Realitätssinn verließ und ich nach geheimen, verborgenen Seiten suchte, eine Betrachtungsweise, bei der das Gegenüber alle objektiven Eigenschaften verliert und in der ganzen Pracht seiner Einzigartigkeit erscheint. Die verzogenen Lippen, das Naserümpfen – diese Grimasse, die der Wahl der Champagnersorte voranging, verriet eine fremde, aristokratische Kinderstube, die ich aus den Büchern meiner

Jugendzeit kannte, eine Erziehung, wie man sie kleinen Lords und Prinzen angedeihen ließ. Vor meinem geistigen Auge sah ich Kinder in gebauschten Samthosen und Spitzenjabots auf der schwindsüchtigen Brust, die, von gestrengen Privatlehrern begleitet, nach einer starren Tagesordnung lebten und mindestens drei Dienstmädchen brauchten, um ihre Morgentoilette zu absolvieren. Ich wollte alles über den japanischen Lord Fauntleroy erfahren und ließ mir daher umgehend den plebejischen Tomatensaft durch den Champagner ersetzen, den auch er gewählt hatte.

Und ich erfuhr so einiges über ihn. Er war zwanzig Jahre alt, in Tokio geboren, und flog nach Amerika, um dort sein Studium der Philosophie und Mathematik mit einem Doktor der Philosophie abzuschließen. Seinen klangvollen Namen, Momotaro, hatte er vom Helden eines Kinderbuchs, einem Jungen, der aus einem Pfirsichkern heraus geboren wurde. Aber ich dürfe ihn ruhig Taro nennen, sagte er, ein Privileg, das ich gern annahm, ja ich schmolz förmlich dahin von dem fremden Geschmack auf meiner Zunge, bis ich mir vorkam wie eine unverbesserliche Schmeichlerin und das Gesäusel umgehend abstellte.

Dass sein Vater kein Herzog war, sondern plastischer Chirurg, änderte kein bisschen an meinem Eindruck, dass ich es mit einem geborenen Aristokraten zu tun hatte.

Mit schicksalhafter Symmetrie zollte Taro – in meinen Augen völlig ungerechtfertigt – mir Bewunderung, als ich ihm erzählte, meine Eltern seien Theaterschauspieler. Zuerst versuchte ich noch, ihm zu erklären, wie scheel angesehen das jiddische Theater in Israel war, doch gab ich diese Haltung sehr schnell auf und sonnte mich in meinem neuen Status als Tochter von Theaterbohemiens: Taro genoss die Geschichten aus dem grauen Alltag meiner Eltern so sehr, dass die schwarzen Augenschlitze etwas runder wurden. Mein damaliger beruflicher Wunschtraum gehörte ja in den wissenschaftlichen Bereich und somit ans entgegengesetzte Ende der Skala, außerdem bin ich von Natur aus keine Angeberin; jedes Lügen, und sei es nur aus Not, bringt mich zu sehr in Bedrängnis, als dass ich die strategischen Vorteile genießen könnte. Aber dank etlicher dünnstieliger Gläser Champagner hob ich mit einem Mal doch ein bisschen ab, und meine Eltern, so hausbacken wie Filzpantoffeln, wurden durch meine Erzählungen zu exzentrischen Stars, die ständig probten oder auf Tournee waren, was jedoch dank der Faszination fürs Theater, die auch auf unseren familiären Rahmen abstrahlte, jederzeit wieder wettgemacht wurde. Von den sanften Wellen meines Schwipses getragen, erfand ich alles frei hinzu, was meine Eltern je für sich erträumt hatten: Meine Mutter wurde zu einem Star der verhaltenen, kühlen Art, leichtfüßig und so schlank, dass ihr selbst in ihrem Alter noch junge Rollen angeboten wurden, Liebhaberinnen und Revolutionärinnen. Meinen Vater dagegen beschrieb ich als klassischen Hauptdarsteller, aber nicht von der Hau-drauf-Sorte, eher der intelligente, empfindsame Typ, die ideale Besetzung für einen Helden, dessen Seele einer oder gar mehreren ungeheuren Zerreißproben ausgesetzt wird. Doch verbreitete ich mich nicht nur über männliche und weibliche Rollen im Repertoire des jiddischen Theaters, sondern auch über diejenigen der international bekannten Klassiker, indem ich Taro meine Vorbehalte hinsichtlich der Rolle des Macbeth darlegte, die mein Vater vor kurzem bekommen hatte, und auch ausführlich schilderte, wie sehr meine Mutter körperlich und emotional mitgenommen war, als sie sich die Rolle der Nastasja Filipovna in der jiddischen Uraufführung von *Der Idiot* erarbeiten musste.

Meine armen Eltern ahnten natürlich nicht, welch glorreiche Karriere ich ihnen andichtete – zwei alte ›Aktjoren‹, wie man auf Jiddisch sagt, die in der Produktion von *A chassene in Stettl*, eine Hochzeit im Stettl, nicht mal Statistenrollen abbekommen hatten, ja die überhaupt nur besetzt wurden, weil sie klein genug waren, um halbwüchsige Mädchen und Burschen zu spielen, und weil sie so schön singen konnten: Jiddische

Theaterstücke lebten von Gesangseinlagen, erklärte ich, ohne gute Stimme habe man da keine Chance.

Selbst Monia Schneiderman, der schlitzohrige Direktor des Ensembles, dem meine Eltern angehörten, geriet in den Geschichten, die ich für meinen asiatischen Freund erfand, zu einer Art jiddischer Peter Brook: ein hoch begabter Regisseur voller Ideale im erbitterten Kampf um den Erhalt und die Wiedererweckung der jiddischen Kultur, der man in Israel eine herbe Abfuhr erteilt hatte.

Wieder einmal streckt mir das Gedächtnis spöttisch die Zunge heraus. Was geschah damals und in welcher Reihenfolge, und wie geschah es überhaupt? War die Unterhaltung auf Anhieb in Schwung gekommen oder hatte Taros Blick, viel zu ernst für einen Zwanzigjährigen, mich anfangs eingeschüchtert? Was hatte mich stärker beeindruckt: die Exotik seiner Herkunft oder die Unerschrockenheit, mit der er seine Meinung über Konzeptkunst, Entscheidungsfreiheit und deren Umsetzung, die intuitive Unterscheidung zwischen Gut und Böse kundtat?

Wann ließen wir davon ab, auf Teufel komm raus Eindruck zu schinden, und begannen, uns gegenseitig mit köstlichen Fragezeichen zu bombardieren? Nabokov? Fitzgerald? Shakespeare? *Der Pate*? *Rendezvous nach Ladenschluss*? Erich Kästner? *Tom und Jerry*? Die Sex Pistols? Brüder, Schwestern, Lieben? Fernsehen, ja oder nein? Ist Geld wichtig? Bestellen wir noch mehr Champagner oder sind wir schon jenseits von Gut und Böse?

Und in welchem benebelten Moment gestand ich ihm, dass ich als Jugendliche eine glühende Verehrerin von Mike Burshtein gewesen war, dass seine Fotos noch immer die Wände meines Zimmers zierten und ich eine geradezu erotische Erregung verspürte, wenn ich diese Bilder betrachtete, da ich im Objekt meiner Begierde Glamour und virtuoses Können, Merkmale eines echten Stars, ebenso zu erkennen vermeinte wie einen gewissen männlichen Ernst, der Sicherheit bietet und die Bereitschaft weckt, sich auf Jahre zu binden – eine für mich überaus faszinierende Mischung?

War ich von Taro bereits hingerissen, als er mir erzählte, dass er im Sommer bei seinem Vater, dem plastischen Chirurgen, in der Privatklinik gearbeitet hatte, wo er eimerweise Fettgewebe und blutige Klumpen menschlichen Fleischs entsorgen musste, oder geschah das erst, als wir uns in der Toilette aus rostfreiem Stahl einsperrten, wo unsere Hände wie hasserfüllt Reißverschlüsse auf- und Knöpfe abrissen, unsere Zungen und Zähne auf der kannibalischen Jagd nach Ohrläppchen und Brustwarzen umherwanderten, unbeholfene Finger an entblößten, feuchtglitschigen Stellen herumpopelten?

Zum ersten Mal im Leben entdeckte ich für mich die alte Weisheit, dass der männliche Körper der schönste und wundersamste aller Steinbrüche ist. Erleichtert wurde mir diese Entdeckung durch die Kohlensäurebläschen des Champagners; sie enthoben mich der Verlegenheit, die mein eigener ›Steinbruch‹, der nichts von diesem Glanz und diesen Qualitäten besitzt, mir von jeher bereitet hat. In dieser Phase geologischer Umwälzungen half ich Taro, in mich einzudringen, und war fast enttäuscht, als der ersehnte Schmerz ausblieb. Allerdings hatte ich große Mühe, seinem Blick standzuhalten und nicht die Augen zu schließen. Diesem Blick, der dafür sorgte, dass ich mich so schwach, so nackt und so klein fühlte, dass ich den Moment mit einer ironischen Frage herunterspielen musste: »Und das ist dir jetzt nicht zu viel Gemenschel?«

Doch Taro ignorierte meinen gekünstelten Spott und herrschte mich leise und atemlos an: »Lehn dich zurück, ja, so, dass ich dich berühren kann.« Und von da an leistete ich keinen Widerstand mehr.

Dank jahrelanger Erfahrung mit dem Duschschlauch im Bad meiner Großmutter Rachela konnte ich die betreffenden Stellen und Winkel mühelos aufspüren und erproben, und das nahm dem Erlebnis das Unbeholfene, von dem erfahrenere Freundinnen mir berichtet hatten und von dem ich auch später immer wieder hörte. In einem Anfall von trunkenem Übermut beschloss ich, weder zu stöhnen noch den Kopf in den Nacken zu werfen und auch sonst auf jeden Ausdruck von Lust zu verzichten, den ich von der Kinoleinwand her kannte; bei meinen früheren Abenteuern mit ausgesuchten Jungs vom Gymnasium oder mit Soldaten aus der Nachbarschaft hatte ich das alles überzeugend nachgeahmt, ohne jedoch zuzulassen, dass sie mich penetrierten.

Später, als ich in puncto Sex reifer war, lernte ich: Bewusst oder unbewusst, instinktiv oder aus vagen Überlegungen heraus bestimmen die Beteiligten vorher, wie das, was gleich auf sie zukommt, aussehen soll. Und erst wenn diese nur schwer zu benennenden, fließenden, nicht scharf umrissenen und dennoch eindeutigen Entscheidungen beider Beteiligten auf unerklärliche Weise zusammenpassen, nur wenn sie Berührungspunkte aufweisen, sich praktisch decken oder ineinander greifen, wird die Begegnung perfekt, richtig, fast könnte man sagen: ›punktgenau‹.

Diese eine Begegnung in der Toilette der Boeing 747 jedenfalls, die Begegnung mit einem, der sich Momotaro Okasaki nannte, war so eine selten harmonische Begegnung: Der Schlüssel glitt mühelos über die Zustellstifte und öffnete das komplexe Zylinderschloss.

Wir hatten uns zweifellos für dieselbe Herangehensweise entschieden, nämlich Konzentration. Ein Höchstmaß an Konzentration, das jede überflüssige Geste ausblendet und nur ein Ziel hat: nichts vorzutäuschen, nicht zu schauspielern und sich nicht über den anderen zu erheben. Was dafür sorgte, dass unsere Gesichter und Körper sich verrenkten, ohne sich auch nur eine Sekunde von dem Weg abbringen zu lassen, der irgendwo in den Tiefen des limbischen Systems vorgezeichnet war, im Reptiliengehirn, das wir aus der Frühzeit unserer Entwicklungsgeschichte übrig behalten haben. Die Schamlosigkeit unserer Doubles im Spiegel ignorierten wir, mal mit offenen und mal mit geschlossenen Augen.

Und sollten eines Tages Wissenschaftler, die jede noch so abnorme Verhaltensweise des menschlichen Körpers kennen, fragen, wie in Dreiteufelsnamen eine pummelige Achtzehnjährige in einer höchstens anderthalb Quadratmeter großen Zelle ihre Jungfräulichkeit verlieren konnte und wieso ihr Po nicht vom Rand des Waschbeckens rutschte, als sich der flache Bauch des japanischen Jungen zwischen ihren Mäusespeckschenkeln vor- und zurückschob, ich wüsste keine Antwort. Denn Antworten verlangen, dass man über die Ereignisse nachdenkt, sie ordnet und eine Reihenfolge herstellt, und das alles kann ich nicht bieten, weil ich damals, soundso viele Meter über dem Atlantik, nur aus Kreisen von Lust und Licht bestand.

Ebenso wenig könnte ich sagen, wann der Schmerz mich traf. Geschah es, als ich Taros grauen Pullover in der Menschenmenge am Kennedy-Flughafen verschwinden sah? Oder schwelgte ich da noch in dem Gedanken, was für ein tolles Abenteuer der Zufall mir beschert hatte, und begriff erst, was passiert war, als ich die Tür meines Zimmers in der Abmagerungsklinik hinter mir schloss, als mir nämlich in meinem heulenden Elend schlagartig bewusst wurde, dass es ein Verlust auf immer war, etwas für alle Zeiten Unwiederbringliches?

In den darauf folgenden Wochen hungerte ich beharrlich und wurde zur Musterschülerin des Abmagerungskurses gekürt. Umso größer war die Enttäuschung meiner Kurskollegen, als sich am Ende herausstellte, dass ich nicht ein Gramm weniger wog. Wie ein Dichter, der der Banalität seines Verliebtseins trotzt, suchte und fand mein Körper einen Weg, sich auf originelle Art vom Liebeskummer dieser Welt abzuheben.

**Die Rückkehr nach Israel brachte keine Erleichterung.**

»Das Leben ist stärker als alles«, sagte meine Mutter und strich mit ihren feingliedrigen Fingern über meinen Pyjamaärmel. Ich betrachtete die kleinen Hände, deren Haut von einem Netz unzähliger Fältchen durchzogen war.

»Das geht wieder vorbei«, setzte sie hinzu, »alles geht vorbei.«

Was wusste sie schon? Was konnte sie schon wissen, sie, die sich einbildete, die Welt außerhalb der durchsichtigen kleinen Blase ihrer Lebensweisheit unterliege allein dem Willen ihrer distanzierten, unzugänglichen Person? Woher wollte sie wissen, was ich bereits wusste, nämlich dass nichts je vorbei geht? Außerdem zweifelte ich auch keine Sekunde daran, dass sich dieses Wissen im Laufe der Jahre noch vertiefen würde. Man braucht nur die richtigen Knöpfe zu drücken und schon tauen die Einzelheiten, die man eingefroren hat und die sich im Schatten neuer Gegebenheiten verborgen halten, wieder auf und schwappen in voller Farbe und mitsamt allen Empfindungen hoch. Ein Blutstropfen von einem Nadelstich, eine Gestalt, die auf belebter Straße kurz deine Aufmerksamkeit erregt, eine unbeabsichtigte Kränkung, der Verlust einer belanglosen Kleinigkeit, ein schlechtes Mittagsschläfchen und schwupps! sind sie bei dir, die Menschen, mit allen dazugehörigen Gefühlen und Ereignissen, klar und deutlich, unvergessen bis zum Umfallen, übergegenwärtig, als ereigneten sie sich just in diesem Moment. Man weiß nie, was die Kettenreaktion auslöst, die dich erbarmungslos auf die ursprüngliche Erfahrung zurückwirft, die du vor Urzeiten gemacht hast und die in dir wabert wie ein giftiger Atompilz, bis sie eines Tages, von einem schwarzen Wind getrieben, durch die Straßen deines Bewusstseins wirbelt.

Nein, Mama. Nichts geht je vorbei. Nichts. Niemals.

Jetzt wollte ich nicht mehr Mike Burshteins Braut sein, und während meine Mutter noch auf mich einredete, schabte ich mit dem Finger die Ecke einer alten Fotografie ab, die ich als Kind an die Wand geklebt hatte: eine großformatige Fankarte, inzwischen vergilbt und brüchig, aber dennoch gut erhalten und dank eines wenn auch mittlerweile fast völlig verblassten Autogramms von Mike persönlich von unschätzbarem Wert. Überhaupt erschien mir alles, was sich vor der Begegnung mit Taro je ereignet hatte, blass, veraltet und unwichtig, meine strahlende Kindheit und Jugend bekam blinde Flecken, alles wurde geschmäht und heruntergemacht: Ich suhlte mich in der quälenden Gegenwart, im Kummer der ersten enttäuschten Liebe.

Mein Vater ging in seiner unnachahmlichen Art sachlicher und gezielter vor. Er galt als Schweiger, doch in Wirklichkeit schwieg er nur, wenn er sich genierte oder sich in seiner Umgebung nicht wohl fühlte. Wenn er unter Leuten war, die er nicht kannte, wuchs sich seine Schweigsamkeit zu einer greifbaren Präsenz aus, und er saß oder stand stocksteif da. Einmal hörte ich die Schauspielerin Marianna Kahn zu ihm sagen: »Na, du Mumie?« Sie feierte gerade ihre Aufnahme ins Ensemble und war ziemlich betrunken, doch trotz ihres vulgären Lachens musste ich anerkennen, dass sie meinen Vater mit dieser Bezeichnung bestens getroffen hatte. Das zur Maske erstarrte Gesicht, der glasige, zu Boden gerichtete Blick, der glauben machen sollte, er sei entrückt, in Gedanken versunken – ein Habitus, mit dem er seine Unsicherheit überspielte –, und dazu der praktisch kahle, von einem Schleier aus Schweißperlen bedeckte Schädel, den er sich von Zeit zu Zeit mit einem ›männlichen‹ karierten Taschentuch abtupfte, verliehen meinem Vater tatsächlich das Aussehen einer Mumie.

Doch kaum fühlte er sich irgendwo halbwegs wohl, wurde mein Vater zu einer wahren Nervensäge, dann gab's kein Halten mehr, und er plapperte unaufhaltsam drauflos, leise, monoton, wie das Zirpen einer Grille, als wären die hohen und die tiefen Töne, überhaupt alles, was der Sprache Elastizität, einen Ausdruck, eine Melodie verleiht, aus seiner Stimme herausgeschnitten worden.

Wohlgemerkt, sobald mein Vater auf der Bühne stand, war der nervige Tonfall wie weggeblasen, genau wie das Stottern bei seinem Kollegen Felix Sonnstein. Und ist das nicht Sinn und Zweck der Kunst: uns zu beflügeln, auf dass wir das absolut Beste zeigen, das in uns steckt?

»Lies Schopenhauer.« Mit diesem Satz eröffnet mein Vater seine endlosen Monologe über die Bewältigung einer enttäuschten Liebe. »Lies Schopenhauer. Schau dir an, was er über die menschliche Lust zu sagen hat.«

»Papa, Schopenhauer war zeitlebens allein, ein Einzelgänger, ein Menschenfeind und Frauenhasser. Was soll ich mir von ihm über zwischenmenschliche Beziehungen abgucken? Ich habe nicht die Absicht, ledig zu bleiben und Menschen zu verabscheuen.«

Zum ersten Mal bedauerte ich zutiefst, dass ich eine solche Nähe zu meinen Eltern entwickelt hatte, eine Nähe, die mich zwang, ihnen haarklein alles zu erzählen, was sich in meinem Leben und meiner Gefühlswelt abspielte. Ich beneidete meine Klassenkameraden, die schon im Alter von zehn Jahren aufgehört hatten, ihre Eltern an der Welt in ihrem Innern und an ihren Taten in der Welt draußen teilhaben zu lassen.

Doch mein Vater war nicht mehr zu bremsen.

»Übrigens, auch Schopenhauer hatte hervorragende Zähne. Er wertete das als Zeichen für eine gewisse Überlegenheit.«

»Kein Kommentar, Papa.«

»Das ist auch besser so. Manchmal sollte man einfach nur zuhören. Das eigentliche Gespräch besteht darin zuzuhören, obwohl Schopenhauer behauptet, ein Genie hat keine Freunde, weil jede Unterhaltung mit einem Menschen von mittelmäßigem Denkvermögen lediglich auf einen Monolog des Genies hinausläuft. Deswegen ergehen sich Genies in Monologen, halten Reden. Durchschnittliche Leute fühlen sich dadurch manchmal verletzt. Schließlich redet jeder gern. Jeder möchte sich ausdrücken. Aber manchmal ist es nicht weniger wichtig, zu schweigen und zuzuhören, zu lernen. Auch Schopenhauer hat anfangs geschwiegen. Da bin ich mir sicher. Wie sonst hätte er alles lernen können, was er wusste? Nur vom Schweigen und Zuhören. Auch ein Genie muss sich bilden. Was taugt Genialität ohne eine solide Grundbildung? Ob Genie oder nicht, ein Mensch ohne Bildung schlägt womöglich den falschen Weg ein. Stell dir vor, jemand, der nie etwas gelernt hat, erfindet die Euklidische Geometrie. Ohne zu wissen, dass sie bereits erfunden ist. Dann hat er seinen ganzen Genius vergeudet. Das Wissen der Menschheit ist wie eine Anhäufung tektonischer Schichten. Du kannst nichts entwickeln, wenn du keine Bildung hast, keine Grundlage, auf die du aufbauen kannst. Das wichtigste Instrument für den Menschen ist eine umfassende Bildung. Ich bin überzeugt, ein Schauspieler, der nicht reichlich gebildet ist, kann weder ein Stück noch eine Rolle in ihrer Tiefe erfassen. Aber heutzutage versteht das keiner. Auf Tiefe kommt es niemandem mehr an. Alles ist aus Plastik, alles muss ruckzuck gehen, Theater soll funktionieren wie Werbung: Nur was gut aussieht, läuft auch gut.«

Die letzten Worte waren ein Verweis auf Semjon Balkin, einen Schauspieler aus der ehemaligen Sowjetunion, der erst wenige Monate zuvor ins Ensemble aufgenommen worden war und vom Fleck weg Hauptrollen bekommen hatte. Und tatsächlich, mit Schminke im Gesicht verwandelte sich Semjon, der Alkoholiker, der mit dem dichten Netz aus purpurnen Äderchen auf Nase und Wangen aussah wie ein Clown, in einen stattlichen Mann mit ernster Miene und energischem Kinn.

»Schopenhauer hielt die Liebe für ein Ärgernis. Eine Vernebelung der Sinne, die manchmal selbst die größten Hirne heimsucht. Und soweit man weiß, ist doch der Mensch das einzige vernunftbegabte Tier. Warum also geschieht das alles? Doch sicher nicht ohne Grund? Es muss einen Grund dafür geben. Und der Grund ist schlicht und ergreifend die Existenz, die Biologie. Der Wille zu leben. Der Wille sich fortzusetzen. Sich fortzupflanzen. Dieser Wille ist so stark, dass er sogar für diejenigen zum Zwang wird, die an Fortpflanzung nicht im Mindesten interessiert sind. Im Leben geht es weder um Partnerschaft noch um die Befriedigung des Geschlechtstriebs und schon gar nicht um Spaß, sondern nur um eines: den Fortbestand der menschlichen Rasse. Und dafür sorgt der Fortpflanzungstrieb.«

Der Tonfall wurde immer monotoner, mein Vater war bereits auf die Bahn eingeschwenkt, die ihn und seine Gesprächspartnerin – mich – regelmäßig an den Rand der Erschöpfung brachte.

»Jetzt lautet die Frage: ›Warum ausgerechnet er‹ oder ›ausgerechnet sie‹?«, spann er seinen Faden fort. »Wieso habe ich mich von allen möglichen Kandidaten dieser Welt ausgerechnet für X oder Y entschieden? Ganz einfach: Der Instinkt steuert uns, den Partner zu wählen, dessen Samen uns den gelungensten Nachwuchs beschert. Der Lebenswille treibt uns, jawohl, treibt uns demjenigen in die Arme, der mit seinem Mangel an Vollkommenheit unseren eigenen Mangel an Vollkommenheit ausgleichen kann. Denn kaum ist der Akt vollzogen, so steht es geschrieben, ertönt das Gelächter des Teufels. Und warum gibt es Paare, die außer sexueller Anziehung nichts verbindet, keine Freundschaft, keine Treue, ja noch nicht einmal Zuneigung? Das ist doch sehr interessant. Das gilt es zu begreifen. Wir müssen unbedingt begreifen, was uns antreibt, und dann Trost suchen – in der Kunst, in der Philosophie –, spüren, dass wir nicht allein sind: Wir haben nicht Amerika entdeckt, wir sind nicht die Einzigen, die leiden. Oder man findet ein offenes Ohr, gute Freundschaft. Auch das bedeutet Trost. Das ist, was Mama und mich am meisten verbindet, Freundschaft, Nähe, volles gegenseitiges Vertrauen. Meinst du, wir hätten so viele wunderbare Jahre zusammen leben, dich aufziehen, Künstler sein können, wenn es uns um romantische Verliebtheit gegangen wäre oder wir geglaubt hätten, dass es darauf ankommt?«

Mein armer Vater. Wenn er gewusst hätte, dass meine Mutter ihm ein paar Jahre später, angestachelt von eben diesem unergründlichen Trieb, die Vorstellung ihres Lebens geben, ihm eine knallen und anschließend abhauen würde, um aus der Sicherheit der Ehe auszubrechen und sich in ein zweifelhaftes romantisches Abenteuer mit dem Verfasser des *Vollständigen Weltlexikons der jiddischen Kultur* Poldi (Leopold) Rosentalis zu stürzen.

Meine Großmutter Rachela schlug in eine andere Kerbe.

»Was du brauchst«, sagte sie, »ist eine Arbeit. Rabota, rabota, rabota, tak mily Iljitsch saweshtschal – Arbeit, Arbeit, Arbeit, das ist das Vermächtnis unseres lieben Vladimir Ilitsch Lenin. Arbeiten hilft gegen alles. Du musst arbeiten statt herumzuliegen und zu leiden. *Anna Karenina* ist schon geschrieben, du hast dem Thema nichts hinzuzufügen.«

Und tatsächlich fand sie eine Arbeit für mich, und zwar bei niemand anderem als unserem Bekannten aus alten Tagen, Doktor Boiangiu, der wegen seiner manischen Sparsamkeit oder aufgrund von Erinnerungen an frühere Gelüste einwilligte, mich bis zu meiner Rekrutierung als Assistentin zu beschäftigen. Wohlgemerkt für ein nicht mal symbolisches Gehalt. Doch was war schon Geld, wo ich endlich praktische Erfahrung sammeln durfte und in die Welt eingeführt wurde, die meine Welt werden sollte: die Zahnmedizin.

Dem Gedanken, dass ich genau wie Taro, der seinem Vater assistiert hatte, einem richtigen Arzt assistieren würde, wohnte ein besonderer Zauber inne. Ab sofort würden uns ähnliche Werte verbinden, christliche, buddhistische, altruistische Werte, und das trotz des Ozeans, der uns trennte, ja sogar trotz des Umstands, dass mein Geliebter sich, inzwischen fern von blutigen Fleischklumpen und Wannen aus rostfreiem Stahl, ganz seinem Philosophiestudium widmete.

Oma Rachela hatte Recht: Nichts ist besser als ein vollgepacktes Leben, um die quälende Vergangenheit zu bannen. Doch viele Jahre später wusste ich, dass eine verborgene Hand damals auf dem Transatlantikflug eine klare Linie gezogen hatte, die mein Leben unwiderruflich in ein ›Vorher‹ und ›Nachher‹ teilte. Diese Linie baute meiner Jugend ein bescheidenes Grabmal und errichtete das Tor zum Pfad meines Erwachsenenlebens, ein gewundener Pfad, der sich irgendwo in der Ferne verliert.

Taro.

**Ich werfe das Programmheft weg.** Marschiere entschlossen auf das Grüppchen zu, das den extravaganten Typen im Anzug umringt. Die Dolmetscherin gibt seine Anweisungen an die drei Arbeiter weiter, der Italiener beobachtet mit gehetztem Blick die Eingeborenen, als fürchte er, seine Forderungen kämen nicht Wort für Wort bei ihnen an.

»Verzeihung, wo finde ich jemanden von der Direktion?«

Wie eine mechanische Puppe hält die Dolmetscherin in ihren Ausführungen inne und übersetzt dem Extravaganten meine Frage. Er bellt ungeduldig seine Antwort, deutet unbestimmt in eine Richtung.

»In den Wohnwagen. Auf dem Campingplatz«, sagt sie, an mich gewandt und bemüht, die grobe Art des Mannes mit einem matten Lächeln abzumildern.

Brav wie eine Kompassnadel steuere ich auf den abstrakten Punkt zu, den die gleichgültige Hand des Mannes im hellblauen Anzug mir gewiesen hat.

Das Wohnwagengelände liegt hinter dem Riesenzelt. Auch hier herrscht unverkennbar Abreisetrubel, ein hektisches Durcheinander wie auf dem Vorplatz, und es entsteht zwangsläufig der Eindruck, eine lenkende Hand könne nicht schaden. Im Halbdunkel zwischen den länglichen Wohnwagen lebhafte Unterhaltungen, Auseinandersetzungen, Geschrei, auch in anderen Sprachen als Italienisch. Zwei junge Mädchen, die sich sehr ähnlich sehen, möglicherweise Zwillinge, hinterlassen im Vorbeigehen einen Schwall Französisch. Ich schaue den beiden schlanken Körpern in den auf Hüfte geschnittenen Jeans hinterher und frage mich, ob Taro, mein Taro, zwischen ihren Beinen zu Besuch war, schäme mich aber sofort für das lächerliche, ungerechtfertigte Bedürfnis, Besitzrechte anzumelden, Eifersucht, Zugehörigkeit zu empfinden.

Nicht weit von mir isst eine größere Gesellschaft im Stehen

eine Mahlzeit aus Pappschachteln eines chinesischen Lieferservice, Kinder wuseln zwischen den Beinen der Erwachsenen umher, die Unterhaltung wird in einer osteuropäischen Sprache geführt, die ich nicht einordnen kann. Ich mustere die Gesichter mit den schräg gestellten Augen. Offenbar gibt es keine Nation, die nicht ihren Weg in dieses uralte Abenteuer gefunden hätte, und dennoch kann ich auch in diesem lärmenden Haufen kein einziges japanisches Gesicht entdecken.

Auf meiner Suche nach etwas, das nach Büro aussieht, bleibt mein Blick an einem Wohnwagen mit offener Tür hängen, aus dessen Innern der bläuliche Schein eines Computermonitors dringt. Ich gehe darauf zu.

In dem abgewetzten Sessel vor dem Eingang sitzt, offenbar erschöpft, eine autoritär wirkende Frau, die sich mit jemandem unterhält, der meinem Blick verborgen bleibt. Ihr schlanker Körper steckt in einem engen lila Kleid. Die lässig übereinandergeschlagenen Beine fallen mir schon von weitem auf: sehr lange, in Netzstrümpfe gehüllte Beine mit schmalen Fesseln und muskulösen Waden, wie von einer Tänzerin. Wie hypnotisiert starre ich auf die Umrisse der spitzen, ebenfalls lilafarbenen Schuhe mit Stilettoabsätzen von mindestens zehn Zentimetern.

Beim Näherkommen sehe ich, dass die Frau mit einem Zwerg spricht, der auf einem leeren Ölfass sitzt. Das Haar des kleinen Mannes starrt vor Brillantine und ist mit einem Samtband zu einem dandyhaften Pferdeschwanz zusammengefasst, auf den Schultern hängt nachlässig ein kleines Admiralsjackett, die Goldknöpfe glänzen wie Wandersterne. Unruhig hört er der Dame in Lila zu, gelegentlich entfährt ihm ein Seufzer, er schlägt ein Bein über das andere und fällt ihr, sobald er Gelegenheit dazu hat, mit einer Tirade aus wütendem Italienisch ins Wort. Ich bleibe ein Stück entfernt von ihnen stehen, warte ab, bis sie mich bemerken, und beobachte derweil das Profil der lila gekleideten Frau. Es ist kühl und länglich und hat verblüffende Ähnlichkeit mit der berühmten Maske der

Nofretete, ein Eindruck, der durch die Hochfrisur noch verstärkt wird. Der lila Stiletto, der an dem übergeschlagenen Bein in der Luft hängt, bewegt sich rhythmisch, links, rechts, links, rechts, wie die Nadel eines Metronoms.

Tick und tack. Tick und tack.

Der kleine Mann bemerkt meine Anwesenheit und reagiert genauso ruckartig, wie er seiner Freundin ins Wort gefallen ist, das Englisch aus seinem Mund klingt keinen Deut weniger aufgebracht als sein Italienisch. (Schade, dass Ninusch jetzt nicht bei mir ist, kleine Wesen faszinieren sie über alle Maßen.)

»Können wir Ihnen behilflich sein, Madam?«

Jetzt, aus der Nähe, erkenne ich, dass der kleinwüchsige Admiral älter ist, als ich dachte, und sein Gehabe verrät, dass er sich ziemlich wichtig nimmt.

»Ich suche Momotaro Okasaki.«

Und für den Fall, dass es noch einen zweiten Momotaro Okasaki in der Truppe gibt, füge ich hinzu: »Den Verantwortlichen für die Raubtiere. Wild animals administration.«

Taros Name sorgt dafür, dass sich das königliche Haupt der Nofretete mir zuwendet, und da trifft mich schier der Schlag: Wie ihr antikes Ebenbild hat auch sie nur ein sehendes Auge. Sie trägt eine schwarze Augenklappe, und eine energische, bedrohlich wirkende Linie läuft ihr diagonal übers Gesicht.

»Herr Okasaki ist bereits in seinem Hotel.«

»Und in welchem?«, frage ich forsch.

Meine Unverfrorenheit bringt sie schier aus der Fassung. Normalerweise würden Fremden keine derartigen Auskünfte erteilt, erklärt sie, die Zirkusleitung verfolge in diesen Belangen eine strikte Politik.

»Ich verstehe«, nicke ich demütig, »aber vielleicht könnten Sie in meinem Fall eine Ausnahme machen.«

»Nein. Nein, tut mir Leid«, sagt sie und wendet mir ihr ägyptisches Profil zu, zum Zeichen, dass das Gespräch beendet sei. Doch da mischt sich der kleine Mann ein, er will sich nicht wie Luft behandeln lassen, wenn vor seiner Nase weltbewegende Entscheidungen getroffen werden.

»Darf ich erfahren, in welcher Angelegenheit Sie Herrn Okasaki suchen? Vielleicht kann ich Ihnen weiterhelfen.«

Ich schüttle den Kopf. »Es handelt sich um eine Privatangelegenheit.«

Ich habe nicht die geringste Absicht, die beiden Clowns in die Geschichte von der Durchbohrung meines Jungfernhäutchens einzuweihen. Doch o Wunder, das Wörtchen ›privat‹ sorgt dafür, dass sich das halb tote Nofretetegesicht mir wieder zuwendet.

»Soll heißen?«

Über der Augenklappe erscheint eine lange schwarze Braue, krümmt sich und erstarrt in Erwartung einer Antwort.

»Es geht um die Tiger. About the tigers.«

Mit säuerlicher Miene, weil ich meine Felle schon davonschwimmen sehe, lasse ich den erstbesten Quatsch vom Stapel, der mir einfällt. Und zu meinem Erstaunen wechseln die beiden Blicke, und mit einer bedeutungsschwangeren Langsamkeit, als wäre soeben meine Mitgliedschaft in einer geheimen Sekte aufgeflogen, korrigiert mich Nofretete:

»You mean about the *tigress*?«

Ohne zu blinzeln starre ich in ihr trotziges Auge und bestätige: »That's exactly what I mean. About the tigress.«

Sie hebt sich aus dem Sessel und streckt mir eine kühle Hand entgegen. Die andere Hand wandert durch die Luft, fügt ihren Worten die notwendige Betonung hinzu. Es tue ihr ja so Leid. Sie habe mitbekommen, dass Herr Okasaki gestern auf mich gewartet habe, aber irgendwie habe sie sich eingebildet, es müsse sich um einen Herrn handeln. Wie dumm von ihr. Dieses ganze Durcheinander vor der Abreise, sicher könne ich mir vorstellen, was das bedeute. Sie sei hoch erfreut, mich kennen zu lernen.

»Emilia Cavalcanti, Stellvertretende Direktorin«, stellt sie sich vor.

Der Zwerg sei ihr persönlicher Assistent, Giacchito Cavalcanti, seines Zeichens Trapezkünstler, gleichzeitig aber auch ihr Bruder.

Ein Doppeltermin auf dem Zahnarztstuhl würde dem kleinen Mann, der mir ein blitzendes professionelles Lächeln schenkt, nicht schaden, vermerke ich im Stillen mit einem Anflug von Boshaftigkeit.

»Herr Okasaki hat sich im Hotel Dan Panorama einquartiert«, erklärte die Frau in Lila. »Ich rufe ihn sofort an und sage Bescheid, dass Sie auf dem Weg zu ihm sind.«

»Oh, das wäre ... danke, vielen, vielen Dank.«

»It's an absolute pleasure.« Zum ersten Mal ein Lächeln. Die Zähne meiner Nofretete sind zweifellos künstlich und wurden meiner Einschätzung nach vor fünf, sechs Jahren gemacht. Die unteren Kanten der oberen Schneidezähne sind viel zu gerade, heutzutage ist es üblich, die Krone mit einem Hauch von Zackenrand zu versehen, wie bei echten Zähnen. Der Farbton ist übertrieben hell, in Fachkreisen als ›Hollywood White‹ bekannt. Ich selbst ziehe eine wenn auch noch so zarte Abtönung mit Elfenbein vor, das macht die Zähne lebendiger und lässt sie natürlicher wirken. Der künstliche Mund der Frau lächelt, doch ihr glasiges Auge starrt mich einschüchternd an: Es ist genauso lila wie ihre Garderobe.

Ein Nicken zum Abschied – »Good-bye«, »Good-bye« –, und während ich in Richtung Straße davongehe, spüre ich Giacchito Cavalcantis Blick auf meinem Po.

**Schnaufend und schnaubend** und vor Anstrengung kleine Furze lassend, stakse ich auf meinen teuren Plateausohlenschuhen davon. Die Freude darüber, dass ich mit meinem Trick Erfolg hatte, vermischt sich mit Fantasien über die bevorstehende Begegnung mit Taro und wird von der Befürchtung beiseite geschoben, dass es sich um jemand anderen handeln könnte, jemand völlig anderen. Womöglich laufen ja etliche Taro Okasakis in der Weltgeschichte herum. Und selbst wenn es nur zwei gäbe, wäre das genau einer zu viel.

Doch ich bin kein Kind der Verzweiflung. Ich stürze mich ins Abenteuer, denn in jedem Fall erwartet meinen schweren Körper ein Abenteuer, und das allein ist ja schon einiges wert. Auf geht's, Lilly, mach erst mal, dann seh'n wir weiter, sage ich mir in Abwandlung einer guten alten jüdischen Redensart, denn Abwarten erscheint mir jetzt alles andere als angebracht. Erst als ich am kiesigen Rand der dunklen Straße stehe und die Scheinwerfer der Autos sehe, die wie Meteoriten an mir vorbeirasen, wird mir klar, dass ich so gut wie keine Chance habe, von hier aus wieder in die Stadt zu gelangen.

Eine Regel solltet ihr kennen: Wir Zahnhygienikerinnen sind Geschöpfe des Tages und des Lichts. Als stolze Vertreterin meiner Zunft mag ich die Nacht nicht sonderlich gern, vielleicht gibt sich die Nacht deshalb besonders viel Mühe, mich mit ihrem Zauber zu umgarnen, wenn auch nur mit mäßigem Erfolg. (Oh, diese kalte Macht der Gleichgültigkeit!)

Ein Wagen bremst abrupt ab, zermalmt, gefährlich knirschend, den Kies und bleibt in einiger Entfernung vor mir stehen.

»Wusst' ich doch, dass das passiert!«, ruft triumphierend eine Stimme. »Ich hab mir gesagt, ich fahr kurz vorbei und schaue nach, wo sie steckt und was sie treibt. Los, steig ein, ich nehme dich mit.« Obwohl ich das Gesicht nicht sehen kann, weiß ich sofort Bescheid.

Respekt.

Aber genau darum geht es hier auch: um Respekt.

»Danke, Michaela, vielen Dank, aber ich möchte mich nicht von dir fahren lassen. Bei den Preisen kann ich mir gleich ein eigenes Auto anschaffen.«

Obwohl mein weiteres Schicksal, zumindest was diese Nacht angeht, im Dunkel liegt, genieße ich meinen desinteressierten Tonfall in vollen Zügen.

Der Wagen kriecht ein paar Meter vorwärts, bis ich durchs offene Fenster den blonden Schopf sehen kann.

»Lass doch die Spielchen! Komm, steig ein – Freifahrt, ich muss sowieso zurück in die Stadt.«

Spielchen hin oder her, ich war schon immer gut darin, meinen Willen durchzusetzen.

»Nein, danke«, zische ich.

Doch auch ihr Dickkopf ist nicht von schlechten Eltern.

»Ach, hör doch auf rumzuspinnen und steig endlich ein. Oder willst du etwa bis morgen früh hier stehen? Als Frau, nachts, allein auf der Straße? Du willst dich wohl unbedingt von Arabern vergewaltigen lassen? Für die Hamas wärst du ein gefundenes Fressen, die hacken dich in Stücke und werfen dich auf die Müllhalde. Und ich hab das dann auf dem Gewissen.«

Ich kann mir eine Retourkutsche nicht verkneifen.

»Ach. Du hast ein Gewissen, Michaela? Seit wann? Und außerdem: Warten zu Hause nicht fünf hungrige Kinder auf dich?«

»Von wegen warten! Moran, der Soldat, hat Pizza bestellt, jetzt hocken sie vor der Glotze, auf dem Kabelkanal läuft irgendein Film mit Schwarzenegger. Die kommen Gott sei Dank ohne mich klar.«

Mitgefühl. Diese weibliche Eigenschaft ist es, die uns Frauen immer wieder einen Strich durch die Rechnung macht, da bin ich mir absolut sicher. Sonst hätte ich mich wohl kaum von dem traurigen Unterton in Michaelas letztem Satz animieren lassen, mich mit einem gemurmelten »Na ja, was soll's« auf den Rücksitz zu zwängen.

Stolzerfüllt und schweigsam wie jemand, der um den Wert seiner guten Tat weiß und dafür weder Bestätigung noch Dank erwartet, lenkt Michaela den Wagen. Mir fällt ein, dass ich meiner zweifelhaften Erlöserin noch nicht gesagt habe, wohin ich diesmal unterwegs bin. Als ich ihr den Namen des Hotels nenne, erwacht ihr Kopf zum Leben und der Rückspiegel zerspringt schier unter ihrem neugierigen Blick.

»Dan Panorama? Was hast du denn um die Uhrzeit dort zu verloren?«

Der Wunsch aufzuschneiden ist stärker als die britische Zurückhaltung, die ich bis eben erfolgreich an den Tag gelegt habe.

»Ich will kurz einen Freund besuchen, mit dem ich vor zwölf Jahren was hatte. Ein Traum von einem Mann.«

»Und du hast ihn seit zwölf Jahren nicht mehr gesehen?«, hakt Michaela nach.

Ich hole das Lipgloss aus meiner Tasche, trage es auf und werfe einen prüfenden Blick in den Rückspiegel, der ganz von Michaelas skeptischem Blick ausgefüllt ist.

»Du hast's erfasst.«

»Und wieso bist du so aufgekratzt?«

Michaela steuert gezielt auf den Punkt zu, von dem aus sie mir ihre Theorie darlegen kann.

»Wieso nicht? Man trifft schließlich nicht alle Tage eine Jugendliebe wieder.« Ich presse die Lippen in verschiedene Richtungen zusammen, um den Glanz gleichmäßig zu verteilen.

»Was versprichst du dir davon?«

»Was sollte ich mir davon versprechen? Man kann doch nicht immer von allem was haben. Im übrigen: Der Sex mit ihm damals war umwerfend.«

Als echtes Mitglied meiner Generation und Zeit lebe ich

voll und ganz in dem Bewusstsein, dass ›umwerfender Sex‹ praktisch gleichbedeutend ist mit ›gesunder Psyche‹ und überhaupt ein allumfassendes Indiz für Erfolg im Leben, oder zumindest für das Potenzial dazu. Der Blick, der meine Worte begleitet, soll ausdrücken, dass das Adjektiv ›umwerfend‹ die Qualität meiner Erfahrung nicht annähernd zu beschreiben vermag.

Michaela setzt ihre Attacke ungerührt fort.

»Und woher willst du wissen, wie die Begegnung mit ihm wird? Vielleicht ist er jetzt ein Kotzbrocken. Oder ein Fettsack. Zwölf Jahre sind eine lange Zeit. Vielleicht stehst du ja gar nicht mehr auf ihn. Oder er nicht auf dich.«

Da ist allerdings was dran. Was sie sagt, lässt sich kaum von der Hand weisen, und obwohl ich mittlerweile auch schon diverse Szenarien in Gedanken durchgespielt habe, nehmen meine Bedenken erst jetzt, wo jemand anderes sie äußert, konkrete Formen an. Doch ich habe nicht vor, mich vor dieser fremden Frau nackt auszuziehen.

Ich zucke mit den Achseln.

»Im schlimmsten Fall passiert gar nichts. Abgesehen davon: Ich bin ja selbst eine Tonne.«

Die hinterfotzige Kuh pflichtet mir unverzüglich bei. »Auch das muss man natürlich berücksichtigen.«

Ich schweige trotzig und schaue zum Fenster hinaus. Sie hat Recht, diese Michaela. Natürlich muss man auch das berücksichtigen. Seit der historischen Begegnung habe ich etliche Pfunde zugelegt. Wenige Monate vor Antritt meines Armeedienstes bekam ich einen offiziellen Brief mit der Mitteilung, aufgrund des Überschusses an Rekrutinnen in meinem Jahrgang habe man beschlossen, nur die Fittesten einzuziehen. Aus Rücksicht auf mein Übergewicht, das mich beim Militär unweigerlich behindern würde, verzichte man daher auf meinen Beitrag zur Verteidigung des Landes, und ich dürfe mich ohne nachteiligen Eintrag im Wehrpass als ›vom Wehrdienst befreit‹ betrachten.

Zuerst war ich nur erleichtert, doch mit der Zeit merkte ich, dass jede junge Frau, die mir in Armeeuniform über den Weg lief, in mir das Bedürfnis weckte, sie auszufragen. Ob auf den Straßen der Stadt, in öffentlichen Verkehrsmitteln oder an den Anhalterstationen, wo Soldaten um eine Mitfahrgelegenheit anstehen, um schneller als mit dem Bus nach Hause zu gelangen – überall verrenkte ich mir schier den Hals, um die in Khakiuniformen gehüllten Körper zu mustern, die streng nach hinten gebundenen Haare, den aufrechten Gang, die jungen Beine mit den prallen Waden, die sich nach unten hin zu mehr oder weniger schmalen Fesseln verjüngten und ausnahmslos in nüchterne schwarze Schuhe mündeten.

Ich habe mich stets gegen Ausgrenzung, Ablehnung, Argwohn und abfällige Bemerkungen gewehrt und mich auch dagegen gesträubt, in die Isolation abzurutschen – in unserer Welt ein Los, das die Dicken schneller ereilt, als man denkt. Ich bin eine schöne Frau, mit diesem Wissen bin ich aufgewachsen, darauf habe ich vertraut, von meinem selbstbewussten Kurs abzuweichen kam mir nie in den Sinn, und doch bin ich dabei nie in grobe Selbsttäuschung verfallen.

Solange Unbeteiligte, Fremde einen als ›abnormal‹ einstufen, mag man sich weigern, das Urteil anzuerkennen. Was aber, wenn es von Amicam kommt? Zum zweiten Mal an diesem Abend schwappt die beängstigende Erinnerung an unsere Trennung in mir hoch. Definitiv ein Mal zu viel! Amicam, von allen Männern der Mann, der sich unbeirrbar stets eine eigene Meinung bildete, der sich keinem Diktat der Mode unterwarf, der Mann, der jeden Winkel meines Körpers liebte – und das weiß ich genau, denn es gibt Dinge, die sich nicht leugnen lassen –, ausgerechnet dieser Amicam hatte sich geweigert, mich zu seiner Frau zu machen, weil er meine Korpulenz irgendwie bedrohlich fand, weil er fand, dass sie von einer Abartigkeit und Krankheit in meinem Innern zeugte, von Bedürfnissen und Gelüsten, die sich seiner Kontrolle entzogen.

Ach, Armee, Amicam – was soll der Quatsch! Kenne ich

nicht selbst den Zauber der Schönheit, den ein schlanker Körper ausstrahlt, bin ich nicht immer und immer wieder überrascht von den heftigen Reaktionen ansonsten vor allem mit sich selbst beschäftigter Leute, wenn sie zum Beispiel Ninusch sehen? Und hatte nicht die wiedererlangte, die mit Tausenden Schweizer Franken erkaufte und verflucht faltenfreie Schönheit meiner Mutter Poldi Rosentalis in den Wahnsinn getrieben – und, weit schlimmer, sie selbst noch dazu?

Nein, kein Zweifel, ich bin nicht mehr das große, mollige junge Mädchen, das Taro Okasaki auf seinem Weg nach New York begegnet war. Das Älterwerden drückt jedem seinen eigenen Stempel auf. So wie bei anderen die ersten Furchen seitlich der Nase und zwischen den Brauen vom Anbruch des nächsten Lebensabschnitts künden, des Erwachsenenalters samt seiner Fülle an Erfahrungen und des Ballasts an Gedanken und Gefühlen, so schlägt sich bei mir die Lebenserfahrung der vergangenen zwölf Jahre in den dazugewonnenen Pfunden nieder.

Erst jetzt merke ich, dass sich meine Taxifahrerin mitten in ihrer eigenen Lebensgeschichte befindet; offenbar hält sie mein minutenlanges Schweigen für konzentriertes Zuhören, während sie ihre schäbige Horrorstory vor mir ausbreitet.

»... an die zwei Jahre nach der Scheidung. Moment, lass mich kurz nachdenken, wann das genau war. Gleich sag ich's dir. Ich glaube, 95. Moment, es war ungefähr, als Meir seinen Laden für Elektrogeräte und Spielzeug in Manhattan aufmachte, da war er dort noch ganz neu. Das weiß ich genau, weil er den Kindern alles mögliche aus seinem Laden geschickt hat: Fotoapparate, Föns, Schlüsselanhänger, Kugelschreiber mit dem Empire State Building, durchsichtige Halbkugeln mit Flüssigkeit drin, und wenn man sie schüttelte, stand die Freiheitsstatue wie im Schneesturm. Also muss es wohl 96 gewesen sein, ich glaube, kurz nach der Party zu Morans elftem Geburtstag. Da hatten wir einen Zauberer, der hat aus Versehen das Kaninchen gekillt, und mein Moran – das musst du dir mal reinziehen, was für eine Seele von Kind mein Sohn ist –, also, mein Moran hat doch tatsächlich versucht, dieses Mistvieh, dieses Scheißkaninchen mit Mund-zu-Mund-Beatmung wiederzubeleben. Und der Zauberer steht da und rührt keinen Finger! Und als ich dann meinte: Tut mir Leid, aber für so eine Vorstellung zahle ich keine müde Lira, was antwortet der mir? Berufsrisiko. Mit Ofenreinigerspray bin ich dem Kerl hinterher, bis runter zum ersten Stock – Mann, ist der gerannt! Frag nicht, was dieses Erlebnis mit den Kindern gemacht hat. Ortal, meine Jüngste, hat noch zwei Wochen lang nachts im Schlaf ›Mama, Mama‹ geschrieen, aber auch die Großen hatten nicht wenig daran zu knabbern, das sag ich dir. Oder war es doch im Jahr von Morans Bar-Mizwa? Schlag mich tot, ich weiß es nicht mehr, ich muss noch mal nachdenken, bestimmt fällt's mir gleich wieder ein.«

Eher reflexartig denn aus dem Wunsch, zu hören, was ihre Erfahrung mir zu bieten hat, unterbreche ich Michaelas Redeschwall.

»Erzähl mir lieber endlich, wo ihr euch wiedergetroffen habt.«

Aus dem, was von ihrem Gefasel in Fetzen zu mir durchgedrungen ist, während ich mit meinen eigenen Gedanken beschäftigt war, schließe ich, dass sich ihre Geschichte um ein gescheitertes Wiedersehen mit einem Verflossenen dreht.

»Auf dem Einwohnermeldeamt. Ich war da, weil ich mir einen neuen Pass machen lassen wollte, der alte war irgendwie weg, stell dir vor, vor lauter Auslandsreisen, ha-ha-ha. Nein, Quatsch – bloß ein Witz. Ich ziehe also eine Nummer für die Warteschlange. Kaufe mir beim Georgier am Kiosk ein belegtes Brötchen mit Käse, eine Apfelschorle. Setze mich hin und warte brav, bis ich dran bin. Plötzlich merke ich, dass dieser Typ mich anstarrt. Erst dachte ich, dem ist langweilig, der hat wohl sonst nichts zu tun, bis mir aufgeht, dass ich ihn kenne und, schieß mich tot, aber ich weiß nicht mehr, woher. Und auf einmal kommt er rüber, 'tschuldigung, aber bist du nicht die und die – mit meinem Mädchennamen! Ich schaue ihn an, schaue genauer hin, und plötzlich, so wahr ich Michaela heiße – Micha! Micha Scha'aschua! Unvergesslich, dieser Name. Und dieser Micha war mein Freund, früher, in der achten Klasse, auf der Bezirksschule, im Süden, wo ich herkomme. Was für eine Liebe, Mann o Mann! Klar waren wir damals noch Kinder, aber man sagt ja, nichts ist so stark wie eine Kinderliebe. Micha und Michaela, sogar unsere Namen passten zusammen. Ich weiß noch, wie wir irgendwann nachts unsere Namen an die Wand der Sporthalle gesprüht haben, Micha und Michaela, natürlich eingerahmt in ein Herz ...

Lange Rede, kurzer Sinn: Wir unterhalten uns, Riesenaufregung, beschließen, den Kontakt wieder aufzunehmen. Er hat kaum noch Haare, einen gehörigen Ranzen, sonnengegerbte Haut – voll die Schildkröte. Bauunternehmer ist er geworden. Verheiratet, plus drei Blagen. Wir tauschen Telefonnummern aus, noch in derselben Woche steht er mit Blumen vor meiner Tür, Ranunkeln in allen Farben, traumhaft, wir trinken bisschen was, unterhalten uns – die Kinder hab ich vorsorglich bei verschiedenen Freunden untergebracht –, und noch am selben Abend hatten wir einen Fick auf dem Sofa, Oralsex, was geht ab, Leidenschaft ohne Ende, wie im Film. Die Schildkröte hat's mir besorgt, dass es kracht, und auch er brauchte nicht am langen Arm zu verhungern, mit einem Wort: Freundschaft? Vergiss es! Wir wollten unsere alte Liebe wieder.

Gut und schön, es entwickelt sich also ein Verhältnis. Bisschen kompliziert, weil wir kaum Zeit füreinander haben, aber immerhin ... Wie du ja weißt, bin ich geschieden, fahre Schichten, was das Zeug hält, und nicht zu vergessen: die Kinder daheim, obwohl sie damals natürlich noch viel kleiner waren. Und auch er hatte genug am Hals. Erwachsene Leute eben, beide bis aufs letzte Quadrat in ihrem Leben eingerichtet. Also sind wir dauernd am Telefonieren, und was wir alles vom Stapel lassen, frag nicht. Zuerst hab ich mich noch geniert, aber irgendwann ging's voll ab, schmutziges Zeug ohne Ende, ihn hat das total angetörnt, alles sollte ich ihm beschreiben, und er holte sich dabei einen runter, ich hörte am anderen Ende, wenn er kam und, na ja, nichts zu machen, mich hat's dann halt auch gepackt, jedenfalls am Anfang noch. Getroffen haben wir uns einmal die Woche, wenn's hoch kommt. Und Mann, war der verknallt, es hat ihn voll erwischt, der fing schon davon an, dass er seine Familie verlassen will. Ich hab richtig Angst gekriegt, weil, in dem Alter kriegen die Männer ihre Midlife-Crisis, dann laufen sie ihrer ersten Ehefrau davon und suchen sich ein neues Glück, genau wie mein bescheuerter Meir, der hat's ja auch so gemacht.

Aus meiner Sicht war alles paletti, das will ich gar nicht abstreiten. Ich hatte Sex, Romantik, das hat was Beruhigendes, so ist das nun mal. Aber irgendwann fing er an, sich zu beklagen, dass ich nicht genug Zeit für ihn hätte, dass beim Telefonsex im Hintergrund Kochtöpfe klappern, was das soll, dass ich dabei koche oder die Wäsche erledige – tja, mein Gott! –, er will mehr Gefühl, mehr Romantik, ich soll mir doch gefälligst mehr Mühe geben, ein Abendessen bei Kerzenlicht zum Beispiel, oder mal ein schickes Kleid, und warum sind die Kinder immer da und gehen so spät ins Bett ... ›Was soll ich denn machen, Micha‹, hab ich gesagt, ›tut mir Leid, mein Schatz, ich konnte schließlich nicht ahnen, dass du mir irgendwann noch mal über den Weg läufst, also hab ich mein Leben gelebt, Kinder gekriegt, was willst du von mir, ich kann nicht den Rückwärtsgang einlegen und ein Stück zurücksetzen, das Leben ist schließlich kein Taxi.‹ Aber er lässt nicht locker, für so was hat der null Sensibilität. Und Telefonsex in einer Tour, und das, wo ich von morgens bis abends im Taxi sitze, wie du siehst. Na ja, mit Freisprechanlage, was juckt's mich, besorg ich's ihm halt. ›Jetzt hol ich mir einen runter‹, ha-ha-ha, ›jetzt lutsche ich deinen großen Schwanz‹, ›jetzt kommst du rein‹, lauter so Scheiß, aber manchmal steigt ausgerechnet in dem Moment jemand bei mir ein und ich muss auflegen, und dann steht er mit seiner Latte alleine da.«

»Und wie ging die Sache aus?«

Mein banger Unterton dämpft die Begeisterung, die meine Taxifahrerin erfasst hat.

»Irgendwann war einfach Schluss. Ich musste mich operieren lassen, Probleme mit den Hämorrhoiden, ein Souvenir von meinen Schwangerschaften. Ich fahre also im Taxi von der Klinik nach Hause – zur Abwechslung auf dem Rücksitz –, schwach, blass, weil ich zwei Tage vor meiner eigentlichen Entlassung raus bin, weil, was soll ich denn mit den Kindern machen? Wie viel kann man den Nachbarn zumuten? Alles hat seine Grenzen. Plötzlich ein Anruf. Mein Micha. Mich im Krankenhaus zu besuchen hatte er nicht für nötig befunden – ich hatte ja auch gesagt, das kann er sich sparen. Aber man kann's ja trotzdem tun, oder? ›Na, wie geht's‹, fragt er, so ganz flüchtig, und legt gleich los: ›Was hast du an? Willst du mit mir vögeln? Soll ich dich ficken?‹ Und ich, nur halblaut, damit der Fahrer nichts mitkriegt: ›Ja, klar, unbedingt.‹ Und daraufhin er: ›In den Arsch?‹ Da hab ich die Krise gekriegt. ›Im Arsch hab ich Hämorrhoiden, mein Lieber, das wird höchst unangenehm für dich, wenn dann das Blut rausspritzt und wer weiß was noch alles für Zeug.‹ Und da spielt er mir doch glatt den Beleidigten! ›Was kann ich denn sonst für dich tun, Michaela?‹ Daraufhin ich: ›Du? Gar nichts.‹ Und dann hab ich aufgelegt. Aus. Vorbei. Weißt du, warum Leute drogensüchtig werden? Keiner sagt sich: ›Ich hab Bock, auf Droge zu gehen.‹ Sie versuchen bloß in einer Tour, ihre allererste Erfahrung mit der Droge zu wiederholen. Deswegen werden sie süchtig. Weil sie noch mal dasselbe empfinden wollen wie beim ersten Mal. Aber das erste Mal gibt's nur einmal. So ist das.«

Ich lehne mich mit der Wange an die Fensterscheibe. Auf dem beleuchteten Gehweg am ehemaligen Zoogelände stehen ein Mann und eine Frau. Sie sind um die dreißig, elegant gekleidet, der Arm des Mannes umschlingt in lässiger Besitzerpose die Hüfte seiner Begleiterin. Sie winkt und lässt enttäuscht die Hand wieder sinken: Das Taxi ist besetzt. Der Mann sagt etwas und die Frau lacht, sie hält ihm ihren orangefarbenen Mund hin, er will den geschminkten Mund küssen, doch sie weicht ihm aus, darauf bedacht, sich nicht den Lippenstift verschmieren zu lassen. Mein Entschluss ist in Sekundenbruchteilen gefasst.

»Halt an«, sage ich zu Michaela. »Lass mich bitte hier raus.«

Automatisch setzt sie den Blinker, erst dann kommt ihre Frage.

»Moment. Und was ist jetzt mit dem Hotel?«

»Ich hab's mir anders überlegt.«

Sie hält umständlich an. Hinter ihr staut sich der Verkehr, es wird gehupt. Ungeachtet ihres Protests steige ich aus und marschiere den Rabinplatz entlang; ich bin erfüllt vom Verlangen nach der vertrauten Einsamkeit, die erfahrungsgemäß nach einer Weile jedes Problem irgendwie zersetzt, wie Salzsäure. Die Taxifahrerin läuft mir hinterher, überholt mich, stellt sich mir in den Weg.

Sie ist größer als ich, wie ich jetzt erstmals bemerke, und im Ausschnitt ihres T-Shirts fallen mir die kräftigen, hervorstechenden Schlüsselbeine ins Auge. Eine schlichte, lange Durststrecken gewohnte weibliche Kraft geht von ihr aus. Die weiche Taille ist auffällig schmal verglichen mit den mediterranen Hüften, die unsere Gemeinsamkeit sind, unter der Jeans wölbt sich ein geburtenstrapazierter Bauch. Ich rieche den mit frischem Schweiß vermischten Duft des Deodorants, urbane Pheromone – kann man in dieser grässlichen Stadt anders riechen?

»Was ist los, dass du auf einmal verzichtest?«, herrscht sie mich an. »Hat das was mit der Story zu tun, die ich dir gerade erzählt habe?«

Ich kenne sie inzwischen gut genug, um zu wissen, dass hinter ihrem provokanten Ton ein neurotisches Schuldgefühl steckt, das selbst Woody Allen alt aussehen ließe.

»Du übertreibst ein bisschen, Michaela, was die Wirkung deiner Worte angeht«, gebe ich zurück. Ich habe schlechte Laune und will im Moment nur eines: mir die Beine vertreten und ein bisschen durchatmen. »Ich verzichte, weil ich keine Lust mehr habe. So einfach ist das. Und jetzt geh mir aus dem Weg, okay?«

Ich mache Anstalten, an ihr vorbeizukommen. Sie packt mich an der Schulter. Ihre Gesichtshaut ist derb, großporig, glänzend. Bestimmt ist es nicht leicht, mit einem solchen Teint durchs Leben zu gehen. Die Augen unter den säuberlich gezupften, symmetrischen Brauen sind eher klein, tiefliegend und von ungewöhnlich grellem Grün, Kiwigrün. Sie funkeln mich an.

»Was ist denn auf einmal in dich gefahren? Spinnst du? Bildest du dir wirklich ein, dass du beurteilen kannst, welche Wirkung meine Worte haben? Klar macht mein Mundwerk Überstunden mit ungefiltertem Zeug. Ich bin schließlich nicht du – das Alter, wo sich alles um Männlein und Weiblein dreht, hab ich längst hinter mir, also rede ich davon entsprechend. Ich bin immerhin knapp sechsundvierzig. Dagegen schau dich mal an: ein Puppengesicht, echt wahr, mit einer Haut wie von einem Fotomodell, und dazu diese Aufmachung! Wäre doch schade drum, findest du nicht? Jeder auf dieser Welt hat seine Story. Manche sind erfolgreicher als andere, das brauch ich dir ja wohl nicht zu erzählen. Aber: Was mir passiert ist, ist *mir* passiert, was dir passiert, passiert *dir*. Komm, ich fahr dich hin, triff deinen Traumtypen, iss ihn mit dem Löffelchen.«

Obwohl ich mich von ihrer warmen Art angezogen fühle, rühre ich mich nicht vom Fleck. Und so sehr ich mich für mein Gefühl verachte, wünsche ich mir doch nichts sehnlicher, als dass sie weiterredet, der genaue Inhalt ihrer Worte ist mir egal, was mich fesselt, ist ihre engagierte Art: Sie redet, als wäre sie meine Freundin. Aus irgendeinem unerfindlichen Grund erfüllen gerade ihr Schnodderton und die Worte ›deinen Traumtypen‹ und ›Iss ihn mit dem Löffelchen‹ die Aufgabe, die ich mir von der Begegnung zwischen meinen Schenkeln erhofft hatte: Sie holen den Kuckuck aus der Uhr. Niezeit, Jetztzeit. Vor meinem geistigen Auge sehe ich einen Dessertbecher mit einem Berg Vanilleeis, auf dem, braun und splitternackt, wie hingegossen, wie ein Klecks Ahornsirup, Taro liegt, und ich sammle ihn behutsam in meinen Silberlöffel ein und schiebe ihn mir in den Mund.

Kreiszeit, Dreieckszeit
Herrscherzeit, Dienerzeit

Meine dramatische Flucht aus dem Taxi kommt mir mittlerweile lächerlich, geradezu kindisch vor. Und obwohl meine Entscheidung bereits gefallen ist, lasse ich Michaela sich noch ein paar Minuten ins Zeug legen. Erst dann setze ich eine Miene auf wie jemand, der sich nur erweichen lässt, weil er es nicht mehr aushält vor Mitleid mit dem Menschen, der ihn bekniet, und nehme Kurs auf das verlassene Taxi, das mit sperrangelweit offener Fahrertür am Rand der Fahrband steht.

Michaela drückt mir ihre Hand an den Rücken und schiebt mich, neben mir herlaufend, sanft vorwärts.

»Guter Sex, meine Süße, ist etwas, auf das man nicht ohne weiteres verzichten sollte. Für die meisten Männer ist der Kitzler wie ein neues Ersatzteil für ihr Auto, also – selbst wenn der Typ inzwischen aussieht wie eine Tonne …«

Der Rest der Fahrt vergeht mit Flachsen. Michaela schwelgt im Erfolg ihrer Überredungskünste und quasselt ununterbrochen irgendwas von Scheidung und den Vorurteilen der Leute, aber ich ziehe es vor, in einer Welt zu wandern, die aus nichts als hellem Optimismus besteht, als hätte der Zwischenfall am Rabinplatz meine letzten Ängste hinweggefegt. Jetzt bleibt mir nur noch eines: warten und das Beste hoffen.

Als das Taxi sein Ziel erreicht, kann ich mich gar nicht schnell genug von meiner Zufallsbekanntschaft verabschieden, was ihr sichtlich Enttäuschung bereitet.

»Mach's gut, Michaela. Und danke!«

Vom erleuchteten Hoteleingang aus winke ich ihr noch einmal zu, bevor ich, trunken von der wiedererwachten, kraftvoll in mir pochenden Erregung, zur Rezeption laufe. Nicht mal der perplexe Gesichtsausdruck des Nachtportiers angesichts der Leibesfülle des Damenbesuchs von Herrn Okasaki vermag den Kronleuchterglanz in meinen Pupillen zu löschen, als er mir mitteilt: »Okasaki. Suite 2007. Sie werden erwartet.«

Im Aufzug habe ich Mühe, meinen üblichen verschlossenen Gesichtsausdruck zu wahren, bin fast versucht, den beiden alten amerikanischen Damen mit dem bläulichen Haar zuzulächeln, die sich in die Ecke drücken. Ich durchbohre mit dem Blick die Leuchtanzeige der Etagen, stürze, im gewünschten Stockwerk angekommen, hinaus und haste den Flur entlang, der weiche Teppich verschluckt meine Schritte, ich lehne mich an die Wand neben der gesuchten Zimmertür, tausend Gedanken hämmern an meine Schläfen, mir platzt schier der Kopf: Und wenn er's doch nicht ist? Und wenn ja, was soll ich zu ihm sagen? Wird er überhaupt noch wissen, wer ich bin? Und wenn nicht, was mach ich dann?

Und plötzlich schleicht sich ein ganz anderer Gedanke bei mir ein, leise, scheinheilig und gefährlich wie eine Schlange, die mir einen Apfel an die vor Sehnsucht platzenden Lippen hält: Und vielleicht verlieben wir uns. Ja, wir verlieben uns, schlicht und ergreifend. Und auf einmal ist das Leben in Ordnung, einfach so, durch die Liebe, auf die ich gewartet habe, seit ich ein Tröpfchen war, ein Embryo. Durch die Liebe, die sich in einer Flughöhe von soundso vielen Metern über dem Meer erstmals auf dem Edelklo der Business Class gemeldet und auch später immer wieder versucht hat, sich ihren Weg zu bahnen, vergebens, wie ein schwaches Küken in einer zu dicken Eierschale.

Ich lasse die Gesichter der Männer in meinem Leben vom Ersten bis zum Letzten Revue passieren, wie damals, als Ninusch und ich uns im Ichilov-Krankenhaus auf Aids testen ließen, und ich muss daran denken, wie oft ich in meiner Fantasie den Fick im Klo des Jumbojets noch einmal durchlebt habe, wie ich mich immer wieder daran aufgeilte, wenn ich mit einem schlechten Liebhaber im Bett lag, mich damit tröstete, wenn ich die Abende mit Fernsehen und maßloser Fresserei verbrachte und die Nächte mit der Tristesse leerer Straßen und verstummter Klimaanlagen.

Wäre doch Ninusch in diesem Moment bei mir, dann könnte ich die schwere Last der Gefühle wenigstens ein bisschen teilen: Sie hat die Gabe, Ordnung ins Chaos zu bringen, allein indem sie mir zuhört und ihre sehr hellen Augen mich keine Sekunde loslassen. Aber die Situation ist, wie sie ist, jetzt bin ich dran, das ist die Tür, und noch ehe ich mich's versehe, klopfe ich auch schon an. Tok, tok-tok.

Pause.

Und noch einmal: tok-tok-tok.

Die Erwartung bremst die innere Sprungbereitschaft.

Als die Tür sich öffnet und den Blick auf den Mann freigibt, der dahintersteht, zittert meine Stimme höchstens ein ganz kleines bisschen.

»Hi, Taro. Ich bin's, Lilly, weißt du noch?«

**Die unvermeidlichen Nachfragen.** Die Verwunderung in seinem Blick. Flug nach New York? Wann genau? Er bitte um Entschuldigung, er könne sich Gesichter nur ganz schlecht merken. Eine grausige Unart. Proust? Champagner? Offenbar sei er inzwischen völlig senil. Moment mal. Moment. Gott, was für ein Idiot er doch sei! Natürlich erkenne er mich wieder. Lilly! Was für eine denkwürdige Überraschung, Gott, wie lang ist das her? Zwölf Jahre, oder? Er sei im Moment einfach ziemlich durch den Wind, weil er auf jemanden gewartet habe, wegen seiner Arbeit, gerade eben sei ein Anruf gekommen von ... Egal. Gott. Lilly!

»Taro, Taro, Taro.« Ich verheddere mich in den Erklärungen, die ich ihm aufdränge. Mein Englisch klingt gestottert und holprig, aber ich will sämtliche Missverständnisse aus dem Weg räumen und alles um mich herum mit einer wiedergefundenen, frei zwischen mir und ihm hin- und herpendelnden Verzauberung erfüllen. Ich berichte von dem Programmheft, von der Begegnung mit Nofretete und dem Zwergenadmiral, von dem Zufall, dass ich ihnen das Märchen mit den Tigern auftischen konnte, und dem Ernst, mit dem es aufgenommen wurde.

»Und jetzt bin ich, wie du siehst, hier gelandet.«

Nach und nach öffnet sich sein Gesicht und verdaut, was ich ihm erzähle, bis sich meine Worte zu einer Landschaft voll blühender Kirschbäume zusammengesetzt haben.

»Ah, jetzt ist mir alles klar. Aber was stehen wir noch in der Tür, Lilly, komm doch bitte rein und entschuldige das Chaos, ich bin einfach, ähm, na ja, egal. Setz dich. Oder eigentlich ... nein, lass dich erst mal ansehen. Jesus, Lilly, du bist so erwachsen ... eine Frau.«

Endlich fallen wir uns in die Arme.

Wir fläzen uns in die Sessel und trinken Cognac Martell,

der edle Gastgeber direkt aus der halb leeren Flasche, ich aus einer Kaffeetasse, die er extra für mich im Waschbecken des Badezimmers ausgewaschen hat.

Ich sehe mich um. Auch im goldgelben Licht der Tischlampe (ein einzelner Strumpf hängt, wie in Ohnmacht gefallen, am Lampenschirm) wirkt das Zimmer wie ein verlassenes Schlachtfeld. Eine Vase mit einem großen verwelkten Strauß weißer Rosen steht auf dem Schreibtisch wie ein geschlagener General, faulige Blütenblätter fallen auf einen Stapel Geschirr mit Essensresten. Überall auf dem Boden zerknitterte Kleidungsstücke, wie Leichen, Gräberreihen aus gefaxten Seiten, Dutzende leerer Zigarettenschachteln, die weit aufgeklappten Deckel wie zahnlos schreiende Münder, auf den Möbeln liegen Alkoholflaschen, die kleinen Läufer auf dem Spannteppich wirken wie Soldaten, die ihre Seele ausgehaucht haben. In der erleuchteten Öffnung des Schlafzimmers ist ein Bett zu sehen; es ist so zerwühlt, dass ich mich frage, ob die Schützlinge des Verantwortlichen für die Raubtiere aktiv am Aufstand beteiligt waren, wie die Elefanten von Hannibal an der Überquerung der verschneiten Alpen. Durch die offene Schiebetür des Balkons weht aus der Dunkelheit der feuchte Atem des Meeres herein.

In der Mitte dieses Stilllebens steht ein weißer Samsonite-Koffer und deutet auf baldige Abreise hin, ein zweiter Koffer, vom selben Typ wie der erste, doch mit hervorquellendem Innenleben, liegt vor dem Sofa.

Und was ist mit Taro, was ist von ihm übrig, von dem ernsten jungen Mann mit den gefurchten Brauen? Wo ist der Momotaro Okasaki mit den leicht zitternden Fingern und der geballten Energie, die sich in ihm aufstaut, verraten nur vom metallischen Funkeln zwischen den Wimpern? Wo versteckt sich das reinrassige Tierjunge an der Schwelle zur Erwachsenenreife?

Es muss wohl von der menschlichen Pracht verschluckt worden sein, die mir gegenüber im Sessel hängt. Und obwohl diese Pracht in einen hellen Anzug gekleidet ist, dessen Knitterfalten an ein Akkordeon erinnern, und unter dem Jackett nachlässig ein zu großes, falsch geknöpftes Seidenhemd heraushängt, registriere ich wehmütig, dass meine Augen nie einen schöneren Mann erblickt haben als den Verantwortlichen für die Raubtiere.

Sein verwandeltes Äußeres gehört zu den Veränderungen, die man normalerweise Frauen zuschreibt: Das hässliche Entlein mit spitzen Ellbogen und Knien hat beim Heranreifen die irdische Schönheit einer Botticelli-Venus erlangt. Nichts erinnert daran, dass die obere Gesichtshälfte einst nicht zur unteren passte, und da ist auch keine Spur mehr von der einstigen Klobigkeit und Unreife. Selbst das typisch asiatische Flachgesicht hat eine gewisse Tiefe bekommen, mit zarten konvexen und konkaven Bögen, die ein Licht- und Schattenspiel hineinzaubern – eine männliche Physiognomie, die an Stars und Hollywood denken lässt.

Aus Schultern und Brust spricht vornehme Selbstsicherheit. Die Glieder baumeln völlig entspannt, wie die Fangarme einer Krake, um den Sessel, in dem er sitzt, und erzeugen die Illusion von mehr als einem Paar Armen und Beinen. Der einst samtweiche Bürstenschnitt ist einer Mähne gewichen, die bis zum Halsansatz reicht. Mittellanges schwarzes Haar, fabelhaft geschnitten, glatt und glänzend wie ein See im Vollmond, mit schwarzen und indigoblauen Reflexen im Licht. Eine störrische Strähne fällt immer wieder in die Stirn, und immer wieder wird sie mit einer wegwerfenden Bewegung verbannt, die zu besagen scheint: Hör endlich auf, mir reicht's. Taro mustert mich mit schläfrig wirkendem Blick. Die schräg stehenden Augen in den comichaften, überbreiten Schlitzen, das scharf geschnittene Kinn, alles ist schöner, feiner geworden und hat jetzt eine über alle Kritik erhabene Qualität, die jedermann sofort ins Auge springt. Ich verspüre sogar einen schmerzhaften Eifersuchtsstich: Ich bin diejenige, die ihn entdeckt hat – als er noch ein Äffchen war, als es noch eines scharfen Auges bedurfte, jugendlicher Wollust, um seine Schönheit zu erkennen und ihr eine Krone aufzusetzen.

Doch was mich trifft wie ein Schlag, ist die wesentlichste aller Veränderungen an meinem Freund: der Mund. Genauer gesagt, was einmal sein Mund war. Die schönen, kräftigen Lippen, vor Jahren fanatisch verhalten, wirken jetzt wie ein roher, lüsterner Skorpionstich, der seine Existenz herausschreit wie ein in Flammen stehender Shintô-Tempel.

»Und? Hat dir die Vorstellung gefallen?«, will dieser Mund gerade von mir wissen.

»Aber Taro! Damit hat doch alles angefangen: dass ich sie komplett verpasst habe, die Vorstellung, ich war zu spät! Das heißt, erst mal war Ninusch zu spät, und dann …« Und schon bin ich, ohne es zu wollen, mitten in der Beschreibung von Ninuschs Lebensumständen. Warum sie verhindert war, ihr Leben, ihre Eigenarten, ihre Beziehung mit Leon, Leon, sein Leben, sein Geld, sein Haus, seine Besitztümer. Ich verspüre einen unwiderstehlichen Drang, von Ninusch zu erzählen, als wäre sie ein organischer Bestandteil meines Lebens, eine meiner Gliedmaßen. Ich erzähle in epischer Breite, springe hin und her zwischen Gegenwart und Vergangenheit, schildere die Arbeitssituation bei Tschengis Magometov. Ich bin mir bewusst, dass mein Geschnatter, meine Versessenheit auf die Details von Ninuschs wechselvollem Leben *die* Gelegenheit sind, um abzulenken, um den Raum mit Wörtern zu füllen, damit nur ja kein peinliches Loch entsteht, das die Begegnung all ihrer Bedeutungen beraubt und uns mit der nackten Tatsache konfrontiert, dass hier zwei Fremde, die einander vor einer halben Ewigkeit flüchtig begegnet sind, zwanghaft versuchen, den Zauber und die Nähe von einst noch einmal aufleben zu lassen.

Mein etwas sonderbarer Eröffnungsmonolog plätschert auf wundersam natürliche Weise dahin. Der Gastgeber gibt sich interessiert, lauscht hingebungsvoll. Leon scheint es ihm besonders angetan zu haben. Er will mehr über dessen extravaganten Geschmack erfahren, über die Lust, sich mit Schönheit und Originalität zu umgeben, und ich antworte bereitwillig und ausführlich, zumal ich nicht oft Gelegenheit habe, mit jemandem über diese Dinge zu sprechen, die mich doch ziemlich belasten. Und nun sitzt der Held meiner Jugend vor mir, trinkt Cognac und scheint seine helle Freude daran zu haben, dass er mir die Möglichkeit bietet, das, was mich umtreibt, loszuwerden. Ich hätte stundenlang weiterreden können, doch plötzlich hievt sich Taro aus seinem Sessel, stellt die Cognacflasche zwischen seinen Beinen auf den Boden und lehnt sich zu mir herüber. Ich verstumme angesichts seines lächelnden Blicks, und wir versinken in gemeinschaftliches Schweigen, mustern einander eingehend, bis ich seinen dreisten, eindringlichen Blick nicht länger ertrage und lachen muss.

»Was ist, Taro?«

»Nichts, Lilly.«

»Rede ich zu viel?«

»Du redest genau so viel, wie du musst.«

»Na, was denn dann?«

»Du ... Bist du jetzt Zahnärztin, Lilly-san, wie du es wolltest?«

»Nicht ganz. Aber fast. Und du, bist du Philosoph geworden, Taro?«

»Nicht ganz. Aber fast.«

Gelächter auf beiden Seiten. Er lässt sich wieder in seine Krakenpose zurückfallen und erlöst mich damit von der Vertraulichkeit, die sein Blick mir aufgezwungen hat.

»Und was hast du in all den Jahren so gemacht, Lilly-san?«

Endlich erkenne ich hinter all seiner Ironie und Distanziertheit die Eigenschaft wieder, die vor zwölf Jahren in mir das Verlangen geweckt hatte, mich ihm zu öffnen: aufrichtiges Interesse. Keine besondere Eigenschaft, aber doch selten genug, dass es mich jedes Mal umhaut, wenn ich ihr begegne, als wäre dies der schlagende Beweis für die Fähigkeit des Menschen, den eng gesteckten Rahmen der zwischenmenschlichen, von

Bedürfnissen gesteuerten Dynamik zu verlassen, um sich ehrlich und ungeniert für sein Gegenüber zu interessieren. Jetzt endlich entdecke ich sie also am Verantwortlichen für die Raubtiere wieder – die einzige Eigenschaft, die seit unserer ersten Begegnung unverändert und ungebrochen vorhanden ist. Und er zeigt es reichlich, sein Interesse, in allen Facetten, von hintergründigen Fragen bis hin zu kindlich-passivem, aufmerksamem Zuhören mit leicht geöffnetem Mund, und dann bewahren ihn nur die Augen, die sich beim konzentrierten Lauschen verengen, vor einem eher dümmlichen Gesichtsausdruck. Wenn jemand dich so brennend interessiert ansieht, lässt du vor lauter Freude, deine eigene Person zum Gesprächsgegenstand machen zu dürfen, jede Schranke der Scham fallen und stürzt dich Hals über Kopf in das Vergnügen, von dir und nur von dir zu erzählen, und zwar ohne den Zwang, so zu tun, als befürchtetest du, deinen Zuhörer zu langweilen – du redest einfach drauflos, geradeaus, aufrichtig und mit einem nicht unbeträchtlichen Maß an Witz und Humor, um die unvermeidlichen schmerzhaften Momente, ohne die eine waschechte Ich-ich-ich-Geschichte nicht auskommt, zu überspielen und zu verharmlosen.

Nur eines werde ich ihm verschweigen: dass unsere Begegnung mir einen Stempel aufgedrückt hat wie das glühende Eisen dem Zuchtvieh das Brandmal.

Warum ich nicht Zahnärztin geworden bin, Taro? Einfach weil sich gezeigt hat, dass ich mit anderer Leute Schmerzempfindlichkeit nicht umgehen kann. Am Anfang habe ich das klaglos akzeptiert, ich war sicher, der tägliche Umgang würde mich irgendwann abhärten, schließlich hatte ich unter anderem zu diesem Zweck die Stelle bei Doktor Boiangiu angetreten. Doch mit der Zeit, derselben Zeit, an die man so viele Hoffnungen knüpft, wollte sich diese Erfahrung nicht einstellen, meine zimperliche Art ließ sich nicht abhärten. Ich fiel weiterhin bei jeder Zahnextraktion in Ohnmacht, als wäre es mein erstes Mal. Und an dieser Stelle muss ich anmerken, dass Doktor Boiangiu sich als aufbrausender, ungeduldiger Arbeitgeber entpuppte, obwohl ich ihn dafür nicht verdamme – wem würde nicht der Geduldsfaden reißen, wenn er mit einem Mordsaufwand die barmherzige Schwester wiederbeleben muss, statt sich um den Patienten zu kümmern, der mit weit aufgerissenem, blutigem Mund auf dem Stuhl liegt. Keine noch so logische Erklärung half, auch nicht, dass Doktor Boiangiu mich immer wieder darauf hinwies, die Behandlung bedeute für den Patienten Erleichterung, und mir ein ums andere Mal die Wirkung der Betäubungsspritze demonstrierte. Im Gegenteil, die Spritzen lösten doppelt und dreifach Angst in mir aus. Kaum sah ich, blass neben Doktor Boiangiu stehend, dass sich die Kanüle dem entblößten Zahnfleisch des Patienten näherte, schon wurde mir schlecht, vor meinen Augen flimmerte alles, mein Kopf fing an sich zu drehen, und bevor ich wieder einmal das Bewusstsein verlor, klammerte ich mich mit aller Macht an die letzten Reste der Realität, vergebens.

Ganz zu schweigen von noch weit unangenehmeren medizinischen Maßnahmen: Kieferoperationen, das Aufschneiden von Abszessen oder das Abnehmen älterer Kronen, unter denen sich eine Entzündung gebildet hatte. Die Geruchsschwaden der Fäulnis ließen mich einen Satz nach hinten machen, als hätte mir ein Kämpfer einen Tritt versetzt, und dann riss ich unweigerlich den Speichelsauger mit, den ich dem Patienten in den Mund gehalten hatte, wie es meiner Aufgabe entsprach.

Zu meinem Unglück hatte Doktor Boiangiu eine grobe Hand, die eher zu einem orthopädischen Chirurgen gepasst hätte als zu einem Zahnarzt. Er schaffte es regelmäßig, seinen Patienten Schmerz zuzufügen, auch wenn er ihnen bloß eine einfache Plombe einsetzte oder, noch harmloser, eine Röntgenaufnahme von ihrem Kiefer machte. Die anfängliche Hoffnung, dass meine Zimperlichkeit eine natürliche Erscheinung war, die sich irgendwann verflüchtigen würde – bei Medizinstudenten schliff sich das ja mit der Zeit auch ab, wenn sie ihre holprigen Anfänge beim Leichenschnipseln in der Pathologie hinter sich hatten –, erwies sich schnell als falsch. Trotz aller Erfahrung wollten sich die vielen kleinen Traumata, denen ich tagtäglich ausgesetzt war, partout nicht in ein souveränes, von strahlendem Lächeln begleitetes berufliches Auftreten ummünzen lassen. Je länger ich dabei war, desto sensibler und anfälliger wurde ich, und ich war blass um die Nase und bekam Schweißausbrüche, noch bevor der Doktor seinen surrenden Bohrer im wartenden Mund ansetzte.

Zu meinem Leidwesen gaben weder ich selbst noch Doktor Boiangiu die unselige Zusammenarbeit auf, wenn auch jeder aus anderen Gründen: ich wegen der Hoffnung und meines Traums von der Dentalmedizin, er, weil er wusste, dass er für das Geld, das zu zahlen er bereit war, nie wieder eine Assistentin finden würde. Wie auch immer, jedenfalls klammerten wir uns beide krampfhaft an diese kranke Beziehung, es war fast wie in einer gescheiterten Ehe, in die sich eine gehörige Portion Sadomasochismus geschlichen hat und aus der dennoch keiner der Partner ausbricht.

Jeden Morgen trafen wir uns in der Praxis, begrüßten einander mit einem höflichen, kühlen Nicken, das nur so strotzte von einer festgefahrenen Abneigung, die sich nie entlud. Danach bewegten wir uns wie erfahrene Tänzer, jede Berührung vermeidend, durch den begrenzten Raum der Praxis, und die einzigen Worte waren knappe Anweisungen des Doktors während der Behandlung. So wäre es wohl bis heute weitergegangen, wenn, ja wenn sich nicht meine Großmutter Rachela segensreich eingeschaltet hätte.

»Wie soll das nur weitergehen?«, hatte sie eines Tages aus heiterem Himmel gefragt, als ich bei ihr saß und darauf wartete, dass sie den Saum an dem neuen weißen Kittel fertig nähte, den ich mir hatte kaufen müssen, weil sich der bisherige, mein allererster, den wir anlässlich meines Eintritts ins Arbeitsleben feierlich gekauft hatten, über meinen Rundungen nicht mehr schließen ließ. Die seelische Belastung jener nervenaufreibenden Monate hatte nachhaltig Spuren an meinem Körper hinterlassen, wie immer, wenn es mir nicht gut ging und ich unter Rastlosigkeit litt, und ich hatte gehörig zugenommen, bis ich einmal, während Doktor Boiangiu gerade im Mund einer gepeinigten Wurzelpatientin an etwas Organischem herumschliff und feilte, zu tief Luft holte, woraufhin der Knopf an meiner Brust abriss und direkt in den Ausschnitt der Patientin flog, so dass sie erschrocken zusammenzuckte und sich innen an der Backe eine Verletzung einhandelte.

»Wie es weitergehen soll? Genau wie bisher. Ich lasse mich nicht unterkriegen.«

Ich starrte hinüber zum schwarzäugigen Kameraden Stalin, ich hatte keine Lust, mich mit dem auseinanderzusetzen, was Oma Rachela mir mit eiserner Logik und schlagenden Argumenten darlegen wollte. Doch sie ignorierte, dass ich sie ignorierte, und redete munter weiter, bis ich sie irgendwann unterbrach.

»Es interessiert mich nicht, Oma. Da gibt's nichts zu diskutieren, ich werde mit Zähnen arbeiten, und basta.«

»Wie wär's mit Zahntechnikerin? Da machst du Zähne aus Gold, aus Keramik. Eine wahre Kunst. Du könntest zur Ausbildung nach Georgien fahren.«

»Sehr witzig.«

Ich riss ihr den fertigen Kittel aus den Händen und verließ das Diskussionsfeld, doch binnen zwei Tagen stand meine Großmutter mit einer neuen Glanzidee bei mir auf der Matte: Ich solle mich auf Dentalhygiene spezialisieren.

Taro genießt die Geschichte so sehr, dass in seinem Lächeln eine rosa Zungenspitze erscheint, die sich von seinen Zähnen sanft beißen lässt. Seine Augen glitzern, als ich ihn ernst ansehe und, frei übersetzt ins Englische, Doktor Boiangius mit rollendem R gebellte Anweisungen nachahme. Taro steht auf und füllt noch einmal Cognac in meine leere Tasse, dann lässt er sich wieder in seinen Sessel plumpsen. Die Luft ist gesättigt, von uns, vom Sanften und Guten, das uns zusammen mit der goldgelben Beleuchtung in den Zimmerecken und der Meeresbrise, die in den Vorhängen spielt, umfängt, und von Zuneigung, einer schlichten, zwischenmenschlichen Zuneigung, die unsere Wiederbegegnung durchflutet und die anfängliche Scheu, die wie ein gemeinsames Baby zwischen uns sitzt, mit dem stillen Wissen beschwichtigt, das da sagt: Alles in bester Ordnung.

»Es ist ein herrlicher Beruf«, bekräftige ich, und mein glucksender Tonfall verändert sich und wird ernst, wie immer, wenn ich über meinen Beruf spreche, der, wie sich inzwischen gezeigt hat, bestens zu mir passt, da es gar nicht in erster Linie um das Entfernen von Zahnstein geht, sondern um die Erklärungen, wie meine Patienten sich künftig zu verhalten haben, und die Methoden, die sie sich aneignen sollen, um die glatte, frische Sauberkeit im Mund zu erhalten, mit der ich sie aus dem Behandlungsraum in die Selbständigkeit entlasse. Ich betrachte mich eher als Erzieherin, die ihnen einen Leitfaden an die Hand gibt, und nicht als gewöhnliche Dienstleisterin in Sachen Dentalhygiene.

»Die Zahnärzte hassen uns natürlich, weil die Leute zunehmend hygienebewusster werden, sie kümmern sich um ihre Zähne und müssen immer seltener zum Zahnarzt. So trage auch ich mein Scherflein dazu bei, dass die Leute das Joch der Ärzte abschütteln können, die unser Leben viel zu sehr beherrschen«, schließe ich meinen Exkurs, voller Stolz und zugleich voller Bescheidenheit.

Taro pflichtet mir unverzüglich bei. »Ärzte sind Metzger, die sich aus unerfindlichen Gründen einbilden, sie seien Gottes irdische Stellvertreter. Obwohl ...«

Er seufzt, und ich vermeine einen Schatten über sein Gesicht huschen zu sehen.

»... obwohl wir ihre guten Dienste immer noch weit mehr in Anspruch nehmen müssen, als uns lieb ist.«

Wieder fällt ihm die Strähne in die Stirn und er schüttelt den Kopf, als wollte er auch einen lästigen Gedanken verscheuchen, der ihm gerade gekommen ist.

Dann stellte Taro noch mehr Fragen, er will wissen, wie es

meinen schauspielernden Eltern geht, wie es sonst so für mich läuft, ob ich glücklich bin oder wenigstens zufrieden.

Beinahe gefügig stehe ich Rede und Antwort, entspannt, aber bemüht, nicht zu weit auszuholen. Ich berichte von meinem Studium – einer schönen Zeit –, von Oma Rachelas Tod just an dem Tag, an dem ich die Uni mit Auszeichnung abschloss und mein Zeugnis entgegennahm, von der Erbschaft, die die Großmutter meiner Mutter auf einem Schweizer Konto hinterlassen hatte – ein kleines Vermögen, mit dem meine Mutter eine Reihe von Schönheitsoperationen finanzierte, die sie in eine attraktive Frau verwandelten; danach sah sie zwar um Jahre jünger aus, als sie in Wirklichkeit war, doch war mit dem veränderten Gesicht vor allem die Ähnlichkeit ausgemerzt, die sich zwischen ihr und meinem Vater im Laufe der Jahre eingestellt hatte.

Ich erzähle, dass meine Mutter sich infolge dieser Veränderung in den dubiosen Poldi Rosentalis, den Verfasser des *Vollständigen Weltlexikons der jiddischen Kultur*, verliebte und mit ihm nach Südamerika durchbrannte.

Ich erzähle von meinem Vater, der zusehends verfiel, nachdem er verlassen worden war, und jetzt im Pflegeheim *Goldenes Alter* dahinsiechte, in das ich ihn nach dem Hirnschlag einweisen lassen musste, den er während der aufwändigen Produktion *Cabaret der beliebtesten jiddischen Lieder aller Zeiten* mitten in einem Lied auf der Bühne erlitten hatte.

Taros Blick ist warm und weich vor Mitgefühl. Ich könnte seinem schlitzäugigen, Geborgenheit spendenden Zuhören mit Haut und Haar verfallen, doch ich reiße mich am Riemen. Zwar kann ich mich nicht erinnern, wann sich zuletzt oder überhaupt je irgendwer so gründlich für mein Leben interessiert hat, noch dazu ein bildschöner Mann, doch vielleicht weckt gerade das meinen Argwohn und auch eine gewisse Scham für die trunkene Selbstentblößung, zu der ich mich habe hinreißen lassen, und so sehe ich zu, dass ich den Ball schleunigst wieder meinem Gastgeber zuspiele.

»Aber jetzt erzähl doch mal von dir, Taro! Lässt mich hier sitzen und aus meinem Nähkästchen plaudern, und über dich erfahre ich rein nichts. Was machst du eigentlich beim Zirkus? Was ist aus deinem Doktor der Philosophie geworden und aus der großen Karriere, die du bis ins Kleinste geplant hattest? Wie kommt es, dass du in Begleitung von Elefanten, Zwergen und Clowns durch die Weltgeschichte gaukelst, statt dich in Yale oder Harvard hoch droben auf einem teuren Katheder von Studenten bewundern zu lassen?«

»Ach, hör auf, Lilly-san«, wehrt der Verantwortliche für die Raubtiere ab und leert mit einem Schluck die Flasche in seiner Hand. »Du weißt doch, wie das ist. Das Leben ist eben kompliziert und schräg. Und der Mensch ständig unzufrieden. Es ging mir schon immer gegen den Strich, mir vom Leben oder irgendwelchen Leuten etwas aufzwingen zu lassen. Also habe ich es zu meiner Hauptbeschäftigung gemacht, dem Schicksal ins Gesicht zu spucken.«

Ich sehe ihn fragend an. Ob er mir das näher erklären könne? Er kommt meiner Bitte lustlos, aber höflich nach.

»Ich habe mein Studium abgeschlossen, Auszeichnung, Doktorat, alles. Sogar eine Professur hat man mir angeboten: Ich wurde der jüngste Professor in Yale. Aber dann kam alles in geregelte Bahnen, und geregelte Bahnen ertrage ich nicht. Also habe ich Entscheidungen gefällt.«

Ich lasse ihn noch nicht vom Haken.

»Aber – wie um alles in der Welt bist du beim Zirkus gelandet?«

»Na ja, das hat sich dann so ergeben, ein bisschen war es die Exotik, ein bisschen das Geld. Angefangen habe ich als Dompteur. Da habe ich mit Tigern gearbeitet. Die Verantwortung für die Raubtiere kam später, als Letztes.«

»Wo hast du gelernt, Tiger zu dressieren?«

Obwohl ich mir vom Beginn des Wiedersehens an fest vorgenommen habe, angesichts des schwindelerregenden Wesens namens Taro einen kühlen Kopf zu bewahren und mich von nichts, aber auch gar nichts umwerfen zu lassen, und mir diesen Vorsatz auch immer wieder vergegenwärtige, kann ich nicht verbergen, wie baff ich bin.

»Ich hatte nicht den leisesten Schimmer. Aber ich wollte es können.«

»Und da hat man dich gelassen, einfach bloß, weil du es wolltest?«

»Ja, einfach bloß so.«

»Lässt man dich immer machen, was du willst?«

Er lehnt sich zurück, schlägt die Beine übereinander.

»Was denkst du, Lilly-san? Ja oder nein?«

»Offenbar schon«, antworte ich, leicht wütend. So sehr mich die Haltung des verwöhnten Bengels fasziniert, so sehr ärgert sie mich gleichzeitig. Er spürt sofort, dass ich auf Distanz gehe, er ist äußerst geübt darin, die Empfindungen anderer wahrzunehmen, und sei es nur, um seine Gesprächspartner nach Gusto zu manipulieren.

»Nicht sauer sein, liebste Lilly. Das ist doch bloß eine Art, sich zu geben, meine Art, Verlegenheit zu überspielen.«

Ich entspanne mich wieder.

»Und – läuft es gut mit den Tigern? Hast du sie nach Strich und Faden gezähmt, Taro?«

»Wir haben einander gezähmt. Mit dem ersten Peitschenhieb haben wir einander verstanden.«

Was er mir auch sogleich vorführt. Er schlägt mit einer Luftpeitsche auf den Teppich neben seinem nackten Fuß, eine messerscharfe Bewegung, und für den Bruchteil einer Sekunde wird sein Gesicht hart.

»Aber irgendwann haben wir uns dann doch wieder getrennt«, fährt er fort, jetzt wieder weich und vor Sanftheit triefend. »Es hat mir keinen Spaß gemacht, den Tigern meinen Kopf in den Rachen zu legen, einer der Standardstunts, ohne die es nicht geht. Das Publikum ist ganz versessen darauf, aber ich konnte den Gestank vom Fleisch, das sie fressen, einfach nicht ertragen. Liebe Güte, das musst du dir vorstellen: Jeden

Morgen wandern zehn Kilo blutiges Fleisch in die Mägen meiner teuren Tiere und werden im Laufe des Tages verdaut, und dann soll ich mit meinen zarten Lungen am Abend diese Dämpfe einatmen. Aber wo wir schon von Essen reden, Lilly, meine liebste Lilly – hast du nicht Lust auf eine Kleinigkeit? Ich sterbe nämlich gleich vor Hunger. Was hältst du davon, wenn wir den Roomservice anrufen und uns ein kleines nächtliches Dinner bestellen?«

Ich möchte zu gern mehr erfahren, aber seine Frage kommt in einem kritischen Moment, mein Magen knurrt schon seit geraumer Zeit, und Taro sieht mich so erwartungsvoll an, dass ich mich verführen lasse und sofort ja sage.

»Was hättest du denn gern? Das Essen hier ist miserabel, bis auf das Roastbeef, das ist nicht schlecht.«

Mein Gastgeber greift zum Telefon.

»Nein, nein. Nicht für mich. Ich bin Vegetarierin, Taro. Ich kann Fleisch nicht mal ansehen. Aber bestell dir ruhig, was du magst.«

Vorübergehend ruht ein Wölkchen auf der schmalen Stirn meines Gastgebers.

»Ich habe eine geniale Idee. Der ukrainische Konsul hat mir ein Kilo feinsten Beluga-Kaviar geschenkt, die Küche bewahrt ihn bis zu meiner Abreise für mich auf. Ich sage unten Bescheid, dass sie ihn für uns zubereiten, comme il faut. Champagner?«

Ich nicke und habe Mühe, das idiotische Lächeln in meinem Gesicht abzustellen.

Während Taro leise Anweisungen in den Hörer spricht, stehe ich auf und trete an die offene Balkontür. Die kühle Brise streicht mir über Hals und Gesicht und verwuschelt sanft, was von meiner Frisur noch übrig ist. Kann die Wirklichkeit so genau die Erwartungen treffen, kann sie sich so zielsicher in das gewundene Gefäß der Sehnsüchte ergießen und ohne Gegenwehr dessen Form annehmen?

Ich gehe durch das Zimmer, mustere die Sachen, die Taro

gehören, versuche, das Rätsel seiner Persönlichkeit zu entschlüsseln. Aus der Stereoanlage blinzelt mir ein rotes Lämpchen zu, ich baue auf einen weiteren Treffer ins Schwarze und drücke PLAY.

Volltreffer! Kubanische Gitarren erklingen im Hintergrund eines Duetts, ein Mann und eine Frau singen in zuckrigem Spanisch einen alten Hit aus den Dreißigerjahren. *Buena Vista Social Club*, eine CD, die Ninusch irgendwann entdeckte und die wir eine ganze Weile ununterbrochen hörten, bis sie sie eines Tages in ihrer Zerstreutheit zusammen mit meinen Sojabratlingen in die Mikrowelle steckte.

»Wollen wir?«

Mein Gastgeber hat das Telefonat beendet und fordert mich mit ausgestrecktem Arm zum Tanz auf. Ich schwelge in Taros Umarmung und versuche krampfhaft, meinen Herzschlag herunterzudrehen, den die plötzliche Nähe zum Rasen gebracht hat. Die innere Ruhe, die von Taro ausgeht, löst die Spannung in meinen Schultern, und ich lasse mich von ihm führen, übergebe meinen großen Körper dem hypnotisierend langsamen, sanften Wiegeschritt.

»Wieso hat der ukrainische Konsul dir ein Geschenk gemacht?«, flüstere ich an dem goldbraunen Hals, der warm und bitter nach Vetiverwurzel und noch etwas anderem duftet, das mich leicht erröten lässt, ein Geruch, den ich nicht einordnen kann. Das zerknitterte Leinen des Sakkos kitzelt mich am Kinn.

»Ich habe ihm einen Gefallen getan. Eine Kleinigkeit. Seine Tochter ist schwer krank und konnte nicht zum Zirkus kommen. Also habe ich eine kleine Ersatzvorstellung organisiert und den Affenmann mit ein paar Schimpansen zur onkologischen Kinderstation geschickt. Die Kleine war außer sich vor Glück und er toddankbar.«

Taros alkoholschwangerer Atem versengt mir das Ohrläppchen. Ich lege meinen Arm, der seine Hüfte umschlingt, um seinen Hals: Dieser Tanz ist für weniger förmliche Berührung gedacht. Doch plötzlich wird Taros Griff angespannt, steif. Ich verdränge den Stich, den diese Kränkung mir versetzt, und nehme wieder die klassische, höflich-distanzierte Haltung ein. Das Lied geht zu Ende und beginnt unverzüglich von vorn. Ich sehe Taro fragend an.

»Irgendwer hat das Lied gestern auf REPEAT gesetzt«, erklärt er. »Wir hatten hier eine Party, allerdings eine mit leicht zwanghaften Zügen. Soll ich ein anderes Lied eingeben?«

Ich kralle mich an ihm fest, als würde er für immer verschwinden, wenn ich ihn aus der Umarmung entließe.

»Nein, nein, es ist doch wunderschön!« Und erschrocken über meinen Egoismus, setze ich sogleich hinzu: »Außer, du ...«

Sein nuttiger Mund verzieht sich zu einem halbherzigen Lächeln.

»Ich liebe es, mich im Kreis zu drehen. Kreisen ist die natürliche Bewegung des Universums.«

»Aha, meinst du, ja?« Ich habe keine Ahnung, was ich mit jemandem reden soll, von dem ich nicht sicher weiß, dass er ernst meint, was er sagt. »Denkst du das wirklich?«

»Aber sicher. Ich bin aus dem Fernen Osten, schon vergessen? Wir teilen eure Auffassung nicht, dass sich die Welt auf einer Geraden vorwärts bewegt und sich mit zunehmendem Wissen ständig verbessert«, sagt er augenzwinkernd, und die lang gezogenen schrägen Schlitze ziehen sich noch mehr in die Länge.

Jetzt bin ich sicher, dass er sich über mich lustig macht, und ich gehe schnell zu einem sachlicheren Thema über.

»Wohin geht eure Tournee als nächstes?«

»Nach Alexandria. Die Container mit dem Gerät und den Tieren werden schon heute Nacht in Haifa verladen. Der Rest kommt morgen nach.«

»Und – bist du aufgeregt? Alexandria soll zauberhaft sein.«

»Das ist es bestimmt auch, bloß – ich fahre nicht mit.«

»Ach, nein?«

Ich bin so perplex, dass ich stolpere und ihm mit meinem Plateauschuh auf den nackten Fuß trete. Hat Gott mein Gebet erhört, noch ehe ich es ihm geschickt habe, und Taro bleibt für immer hier?

(Ja, ich bleibe in Tel Aviv, Lilly, deinetwegen, für dich. Dieses Wiedersehen ist der Wendepunkt in meinem Leben, und jetzt, wo ich dich wiedergefunden habe, weiß ich, was ich tun muss. Ich will, dass du meine Frau wirst, Lilly. Wir werden die Wohnung deiner Großmutter Rachela renovieren und glücklich darin leben, bis dein Bauch sich mit der Frucht unserer Liebe füllt, und dann bauen wir uns ein richtiges Haus, mit einem extra Zimmer für deine Freundin Ninusch.)

Das Cello seiner Stimme holt mich zurück in die Wirklichkeit.

»Heute war mein letzter Tag beim Zirkus. Ich habe alles erreicht, was zu erreichen war. Morgen fliege ich nach Tokio.«

»Um deine Familie zu besuchen?« Mein Mund ist trocken und die Worte lösen sich nur mit Mühe aus meiner Kehle.

(Ja, ich will meinem Vater mitteilen, dass wir heiraten, Lilly mein!)

»Familie?« Kurzes Grübeln, als hätte ich einen Aspekt seiner Reise aufs Tapet gebracht, an den er noch gar nicht gedacht hat. »Ja, eigentlich schon auch. Aber vor allem hab ich was Medizinisches zu erledigen.«

»Was Medizinisches?« Ich bin selbst überrascht von der Sorge in meiner Stimme. »Doch nichts Ernstes, hoffe ich?«

Sein Mund formt sich zu einer soeben erblühten wilden Tropenpflanze. »Ernst schon, aber kein Anlass zur Sorge, es ist ernst im Sinne der Grundbedeutung von ›ernst‹. Ah, da kommt ja unser Essen!«

Taro geht an die Tür, öffnet und kommt in Begleitung eines verschlafenen Mannes vom Roomservice zurück, der ein Wägelchen hereinschiebt, darauf ein Tablett mit einem Berg aus glitzernden Eisbröckchen, auf dessen Gipfel eine runde Glasschale mit schwarzem Kaviar thront. Neben dem silbernen

Kübel mit einer Champagnerflasche liegen auf der unteren Etage des Wägelchens zwei weitere Flaschen bereit, schwarze Zwillinge mit goldenen Köpfen.

Nachdem der Verantwortliche für die Raubtiere den Kellner mit einem Hundertdollarschein, den er ihm in die überraschte Hand drückt, verabschiedet hat, tun wir uns an unserem Mahl gütlich. Plopp, löst sich der Korken aus der ersten Champagnerflasche, und schon ergießt sich das teure Nass mit seinen fröhlichen Bläschen in die Gläser. Wir schieben unsere Löffel in die Schüssel mit den durchsichtigen grauen Kügelchen. Sie zerplatzen beim Kauen und verwandeln sich in eine fettige, salzige Masse aus Tausenden Belugafischchen, die nicht werden durften, was sie sollten, aber vielleicht ist gerade das ihre Bestimmung: in meinem Mund zu landen, wo sie zwischen Zunge und Gaumen ihren pornohaft fotzigen Geschmack entfalten können, ehe sie mit gekühltem Champagner hinuntergespült werden.

Taro unterhält mich mit Anekdoten vom Zirkus, den Kapricen der Emilia Cavalcanti, ihrer engen, haarscharf an Inzest grenzenden Beziehung zu ihrem Zwergenbruder. Ich gebe ihm Kostproben von meinen Erlebnissen mit Ninusch. Verglichen mit Taros Leben ist das meine erschreckend grau, doch hier, in diesem Moment, klingt alles irgendwie doch sehr lebendig und wichtig und großartig. Abermals fällt mir auf, wie sehr Taro sich vor allem für Leon, aber auch für den Greifer interessiert, und ich stelle zum wiederholten Mal fest, dass er der beste Zuhörer ist, den man sich vorstellen kann: Er hat sich jedes kleinste Detail von vorhin gemerkt.

»Jetzt sag doch mal, liebe Lilly, dieser faszinierende Mann, Tschembir, Tschangir …«

»Tschengis«, helfe ich nach, »Tschengis, der Greifer.«

»Ja, genau, dieser Greifer hat also dem armen Mädchen das Gesicht zerschnitten und deiner Freundin Ninusch diese Show als Warnung verkauft, nur um sie dann wieder zur Nutte zu machen?«

»So ungefähr.«

Ich habe meine Gründe, den Faden der Geschichte von Ninusch und Tschengis, den ich in einem entscheidenden Augenblick habe abreißen lassen, nicht wieder aufzunehmen.

»Aber wenn ich das richtig verstanden habe, war sie als Nutte doch miserabel.«

»Wie kommst du auf ›miserabel‹?« Der Angriff auf Ninuschs erwiesene Professionalität trifft mich zutiefst. »Nein, sie hatte nur ein Zahnproblem.«

»Und wie wurde dieses Problem in der zweiten Runde gelöst?«

»Gar nicht.«

Ich will nicht länger darüber reden. Damit geraten wir zu sehr in die Nähe von Geheimnissen, die nicht die meinen sind und überdies auch noch Ninusch gefährden könnten, das würde mir gründlich die Laune verderben. Jetzt heißt es ausweichen, ablenken. Es reicht mir.

»Lass gut sein, Taro. Bitte. Ich habe auch so schon genug geredet.«

Ich schiebe mir einen gehäuften Löffel Kaviar in den Mund und lächle Taro Entschuldigung heuchelnd an: Es gibt Dinge, die diskutiere ich nicht, das muss er schlucken.

**»Mach dir keine Sorgen, kukla«,** hatte Tschengis zu Ninusch seinerzeit auf der Heimfahrt von der brutalen Einschüchterungsshow gesagt, die seine Speichellecker an Oksana abgezogen hatten. »Ich gebe dir das zu tun, was du am besten kannst.«

Auch Ninusch erzählte mir – in dem üblichen gelangweilten Tonfall, mit dem sie von schier unerträglichen Begebenheiten berichtet – erst nach etlichen Monaten der Freundschaft Genaueres von ihrem damaligen neuen Job.

Und was konnte und kann Ninusch am besten? Sich um kleine Wesen kümmern. Ob sie Kinder oder Tierjunge versorgt, listige Straßenkatzen, die sich in Mülltonnen verstecken, flinke Eidechsen, die über die Wände der Wohnungen huschen, in die sie einzieht, oder winzige Geckos, die mit ihrer krankhaft-bleichen Eleganz hervorschießen, um sich die Fliegenkadaver zu schnappen, die Ninusch für sie gesammelt hat – in alledem ist Ninusch gut.

Die Gegend, wo die Luft dick ist vor Verschmutzung, übersättigt von der Hitze und den giftigen Abgasen, die die endlosen Herden unaufhörlich hupender Fahrzeuge ausstoßen, dieser alte Bezirk der ersten hebräischen Stadt, wo sich die Herzl-, die Levinsky-, die Florentinstraße und all die übrigen verstopften Adern dieses asthmatischen Körpers zu einem labyrinthischen Netz verzweigen, die Südstadt von Tel Aviv, die einen an die vor Vernachlässigung stinkenden Ränder von Istanbul, Kairo oder Neu Delhi denken lässt, auch wenn man nie dort gewesen ist – diese malerische Umgebung wurde für den Greifer zum Standort für den neuen Geschäftszweig seiner die Levante umspannenden Unternehmungen.

»Heutzutage ist im Geschäftsleben und überhaupt im Leben maximale Diskretion das Wichtigste. Die teuerste Ware unseres Zeitalters ist Information«, erläuterte der Greifer Ninusch wie beiläufig, als sie ein heruntergekommenes Gebäude betraten und über die schmale, baufällige Hintertreppe nach oben stiegen. In Momenten intimer Zweisamkeit hatte Nina Magometov ihrem Mann bisweilen ausgewählte soziologische Weisheiten nahe gebracht, war doch die Soziologie von allen Kursen, die sie an der Offenen Universität belegte, ihr Lieblingsfach.

Der Geruch von Moder im Treppenhaus mischte sich mit dem Staub des Kalks, der mit jeder Erschütterung auf der Straße – unvorsichtiges Abladen einer schweren Lieferung oder der Abwurf von Bauschutt aus einem oberen Stockwerk, wo gerade renoviert wurde – Schicht um Schicht von den Wänden blätterte.

Die Wohnung selbst war hell und großzügig und stand mit ihrem sauberen, zurückhaltenden Ambiente im krassen Gegensatz zu dem Sodom und Gomorrha vor der Tür. Die Größe der Wohnung ließ darauf schließen, dass hier mehrere Wohnungen zusammengelegt worden waren, was die angenehme Weite ergab, die Ninusch, stets dicht hinter dem Greifer, jetzt auf ihren Absätzen durchschritt. Er steuerte direkt auf die alte, aber geräumige Küche zu, die mit großen Töpfen vollgestellt war wie die Großküche einer Fabrik.

Die Frau, die sie empfing, hieß Polina. Nun galten Frauen dieses Namens zwar laut Ninusch per definitionem als ›alterslos‹, doch war dies eher eine poetische Umschreibung; Ninusch, die aufgrund ihrer Berufserfahrung andere Frauen betrachten konnte, ohne dass eine unnötige Gefühlsregung den Blick ihrer grauen Augen verschleierte, schätzte Polina auf weit in den Fünfzigern. Wie die meisten Frauen ihres Schlags hatte Polina sich ihre gute Figur bewahrt; nur ein Bäuchlein, das sich nicht einziehen ließ und frühere Schwangerschaften verriet, störte die Silhouette, wenn sie in ihrer aufrechten Haltung auf klackernden Absätzen und mit wogenden, von einem straffen BH gehaltenen Brüsten umherging.

Zweifellos war Polinas Gesicht ein Leben lang der Schwachpunkt ihres Sexappeals gewesen: ausgeprägte Nase, schwarze Knopfaugen mit feuchten Wimpern wie von Blinden, fuchsiarot geschminkte schmale Lippen mit einem weit verzweigten Delta aus feinsten Raucherfältchen, die den Mund wie eine Korona umgaben – ein Gesicht, das man im sowjetischen Russland automatisch als jüdisch einstufte.

Polina führte Ninusch und den Greifer durch die Wohnung und begleitete ihre Erläuterungen mit ausladenden Gesten. In jedem der drei Schlafzimmer standen drei Stockbetten, auf jedem lag ein vorbildlich gefalteter Stapel aus Decken und Leintüchern. Das große Zimmer war sowohl Esszimmer als auch Fernseh- und Freizeitraum, mit drei zu einem U zusammengerückten und von Stühlen umstellten niedrigen Resopaltischen. In einer Ecke stand eine Konsole mit einem alten Computer, ringsum verstreut lagen Spielsachen für verschiedene Altersstufen, wie man es vom Wartezimmer beim Arzt kennt. Ein dunkelhäutiges Kind, offenbar äthiopischer Herkunft, mit einem Vogelgesichtchen und Hasenzähnen, saß auf einem für Kleinkinder gedachten Schaukelpferd aus Plastik und stierte auf den Fernsehbildschirm, wo ohne Ton ein Krimi lief. Auf Ninusch wirkte der Junge wie ein Achtjähriger; erst später fand sie heraus, dass er schon elf war und nur in seiner körperlichen Entwicklung hinterherhinkte. Drei weitere, etwas größere Kinder saßen am Tisch und malten. Nur eines hob den Blick, und Ninusch erschrak über den Gegensatz zwischen der Offenheit in den weit auseinander stehenden Augen und der befremdlichen Mischung aus Stumpfheit und Angst, die sich in ihnen spiegelte.

»Normalerweise haben wir hier zwischen vier und acht Kinder«, erklärte Polina. »Die Zimmer sind praktisch nie voll belegt.«

Die Tür zu ihrem eigenen Zimmer öffnete sie nur flüchtig, als wollte sie sagen: »Hier gibt's nichts zu sehen.« Auch dieses Zimmer war mustergültig aufgeräumt, und auf dem Schminktischchen zogen zahlreiche Fläschchen Ninuschs begierigen

Blick auf sich. In der Mitte des Tischchens stand ein großes gerahmtes Foto von Polina, Arm in Arm mit einem traurigen, schlecht aussehenden erwachsenen Jungen, der um mindestens einen Kopf größer war als die kompakte Polina – offenbar ihr Sohn.

Nach dem Rundgang führte Polina Ninusch und den Greifer zurück in die Küche, wo sie Ninusch ein Glas Himbeersaft kredenzte und anschließend nach einigem Wühlen in einem der Schränke eine Flasche Johnny Walker Black Label hervorkramte, aus der sie dem Greifer und sich selbst ein Glas einschenkte, ohne Eiswürfel hinzuzugeben.

Ninusch erinnert sich noch heute an den Moment, als sie begriff, dass die Kindergeschäfte des Greifers nicht dazu dienten, kinderlosen Ehepaaren am Gesetz vorbei zu einem Adoptivkind zu verhelfen. Eine schrullige Grimasse von Polina brachte sie auf die Spur: Polina stülpte die welken Lippen über die Zähne, eine kaum wahrnehmbare Bewegung, die ihr auch als persönliche Eigenart zum Verteilen des Lippenstifts hätte ausgelegt werden können. Es dauerte nur Sekunden, doch Ninusch wusste sofort Bescheid, und so wurde sie wieder einmal hellhörig, während der Greifer sie gelassen in ihre neuen Pflichten und Aufgaben einführte.

»Jeder Mensch muss wissen, worin er gut ist«, erklärte Tschengis. »Früher dachte ich, Kinderhandel ist ein schamloses Geschäft. Einerseits gefährlich, andererseits lukrativ, aber wie du ja weißt, kukla, liebe ich den Geruch der Gefahr. In diesem Sinne bin ich ein Abenteurer. Ein Revolverheld. Ich könnte mich überall auf der Welt durchschlagen. Südamerika, Südostasien. Sogar in Afrika gibt es jede Menge Möglichkeiten, obwohl die Welt allem Fortschritt zum Trotz eine ziemlich rassistische Angelegenheit geblieben ist. Was ich persönlich sehr bedaure. Aber Blondinen mit Pfirsichhaut, kleinen Nasen und blauen Augen sind noch immer am gefragtesten. Zwar gibt's den einen oder anderen mit Vorlieben fürs Exotische, bisschen schwarze Haut, bisschen Schlitzaugen, doch das sind eher Randerscheinungen, Ausnahmen.« Sein Russisch kam Ninusch anders vor als sonst, gewählter und reicher, als hätte die Wichtigkeit des Themas eine Hochsprachlichkeit zu Tage gefördert, die der Greifer normalerweise unterdrückte.

»Jedenfalls habe ich mir sehr schnell gesagt: Tschengis, geh auf das, was du kennst, stürz dich in das Becken, in dem du der König der Haifische sein kannst. Und dieses mein Becken ist die Sowjetunion und Osteuropa. Was soll man machen? Da bin ich zu Hause. Auch die Mädchen, die ich hole, stammen von dort. Das ist mein Markenzeichen. Vorzugsweise betreibe ich Großhandel, die meisten werden weiterverkauft, nach Westeuropa, nach Amerika. An Araber. Hervorragende Kunden, die Araber, vor allem die Saudis, überhaupt die Ölemirate. Aber auch die Ägypter sind nicht schlecht. Und überall bin ich der King. Du fragst, wieso? Weil ich binnen zwei Tagen zwanzig Kinder besorgen kann. In den Waisenhäusern auf der Westbank und im Gazastreifen bekommt man zwei für ein Pfund, und es ist ganz leicht, das kannst du mir glauben. Bei dem ständigen Gemetzel, das dort veranstaltet wird, gibt es so viele elternlose Kinder wie Pferdeäpfel. Aber wer will schon jemanden, entschuldige den Ausdruck, ficken, der aussieht wie Nachbars Sohn? Also besorge ich für die Araber aus den Emiraten nur Kinder aus Rumänien, Litauen, der Ukraine. Ich habe beste Kontakte dort. Den Großteil der Ware verkaufe ich, wie gesagt, weiter, aber auch hier in Israel habe ich ein paar sehr gute Kunden, manche reisen sogar extra aus dem Ausland an. Aber nicht zum Einkaufen. Nur zum Sofortgebrauch, wie es so schön heißt. Dafür halte ich diese Wohnung. Aber keine Sorge, bei mir lässt sich nichts zurückverfolgen, das läuft alles ab wie beim Geheimdienst. Der Kunde sucht sich das Kind nach Fotos aus, die ich ihm vorlege, und wir liefern es dann in die Wohnungen, die ich überall im Land eigens dafür angemietet habe. Exotisch eingerichtete Luxusapartments, völlig abgeschottet und ganz im Sinne der Kunden ausgestattet – Accessoires, Spielzeug, allerhand Schnickschnack. Aber das

Allerwichtigste: Die Kinder sind first class. Sie sind happy. Nicht gestresst. Und sehen blendend aus. Und warum? Weil sie hier, in diesem Heim, anständig behandelt werden. Ich spreche natürlich nicht von denen, die von Sadisten angefordert werden, von Geisteskranken, aber das ist auch eine ganz andere Preiskategorie. Ich persönlich kann diese Perversen, diese Gestörten nicht ausstehen, obwohl – du kennst mich, ich verurteile niemanden. Nur Gott darf richten, wer gut ist und wer schlecht. Aber so im Allgemeinen sind die Kinder hier bei uns Zucker. Und ich finde, in vielen Fällen bewahre ich sie durchaus vor Schlimmerem. Hab ich Recht, Polina?«

Polina zog abermals die Lippen über die Zähne. Tschengis ließ sich herab, die eigenartige Grimasse als Zustimmung zu werten.

»Den kleinen Rumänen im Esszimmer, den mit dem Mörderblick, hast du ja schon gesehen«, fuhr er fort. »Radu. Die Kunden sind absolut wild nach ihm, weil er so naiv aussieht, als wäre es sein erstes Mal, dabei ist er schon acht Monate dabei, und sein Arsch ist inzwischen, entschuldige meine Ausdrucksweise, total aufgerissen. Mein Kontaktmann hat ihn in einem Dorf in den rumänischen Bergen aufgelesen. Primitives Elternhaus. Die ganze Familie haust in einem Schweinestall, zusammen mit den Schweinen, in deren Scheiße. So leben sie da und gebären ihre Kinder, in dem Dreck. Sie haben nie anderes Essen gesehen als schimmliges Schwarzbrot oder verfaulte Kartoffeln. Soweit ich verstanden habe, waren sie heilfroh, den Racker los zu sein – begreifst du, was für Leute das sind? Tiere. Und glaub mir, die meisten, denen wir die Kinder abkaufen, sind so. Ein Leben in Gestank und Armut. Ein Gesocks, auf das man gut verzichten kann.«

»Wissen die Eltern, dass du die Kinder auf den Strich schickst?«, fragte Ninusch durch die Röte ihres Himbeersafts.

»Was ich an dir so mag, kukla, ist, dass du dich gern dümmer stellst als du bist. Man erzählt ihnen, dass die Kinder in den Westen kommen und von westlichen Familien adoptiert werden, in England, in Israel. Aber das gehört dann schon zur bürokratischen Seite des Geschäfts, zur offiziellen Seite.«

Magometov stand auf.

»Schön«, sagte er zum Zeichen, dass die Unterredung beendet war. »Ich bin überzeugt, ihr werdet hervorragend miteinander auskommen, du und Polina, und bei deinem Talent mit Kindern bekommen die Kleinen ein echtes Disneyland. Klagen seitens der Kundschaft landen immer bei mir – wenn die Kinder schlecht und niedergeschlagen aussehen, ist das ein sicheres Zeichen, dass sie zu häufig in Gebrauch sind. Aber du wirst hier schon für Fröhlichkeit sorgen, denn Fröhlichkeit, kukla, ist gut fürs Geschäft.«

Nur wenige Stunden später, als Ninusch in ihrem Zimmerchen im Haus der Magometovs ihre Sachen packte – viel zum Mitnehmen hatte sie nicht, nur ein paar billige Jogginganzüge und einen hohen Stapel unterschiedlich abgenutzter Jeans Größe 34, die sie umständlich faltete; ihre glamouröse Berufskleidung hatte sie beim letzten Jobwechsel anständigerweise den Mädchen aus der Callgirl-WG in der Jehuda-Halevi überlassen –, kam Tschengis zu ihr, warf sich auf ihr schmales Bett und verschränkte die Hände hinter dem Kopf.

»Woher weißt du eigentlich, dass diese Polina dich nicht eines Tages verraten wird?«, fragte Ninusch in ihrer unbedarften Art, trotz mangelnden Talents für jede Art von Meuterei ihren Widerwillen zu zeigen. »Immerhin ist sie selber Mutter.«

»Genau deshalb, kukla. Wegen ihres Sohns. Josik heißt er, auf Hebräisch Jossef, und ist mittlerweile dreißig Jahre alt. In Moldawien, wo sie herkommen, in Kischinew, hatte man ihm als Kind eine geistige Behinderung attestiert, aber im fortschrittlicheren Israel hieß es: ›Was Sie da haben, gute Frau, ist ein schwerer Fall von Autismus.‹«

Der Greifer angelte sich einen abgewetzten, stellenweise kahlen grauen Stoffaffen, ein Kuscheltier, das Ninusch wie viele hoch sensible, exzentrische junge Mädchen über die zahlreichen Stationen ihres Lebens mit sich herumgeschleppt hatte. Das Äffchen hieß Tschappa, und in seinen guten Tagen hatte es einen weinenden Laut von sich gegeben, wenn man den Bauch drückte – die Erinnerung daran verlieh Ninuschs Blick stets etwas Sentimentales, was sonst nur selten vorkam. Der Greifer warf Tschappa in die Luft und fing ihn mit seinen nackten Füßen, deren Fersen ganz gelb waren, geschickt wieder auf – ein Kunststück, das Ninusch mit besorgtem Blick verfolgte. Sie mochte es gar nicht, wenn jemand sie oder ihre Sachen ohne pekuniäre Gegenleistung anfasste.

»Sie hat ihn zu Hause behalten«, fuhr der Greifer fort und beförderte Tschappa mit den Füßen gezielt in den offenen Koffer, »bis er groß war und aggressiv wurde und eines Nachts, als sie schlief, mit einem Küchenmesser über ihr stand – nach dem Motto: Hallo, Mamilein, ce faci? Da steckte sie ihn in eine Einrichtung für Autisten bei Afula. Aber was können die schon machen? Die haben noch fünfzig andere wie ihn. Er aß Steine, seine eigene Kacke. War den lieben langen Tag am Onanieren. Schlug den Kopf an die Wand, bis er Risse in den Schädelknochen hatte, dass das Hirn rosa durchschien. Am Ende hat er sich mit einem Nagel ein Auge ausgestochen, ihr Josik. Und da hat sie übers Internet, oder weiß der Teufel wie, ein Anthroposophendorf in der Schweiz gefunden. Für Leute wie ihn die beste Unterbringung, die man sich vorstellen kann, und natürlich nicht billig. Aber sie liebt ihn abgöttisch, ihren Schwachkopf – Mutterliebe eben, du weißt ja, wie das ist –, also übernehme ich für sie die Kosten. Deshalb wird sie nie auch nur ein Sterbenswörtchen sagen.«

»Und woher willst du wissen, dass ich die Klappe halte?«, fragte Ninusch und blickte dem Greifer direkt in die schönen Augen.

Er setzte sich elegant auf und legte ihr sanft seinen Zeigefinger unters Kinn. Das stillschweigende Einverständnis war vollkommen wie eine Schneeflocke und veranschaulichte mit der Einfachheit des Euklidischen Satzes die ewige und unabänderliche Beziehung zwischen absoluter Macht und absoluter Ohnmacht. Und vielleicht gerade, um diese hermetische Vollkommenheit zu durchbrechen, die ein irdisches, mangelbehaftetes Menschenkind zu erdrücken droht, sagte der Greifer: »Ich weiß es einfach, kukla. Wenn es etwas gibt, wovon ich was verstehe, dann sind das Menschen. Du würdest nie was sagen.« Dann neigte er sich zu ihr hinüber und küsste seine Schutzbefohlene mit trockener Flüchtigkeit auf die wunderbar makellose Stirn.

**Ninuschs Geheimnisse sind meine Geheimnisse.** Ihr und ihnen bin ich bedingungslos verpflichtet. Wie auf dem Flug, als wir Bekanntschaft schlossen, finden mein Gastgeber und ich auch jetzt problemlos immer neue Gesprächsthemen und wechseln mühelos von diesem zu jenem. Jeder ist mit dem anderen zufrieden und auch damit, dass sich jeder im klaren Auge des anderen spiegelt.

Taro füllt zuverlässig unsere Gläser auf, sobald sie leer sind, und wir reden und lachen, als lebten wir seit Jahren zusammen in chaotischen, versifften Suiten von Luxushotels, futterten Kaviar und hörten den einen alten kubanischen Bolero, der sich immerzu wiederholt, bis ich das Gefühl habe, allein aufgrund der Phonetik, die sich inzwischen in mein Gedächtnis eingebrannt hat, das ganze Lied auf Spanisch mitsingen zu können, ohne auch nur ein Wort zu verstehen.

Und genau das tue ich jetzt auch.

Si las kosas ke uno kjere
se pudjeran alkansar
tu me kisjeras lo mismo
ke wente anios atras.

Kon ke tristesa miramos
un amor ke se nos wa
es un pedaso del alma
ke se arranka sin pjedad.

»Du hörst dich an wie eine waschechte Kubanerin«, sagt Taro.

Ich lache. »Aber verstehen tu ich kein Wort. Weißt du, was die da singen?«

»Sie trauern um den Tod einer Liebe.«

Die widerspenstige Haarsträhne fällt Taro in die Stirn, und

ich verzeichne abermals, und diesmal mit einer fröhlichen, hoffnungsfroh zwickenden Gefühlswallung, dass meine Augen nie einen schöneren Mann geschaut haben als den Verantwortlichen für die Raubtiere.

**»Na, was ist, Lilly?«**, fragt er. Sein Mund ist weich, amüsiert. Satt und betrunken hängen wir in unseren Sesseln. Der Verantwortliche für die Raubtiere hat gerade die dritte Champagnerflasche geköpft und füllt erneut unsere Gläser. »Was würdest du dir jetzt wünschen?«

Ich habe eine Schwäche für einfache und präzise Fragen. (Am liebsten würde ich dir jetzt mit Zähnen und Klauen deinen besudelten Anzug vom Leib reißen, deinen Körper verschlingen, jeden Winkel mit dem Gift meiner Zunge verseuchen, dich zwischen meinen Schenkeln ertränken und deine Männlichkeit aus dir heraussaugen, bis selbst der bittere Geruch, der deinem Nacken entströmt, restlos bei mir eingezogen ist.)

Ich schenke ihm einen Unschuldsblick.

»Ich hätte gern weniger Angst, ich wünschte, ich würde mir nicht so viele Sorgen machen. Kannst du das irgendwie für mich arrangieren, Taro?«

Sein Gesicht verschwindet fast in der Rauchwolke, die er ausstößt, ein Blick mit schweren Lidern.

»Natürlich, Lilly. Ist doch babyleicht.«

Auf dem Couchtisch steht eine prächtige Malachitschatulle auf bronzenen Greifvogelbeinen mit gekrümmten, schuppigen Klauen. Taro zieht die Schatulle zu sich heran und entnimmt ihr ein Blättchen Silberpapier. Er kippt ein Häuflein körniges, gelbliches Pulver darauf und reicht mir ein mit Miniaturschnitzereien verziertes Holzröhrchen. Mit einer Hand hält er das Silberpapier, mit der anderen zündet er ein Ronson-Feuerzeug an und hält die Flamme unter das Silberblättchen. Aus dem sich verflüssigenden Pulver steigt dicker Rauch auf.

»Los, Lilly, atme das ein, und möglichst ohne zu husten.«

Ich lehne mich zu ihm hinüber. Aus dem Pulver, das sich in einen dunklen, zähen Tropfen verwandelt hat, steigt Rauch, im Falz der silbernen Fläche droht die Flüssigkeit über die Ufer zu treten. Ich nehme das Röhrchen zwischen die Lippen und atme den Rauch ein, halte ihn mit aller Macht in den Lungen, bis ich fast ersticke, und stoße den Rest erleichtert wieder aus.

Und noch mal. Taro beobachtet mich, während er für mich das Papierchen mit dem Teertropfen hält wie jemand, der eine Straßenkatze aus der Hand fressen lässt. Gehorsam atme ich ein und aus, bis von dem Tropfen nur noch ein trockener brauner Fleck auf der silbernen Fläche übrig ist und Taro das Silberblättchen zu einer kleinen Kugel zerknüllt und hinter sich wirft. Das war's.

Ich habe keine Ahnung, was ich fühlen soll, meine Stirn ist feucht, in meiner Brust breitet sich eine sanfte Übelkeit aus, die ich seltsamerweise als angenehm empfinde.

»Und was jetzt, Taro?«

»Jetzt? Was immer du willst.«

Er steht auf, um sich die Beine zu vertreten, räkelt sich, geht ein paar Schritte auf und ab, lehnt sich an den Rahmen der Balkontür.

Ein unergründliches, umfassendes Glücksgefühl lullt mich von innen heraus ein. Die Lust auf Taro ist behäbig und zähflüssig wie ein Meer aus erkaltender Lava.

Ich gehe zu ihm, stelle mich Angesicht zu Angesicht vor ihn.

»Was war das für ein Zeug?«

»Heroin.«

Sein Blick ruht auf mir, schwarz, verhangen, voller Erwartung.

Aus der Dunkelheit weht, reich an Sauerstoff und der Fäulnis von Algen, eine geisterhafte Brise herein.

Ich schäle Taro aus seinem Jackett. Er steht reglos da, mustert mein Gesicht.

Meine Finger wandern langsam von Knopf zu Knopf über sein Hemd. Eins. Zwei. Den Rest reiße ich ab. Aufwind!

Die zerknitterte Seide gleitet von seinen Schultern und gibt den Blick frei auf eine vollendet schöne Brust im selben

Goldton wie die Haut an Taros Hals. Die Brustwarzen sind klein, männlich. Diese Brust zieren, von begabter Künstlerhand eintätowiert, Orchideen in zartem tropischem Rosa mit lila Safranstempeln und Staubblättern. In den aufgerichteten Nippeln stecken Platinpiercings mit Brillanten in Form von Tautropfen. Der tiefe Seufzer meines Gastgebers bringt die Blütenblätter in Bewegung, die Tautropfen glitzern in frischer, organischer Feuchte. Ich strecke die Hand aus, um sie zu berühren, um mich zu vergewissern, dass ich ein Tattoo vor mir habe und keine echten Blumen, die mit irgendeiner teuflischen Methode an seinem Körper befestigt sind, ein modisches, trügerisches Accessoire, das er aus seiner zukunftstrunkenen Fremde mitgebracht hat. Aber nein, die Haut fühlt sich warm an und wie Seide: menschliches Fleisch und sonst gar nichts.

Meine Hand gleitet hinunter zu den schmalen Hüften. Ein feines Goldkettchen umschlingt sie, gehalten von einem Ring, der an Taros Nabel befestigt ist. Ich taste gemächlich nach dem Reißverschluss der Hose. Der Rauch hat mir jede Eile ausgetrieben. Die Hose löst sich von dem mageren Körper, rutscht hinunter und bleibt am Boden liegen.

Da, wo die Schenkel zusammenlaufen, prangt ein vollendetes, leuchtend türkis gefärbtes Dreieck aus Schamhaaren, wie der Schwanz eines Pfaus. Ich greife hinein, suche, meiner Erinnerung, meinem Wissen folgend, nach dem Dreh, einem raffiniert geknoteten Versteck, doch meine tastenden Finger geraten in eine feuchtwarme Höhle: die Scham einer Frau.

Taro tritt aus dem Kleiderhaufen zu seinen Füßen und entfernt sich von mir, durchschreitet halb stolzierend, halb rastlos den Raum. Schüttelt sein Haar, schenkt sich Wasser ein, berührt mit dem nackten Fuß die herausquellenden Innereien des offenen weißen Samsonite-Koffers. Ein tadelloser Apparat aus dünner Haut und gespannten Muskeln. Abgesehen von dem türkisfarbenen Dreieck ist sein Körper unbehaart. Erst jetzt fällt mir die laszive Bewegung der Schenkel auf, eine Bewegung, die die Falten des weit geschnittenen Anzugs vorhin noch kaschierten. Das künstliche Menschentier dreht sich nach mir um.

»Was nun, Lilly-san?«

Das Heroin wäscht die Dramatik aus meiner Verblüffung. Ich lächle. Zucke mit den Achseln.

»Los, rede mit mir«, befiehlt er. »Tauch jetzt nicht ab.«

Ich berge mein Gesicht in den Händen, lache leise. Bunte Glücksblasen zerplatzen im Vordergrund meines Bewusstseins. Ich bin draußen und drinnen zugleich, schaue, erkenne, nehme Nuancen wahr, bin aber emotional wie abgeschnitten vom Geschehen. Ist dies das Schicksal des Menschen: erkennen und dann wie gelähmt vor der Erkenntnis stehen, verwirrt, unfähig zu handeln, ein Zaungast, der nichts hat als Worte, um zu beschreiben, was die Augen sehen? Das Opium macht jeden von uns zum Künstler.

»Du bist schön, Taro. Mann, bist du schön!«

Das ist alles, was ich aus der trägen Lawine meiner Wahrnehmung herausbringe.

»Words, words, words«, zitiert der Verantwortliche für die Raubtiere den Prinzen von Dänemark, als hätte er die Gedanken gelesen, die mir durch den Kopf schwirren. »Jedenfalls ist das alles das Werk der Chirurgie. Ich liebe es, die Änderungen, die ich mir ausdenke, mit der gebührenden Präzision und Professionalität ausführen zu lassen.«

»Das also meintest du vorhin mit der ›medizinischen Angelegenheit‹ in Tokio?« Ich frage mich, was es an diesem Körper noch zu operieren gibt.

»Aber hallo!« Er lässt sich in den Sessel plumpsen, zieht ein starkes, athletisches Bein mit schmalem Knöchel zu sich heran, umschlingt es mit beiden Händen und stützt das Kinn auf das hochgestellte Knie. Bei aller raffinierten, futuristischen, subversiven Weiblichkeit wirkt Taro keinen Deut weniger männlich. Der Arme! Mein Herz verkrampft sich, aber nur für einen Moment – ein Relikt aus der Zeit, als ich noch die schlechte Angewohnheit hatte, mit einem geliebten Menschen automatisch Mitleid zu empfinden, wenn einer seiner Träume geplatzt war. Die Mongolenaugen leuchten dunkel aus dem flachen, versteinerten Gesicht zu mir herüber, das Gesicht einer Tausende Jahre alten Statue aus gelblichem Marmor.

»Ich kann mir denken, dass du jetzt enttäuscht bist, aber die Begeisterung über unser Wiedersehen ist nur ein zufälliger Punkt in Raum und Zeit und bedeutet keineswegs, dass wir jetzt für immer zusammenbleiben, wie es sich eigentlich gehört.«

Ich will meine Worte abwägen, doch das künstlich erzeugte Glücksgefühl trägt mich in Richtung Wahrheit davon.

»Ja. Dass wir nicht zusammenkommen können, Taro, ist wahrlich traurig. Das hat mir schon einmal das Herz gebrochen.«

Er denkt eine Weile nach. Wie flüssig die Zeit doch ist. Doch was könnte vollendeter sein als eine ewig dauernde Gegenwart?

Er kommt zu mir, und seine Hand macht sich nachlässig daran, die Dutzenden Haarnadeln aus meiner Frisur zu ziehen.

»Ich bin in einer etwas misslichen Lage, liebste Lilly. Aber die Bedrängnis ist größer als die Vorsicht. Dora, das Tigerweibchen des Zirkus, hat vier Junge geworfen. Wir wussten, dass es auf der Tournee passieren würde, aber wir wollten sie trotzdem mitnehmen, sie ist ein wichtiger Teil unserer Raubtierdressur. Zwei ihrer Jungen habe ich verschenkt. An euren Safaripark in ... Ramadan?«

»Ramat Gan«, korrigiere ich ihn müde.

»Ja, genau«, bestätigt er. »Ein drittes ist an einer Infektion gestorben, und das vierte sollte an einen reichen Geschäftsmann gehen, der aber in letzter Minute, na ja, gekniffen hat. Ich habe zwar meinen Dienst als Verantwortlicher für die Raubtiere quittiert, aber es ist mir ein Anliegen, einen sauberen Schnitt zu machen. Wir Japaner sind ein Volk von Pedanten. Ich möchte dieses letzte Junge dir schenken, Lilly, als Abschiedsgeschenk. Oder, wenn du so willst, als Geschenk einer immerwährenden Begegnung. Ich bin sicher, dass du prima damit klarkommst, ansonsten kannst du dich bestimmt jederzeit an das Zuhälterwunder wenden, von dem du mir erzählt hast, oder an den reichen Lover deiner Freundin.«

»Wen meinst du? Tschengis und Leon?«, frage ich, völlig baff. Wieso sollte Leon mir mit meinem Geschenk behilflich sein? Es ist doch mein Tigerchen! Der Gedanke bricht durch die starke Mauer des Glücks, die mich umgibt, und weckt meinen Widerstand. »Was haben die denn damit zu tun? Ich! Ich werde das Tigerbaby aufziehen, ich allein. Es soll doch mir gehören. Oder etwa nicht?«

»Natürlich, Lilly. Nur dir, dir ganz allein.«

Taro rutscht von seinem Sessel und bedeutet mir, mitzukommen. Ich folge dem höckrigen Gesäß zum Schreibtisch. Aus der obersten Schublade zieht Taro einen dünnen Stapel bedrucktes Papier. Im Licht der Lampe wird mir schwindlig, ich muss blinzeln. Taro hält mir die Seiten hin.

»Das hier ist der Vertrag. Die Sache muss offiziell sein. Für die Zirkusleitung. Da, da und da setzt du deine Initialen hin. Und vergiss nicht, deine Adresse einzutragen.«

Mein Blick verfolgt den Finger mit dem flachen Nagel. Keine Operation der Welt kann diese starke Männerhand in eine weibliche Hand verwandeln.

»Perfekt, meine Liebe. Jetzt hier noch deine vollständige Unterschrift und das war's.«

Ich unterschreibe, in raumgreifender Schrift, sehr bewusst, als gälte es, ein Bündnis, unseren Einigungsvertrag, zu unterzeichnen.

»Und jetzt? Was kommt als nächstes, Taro?«

»Jetzt können wir feiern, Lilly-san.« Mit sanftem Schwung hievt er sich auf den Tisch und schlägt die Beine übereinander. »Zieh doch dieses Kleid aus und lass mich dich richtig anschauen.« Und wie um den Befehlston abzumildern, berührt er mich leicht an der Wange.

Ich gehorche bereitwillig, bücke mich, um das Kleid am Saum zu fassen und es über den Kopf auszuziehen, verheddere mich dabei in den Ärmeln, im Ausschnitt. Als ich mich endlich befreit habe, halte ich mir das zerknitterte Kleid wie einen Schild vor die Brust, bis Taro es mir abnimmt und nachlässig auf den Teppich fallen lässt.

»Weiter«, bedeutet er mir mit dem Kinn. Während ich noch umständlich und schwerfällig nach den Häkchen des neuen, noch unvertrauten BHs taste, schiebt Taro seinen Zeigefinger unter das Satinband zwischen meinen Brüsten, hakt ihn dort ein und zieht mich zu sich heran. Seine andere Hand verschwindet in einer Schublade und taucht, eine Schere haltend, wieder auf. Ich erschauere von der Berührung des Stahls mit meiner Haut, als Taro den schwarzen Stoff zerschneidet, erst in der Mitte, dann die Träger, zum Schluss auch den Slip. Ein paar flinke Bewegungen, schon ist aus meiner teuren Unterwäsche ein schäbiges Häuflein schwarzer Stoffschnipsel geworden, und ich stehe nackt da.

Wie menschlich und verwundbar meine prallen weißen Hängebrüste mit ihren weichen, zu großen Warzen wirken im Vergleich zu seinen vollendeten, unverschämt straffen Halbkugeln mit den Orchideen und Brillanten! Taros Hand wandert sanft zwischen meine Schenkel, wie auf der Suche nach einem geheimen Schalter. Als er ihn findet, stellen wir beide fest, dass seine Finger mit dunklem Blut besudelt sind.

Endlich begreife ich, warum ich den ganzen Tag über so unruhig war, warum ich dem Regen eine magische Bedeutung zugemessen habe, was es mit der quälenden Lust auf sich hatte, mit dem Drang, im Zirkus Liebe zu finden – du meine Güte, Liebe im Zirkus! Na, bitte, Lilly, du hast gefunden, was du gesucht hast! Offenbar ist die Liebe genau wie die Pornografie eine geografische Angelegenheit. Und wer mit einem Clown die Nacht verbringt, braucht sich am nächsten Morgen über den Narrenhut und eine rote Nase nicht zu wundern.

»Ich hoffe, du findest dieses ganze Gemenschel jetzt nicht widerwärtig, Taro.« Ich muss fast kichern, aber er kapiert den Witz nicht, sein Gedächtnis quält sich nicht mit Erinnerungen an erste Sätze von Flugzeugbekanntschaften.

»Das Heroin hätte ich dir wohl besser ersparen sollen.«

Er lehnt sich an mich und fährt mir hart und genau abgezirkelt mit der Zunge über den Mund, als wollte er ihn verriegeln.

»Komm mit auf den Balkon. Die frische Luft wird uns gut tun.«

Zu grelles Licht überflutet unsere nackten Körper. Der Mond sieht ebenso künstlich aus wie mein Lover. Ein hoch stehender Neonmond, ein Himmelskörper ohne eigenes Licht, der das hemmungslose Lodern der Sonne in ein geheimnisvoll kühles, ausgeklügeltes Kunstwerk übersetzt. Ein Vergnügen für den verwöhnten Geschmack. Ein Konzept.

Die Reinheit der Nacht ist infiziert vom Schamgeruch des Meeres.

Auf dem großzügigen Balkon herrscht dasselbe Chaos wie im Wohnzimmer der Suite: eine umgekippte Sonnenliege, ein Glastisch, der wie der Salon mit schmutzigen Tellern, benutzten Gläsern und sonstigem Brimborium zugemüllt ist, und ringsum, ungeordnet, Gartenstühle, aber auch Stühle, die offenbar aus dem Zimmer stammen. Sogar eine Vase mit ohnmächtig gewordenen Rosen, ein Zwilling der Vase im Wohnzimmer, steht in der Ecke, wie ein betrunkener Gast, der vergessen hat zu gehen. So ist das wohl, wenn man seine Freudenfeste in Gesellschaft von Zwergen und einäugigen Frauen feiert.

Mein nackter Fuß rutscht beinah auf einem Büschel zermatschter Weintrauben aus, und ich greife nach dem Gastgeber, der mich in seinen Armen auffängt, aber nur für eine Sekunde, dann lässt er mich sanft auf eine Unterlage gleiten, zwei Matratzen, die direkt an der Balkonbrüstung liegen. Ich räkle mich genüsslich und stelle fest, dass ich haargenau das seit geraumer Zeit wollte: mich der Länge nach hinlegen, alle Viere von mir strecken, der Berührung durch den Aprilwind ausgesetzt und den konturierten, schräg gestellten Schlitzen ausgeliefert, wo der Blick des Verantwortlichen für die Raubtiere zu Hause ist.

Taro leckt mir ausgiebig die Zehen. Ich erschauere. Irgendwo in meinem Becken wächst eine gespannte Sehnsucht heran, doch ich verkneife mir jede Bewegung, um Taro nicht abzulenken, und lasse stattdessen meine großen Zehen in seinem Mund dahinschmelzen und halte meine Energie zurück, die pures Potenzial ist, wie der mit grauem Filz überzogene Konzertflügel von Beuys, der nicht bespielt werden kann und in seiner körperlichen Präsenz doch auf nichts anderes zu warten scheint als auf die Berührung durch die sichere Hand des Maestro.

Taro schiebt sich weiter nach oben, eine Riesenechse, eine warmblütige Mutation, die ihre Zunge hervorschnellen und die Linien entlang wandern lässt, wo meine Schenkel ins Becken übergehen. Sein Atem, glühend heißer Wüstenwind im Mohairflaum zwischen meinen Schenkeln, geht immer schneller, während sein Gesicht sich tiefer gräbt, sein Mund ist hungrig, aber nicht hemmungslos, er scheut den Abgrund der Hingabe, was ich von mir nicht behaupten kann: Knoten um Knoten lösen sich die Verbindungskabel zwischen meinem Körper und dem Kontrollzentrum hinter meiner Stirn. Das ewige Bemühen, ein Erlebnis in Worte zu kleiden, trifft auf immer mehr Hindernisse. Die schnell wechselnden Bilder verlangen eine völlig andere Sprache, ich bräuchte unendlich viele Möglichkeiten zum Beschreiben von Details und Nuancen, um mir selbst erzählen zu können, was gerade mit mir geschieht, also verzichte ich auf weitere Formulierungsversuche und lasse mich vom schieren Genuss forttragen. Ich habe das Gefühl, als hätte sich das gesamte Blut in meinem Körper an den Ort ergossen, den der Verantwortliche für die Raubtiere fest im Mund hält. Zwei seiner schönen Finger wühlen in meinem Innern, immer wieder schnellt seine Zunge hervor, um beharrlich, zeremoniell, scharwenzelnd den Fuß des kleinen Vulkans zu lecken.

Friss mich.

Komm, lass uns sterben.

Das wünsche ich mir.

Die Gefühle sitzen im limbischen System, direkt über dem Stammhirn.

Und hier.

Zu empfindlich.

Genau da.

Ja.

Ich bäume mich auf, gebe einen Schrei von mir, meine Beine liegen auf seinen Schultern. Ich lasse mich fallen. Löse mich auf. Spanne mich wieder an. Meine feuchte Haut kühlt zunehmend aus.

Ich gleite in eine lange Abfolge elektrischer Stromstöße hinein, jede Unterbrechung eine Scheinatempause mit dem ausschließlichen Ziel, den nächsten Stromstoß so zu verabreichen, dass es mich umso heftiger durchschüttelt.

Noch mal.

Und noch mal.

Eine beinahe wissenschaftliche Neugier treibt mich an, weiterzumachen und mich Taro hinzugeben, auch als die Höhepunkte häufiger kommen, während ihre Intensität nachlässt und der Genuss zu einem fast schmerzhaften Brennen wird, bis es sich irgendwann anfühlt, als wäre die oberste Hautschicht abgerieben, so dass mir Taros Zunge wie eine Flamme in die blanken Nerven schneidet.

»Genug, Taro. Ich bin satt.«

Mein Atem geht wieder normal, mit dem Rhythmus, den man für gewöhnlich nicht wahrnimmt. Ich hatte ja keine Ahnung, wie viel Trost im eigenen Körper steckt. Ich ziehe Taro zu mir hoch.

»Komm mal her. Komm zu mir.«

Sein Mund, sein Kinn, seine Wange sind von schwarzem

Blut verschmiert, meinem Blut. Wir küssen uns ausgiebig. Er lacht tonlos, ich schüttele ihn von mir ab. Ich habe genug von der Rolle des kleinen Bauernmädchens, das sich vom Gutsherrn vernaschen lässt.

»Na, Taro, wie sieht's aus?«, frage ich, über ihn gebeugt. »Kannst du es noch genießen, nach der ganzen Metzgerarbeit, die du über dich hast ergehen lassen?«

Zwischen den halb geöffneten Lippen schimmern mir seine feuchten Zähne entgegen. Ein schlapper, hurenhafter Cyborg.

»Genuss ist eine verdammt relative Angelegenheit, liebste Lilly, aber so wie du das wahrscheinlich meinst, lautet die Antwort: Ja. Ich hab mich von den besten Chirurgen der Welt zerschnippeln und herrichten lassen. Ich bin die Zukunft. Ein weiterer Sieg des Menschen über die Natur. Da wurde ein Traum wahr, baby.«

Ich streichle seinen Körper bis hinunter zu den Schenkeln, sie ergeben sich widerstandslos und öffnen sich für mich. Meine Finger setzen zu einer gründlichen und strengen gynäkologischen Untersuchung der Landschaft erkaufter Weiblichkeit an und hören nicht auf, über die perfekte Arbeit zu staunen, die hier geleistet wurde: alles vorhanden, alles, wo es hingehört, Falten, Fältchen, Hubbel, Einbuchtungen, Bögen, alles von einer schleimigen Feuchte überzogen, wie die Schnittfläche einer reifen Sharonfrucht.

Sachlich und mit geübter Hand mache ich mich daran, ihn zu erregen, geduldig, als berührte ich mich selbst; den Blick auf sein Gesicht geheftet, forsche ich nach einer Reaktion, einem Schatten von Theater, von Manieriertheit, doch Taros Augen verschwinden unter schweren Lidern, ansonsten regt sich kein Muskel. Der Mond verwandelt Taros goldbraunen Teint in metallisch-bleiches Grau.

Jetzt bin ich die Herrscherin über das Universum.

»Sag mir, Taro«, flüstere ich, »hattest du das Gefühl, eine Frau zu sein, die in einem männlichen Körper steckt – so was in der Art? Bist du im Grunde schwul?«

Er verzieht den Mund, macht sich jedoch nicht die Mühe, die Augen zu öffnen.

»Du willst wohl partout nicht verstehen, was man dir sagt. Es war ein schöpferischer Akt. Ich habe ja leider keine besonderen Begabungen, also blieb mir nur eines übrig: mich selbst zum objet d'art zu machen.«

Er nimmt meine Hand und zeigt ihr sanft den Weg.

»Vom Wesen her bin und bleibe ich ein Mann«, fährt er mit tiefer Stimme fort. »Männer finde ich absolut nicht anziehend. Sie sind so schrecklich von sich eingenommen und außerdem viel zu behaart.«

Er spricht zunehmend abgehackt, daran erkenne ich, dass sein Atem schneller geht, und entsprechend heftiger rühre ich in ihm herum. Je mehr er sich hingibt und sich von mir erobern lässt, desto stärker macht sich eine schwere, böse Erregung in mir breit, mit dem Gefühl des Sieges schwappt eine dunkle, ungekannte Lust in mir hoch, und als seine Schenkel rechts und links von meiner Hand, die in ihm steckt wie ein Zeltpflock, zu flattern beginnen, beuge ich mich zu ihm hinab, beiße ihn mit aller Kraft in den Mund und schlinge sein Stöhnen in mich hinein, bis ich das Gefühl habe, dass seine Haut unter meinen Zähnen platzt.

Als ich schließlich von ihm ablasse, hat er den Schock schon wieder überwunden, sein Kopf ruht auf der Matratze, das Haar umrahmt das Gesicht wie ein Heiligenschein, und ich will es zum zweiten Mal an diesem Abend wissen. Er soll mir endlich eine anständige Antwort auf meine Frage geben.

»Wie kommt es nur, Taro, dass du dieses ganze Gemenschel nicht widerwärtig findest?«

Er fährt sich mit dem Handrücken über den wunden Mund, und als hätte er sich nicht noch vor wenigen Sekunden unter meiner herrischen Berührung gewunden, sagt er seelenruhig und gemessen: »Wie oft soll ich es dir noch erklären, Lilly? Ich liebe das Animalische ebenso absolut wie das Künstliche. Nur was dazwischen liegt, langweilt mich tödlich.«

Er richtet sich auf und fasst mich am Kinn, unsere Blicke fließen ineinander, ich erschauere. Er küsst mich mit geschlossenen Lippen, und dieser trockene, nüchterne Kuss ist wie ein Stoß in die Hörner der Apokalypse, in wenigen Minuten wird die Welt in ihrer bekannten Form zusammenbrechen, und wir werden uns ineinander ringeln wie ein Knäuel Giftschlangen, die Grenzen werden bröckeln und schmelzen, bis alles in einen brandenden Ozean gesogen wird, wo dem Ungezügelten und Perversen dieselbe Ehre zuteil wird wie dem Reinen und Himmlischen.

Das Letzte, woran ich mich erinnere, ist das Pieken der Tautropfenpiercings an meinem Busen.

**Trrrr!!** Was für ein fürchterliches Geräusch. Trrrrrrr. Das Verbrechersyndikat im Verbund mit Außerirdischen will mir die Geheimnisse der zionistischen Dentalhygiene entlocken. Hilfe! Der Schrei bleibt mir im Halse stecken. Trrrr.

Trrrr.

Ein Klicken, und schon ertönt, deutlich und selbstsicher, meine Stimme: »Guten Tag, hier Lilly, bitte hinterlasst eine Nachricht nach dem Piep.« Und gleich darauf die Stimme des Schurken: »Lilly! Lilly! Nimm endlich ab. Ich bin's, Israel Riklis. Ich verstehe nicht, was los ist. Ich hab schon Waknin und Zila Strutzer nach Hause geschickt, ich will wissen, ob ich die anderen Termine auch absagen soll. Ruf sofort zurück, wenn du meine Nachricht gehört hast. Diese Verantwortungslosigkeit, unerhört!« Klick.

Grausames Licht trifft meine blinzelnden Augen. Ich liege in voller Montur auf dem Sofa im Wohnzimmer. Mein Mund schmeckt nach öffentlichem Pissoir, und ich stürze ans Fenster, wo das blendende Licht herkommt: erst mal den Rollladen runterlassen. Die Abdunklung ist ein Segen, ich brauche sie, um in den Wachzustand hinüberzugleiten. Wie eine unerfahrene Blinde taste ich mich an den Wänden entlang zur Toilette. Mein Kleid stinkt nach Kotze. Ich hebe den Saum und lasse mich auf die Kloschüssel plumpsen, vergrabe das Gesicht in den Händen, während meine Gedärme sich vor Schmerz verkrampfen und mit dem Geräusch eines quatschigen Sumpfs im untersten Bereich der Hölle ein flüssiger Brei aus mir herausspritzt.

Nachdem ich mich mit einem übermenschlichen Kraftakt aus dem Kleid geschält habe, stelle ich erschrocken fest, dass meine erschöpften Rundungen von Striemen und blauen Flecken übersät sind und meine Füße dreckig wie die einer leprösen Obdachlosen. Meine edle Unterwäsche – spurlos verschwunden, genau wie die sündhaft teuren Schuhe von Stéphane Kélian; die kann ich wohl abschreiben. Aber ich verkneife es mir, mich darüber aufzuregen, schleppe mich lieber mit letzter Kraft in die Dusche, wo ich das kalte Wasser aufdrehe und mich, mit einer Hand an die Wand gestützt – bloß nicht umfallen! –, einseife. Und jetzt ab ins Bett! Triefend nass, wie ich bin, krabble ich zwischen die sauberen, fröhlich gemusterten Laken und kuschle mich ein. Schlafen, sterben, ich kann nicht mehr. Doch schon wieder springt der teuflische Apparat an, ein lang gezogenes Piep, dann eine Stimme: »Hallo, Schatzi! Michaela hier. Die von gestern. Vom Taxi. Wollte bloß mal hören, wie's so geht. Ich komm später vielleicht kurz vorbei, nachsehen, ob alles okay ist. Dann bis denn. Halt die Ohren steif.«

Bevor ich mich fallen lasse, tief in der mütterlichen Bewegung der Alphawellen versinke, frage ich mich noch, wie zum Teufel sie meine Telefonnummer herausgekriegt hat.

Tick, tack, tick, tack
Zeit verrinnt, Zeit zerspringt
Eulenzeit, Mäusezeit
Zukunft, Gegenwart…

**Geschirrklappern** aus der Küche. Was für ein wunderbares Geräusch. Durch die Wohnzimmertür dringt das Licht der großen Tischlampe. Ich setze mich im Bett auf. Es ist Abend, durch die geöffneten Fenster sickert ein lauer Frühlingsabend herein, einschließlich der Lärmkulisse aus den Häusern meiner Nachbarschaft. Ich stehe auf, versuche, das Gleichgewicht zu halten. Eine Jogginghose und ein strahlend weißes T-Shirt liegen säuberlich gefaltet auf dem Stuhl neben dem Bett. Ich schlüpfe hinein, atme genüsslich den frischen Geruch von Waschmittel ein und begebe mich ins Wohnzimmer. Der Fernseher läuft ohne Ton auf dem Modekanal. Es ist doch nirgendwo schöner als daheim! Das Sofa ächzt vertraut unter meinem Po.

Wie ein Segelbötchen schwebt Ninusch mit Abendessen auf einem Tablett herein. Sie trägt modisches Weiß, durch das Kleid aus dünner indischer Baumwolle schimmert ihr flacher Busen. Das aschfarbene Haar ist am Hinterkopf zu einem strubbeligen Knoten zusammengebunden, die Ohren stehen vom Kopf ab wie die Henkel einer Porzellankanne. Das linke Auge ist von einem Veilchen verunstaltet. Ninusch stellt das Tablett vor mich auf den Couchtisch: ein Omelett aus vier Eiern, Körnerbrot mit gesalzener Butter, ein kleiner Salat und ein Kakao aus fettarmer Milch mit genau fünf Eiswürfeln darin.

Sie setzt sich stumm. Das ist nichts Besonderes, manchmal vergehen ganze Abende, ohne dass ein Wort zwischen uns fällt. Aus dem Veilchen funkelt das graue Auge zu mir herüber wie eine Regenpfütze auf Basaltgestein. Ich weiß, dass sie erst anfängt zu reden, wenn für ihr Gefühl der richtige Zeitpunkt gekommen ist.

Und bis dahin wird erst mal gegessen. Ein gesunder Appetit drängt mich, eine Gabel voll Omelett in meinen Mund zu schieben, vom Brot abzubeißen. Erst als der Bauch sich warm und schwer anfühlt, schiebe ich das Tablett beiseite und will wissen: »Und? Was war los?«

»Nichts. Nichts Besonderes. Wie immer.«

Ninusch verzieht den Mund, tut, als würde sie schmollen, was von ihrer Oberlippe, die voller ist als die Unterlippe und in der Mitte keine Einbuchtung hat, noch unterstrichen wird.

»Jetzt zier dich nicht so«, fordere ich ernst. Es fällt Ninusch schwer, drauflos zu reden, und manchmal muss man streng mit ihr sein, wie mit einem verträumten Schäfchen, das den Anschluss an die Herde verloren hat.

Sie gehorcht auf der Stelle.

»Erst hat er gesagt, ich soll nicht mit zum Zirkus, dann hast du angerufen, und ich hab's dir gesagt. Dann sollte ich mit ihm Nachrichten auf CNN schauen, aber irgendwann meinte er, er merkt genau, dass es mich nicht interessiert, bestimmt wäre ich lieber mit dir unterwegs, auf der Suche nach einem Fick. Danach hat er Sport geschaut, und ich hab ihm einen geblasen. Und nachdem er mich dann gevögelt hat, hat er zugeschlagen, angeblich, weil ich nicht gleichzeitig mit ihm gekommen bin. Er hat gesagt, dass er das Hurenhafte an mir liebt, aber ich würde es auch brauchen, dass er mich wie eine Hure behandelt, weil das eben mein Charakter ist. Dann ist er eingeschlafen, und ich hab das Geschirr abgewaschen, weil unsere Philippinin Urlaub hat, und danach hab ich bis zum Morgen Mode geguckt. Das war alles. Jetzt du.«

Das Essen kommt mir fast wieder hoch, aber ich kenne diese hilflose Wut und habe meine eigene Methode, sie tief nach unten wegzudrücken, wo sie mir dann wie Beton im Magen liegt, wie eine Fläche, auf der sich immer neue Schichten ablagern. Ich bin mir durchaus darüber im Klaren, dass mein Bedürfnis, meinen Senf dazuzugeben, irgendwo egoistisch ist, trotzdem kann ich es mir kaum verkneifen, mich zu den Vorfällen zu äußern.

»Wie soll das nur weitergehen?«

»Ach, lass uns nicht wieder davon anfangen, Lilly.«

Ninusch meidet es, mich anzusehen. Ich weiß genau, dass sie solche Unterhaltungen als Qual empfindet, aber die törichte Überheblichkeit, die ich aus der durchlebten Liebesnacht beziehe, sorgt dafür, dass ich mich nicht bremsen kann.

»Findest du nicht, dass du was Besseres verdient hast?«

»Was denn, zum Beispiel?«

Sie hebt den Blick und sieht mich mit kühlen Augen an wie die Fleisch gewordene Gerechtigkeit. Zwischen ihren Augenbrauen erscheinen zwei unfreundliche, egoistische senkrechte Falten.

Ich schlage zu.

»Liebe, zum Beispiel. Und fang mir jetzt bitte nicht damit an, dass du mich liebst und ich dich, denn so traurig das auch sein mag, wir sind nun mal nicht lesbisch. Und überhaupt spreche ich von etwas völlig anderem.«

Getragen von den Wellen meiner Selbstgerechtigkeit verdränge ich die Erinnerung an das türkisfarbene Dreieck.

Sie lässt sich lustlos auf die Auseinandersetzung ein.

»Aber du findest doch auch keine Liebe, Lilly«, näselt sie.

Gegen diese Behauptung laufe ich Sturm, als würde allein das Aussprechen eines solchen Gedankens den freien, kosmischen Fluss der Liebe in der Welt hemmen und eine Schranke bauen, um die Liebe weder an mich noch an ein paar Millionen anderer Bereitwilliger heranzulassen.

»Aber ich wünsche sie mir! Zumindest bin ich dafür offen. Ich träume von der Liebe, mein ganzes Ich ist auf die Zeit ausgerichtet, wo sie sich in meinem Leben ereignet. Und ich glaube fest daran, dass diese Zeit irgendwann kommt. Ich gebe nicht auf.«

Ninusch steckt sich den kleinen Finger in den Mund und knabbert schnell wie ein Mäuschen an ihrem Nagel.

»Was ist? So rede doch endlich!«, sage ich, beinahe flehentlich.

»Also, ich bin der Meinung, das ist Gift.«

Sie hört auf, an ihrem Fingernagel zu knabbern, aber es dauert, bis sie weiterredet.

»Ich glaube, dieses Gift macht alle krank. Alle sind von diesen Fantasien vergiftet. Als könnten die Menschen nicht einen Augenblick mit dem Gefühl von … na, wie heißt das noch? … Mangel! Mit dem Gefühl von Mangel leben. Mit dem Gefühl von Gibtsnicht, Kriegichnicht. Ohne Liebe ist wohl das Leben nichts wert?! Dabei ist Liebe doch nur eine Erfahrung. Genau wie Kunst. Oder Seelenfrieden. Oder Erfolg. Oder Freundschaft. Warum müssen wir deswegen so ein Tamtam veranstalten? Du hältst Leon für ein Monster, dabei bin ich doch selber schuld: weil ich ihm nicht alles erzähle. Aber Leon ist meine Sicherheit. Und mein Zuhause. Und beides ist mir extrem wichtig, Sicherheit *und* ein Zuhause. Damit ich nicht wieder im Park schlafen muss oder bei Leuten, die mich ja doch wieder nur ausnutzen. Damit ich diese schrecklichen Jobs nicht mehr annehmen muss, die eine Riesenschande sind. Oder auf den Strich gehen. Du denkst, wenn der Mann nicht dem Ideal entspricht, sollte die Frau ihn verlassen und eine erfolgreiche Anwältin im Chanelkostüm werden. Aber nicht jede Frau hat das drauf. Die einen sind dumm, die anderen krank oder haben keine Ausbildung. Und Leon bringt mir immerhin am Schabbat das Frühstück ans Bett und liest mir aus der Zeitung vor und verliert absichtlich beim Schach, damit ich mich freue. Und er kauft mir Sachen. Und jetzt erzähl endlich, wie's gestern beim Zirkus war.«

Am Ende ihres Monologs wirkt Ninusch so erschöpft, dass ich ernsthaft befürchte, sie könnte mir gleich umkippen. Die meisten Argumente habe ich bei früherer Gelegenheit schon gehört, wenn auch nicht in dieser Häufung und Ausführlichkeit. Offenbar will sie das Thema Leon ein für alle Mal abhaken, nur deshalb hat sie sich so ins Zeug gelegt. Das wird mir jetzt klar, und daher besagt mein Blick: Ich gebe mich geschlagen, du hast Recht, mit jedem einzelnen Wort. Wer bin ich denn, dass ich sie lehren könnte, wie sie zu leben und wonach sie sich zu sehnen hat?

»Hast du es noch zur Raubtiershow geschafft?«, fragt sie. Was soeben noch Thema war, kratzt sie jetzt nicht mehr. Durstig saugt sie meine detaillierte Schilderung auf, angefangen von den Fingernägeln der Taxifahrerin bis hin zum unsympathischen Gesicht des Nachtportiers an der Hotelrezeption. Ich kenne meine Freundin: Es braucht nur irgendwie mit mir zu tun zu haben, dann gibt es nichts, was sie nicht interessiert. Erst als der Teil dran ist, der auf das Essen in der Suite des Verantwortlichen für die Raubtiere folgt, siebe ich peu à peu aus und lasse manches weg, was gewissermaßen zu viel Perversion enthält und von dem ich selbst nicht weiß, wie ich es schlucken soll.

»Danach haben wir uns fürchterlich betrunken, ich weiß nicht mal mehr, wie ich nach Hause gekommen bin. Und um den Faden von vorhin noch einmal aufzunehmen: Die große Liebe brauche ich mir von dem Typen nicht zu erwarten«, schließe ich meinen Bericht so unverfänglich wie möglich und kichere, damit sie mitkichern kann. Doch der feuchte graue Fleck in ihrem Veilchen starrt mich todernst an: Sie weigert sich zu kooperieren.

»Wirklich eine tolle Geschichte«, nickt sie nach einer Weile. »Echt super. Aber vielleicht, Lilly, vielleicht kannst du mir da noch eine Kleinigkeit erklären.«

Sie steht auf und geht zur Wohnungstür. Ich folge ihr, doch noch ehe ich mir über ihre gerunzelte Stirn Gedanken machen kann, hat sie bereits auf den Lichtschalter im Treppenhaus gedrückt und deutet hinüber zu dem großen, in graues Leinen verpackten Paket, das im Hausflur steht. Auf dem Leinen prangt in Neongrün ein nach oben gerichteter Pfeil, daneben steht UP.

Ich ziehe ein Gesicht, das besagen soll: »Keine Ahnung«, doch Ninusch ignoriert meine Grimasse und stürzt sich auf das Paket. Gemeinsam zerren wir es in mein Wohnzimmer und schälen es aus dem Stoff: ein geräumiger Käfig aus starren Gitterstäben, dessen Boden mit frischem Sägemehl ausgestreut ist. Erst nach ein paar Sekunden bemerken wir das Tierjunge, das wie eine Riesenhornisse in der Käfigecke hockt. Es muss wohl vom Gerüttel des Käfigs geweckt worden sein, denn es hebt trunken den Kopf mit dem verschlafenen Gesichtchen; ob es uns neugierig anschaut oder bloß ins Leere starrt, bleibt unklar. Ninusch und ich gehen vor dem Käfig mucksmäuschenstill in die Hocke, aus Angst, ein Laut oder eine schnelle Bewegung könnte dafür sorgen, dass sich das Tigerbaby als Fata Morgana entpuppt. Erst als es den Mund aufreißt und uns seinen rosa Rachen mit der feucht darin flatternden Zunge zeigt, erwacht Ninusch aus ihrer Starre und sagt, unendlich erstaunt, als hätte sie soeben das achte Wunder unserer abgewrackten Welt entdeckt: »Es gähnt, Lilly. Hast du gesehen? Es hat gegähnt.«

Ohrenzeit, Schwanzzeit
Niezeit, Jetztzeit

**Wir Dentalhygienikerinnen** haben einen großen Vorteil: Obwohl wir für Schmerz ebenso empfänglich sind wie für Schönheit, lassen wir uns bei unseren Entscheidungen stets von der Frage lenken, was machbar ist. Und so grüble ich, kaum dass ich Ninusch, beschämt und leicht stotternd, geschildert habe, wie ich mit frisch manikürter Hand den Vertrag zur Übereignung des Fellknäuelchens paraphiert und unterschrieben habe, fieberhaft über einen Ausweg nach und feile, auf dem Sofa sitzend und an den vermaledeiten kirschrot lackierten Nägeln knabbernd, an einem ersten Plan, der mich handlungsfähig machen soll, indes Ninusch bäuchlings vor dem Käfig liegt und vergeblich versucht, das Tigerbaby herauszulocken.

»Ich hab's!«, verkünde ich nach einer Weile wichtigtuerisch und werfe ein französisches *Cosmopolitan*-Heft nach meiner Freundin, um ihre Aufmerksamkeit zu gewinnen. »Wir packen den Käfig wieder so ein, wie wir ihn bekommen haben, und bringen ihn mit Michaelas Taxi zum Zirkus. Bestimmt sind noch ein paar Leute da, um das eine oder andere zu regeln, so eine Konstruktion ist nicht in einer Nacht abgebaut. Dann laden wir den Käfig dort ab und verschwinden. Irgendwer wird ihn schon finden, und es wird ihnen nichts anderes übrig bleiben, als das Tigerbaby zurückzunehmen.«

»Und was ist mit dem Vertrag?«, fragt Ninusch. Obwohl sie ihr Leben lang übers Ohr gehauen wurde, gilt ihr die Erfüllung von Verträgen als oberstes Gebot.

»Du bist immer viel zu naiv, Ninusch. Genau das, diese Haltung, reitet dich immer wieder rein, deswegen denken die Leute, du tickst nicht ganz richtig«, weise ich sie zurecht. »Wer kennt mich denn? Als ob es nie vorkommt, dass man irgendwelchen Leuten irgendwas anhängt oder ihnen Drogen oder Dokumente unterjubelt. Wie wollen sie mir das denn nachweisen? Sollen sie doch sehen, wo sie mit ihrem Pseudovertrag bleiben!«

Und als sollten meine Worte, kaum dass ich sie ausgesprochen habe, widerlegt werden, klingelt es an der Tür.

Ninusch und ich erstarren vor Schreck. Da klingelt es noch einmal, kurz, und nach einer Pause, die in uns die Hoffnung weckt, der unerwünschte Besuch hätte aufgegeben, klingelt es wieder, diesmal Sturm. Kurz darauf wird zu allem Überfluss auch noch an die Tür getrommelt.

»Vielleicht ist es ja Leon.«

Ninusch schnappt nach Luft, wie ein Fischchen, das aus dem Aquarium geholt wurde, und sieht mich hilfesuchend an.

Ich erwidere ihren Blick und stehe auf. »Dann werden wir ihm wohl aufmachen müssen.«

Michaela stürmt herein und macht lautstark ihrem Ärger Luft, dass man sie so lange hat warten lassen. Mein Versuch, mich ihr in den Weg zu stellen, scheitert kläglich, sie flitzt an mir vorbei ins Wohnzimmer und erläutert mir dabei die Ängste, die sie umgetrieben haben.

»Den ganzen Tag ruf ich an, aber alles, was ich kriege, ist dein Scheißanrufbeantworter. Ich hab mir gesagt: Das kann ja wohl nicht wahr sein, ich muss hin und nachsehen, was los ist. Bei der Figur, die du gestern gemacht hast, hätte ich mir die Kugel gegeben wie nichts. Ein Glück, dass ich ein Gewissen habe. Ich hab mir gesagt, ich bleib lieber unten stehen und warte ab, was passiert, weil, mein Gefühl sagt mir, du bist nicht jemand, der sich nachts auf der Straße herumtreibt und checkt, was da so abgeht. Stundenlang hab ich dagesessen und gewartet – nichts. Aber so bin ich nun mal: Wenn mir jemand ans Herz gewachsen ist, geb ich meine Seele für ihn hin. Und wie du mit dieser chinesischen Transe runtergekommen bist, hab ich gleich zu ihm gesagt: ›Mister, I take her, give me fifty dollars, and we close the business.‹ Und du – meine Fresse, kaum dass ich dir die Straße und die Hausnummer aus der Nase ziehen konnte, und dann hast du mir auch noch das Taxi voll gekotzt, dabei hab ich erst vor zwei Monaten die Polster erneuern lassen ... Uaaah, was haben wir denn da für ein Häschen? ... Ey, das ist ja ein Monster! Bist du jetzt total durchgeknallt?«

Eines muss man Michaela zugute halten: Sie hat eine schnelle Auffassungsgabe. Nachdem ich sie offiziell mit Ninusch bekannt gemacht habe und sie, im Sessel sitzend und an einem mit Süßstoff gesättigten Nescafé nippend, meinen lakonischen Bericht gehört hat, wie ich zu dem Tigerbaby gekommen bin, sagt sie: »Mit einem Wort, wir müssen zusehen, dass wir das Viech wieder loswerden, und zwar schnell. Da hast du dir ja was Tolles eingehandelt bei dem Chinesen.«

Ich unternehme einen letzten Versuch, meine Ehre zu retten.

»Das stimmt nicht ganz. Eigentlich ist es ein Geschenk. Das ich allerdings, wenn ich's mir recht überlege, nicht annehmen kann.«

»Das soll ein Geschenk sein? Weißt du, wie es aussieht, wenn es erst ausgewachsen ist? Schön, mir kann's im Grunde egal sein. Glaub mir, ich bin die Letzte, die sich in anderer Leute Angelegenheiten einmischt. Soll doch jeder machen, wie er lustig ist.«

Michaela schlägt, wie zum Zeichen, dass sie nicht vorhat, sich in absehbarer Zeit zu verabschieden, die Beine übereinander.

»Bist du nicht die aus der Werbung mit den neuen Stretch-Slips von *Sabrina*? Welches Arschloch hat dir denn das Veilchen verpasst?«, greift sie Ninusch an, die inzwischen wieder vor dem Käfig hockt.

Ich beschließe, die Sache in die Hand zu nehmen.

»Hör mal, Michaela. Wir wollen das Tigerbaby einschließlich Käfig am Zirkus abstellen. Würdest du uns bitte hinfahren? Dieser Witz geht schon jetzt definitiv zu weit, wie du selber sehen kannst. Du kriegst hundert Schekel für die Fahrt. Einverstanden?«

Sie mustert mich mit unverhohlener Geringschätzung.

»Mit den hundert Schekel hab ich kein Problem, und ich würde dich auch nach Gaza fahren – wohin du willst. Aber zum Zirkus, das wird nichts.«

»Und warum nicht?«

Die Launenhaftigkeit dieser Frau geht mir langsam auf die Nerven.

»Weil da kein Zirkus mehr ist. Darum. Die haben ihre Siebensachen gepackt und die Fliege gemacht. Ich bin gerade dort vorbeigefahren – da ist nichts mehr. Höchstens noch ein bisschen Elefantenscheiße, wenn du gründlich genug suchst.«

Das Miststück kugelt sich vor Lachen über den ordinären Witz.

»Ich bin sicher, dass zumindest ein Teil der Verantwortlichen noch da ist, um das eine oder andere zu regeln. Irgendein Repräsentant, irgendwer.« So fest und entschlossen ich das auch herausbringen wollte – ein gewisses Schwächeln in meiner Stimme lässt sich nicht verbergen.

»Wie wär's, wenn du mir zur Abwechslung mal richtig zuhörst? Seit ich dich kenne, und das ist nur ein Tag, hab ich jedes Mal und in allen Punkten immer nur Recht gehabt. Das sagt die Statistik.«

Ich gebe mich geschlagen, gegen ihre herrische Selbstsicherheit komme ich nicht an.

»Und was schlägst du vor?«

»Also, Schätzchen: Du hast zwei Möglichkeiten. Entweder du gehst zur Polizei und erzählst denen die ganze Story. Dann hast du sofort ein Wahnsinnschaos am Hals, Vernehmungen, Protokolle, schieß-mich-tot, weil, das lassen sie dir nie und nimmer durchgehen, immerhin handelt es sich hier um eine verbrecherische Tat, so viel steht fest. Und du bist bis über die Halskrause darin verstrickt, darauf kannst du Gift nehmen. Das geht an die Zeitungen, an deinen Arbeitgeber, kurz: Du kannst dich, wie's so schön heißt, auf dramatische Veränderungen in deinem netten Alltag gefasst machen.«

»Und die andere Möglichkeit?«

Der kleine Tiger lässt sich endlich auf Ninuschs hartnäckiges Locken ein und kommt aus seiner Ecke. So weit ich es beurteilen kann, ist er noch sehr jung. Obwohl er kaum größer ist als ein getoastetes Brötchen, lassen der große Kopf, die dicken Pfoten und das flauschige Fell auf eine noble Herkunft schließen. Verträumt und orientierungslos tapst er herum, bis er auf Ninusch stößt, die im Lotussitz auf ihn wartet. Er klettert in das Nest ihrer angewinkelten Beine, legt seinen Kopf auf ihren Schenkel und schläft sofort wieder ein. Sie beugt sich über ihn wie Magdalena über den toten Gekreuzigten.

»Die andere Möglichkeit?« Michaela sieht erst mich und dann die Pietà aus Ninusch und dem Tigerbaby an. »Was wir in dem Moschaw im Süden, wo ich herkomme, mit einem Wurf Katzen immer gemacht haben: Man steckt sie in einen Sack, solange sie noch blind sind, genau wie dieser Simba hier, fährt kurz zum Wasserspeicher, und yalla – tschüs.«

Trotz der Bestürzung, die Michaelas Vorschlag in mir auslöst, hält mich das Gefühl der Ausweglosigkeit davon ab, ihn auf der Stelle zu verwerfen. Und dann lässt sich Ninusch vernehmen, mit einer Stimme wie aus Glas und Windspielglocken.

»Es gibt noch eine dritte Möglichkeit.«

Und obwohl ich tief in meinem Bauch, dort, wo die Betonschicht der unterdrückten Wut sitzt, weiß, dass ich ihr nicht abschlagen kann, worum sie mich gleich bitten wird, sage ich: »Na, hoffentlich fängst du mir jetzt nicht wieder mit so einem Ninusch-Quatsch an.«

»Er kann doch bei uns bleiben. So gut wie hier hat er es nirgendwo.«

Typisch Ninusch.

Bitte schön! Wusst' ich's doch: Schwanzzeit!

Ich lasse eine Salve logischer Argumente auf Ninusch los, und sei's nur der guten Ordnung halber, und als das nicht hilft, verfalle ich in pure Demagogie, aber ich weiß (und Ninusch weiß es auch): Das Ganze ist nur ein Ritual. Dennoch respektiert sie mein Anliegen, vernünftig vorzugehen. Michaela hört interessiert zu, sie ist den Untertönen auf der Spur, die den Dialog vorantreiben, und ihr psychologisches Feingefühl führt sehr schnell zu dem Satz, der die langatmige Auseinandersetzung beendet.

»Mensch, jetzt lass ihr doch ihren Willen. Was soll groß passieren? Irgendeine Lösung wird sich mit der Zeit schon auftun, und bis dahin – lass dem Kind seinen Spaß.«

Ich schweige eine Weile, das bin ich mir schuldig, dann blaffe ich Ninusch wütend und mit ernster Miene an: »Ich warne dich: Du trägst die volle Verantwortung. Ich hasse Katzen nämlich, dass du's weißt.«

Ninuschs dünne Juchzer hören sich an wie von einer durchgeknallten Fee, sie springt zwischen mir und Michaela hin und her, umarmt uns abwechselnd, und Michaela nimmt Ninuschs Dankesbekundungen mit bescheidenem Grinsen entgegen, als wäre der Vorschlag von vorhin, den Star des Tages zu ertränken, nicht auf ihrem Mist gewachsen. Ninusch hebt das Tigerbaby hoch, küsst sein Gesicht, pustet in den Flaum an seinem Nacken und streckt es uns hin, damit wir seine Schönheit aus der Nähe sehen: die Ohren, das Schnäuzchen – wie süß, o mein Gott, ist der süß! –, bis sie irgendwann aufschreit: »Bestimmt hat er Hunger!« und mit ihm in der Küche verschwindet, während Michaela und ich daran gehen, die praktischen Aspekte der Entscheidung durchzusprechen.

Michaela gehört zu der seltenen Sorte Menschen, die sich unersetzlich machen können, die dir das Gefühl vermitteln, dass du ohne sie keine Chance hast, und in kürzester Zeit höre ich ihr nur noch zu, nicke, bitte sie um Ratschläge und Erklärungen, als wäre sie eine nicht zu hinterfragende Autorität, die mich schon ein Leben lang begleitet. Und trotz der prosaischen Tatsache, dass sie nie andere Tiere großgezogen hat als Hunde, Katzen und kleine Kinder, legt sie eine Kompetenz und innere Überzeugung an den Tag, dass man sie glatt für den langjährigen, inzwischen etwas dienstmüden Direktor eines Safariparks halten könnte.

»Jetzt mach dir mal keine Sorgen, Tiere sind wie kleine Kinder, bloß billiger. Denkst du, ich versteh nicht, was hier läuft? Ich seh doch, dass du hier gewisse ›Umstände‹ hast. Was ist sie für dich? Eine Verwandte?« Sie deutet in Richtung Küche.

»So ungefähr. Eine Cousine dritten Grades«, antworte ich widerstrebend. Ich habe keine Lust, großartig zu erklären, was Ninusch und mich verbindet.

»Okay, wenn sie zur Familie gehört, kannst du gar nichts machen, die Familie ist heilig. Sie ist ja eine Seele von Mensch, das sieht man sofort, und das Gesicht, das sie von Gott gekriegt hat, ist ein Geschenk. Aber sie hat eindeutig einen seelischen Knacks, von ihrer Magersucht ganz zu schweigen. Und für so jemanden, so ein Sensibelchen, hat ein Tier therapeutischen Wert, das kannst du mir glauben. Bei mir war's genau so, mit Moran, meinem Ältesten, als er unbedingt einen Hund wollte. Die ganze zehnte Klasse ist er zu Hause geblieben, hat nichts mehr gegessen, nicht mehr ferngesehen. Nur seine Freunde hat er vermisst, er hatte Schiss, dass sie ihn vergessen. Und eine Lungenentzündung nach der anderen hat er mir hingelegt, bis ich nicht mehr konnte und ihm den Hund schließlich gekauft habe. Da war schlagartig Schluss mit Depressionen.«

»Ninusch hat keinen seelischen Knacks!«, brause ich auf, aber schon kommt Ninusch wieder herein und verhindert Schlimmeres. Ihr Stupsnäschen ist rosa vor Anteilnahme.

»Er frisst nichts. Keine Milch, keinen Käse. Obwohl ich seine Schnauze richtig tief in die Schüssel getaucht habe. Er macht immer nur prrrr, prrrr.«

»Was denn für eine Schüssel?« Michaela schaut sie verächtlich an. »Das ist noch ein Junges, ein Baby. Wir müssen ihm ein Fläschchen besorgen, Milchpulver, eine Plüschmaus zum Spielen, ein Flohmittel, Sand. Los, was glotzt du mich so an, schnapp dir deine Schuhe, wir fahren zum Drogeriemarkt, einkaufen. Und du, Lilly, besorgst eine Kiste, damit er was hat, wo er reinmachen kann, und auch was Weiches als Unterlage zum Schlafen, ein paar alte Decken, die Viecherchen lieben es nämlich, sich irgendwo einzukuscheln.«

Uns bleibt nichts anderes übrig, als sie für ihre Tatkraft zu bewundern und zu gehorchen. Angesichts von Michaelas Hemdsärmeligkeit fühle selbst ich mich wie ein verlorenes kleines Mädchen, das ihr Glück kaum fassen kann, dass Michaela in ihrem Leben aufgetaucht ist. Wie konnte ich nur all die Jahre ohne sie überleben?

Es dauert eine ganze Weile, bis sie alles beisammen haben und losziehen. Ich schließe die Tür hinter ihnen: endlich allein. Jetzt kann ich nachdenken, den Film meines Lebens zurückspulen und mir die letzten vierundzwanzig Stunden noch einmal genau ansehen. Ich frage mich, wo Taro gerade steckt. Bestimmt hängt er irgendwo zwischen den Cumuluswolken über Asien in einem Sessel der First Class und bekämpft mit Gratis-Champagner seinen Kater, ein schlabberiger Armani-Anzug kaschiert seinen prachtvollen Luxusbusen, die Augenschlitze taxieren Stewardessenpopos. In meiner Brust schwappt eine bittere Sehnsucht hoch, erreicht die Schläfen. Womöglich hat Ninusch Recht, vielleicht habe ich, haben wir alle zu viel von dem Gift intus, zu viele Hoffnungen, zu viele Bedürfnisse. Gefangen in der Jagd nach dem Glück und in einem zwanghaften, kindlichen Glauben daran, dass nichts anderes unserem Leben einen Sinn gibt, steuern wir, blind für die Lehren aus der Vergangenheit und die Tatsachen der Gegenwart, trunken von einem vagen Versprechen, von dem nicht klar ist, wer es gegeben hat und warum wir es ernst nehmen sollen, in eine ungewisse Zukunft: nur noch ein kleiner Schritt, eine letzte Anstrengung, dann sind wir da, dann können wir uns im Schatten der dicken Bäume Arkadiens ausruhen und unsere bleichen Füße ins klare Quellwasser von Shangri-La tauchen.

Ich muss lernen, mit zerknirschtem Herzen zu akzeptieren, dass man nicht alles haben kann. Der Gedanke stimmt mich traurig, aber irgendwie bedeutet der Verzicht auch Erleichterung.

Ich trete ans offene Fenster. Die Luft duftet nach Blumen, der Blütenstaub vergällt den Allergikern den Schlaf. Oben am klaren Frühlingshimmel blinken hochmütig kühle Sterne.

Zweiter Teil

# Tigris

**Hallo, Sommer,** mit deinen brummenden Klimaanlagen, der steil ansteigenden Kurve für Deodorantverbrauch, der vor aller Augen entblößten Partien menschlicher Haut auf versmogten Straßen. Hallo und willkommen, Juli, du grausamster aller Monate! Die Stadt macht die Beine breit für den heißen Strom deiner Glut.

Angeblich erwärmt sich die Erdkugel von Jahr zu Jahr. Das Gefühl, jeder Sommer sei heißer als der vorangegangene, beruht also mitnichten auf Einbildung, sondern ist eine handfeste, wissenschaftlich erwiesene Tatsache. Die Luft in den Straßen von Tel Aviv ist dick vor Hitze und Feuchtigkeit, schuld daran ist das sumpfige Nildelta um Alexandria, dessen faulige Dämpfe die viel gerühmte Milde des Mittelmeerklimas verderben.

Gelegentlich trübt ein sepiabrauner Stich das grelle Licht, wie auf einer Stadtaufnahme aus der Frühzeit der Fotografie. Dann hat man das Gefühl, die giftige Verschmutzung mit jedem Atemzug, bei jeder Berührung mit der nackten Haut zu spüren. Die Leute auf der Straße bewegen sich majestätisch langsam, mit schweißglänzenden Gesichtern, und sie scheinen mit jedem Schritt in einem zähen Morast zu versinken, dem sie letztlich doch entrinnen, und so streben sie weiter voran, hin zu einem unbekannten Ziel, das schon allein deshalb überaus wichtig ist, weil man es aufzeigen, es benennen, ihm entgegenleben kann.

Die dampfende Luft ist bei mir auch ein Garant für Sinnestäuschungen und Verwirrtheit. Zum Beispiel bilde ich mir auf meinem Weg zur Praxis gelegentlich ein, unter den Fußgängern oder Autofahrern Bekannte zu sehen: Der eine verschwindet auf der gegenüberliegenden Straßenseite in einem Hauseingang, die andere rauscht in einem Auto an mir vorbei.

Einmal meinte ich im weißen, kurz geschnittenen Schopf

am Fenster eines vorbeifahrenden Busses meine Großmutter Rachela zu erkennen, von der ich haargenau weiß, dass sie tot ist; der Anblick ihrer in ein Tuch gehüllten Leiche, die wie alle Leichen geschrumpft zu sein schien und um einiges kleiner wirkte als meine Großmutter zu Lebzeiten, hatte sogar für einen kleinen Zwischenfall gesorgt: Meine Mutter geriet auf der feuchten Erde am Rand der Grube ins Rutschen und wäre um ein Haar in das offene Grab gestürzt. Was, nebenbei bemerkt, wiederum einen hysterischen Anfall bei ihr auslöste, in dessen Folge sie die gesamte Trauerwoche über kein Wort mehr von sich gab. Erst als am siebten Tag Miki Gafni, ein hutzeliger und windiger Anwalt, in unserer Wohnung erschien, um das Testament meiner Großmutter zu eröffnen, fand meine Mutter ihre Sprache wieder: Sie war Alleinerbin der Ersparnisse meiner Großmutter.

Von Zeit zu Zeit bilde ich mir auch ein, meine Mutter zu sehen: An Poldi Rosentalis' Arm nimmt sie die Auslage in einem Geschäft für orthopädische Prothesen oder das Schaufenster der Konditorei *Ugati* mit Blechen voll winziger Schokocroissants in Augenschein. Und wenn jemand vor einem Kiosk steht und mit gerecktem Hals die Schlagzeilen der Tageszeitungen überfliegt, denke ich oft, es sei mein Vater, denn das ist eine alte Unart von ihm.

Einmal hätte ich sogar schwören können, der gerötete Stiernacken in einem Jeep, der vor mir an der Ampel hielt, gehöre Amicam, aber ich kam nicht rechtzeitig hin, ehe der Wagen mit quietschenden Reifen davonschoss und mich in einer Wolke aus Abgasen mit der Frage stehen ließ, was mein General in diesen Zeiten der Intifada wohl trieb, ob er gerade wieder mal seinen Reservedienst ableistete und irgendwo zwischen Ramalla und Dschenin den verdammten Arschlöchern von Cousins Manieren beibrachte.

Aber ich entdecke auch weniger bedeutsame Leute: Freundinnen, Lehrer vom Gymnasium, Männer, mit denen ich im Bett war. Erst vor ein paar Tagen sah ich an der Ecke Bograshov klar und deutlich Bruria Simmel vor mir laufen, mit der ich an der zahnmedizinischen Fakultät der Universität Tel Aviv Dentalhygiene studiert hatte und die so einsam gewesen war, dass sie in der Nacht, als Rabin ermordet wurde, von niemandem informiert wurde und erst am nächsten Morgen davon erfuhr. Als ich sie an ihrer hoch gewachsenen Statur zu erkennen meinte, rief ich, sogar laut, hinter ihr: »Bruria, Bruria Simmel!« Die Frau, die sich daraufhin umdrehte, kannte ich nicht, doch sie wirkte mindestens genauso einsam wie meine Ex-Kommilitonin Bruria.

Der Einzige, den ich nie irgendwo sehe, ist Taro. Niemand auf den Straßen meiner Stadt erinnert an ihn, so wie ja auch keine der Straßenkatzen an das Tigerbaby erinnern kann, das er mir geschenkt hat. Taro ist nur als Abwesenheit erlebbar, doch die bekommt manchmal eine so starke, schier greifbare Präsenz, dass man sie anfassen oder eine glühende Wange daran schmiegen möchte, wie an eine Marmorsäule. Selbst in meinen Träumen weigert sich Taro, mir zu erscheinen, und ich benötige einen besonderen, einen sechsten Sinn, um zu spüren, dass er bei mir ist, so wie man es spürt, wenn jemand im Dunkeln neben einen tritt.

* * *

**Der Tiger ist die größte Katzenart und steht an der Spitze der Nahrungskette.**

* * *

**Trotz meiner sommerbedingten Verwirrtheit** und obwohl mir der Schweiß ausbricht, sobald ich das Haus verlasse, bin ich guter Dinge. Von allen Wänden meiner Wohnung springt mich ein neues, von Lebensmut erfülltes Glücksgefühl an, und es bleibt mir auch erhalten, wenn ich mich morgens auf den Weg mache, um meinen beruflichen Pflichten nachzukommen, wenn ich, über aufgesperrte Münder gebeugt, den Mundgeruch der Menschheit einatme, stochere und schabe, scheuere und schrubbe, um den angesammelten Zahnstein sowie Verfärbungen von Kaffee und Nikotin zu entfernen. Ob ich die Nachlässigen sanft rüge oder aber den Neulingen geduldig am Gipsmodell eines menschlichen Kiefers erkläre, wie sie ihre Zähne pflegen sollen, und ihnen mit der Gewandtheit eines Profis vorführe, wie die Zahnbürste zu führen ist – ich bin und bleibe gut gelaunt, und das ist ja auch kein Wunder: Meine Arbeit hat mich schon immer davor bewahrt, zu tief in die Abgründe meines Ichs einzutauchen. Oder, wie meine Großmutter Rachela es gern ausdrückte: »Nichts ist besser als Beschäftigung, um sich von nutzlosem Herumbohren in der Seele fernzuhalten.« Und so wurde am Ende auch Taros fast greifbare, sich nie ganz in Luft auflösende Abwesenheit zu einem Bestandteil meiner selbst, zu einer tektonischen Schicht im Gefüge meiner Lebensfreude.

Das Einzige, was mich bisweilen doch runterzieht, ist der Hauch von Müdigkeit, wenn ich gewohnheitsgemäß bei Tagesanbruch aufstehe, eine hinterhältige Müdigkeit, der man nicht beikommt; wie ein Dieb stiehlt sie sich in meinen Wachzustand und verdirbt die sprudelnde Energie, die mein Naturell ist. Manchmal schwinden mir urplötzlich die Sinne, kaum dass ich mich zielgerichtet, konzentriert über einen Patienten beuge, und dann muss ich mich sofort setzen und kurz die Augen schließen, wie wenn mir schwindlig wäre.

»Es ist nichts, nur ein kleiner Schwindelanfall«, raune ich dann dem Patienten zu, voller Bedauern, dass ich das Gefühl der Sicherheit erschüttert habe, in dem er sich noch bis vor wenigen Sekunden wiegte.

»Du machst wohl gerade wieder eine deiner Horrordiäten, Lilly?«, faucht Israel Riklis. »Wann kapierst du endlich, dass du lieber lernen solltest, dich richtig zu ernähren? Iss gesund und geh mit Spaß an die Sache heran! Adina hat gerade einen Kurs über gesunde Ernährung hinter sich, jetzt kocht sie sogar

Roastbeef aus Tofu – der reinste Wahnsinn! Und am wichtigsten: Iss Fisch, Fisch und nochmals Fisch!«

Ich wehre mich gegen seine Behauptung – seit meiner Trennung von Amicam habe ich keine Diät mehr gemacht –, doch mein Arbeitgeber ist durch nichts zu überzeugen, er bildet sich fest ein, ich hätte abgenommen, also ist es so, auch wenn der Zeiger der kleinen Waage in der Praxistoilette stets auf die alte und wohlbekannte 112-Kilo-Marke schnellt. Ich zucke mit den Achseln. Während seines Militärdienstes in der Stomatologischen Abteilung des Tel-Haschomer-Krankenhauses hatte Israel Riklis die Herzen der Krankenschwestern erobert, indem er deren exaktes Körpergewicht erriet; nichts läge mir also ferner, als den Doktor seiner strahlendsten Eroberungstechnik zu berauben – das wäre ja, als wollte ich einem Bettler das letzte Hemd stehlen.

Abgesehen davon blüht, als Teil der guten Phase, die ich gerade durchlebe, auch die Beziehung zu meinem Arbeitgeber auf. Dank dem Gott der Geburtenrate musste sich seine langjährige Assistentin, Schoschi Abecassis, von heute auf morgen beurlauben lassen, um wegen einer drohenden Fehlgeburt das Bett zu hüten. Bis eine passende Ersatzkraft gefunden ist, lässt sich Israel Riklis von seiner langjährigen Sekretärin und Praxisleiterin Aharona Pertschik assistieren, doch kommt es gelegentlich vor, dass Aharona bis zum Hals in Büroarbeit steckt, und dann eile ich dem Chef zu Hilfe.

Anfangs fürchteten wir uns beide vor dieser Zusammenarbeit, schließlich war allgemein bekannt, dass ich den Anblick schmerzgequälter oder blutender Patienten nicht gut ertrage, doch die Fügung, die mich eines schönen Tages zwang, Doktor Riklis bei der Extraktion eines Weisheitszahns zur Hand zu gehen, zeigte, dass die menschliche Seele, anders als der Körper, vom Verstreichen der Zeit profitiert und dass dies eine förderliche und kräftigende Wirkung auf sie hat. Beweis: Die verängstigten Augen des kleinen Tal-Tal Rosenbaum, während Israel ihm sechs Betäubungsspritzen verpasste, die Zange in der Hand des Arztes, ja sogar die Extraktion selbst – alles Dinge, an die ich früher nicht einmal denken durfte, ohne dass ich gleich in Ohnmacht fiel –, weckten in mir diesmal nichts als Neugier. Auch als Tal-Tal aus dem Behandlungsstuhl hochkam, um seinen Mund zu spülen, konnte ich den Blick nicht vom strahlenden Rot des Blutes abwenden, das, mit Speichel vermischt, in das kleine Waschbecken troff.

In den darauf folgenden Nächten wurde ich häufig wach, noch umfangen von Träumen, die sich um Zahnextraktionen gedreht hatten und in denen ich mal Täter und mal Opfer war: Entweder führte ich die Operation durch – über einen Mund gebeugt, der ein bodenloser Abgrund ist, ziehe ich mit einem letzten Ruck den Zahn heraus, der nur noch an einem Faden am Zahnfleisch hängt –, oder aber ich war hilflos ausgeliefert – nicht ganz frei von einem gewissen Kitzel, gebe ich mich mit aufgesperrtem Mund den Handgriffen eines Wesens hin, das ich nicht sehen kann und das doch vollkommen gegenwärtig über mir und um mich herum zugange ist.

Ohne jede Spur von Angst, die derlei Gewaltakte normalerweise hätte begleiten müssen, fuhr ich mit weit aufgerissenen Augen in der vom Licht der Straßenlaternen erhellten Dunkelheit hoch und spürte nur irgendwie, dass ich Teil eines Spiels gewesen war, eines gefährlichen Spiels, bei dem das Risiko die unabänderliche Gesetzmäßigkeit und die klaren, schützenden Grenzen zusätzlich unterstreicht. Dann ging ein Anflug von erotischer Erregung durch meinen Körper, und manchmal lag ich minutenlang da und grinste in die Dunkelheit hinein. Doch nach einiger Zeit verblasste das Extraktionserlebnis, und die Träume hörten auf.

* * *

**Nach dem Wurf wird das Tigerweibchen erst wieder rollig, wenn die Jungen halbwegs selbständig sind (eineinhalb bis drei Jahre).**

* * *

**Und das Tigerbaby? Poetisch ausgedrückt:** Es ist, als hätte das Schicksal ein Stückchen Julisonne an sich gerissen und es aus irgendeinem Grund in unser Leben hineingeworfen. Und dieses Bild ist keine Übertreibung.

Davon abgesehen, dass seine exotische Erscheinung bei uns dreien die Produktion in jenen Drüsen anregt, die bei Frauen für die Reaktion auf zarte Säuglinge zuständig sind, liegt der eigentliche Reiz des Tigerbabys in der täglichen Pflege und Betreuung. Um seine Sinne zu stimulieren, läuft zu Hause ununterbrochen klassische Musik, und zwar ausschließlich Mozart und Vivaldi als Quell für Frohsinn und Vitalität. Darüber hinaus veranstalten wir fast jeden Tag eine kleine Show mit Wunderkerzen aus einem Spielwarenladen, und das Tigerbaby verfolgt, das Hinterteil zu Boden gedrückt, den Schwanz wie ein Pendel, tick-tack, rechts, links, gespannt die kleinen gleißenden Fontänen, bis es schließlich losstürzt, um die Funken zu fangen, und dann ist es frustriert, dass sie sich nicht kriegen lassen. Natürlich müssen wir auch weniger aufregende Teile des Pflegeprogramms absolvieren, zum Beispiel den Anus mit einem in lauwarmes Wasser getunkten Wattebausch stimulieren, um die Ausscheidung von Kot zu fördern; in der freien Wildbahn wird dies von der verantwortungsbewussten Tigermutter durch Lecken bewirkt. Doch auch diese tägliche Pflicht animiert uns zum Scherzen und sorgt für Spaß und Heiterkeit, genau wie die Pflege eines Menschenbabys.

Und so erfüllen Lebensfreude und Zusammenhalt mein Zuhause. Schließlich gibt es nichts, was zwei oder mehr Menschen stärker zu einen vermag als die gemeinsame Liebe für dasselbe Wesen.

Gleichzeitig muss ich gestehen, dass ich dem kleinen Tiger gegenüber gewisse Vorbehalte habe. Ich erkläre sie damit, dass ich in einer Familie aufgewachsen bin, in der nie ein Haustier gehalten wurde. Die Existenzangst meiner vom Leben in der Diaspora geprägten Eltern ließ sie vor allem zurückschrecken, was ihnen als exzentrisches Gehabe der Starken und Selbstsicheren, der Grundbesitzer und Landesherren vorkam, und abgesehen von diesem standesbedingten Argwohn waren sie überzeugt, zahme und unnütze Haustiere seien von Natur aus schmutzig und würden Krankheiten übertragen. Daher ging ich mit dem Tigerbaby etwas rauer um: ohne Bewunderung oder Zärteleien, eher wie Bauern mit ihren Kühen und Pferden umgehen.

Diese sozioanalytische Erklärung ist für die Ohren der mir am nächsten Stehenden, sprich Michaela und Ninusch, bestimmt. In meinem tiefsten Innern weiß ich, dass mich das Tigerbaby, wenn ich ehrlich bin, auf eine andere Weise verunsichert. Das sitzt bei mir ziemlich tief unter dem brüchigen Deckmäntelchen der Vernunft und ist mit dem diasporisch angehauchten Sauberkeitsfimmel einer Tochter aus bescheidenen Verhältnissen längst nicht abgetan, aber wenn ich den gelben Tigerblick spüre, der mich bei meinen täglichen Verrichtungen auf Schritt und Tritt verfolgt, läuft mir jedes Mal ein Schauer über den Rücken.

Ninusch ist inzwischen zur Hauptbetreuerin des kleinen Tigers geworden, und die Energie, die ihre beiden Körper in jede Richtung abgeben, wirkt zweifelsohne ansteckend und treibt alle und alles um sie herum an, wie Solarenergie.

Seit ich meine Freundin kenne, habe ich sie nie so strahlen und von Lebenskraft strotzen sehen. Jeden Morgen steht sie bei mir auf der Matte, ausgestattet mit geruchsbindendem Katzenstreu, Milchpulver, vitaminreichem Dosenfutter. Ihr ganzer Lebenszweck besteht darin, dem Tigerbaby optimale Bedingungen für ein glückliches Leben zu bieten, und wenn die beiden genug durch die Wohnung getobt sind und sich ausgespielt haben und der Zögling auf Ninuschs Schoß einschlummert, steckt meine Freundin ihre Nase in eine alte Ausgabe des *National Geographic*, die einzig und allein dem Bengalischen Tiger gewidmet ist, der Unterart, der unser kleiner Bengel angehört.

Offenbar ist selbst Ninuschs Körper jetzt kräftiger, ihre

Stimme hat eine neue Präsenz, und ihre Bizepse haben sich herausgebildet und wölben sich vor wie Äpfelchen, wenn sie das Tigerbaby, das sich prächtig entwickelt, mit sich herumschleppt. Manchmal mache ich mir Sorgen, dass ihre Spiele zu gefährlich sind. Die flaumige Niedlichkeit täuscht, der kleine Tiger besitzt nicht das häusliche, sanfte Wesen eines Haustiers, und je mehr Zeit ins Land geht, desto stärker zeigt sich seine wilde Natur: Hat er Ninusch bei einem Wettlauf eingeholt, so kratzt und beißt er sie gnadenlos und verletzt ihre dünne Haut, und die starken Zähne und Klauen, eigentlich dazu da, sich in das Fleisch von Wildrindern zu graben, die sich in der Nähe abgelegener indischer Dörfer tummeln, hinterlassen leuchtend rote Spuren an Ninuschs Beinen und an ihrem Hals. Doch sie ist stolz und glücklich über die Entwicklung ihres Schützlings, stopft ihm zerbröselte Kalziumtabletten in den Rachen, um seine Mordinstrumente zu stärken, und streichelt ihn mit wunden, blutigen Händen: »Brav, und jetzt schlucken, schluck's runter, du Schlingel, sonst musst du zu Doktor Israel in Behandlung.«

Für die vielen Kratzer an Ninuschs Arm müssen die beiden alten Perserkatzen Jim und Jules herhalten, die wir mit Michaelas Taxi für Ninusch von der Tierschutzorganisation *Lasst die Tiere leben* geholt haben. Jetzt wohnen sie bei Leon und Ninusch, und er schimpft mit ihr, sie müsse besser auf sich aufpassen, auf ihre Gesundheit, ihre Schönheit, immerhin seien Verletzungen aller Art bei ihr ein ›ganz heikles Thema‹. Doch Ninusch wehrt sich mit einem »Nein-nein-nein« ihres scharfkantigen Kinns, die Katzen machten sie froh und glücklich, sagt sie, und schon zieht Leon den Schwanz ein: Ein halbes Himmelreich für seine charmante Eisprinzessin. Wahrscheinlich denkt er, solange die Gute sich der Pflege ihrer Haustiere widmet, hat sie wenigstens keine Zeit für Dummheiten.

Gelegentlich finde ich bei mir zu Hause an allen möglichen Stellen Merkzettel, auf denen Ninusch Sätze über die Natur des Bengalischen Tigers notiert hat, wie Kameen, die auf den häuslichen Zauber ihres kleinen Lieblings aufmerksam machen und Ninusch daran erinnern sollen, dass sie ihr Schicksal mit dieser königlichen Wildkatze verknüpft hat.

Zum Beispiel:

* * *

**Von der Nase bis zur Schwanzspitze messen männliche Bengaltiger bis zu 3 Meter. Etwa ein Drittel davon nimmt der Schwanz ein. Männliche Exemplare bringen bis zu 250 Kilogramm auf die Waage, Weibchen etwas weniger.**

* * *

**Der Bengalische Tiger (panthera tigris tigris) lebt vorwiegend in Indien, doch sind Vertreter seiner Art auch in Nepal, Bangladesch, Bhutan und Burma zu finden.**

* * *

**Der guten Ordnung halber** hat Leon Ninusch zu einem bekannten klassischen Homöopathen und Ernährungswissenschaftler geschleppt. Die von ihm verschriebene Tagesration an Vitaminen und Mineralien – ausreichend für ein ganzes Stadion Skorbut- und Rachitiskranker – soll Ninuschs Körper widerstandsfähiger machen und sie gegen die Plagen dieser Welt schützen. Trotz der Zweifel, die ich anbrachte, als Ninusch Dutzende dunkler Glasfläschchen mit allen möglichen Kapseln aus der Tasche holte und mir zeigte, wurde ich schon bald eines Besseren belehrt: Es dauerte keine drei Wochen, bis die alternative Behandlung anschlug und Ninuschs Wunden abheilten – für ihre Verhältnisse ungewöhnlich schnell.

Im Gegensatz zu mir weigerte sich Michaela, ihren anfänglichen Argwohn aufzugeben. Sie musterte die Fläschchen aus Ninuschs Handtasche und verzog abschätzig den Mund.

»Bestimmt strotzt das Zeug von Cortison. So ein Medikament kann ich auch erfinden.«

Ninusch stritt alles mit ihrer üblichen Kinnbewegung ab und gestand uns schon bald, dass sie die Kapseln gar nicht erst schluckte, sondern direkt in den Mülleimer beförderte. Ihre Behauptung beeindruckte Michaela kein bisschen. Sie hatte fünf Kinder großgezogen, und ihre langjährige Erfahrung im Umgang mit dem öffentlichen Gesundheitswesen hatte sie überzeugt, dass nur zwei Medikamentarten überhaupt eine Wirkung im Körper entfalteten, nämlich Steroide und Antibiotika.

»Aber ich sag dir doch: Ich schlucke nichts von dem Zeug!«

»Dann streut er es dir eben ins Essen.«

»Das hätte ich längst am Geschmack gemerkt!«

»Dann löst er es wahrscheinlich in Wasser auf und spritzt es dir im Schlaf, wie der Typ, der seiner Frau Benzin injiziert hat.«

»Du bist ja paranoid!«

»Das nicht, aber ich kenne das Leben im Allgemeinen und die Männer im Besonderen.«

»Ich etwa nicht?«

»Doch, schon, aber eben nur unterhalb der Gürtellinie.«

Ich will mich nicht einmischen, zwischen Ninusch und Michaela wächst eine eigenständige, von mir unabhängige Beziehung heran, und ich genieße es zu beobachten, dass Ninusch bei ihren Streitereien mit Michaela ein neues Selbstbewusstsein an den Tag legt: das Selbstbewusstsein eines Menschen, der es gewohnt ist, von seiner Umgebung ernst genommen zu werden. In solchen Momenten geht Ninuschs Stimme mal rauf und mal runter, klingt elastischer, wärmer, nuancenreicher, so dass sie sich insgesamt weniger monoton anhört, man könnte fast behaupten: melodiös.

»Das ist Unsinn, absoluter Unsinn, Michaela, der Tiger stärkt eben mein Abwehrvermögen. Er besitzt Heilkräfte. Wusstest du, dass man in China Tigerknochen zu einem Pulver mahlt, das die chinesischen Männer zur Stärkung ihrer Manneskraft schlucken?«

Michaela stellt das Fläschchen mit den Vitaminkapseln auf die Arbeitsplatte in der Küche. Sie nimmt die mitgebrachten Gemüsebratlinge aus dem Plastikgefäß und legt sie auf einen Servierteller.

»Wozu brauchen die Chinesen so viel Manneskraft«, fragt sie, »wo sie doch eh nur ein Kind kriegen dürfen? Wer nachts im Bett seine Frau nur belästigt, braucht keine Pülverchen. Da hast du einen Bratling auf die Hand. Iss lieber was, anstatt hier solchen Mist zu verzapfen.«

»Mann, Michaela, musst du immer provozieren!«

Ninusch setzt das Tigerbaby ab, springt Michaela von hinten an und klammert sich an ihr fest, indem sie ihre Gummibeine um Michaelas Hüften schlingt und tut, als wollte sie ihr die Zähne in den Nacken schlagen.

»Dein Glück, dass du so lecker riechst.«

Michaela versucht vergeblich, die menschliche Krake abzuschütteln, und wird aus unerfindlichen Gründen rot.

In letzter Zeit fällt Ninusch auch alles Mögliche von früher ein, aber sie berichtet davon nicht emotionslos und sachlich wie sonst, sondern in lebendigen, atmenden Bildern, die in ihren Augen ein Licht aufglühen oder erlöschen lassen. Das neue Phänomen bezieht sich vornehmlich auf eine ganz bestimmte Kindheitserinnerung, nämlich den Film *Die Löwin Elsa und ihre Jungen*, den sie unzählige Male mit ihrer Mutter gesehen hat und der von einer Löwin handelt, die von Menschen aufgezogen und als erwachsenes Tier in die Freiheit entlassen wird.

»Aber da geht's um einen Löwen in Afrika, und was du hier hast, ist ein Tiger aus Indien, ein völlig anderes Tier!«, kreischt Michaela, die es sehr genau nimmt, während ich ein Interesse verspüre, wie man es neuen Beweisen entgegenbringt; zwar hatte Ninusch mir schon alle möglichen Belanglosigkeiten erzählt, die mit den Erinnerungen an ihre Mutter zusammenhingen, doch aufgrund ihres distanzierten Verhaltens, ihrer idiotischen Art und ihres krankheitsbedingt laschen Körpers war sie dabei wie abgeschnitten gewesen von der natürlichen Lebendigkeit, die meiner Meinung nach allen Sterblichen eigen ist. Jetzt dagegen zeigt sich bei ihr ansatzweise ein Zukunftsbewusstsein, wie die späte Knospe einer einjährigen Pflanze. Früher verursachte schon ein bevorstehender Kinobesuch bei Ninusch einen solchen inneren Aufruhr, dass sie vor lauter Verwirrung nur noch Löcher in die Luft starrte. Jetzt dagegen schmiedet sie Pläne, um das Tigerbaby zurück nach Bengalen zu bringen. In der Ecke des Schlafzimmers, wo sein Schlafkissen liegt, hat Ninusch die Indienkarte, die sie aus dem *National Geographic* herausgerissen hat, aufgehängt und die Schutzgebiete der Tiger grün markiert.

* * *

**Bei der Geburt wiegt ein Tigerbaby zwischen 800 und 1.500 Gramm und misst zwischen 31 und 40 Zentimeter. Die Augen öffnen sich ungefähr am zehnten Lebenstag.**

* * *

**Gleichzeitig hat Ninusch damit begonnen,** Mittel für die Reise zu ›organisieren‹. Zu diesem Zweck hat sie in der Wäschekammer, dem Raum, den Leon naturgemäß nie betritt, sorgfältig einen Schuhkarton versteckt, in dem sie die Gegenstände hortet, die sie regelmäßig von Leons Schätzen mopst. Dior-Manschettenknöpfe aus 24-karätigem Gold, eine etruskische Onyx-Statuette, ein vierhundert Jahre altes Tintenfass aus Frankreich, ein seltenes Fabergé-Ei, ein Collier aus Smaragden und Rubinen von Bulgari, Replik eines römischen Colliers, das einst Messalina besessen haben soll, und noch etliche andere Pretiosen. Michaela und ich hoffen und beten, dass Leon mittlerweile vergessen hat, was er alles besitzt. Ehrlich gesagt, mache ich mir deswegen ziemlich große Sorgen, aber das behalte ich brav für mich.

Anders Michaela, die mit ihren Prophezeiungen keineswegs hinterm Berg hält.

»Am Ende erwischt er dich, dieser Hitler, dann macht er einen Zelluliteklumpen aus dir, dass nicht mal dein Simba weiß, wie er ihn fressen soll.«

Doch Ninusch schüttelt nur lächelnd das Kinn: Nein-nein-nein, null Risiko.

In der Tat herrscht an der Leonfront zur Zeit Ruhe und Frieden. Wie das kommt? Nun, Leon ist beschäftigt. Infolge des phänomenalen Erfolgs seines *Lady's Little Shaking Friend* wurde Leon vom Verband der Herausgeber von Frauenzeitschriften in Israel zum Mann des Jahres gekürt, eine allseits hoch begehrte Auszeichnung. Und angeblich bedeutet ihm, wie er selbst sagt, sein internationaler Ruhm nichts im Vergleich zu dieser Ehre, die ihm hier, im Land seiner Väter, zuteil wird.

Da es nun aber mal das Schicksal eines Stars ist, seine Zeit der Öffentlichkeit zu widmen, ist Leon bis obenhin mit Auftritten bei allen möglichen Frauentreffen beschäftigt; er lässt sich mit Aktivistinnen von Frauenhäusern, Vertreterinnen der Liga zur Bekämpfung von Brustkrebs, Fotomodellen, Schauspielerinnen, weiblichen Knessetabgeordneten, Botschaftergattinnen und sogar mit der Ehefrau des Präsidenten ablichten, hat Auftritte in Nachrichtensendungen und Talkshows, bei Promotion-Events für neue Parfüms und bei Restauranteröffnungen, und überall schwingt er Reden über feministische Themen wie Gewalt in der Familie und die Unterdrückung der Frau in der drusischen Bevölkerung.

Zum Beispiel: Leon sitzt einem investigativen Moderator gegenüber und setzt ihm irgendein Dilemma auseinander, an dem sich in der Öffentlichkeit die Geister scheiden. Sollen wir jeder ethnischen Minderheit ermöglichen, die eigene Kultur zu leben, einen eigenen Lebensstil, eigene Bräuche zu pflegen?

Haben wir das Recht, uns in die Angelegenheiten einer drusischen Großfamilie einzumischen, die entschlossen ist, einen ihrer Söhne abzuschlachten, weil er die Familienehre besudelt hat? Was hat Vorrang, wenn es um die Diskriminierung von Minderheiten geht – Ethnisches vor Geschlechterspezifischem? Geschlechterspezifisches vor Gesellschaftlichem? Welche Anschauungen fallen stärker ins Gewicht, die drusischen oder die feministischen?

Michaela knackt geräuschvoll Pistazien und bringt Ninusch, die sich gerade darüber aufregt, dass Plateausohlen für out erklärt wurden und Stilettoabsätze wieder Einzug halten, unwirsch zum Schweigen.

Der Moderator wirkt verloren; die moralische Frage, die Ninuschs Lebensgefährte aufgeworfen hat, ist alles andere als leicht zu klären.

»Darauf gibt es nur eine Antwort«, grinst Leon ihm ins Gesicht. »Hier geht's um ein Menschenleben. Das Leben eines Menschen steht an oberster Stelle.«

Eigentlich dürfe sich der westliche Mensch in die alten Traditionen des Orients, wie sie am Beispiel dieses Falls zum Ausdruck kämen, nicht einmischen, außer eben wenn es um ein Menschenleben gehe, bekräftigt Leon noch einmal und unterstreicht seine Aussage mit Zitaten des politisch engagierten Intellektuellen Edward Said.

Michaela ist von Leons Argumentationslinie schwer beeindruckt und wundert sich laut, dass ein intelligenter Mann wie Leon im Umgang mit Ninusch so irrational und so rasend eifersüchtig sein kann. Ich helfe ihr kurz auf die Sprünge.

»Die Vernunft gehört zwar zu den Anlagen des Menschen, doch das allein sorgt noch lange nicht dafür, dass er auch vernünftig handelt. Was ist wohl deiner Meinung nach während der Schoah passiert? Wo war da die Logik, die Vernunft? Schließlich sind die Deutschen auch ein intelligentes Volk. Was hat Intelligenz mit menschlichem Verhalten zu tun? Lies Schopenhauer.«

Wer hätte gedacht, dass ich jemals Spaß daran fände, meinen Vater zu zitieren?

»Da ist was dran«, stimmt Michaela mir zu. »Aber tu mir einen Gefallen und gib mir eine mündliche Zusammenfassung von diesem Scho-blabla, ich kann so was nämlich nicht lesen, bloß israelische Originalliteratur.«

Da unser Leon zu einer persona gratissima avanciert ist, scheut man sich nicht, ihn auch zu brennenderen Themen zu befragen, zum Beispiel zu den Verhandlungen mit den Syrern. Wie bewertet er den einseitigen Rückzug? Und die Chancen für eine Wiederaufnahme des diplomatischen Prozesses? Was meint er zu dem Massaker in Dschenin oder der Entsorgung von Giftmüll in die Kischonmündung? Hält er den EU-Beitritt Israels bis zum Ende des Jahrzehnts für realistisch? Wo vermutet er Bin-Laden? Und was hat er zum Mord an Arlosoroff zu sagen?

Wie wenn das noch nicht reichte, wird zur Zeit auch noch ein 60-minütiger Dokumentarfilm über Leons Leben gedreht. Und wer nimmt als Ehrengast an der bevorstehenden Misswahl teil? Dreimal dürft ihr raten.

Die Ehren, mit denen er überhäuft wird, und der Rummel um seine Person versetzen Leon in eine melancholische Stimmung mit philosophischem Unterton. Wenn er spät nachts heimkehrt, bettet er seinen Kopf auf Ninuschs Schoß, streichelt ihr die trockenen bläulichen Knie und weint. Dass sie beide unter der Beziehung litten, sagt er, liege an der Abhängigkeit, die er ihr gegenüber entwickelt habe. Nie habe er irgendjemanden so sehr geliebt wie Ninusch, und seine Liebe mache ihn rasend und hilflos und sorge dafür, dass er sich nicht kontrollieren könne. Die Angst, dass Ninusch ihn womöglich verlassen könnte, treibe ihn in den Wahnsinn. Leon heult, benetzt mit seinen Tränen und seinem Rotz Ninuschs Rock, fleht um Vergebung und bekniet sie, ihm Treue zu schwören. Und Ninusch legt ihm eine kühle, schmale Hand auf die Stirn und sagt: »Hör auf, Leon, das reicht, ich gehe nirgendwo hin.« Zum Beweis lässt sie sich von ihm ins Badezimmer tragen, wo er ihr den Kopf waschen, den Rücken einseifen, ihr vorsichtig die Achseln rasieren darf; anschließend lauscht sie, im wohlriechenden Schaumbad liegend, Krylovs Fabeln, die sie über alles liebt und die Leon ihr, auf dem Klodeckel sitzend, mit getragener Stimme vorliest.

In Leons Augen ist Ninuschs Angst vor Armut eine Begierde, und er tut alles in seiner Macht Stehende, um das, was er für Begierde hält, zu befriedigen. Wenn er nicht zu Hause ist, kommen alle naselang Boten und überbringen üppige Blumensträuße, weiße Lilien oder Neuzüchtungen wie hellblaue Rosen, Sandalen von Manolo Blahnik, Sonnenbrillen von Prada, eine Schatulle mit alten chinesischen, aus Elfenbein geschnitzten Schachfiguren, Tüten mit Designerklamotten, die niemand tragen wird, neue Romane, die ungelesen, CDs mit fantastischen Aufnahmen von Prokofjew und Debussy, die ungehört bleiben.

Wenn Ninusch abends nach Hause kommt, erwarten sie vor der Wohnungstür Pralinenschachteln von Godiva, Flaschen von Mouton Cadet und Dom Pérignon, Kunstwerke von Gershoni und Kadishman, eine kleine Zeichnung von Picasso, teures Reispapier, japanische Tusche und Pinsel, mit denen Ninusch gern Minotauren malt (ein Hobby, das sie seit der Ankunft des Tigerbabys aufgegeben hat), und dann dauern sie die Boten, die ohne Trinkgeld abziehen mussten, weil Ninuschs Anwesenheit woanders dringender benötigt wurde.

Manchmal ruft Leon sie auf dem kleinen Handy an, das er ihr extra und ausschließlich zu diesem Zweck gekauft hat. Ninuschs zugeknöpfter Blick Michaela und mir gegenüber lässt keinen Zweifel, dass ihr diese Anrufe – mal glühende Liebeserklärungen und mal Drohungen, immer schön im Wechsel – peinlich sind, und sie verschwindet schnell in die Küche, um sich dort anzuhören, was Leon ihr zu sagen hat. Als Antwort auf seine unvermeidliche Frage, was sie denn gerade treibe, haucht sie die lakonischen Phrasen in die Sprechmuschel, deren es bedarf, ihn zu beruhigen. Doch insgesamt hält sich der Preis, den Ninusch für Leons lange Abwesenheiten im Moment zu zahlen hat, ziemlich in Grenzen. Er findet nicht mal die Zeit, Ninusch zu verprügeln. Da soll noch mal einer sagen, Ruhm verderbe den Menschen.

* * *

**Das Besondere an den Bengaltigern im indischen Ranthambore-Nationalpark ist, dass sie häufig auch tagaktiv sind.**

* * *

**Anders als Leon hat unsere Michaela** ziemlich viel Leerlauf. Ihr in New York lebender Ex-Mann Meir, der in Manhattan einen Laden für Elektrogeräte und Souvenirs betreibt, hat die Kinder für die Sommerferien zu sich eingeladen, und Michaela hat für alle außer Moran, den Soldaten, ihren Ältesten, der in Dschenin dient, einen Charterflug gebucht. Da die Lage in den besetzten Gebieten angespannter ist als sonst, lenkt sie sich damit ab, dass sie Ninusch aufpäppelt und deren Horizont erweitert; überhaupt hält sie sich so häufig wie irgend möglich in ihrer Nähe auf.

Sie kommt stets unangemeldet und mit selbstgekochtem vegetarischem Essen beladen zu uns, und dann schauen wir zu dritt Modekanal und oder zappen uns durch die Programme auf der Suche nach Leons aktuellem Fernsehauftritt.

Michaela muss sich nützlich machen, im Sich-nützlich-Machen besteht ihre raison d'être. Nur indem sie all die praktischen Dinge tut, die es ihr ermöglichen, heldenhaft ihr Leben zu bestreiten, das kein Zuckerschlecken ist, kann sie die tief empfundenen Gefühle ausdrücken, die sie für Ninusch hegt. Und auch wenn sie selbst noch nicht recht begriffen hat, warum sie sich zu meiner Freundin hingezogen fühlt, spüre ich ihre verborgene, aber stürmische Gefühlslage, die weit über die mütterliche Sorge hinausgeht, die Michaela als Tarnung dient.

In letzter Zeit trägt sie sogar öfter bunte Röcke statt der ewigen Jeans und steckt ihr Haar, dessen herausgewachsene Ansätze sie hat nachfärben lassen, mit einer neuen, strassbesetzten Spange hoch. Dafür bringt mich der Duft von Gaultier, der von ihr ausgeht, auf die Palme; zu intensive Düfte im Sommer machen mich ganz kribbelig.

Dennoch muss ich zugeben, dass mir die quirlige Taxifahrerin auch irgendwo Leid tut, vielleicht schmerzt es mich sogar für sie – ich kenne ja Ninuschs Wirkung auf ihre Umgebung. Doch was Ninuschs Schönheit an Gefühlen auslöst, hat rein nichts mit Absicht zu tun. Ich weiß haargenau, dass meine Freundin weder mutwillig noch vorsätzlich handelt. Was sie antreibt, ist eher ›schopenhauerisch‹, wie mein Vater wahrscheinlich sagen würde: ein amorpher, absolut instinktgesteuerter Wille, wie der Lebenswille einer Amöbe oder eines Pantoffeltierchens.

Etwas, worauf ich stolz bin – und zwar ohne falsche Bescheidenheit –, ist ein strenges Misstrauen mir selbst gegenüber, vor allem wenn ich die Beweggründe für mein Handeln hinterfrage – eine wunderbare Eigenschaft, die ich von meiner Großmutter Rachela geerbt habe. »Wenn du jemals Zweifel hast, ob das Prinzip dich wütend macht oder das Geld: in neunzig Prozent der Fälle ist es Letzteres«, hatte sie immer zu mir gesagt, wenn ich ihr damit in den Ohren lag, dass ich mich von Doktor Boiangiu permanent ausgenutzt fühlte.

Und genau diese Eigenschaft sorgte dafür, dass es eine Weile dauerte, bis der Entschluss in mir heranreifte, Michaela beiseite zu nehmen, um sie zu warnen: Ich wollte absolut sicher sein, dass ich nicht aus kleinlichen Besitzansprüchen heraus handelte, und ließ eine Woche um die andere verstreichen, ehe ich zur Tat schritt.

Ich passte den richtigen Zeitpunkt ab, und als Ninusch einen idyllischen Abend mit ihrem Freund Leon verbrachte, während Michaela mir half, alte Sachen vom Zwischenboden zu holen und zu sortieren – einer meiner nächtlichen Anfälle –, schlug ich zu.

»Du solltest ein bisschen vorsichtiger sein, Michaela«, sagte ich. »Du musst unbedingt auf dich aufpassen. Ninusch kann einen sehr täuschen, wenn auch nicht aus böser Absicht. Ich kenne sie gut genug, um dich zu warnen: Da wird nichts draus. Kschscht, weg da!« Ich versetzte dem Tigerbaby einen sanften Tritt; es hatte sich angewöhnt, sein Spielfeld auf einen Umkreis von einem halben Meter um mich herum zu beschränken – eine nervige Unart.

»Wo wird nichts draus?«

Bildete ich es mir nur ein oder ging tatsächlich ein leichtes Beben durch die Leiter, auf der Michaela gerade mit einem alten Toaster Oven in der Hand stand? Das Tigerbaby hörte auf, die mit Watte ausgestopfte Armeesocke von Moran, dem Soldaten, zu zerbeißen und starrte mich verwundert an.

»Na ja, also, jedenfalls nicht das, was du dir denkst, sprich, dir erhoffst. Mit Ninusch, meine ich.«

Vielleicht weil ich Widerstand erwartet hatte, war ich überrascht, ja fast gekränkt, dass Michaela mit unerklärlicher Seelenruhe zurückgab: »Mach dir um mich keine Sorgen, Lilly. Ich bin, wie man so schön sagt, eine alte Hure, mich kann nicht mehr viel verletzen oder erschrecken. Und vielleicht noch wichtiger: Ich will gar nichts von ihr. Du kannst also ganz beruhigt sein.«

Mir blieb nichts übrig, als vorgeblich ungerührt mit den Achseln zu zucken, eine Geste, die besagen sollte: Wie du willst, ich habe getan, was ich konnte. Das Tigerbaby nahm sein Spiel wieder auf; jetzt zog es mit den Zähnen Wattefasern aus dem Loch, das es in den Strumpf des Kämpfers gerissen hatte.

Seither verfolge ich die Beziehung zwischen Ninusch und Michaela von einem vorurteilsfreien, neutralen Standpunkt aus. Soll jede Frau ihren eigenen Weg gehen, ihre Fehler machen, ihre Erfahrungen sammeln. Schließlich ist die Harmonie, die zwischen uns herrscht, so vollkommen, dass man glatt meinen könnte, ihr wohne eine selbsterhaltende Kraft inne, als bestünde sie aus Materie und nicht aus der schieren Energie, die von drei Frauen und einem Tierbaby ausgeht.

Außerdem weiß kaum jemand besser als ich, dass Menschen manchmal etwas anderes in einem auslösen als zunächst erwartet, was dann aber im Endeffekt oft mindestens ebenso bereichernd und lohnend ist, weil man eine Überraschung erlebt. Taro hat meine alte Sehnsucht wieder aufgerissen und mich anschließend entschädigt, indem er mir das Tigerbaby schenkte. Wer kann sagen, welchen Segen Ninuschs stille, eisbergartige Gestörtheit der Taxifahrerin eines Tages bringt?

* * *

**Das Gebrüll eines Tigers ist im Umkreis von bis zu 4 km zu hören.**

* * *

**In Fotoalben blättern** gehört zu den Lieblingsbeschäftigungen der beiden.

Da meine Eltern nie einen Fotoapparat besessen haben, stammen sämtliche Bilder, die mein Leben dokumentieren, von Berufs- oder Hobbyfotografen, die Premierenfeiern im Jiddischen Theater ebenso für die Nachwelt festhielten wie Familienfeste. Viele Bilder sind es nicht, und Ninusch kennt sie inzwischen in- und auswendig.

Dagegen sind die Bilderschätze, die Michaela zu bieten hat, für Ninusch eine wahre Goldmine. Seit sie ihren Albenberg zu mir geschleppt hat, hält Michaela meine Freundin mit langatmigen Geschichten über die Eltern und den Ex-Mann sowie die Kinder samt ihren jeweiligen Begabungen, Krankheiten, Weisheiten und Vergehen in den verschiedenen Entwicklungsstadien im Bann, und Ninusch, völlig verzaubert von der bloßen Existenz des Phänomens Familie, das Michaela ihr darbietet, und an jedem einzelnen Detail – Geburtsdaten, Hobbys, Familienurlaube, Haustiere – interessiert, saugt jedes Wort mit offenem Mund und zusammengezogenen Brauen auf. Und wen wundert's? Ninuschs Leben war von jeher so sehr von Nichtzugehörigkeit und Außenseitertum geprägt, dass die Vorsilbe ›Stief‹ glatt ihr zweiter Vorname hätte sein können. Dieses Gestiefe zieht sich durch Ninuschs Leben wie das Geratter eines teuflischen Traktors, der verlorenen jungen Mädchen den sicheren Hort der Norm verwehrt, und Abnormität war bei Ninusch vom ersten Tag an Programm: erst die angeborene Krankheit, später ein Stiefvater, nämlich der Mann, den die Mutter zwei Jahre vor ihrem Selbstmord heiratete und dem sich kurz nach dem Suizid, als der Witwer eine Maschinenbauerin zur zweiten Frau nahm, noch eine Stiefmutter hinzugesellte. Schon ein Jahr später konnte Ninusch sich mit einem Stiefbruder und einer Stiefschwester brüsten, denn dem frisch gebackenen Paar wurden Zwillinge geboren. Richtig wild wurde es allerdings erst, als die Familie nach Israel auswanderte, wo Ninuschs Stiefanverwandtschaft rasant zunahm, vergleichbar mit einem Anschauungsversuch in Physik für die Unterstufe zum Thema Geschwindigkeitszuwachs von Gegenständen im freien Fall. Von beiden Stiefelternteilen kamen blutsverwandte und angeheiratete Onkel und Tanten, Cousins und Großcousins, Cousinen, Nichten und Neffen hinzu – natürlich allesamt ›Stief‹. Und in der Person des uralten Onkels der Stiefmutter bekam Ninusch sogar einen Stiefgroßvater, wenn auch spät im Leben, wie einen Weisheitszahn, der erst im Erwachsenenalter durchbricht, und ebenso dick und gelblich.

Zufall und Wandel sind die beiden Merkmale, die Ninuschs Einmaligkeit ausmachen. So gesehen ist Michaela die personifizierte Beständigkeit. Ihre Anwesenheit in der Welt ist nicht nur mit der eines Felsens vergleichbar, nein, dieser Fels gehört zu einem Gebirgszug, der wiederum untrennbar mit der Erde verbunden oder, ganz hoch gegriffen, fester Bestandteil unseres Universums ist. Gegensätze ziehen sich an – auch das ist Physik, auch das ist ein natürliches Phänomen.

»Eines ist sicher«, doziert Michaela, an Ninusch gewandt. »Am Ende werden wir genau wie unsere Eltern, und wenn wir uns noch so sehr dagegen sträuben und uns fest vornehmen, alles anders zu machen. Ihr müsstet meinen Meir mal sehen. Ich hab mir extra einen Braven ausgesucht, einen, der mir am Rockzipfel hängt. Klein und picklig, der ruhige Typ. Mir war alles recht, sogar was meine Kinder an Genen mitbekommen würden, spielte für mich praktisch keine Rolle, Hauptsache, er war nicht so einer wie mein Vater! Mein Vater seligen Angedenkens hat uns alle naselang sitzen lassen, jedes Mal wegen einer anderen Schlampe, aber sobald er ihr ein, zwei Kinder angehängt hatte, kam er zurück, ›Hallo, da bin ich wieder‹, und hat meiner Mutter das Leben sauer gemacht. Meirs Familie hatte ein Elektrogeschäft im Zentrum, und er stand da im Laden. Kein Hingucker. Ein Nichts, verglichen mit meinem Vater, der einfach umwerfend aussah. Ich war überzeugt: Was Sicherheit und Ruhe für alle Zukunft angeht, hab ich Gott am Sack gepackt. Und dann hat sich alles eins zu eins wiederholt. Meir hat sich aus dem Staub gemacht, als Moran Bar-Mizwa wurde, jetzt lebt er schon in dritter Ehe, und selbst die ist garantiert nicht seine letzte.«

»Und worin bin ich meiner Mutter ähnlich?« Ninusch tut, als hätte sie nicht die geringste Ahnung.

»Das fragst du noch? In deiner Schlampenhaftigkeit, die, wie man so schön sagt, ihresgleichen sucht!«

Michaela hält mit ihrer Meinung nicht hinterm Berg; aus den bruchstückhaften Informationen ihrer kleinen Freundin hat sie sich eine eigene Version von deren Lebensgeschichte zusammengebastelt.

Mit der eindeutigen Genetik ist es bei Ninusch in der Tat so eine Sache. Wie die Dinge liegen, wird sie wohl nie herausfinden können, wer ihr biologischer Vater ist, denn in der Nacht, als ihre Mutter, Lidotschka Arsenjewa, geschwängert wurde, zählten zum Kreis der potenziellen Erzeuger dreißig Tänzer aus dem corps de ballet des berühmten Kirov-Ballets, ferner der Choreograf, der PR-Fritze und die drei Solisten der Truppe, die mit ihrer neuen Bearbeitung des *Nussknackers* durch die Provinz tourten und eben auch in Beriansk gastierten.

»Na ja, schon«, seufzt Ninusch und erkennt damit Michaelas Diagnose an. »Nur dass das mit der Schlampenhaftigkeit eben Veranlagung ist, was Medizinisches.«

Ich übertrage Michaelas Genetiktheorie auf mich, nehme mich als Tochter meiner Eltern unter die Lupe, suche Ähnlichkeiten, Unterschiede, Vorzüge, die in der Kreuzung unterschiedlicher Eigenschaften wurzeln. Was davon habe ich geerbt, was konnte ich bewusst abstreifen, was klebt an mir mit dem ganzen Gewicht des Unvermeidlichen? Doch zur Zeit gestaltet sich diese Selbstbetrachtung umständlich, unnatürlich, und ich muss mich mit dem zufrieden geben, was ich mit großen Augen beobachten darf, ohne dass es mich direkt betrifft: Ninusch, Michaela, Juli, Fernsehen ohne Ton, Aprikosen, Kinderstimmen von der Straße. Ein Sommerabend.

Mein Schweigen bereitet mir einen beinahe sinnlichen Genuss, und ich spüre, wie inhaltslos meine Worte sind, ohne dass ich sie ausgesprochen hätte. Ich versinke in Halbschlaf, Bilder aus der Vergangenheit brechen über mich herein, steigen auf und zerplatzen wie schillernde Seifenblasen, und ich frage mich, ob sie aus meiner Erinnerung stammen oder ob mein Unterbewusstsein mir nur etwas vorgaukelt.

* * *

**Die Paarung der Tiger ist in wenigen Sekunden vollzogen, doch während des stundenlangen Rituals finden meist mehrere Vereinigungen statt.**

* * *

**Ich sehe meine Mutter,** sie hört mit gespanntem Gesicht zu. Mein Vater hält ihre Hand. Wir sitzen am Esstisch, die gelbe Tischdecke ist übersät mit Papieren. Miki Gafni – langes Gesicht, lange Nase –, der von meiner Großmutter Rachela bestimmte Testamentsvollstrecker, erklärt uns die Einzelheiten ihres letzten Willens. Die Ersparnisse meiner Großmutter gehen in voller Höhe an meine Mutter, die Alleinerbin der Wohnung bin ich, die Enkeltochter.

»Natürlich gehört das Geld uns allen zusammen!« Die Augen meiner Mutter füllen sich mit Tränen.

»Wir sollten es klug anlegen«, merkt mein Vater an.

Ich zerknülle einen Zipfel des Tischtuchs. Woher meine plötzliche Unruhe kommt, kann ich nicht sagen. Etwas Künstliches liegt in der Luft und erfüllt den Raum wie der Duft eines Toilettendeos, aber was? Heuchelei? Lügen? Verrat?

Wenige Monate später äußert meine Mutter den Wunsch, sich bei einem israelischen Spezialisten in der Schweiz liften zu lassen. Mein Vater fährt aus der Haut. Reiner Wahnsinn! Wozu? Meine Mutter sei auch so schön. Außerdem sei das immerhin ein chirurgischer Eingriff und wie jede Operation nicht gerade ungefährlich. Doch sämtliche Einwände sind vergebens. Für sie ist es beschlossene Sache; dass sie uns davon unterrichtet, allein eine Frage der Höflichkeit.

Schon bald warten mein Vater und ich winkend vor dem Ausgang für ankommende Fluggäste, während meine Mutter mit einem Wagen voll Gepäck und verheißungsvollen Tüten aus dem Duty-free-Shop auf uns zusteuert. Als sie die große Sonnenbrille à la Jackie Onassis im Taxi vom Flughafen nach Hause abnimmt, sehe ich ein geschwollenes, teigiges Gesicht und dunkle Blutergüsse um die Augen, doch das alles kann nicht darüber hinwegtäuschen, dass sie nicht nur jünger aussieht, sondern sich auch bis zur Unkenntlichkeit verändert hat: eine tief greifende, wesentliche Veränderung. Von der kurzen, geraden Nase und der neuen Mandelform ihrer Augen mit den strengen Augenbrauen geht eine bedrohliche Fremdheit aus, deren Natur noch unklar ist und die dennoch bereits jetzt ihre Wirkung entfaltet und den Innenraum des Taxis mit dem Gefühl von Gefahr erfüllt, von Unglück im Verzug – eine gefährlich knapp unter der Oberfläche lauernde Mine, deren todbringender Mechanismus bei der kleinsten Erschütterung ausgelöst wird.

Es dauert nicht lange, da läuft sie hektisch in der Wohnung auf und ab, schlägt die Hände über dem Kopf zusammen wie eine der Theaterfiguren, die sie so oft gemimt hat; sie schäumt vor Wut über Monia Schneidermans Weigerung, sie in der prestigeträchtigen Produktion *Der jiddischer Kenig Lir* von Gordin die Cordalia spielen zu lassen.

Warum in Gottes Namen habe sie sich auf Messers Schneide begeben und eine plastische Operation über sich ergehen lassen, fragt sie uns. »Doch wohl, um sich auf dem Altar seines verf... – entschuldigt den Ausdruck – Theaters zu opfern!« Beweis: Mit ihrer neuen Schönheit, ihrer Jugendlichkeit überzeuge sie selbst die strengsten und scharfsichtigsten Zuschauer in der ersten Reihe. Leute hätten sie darauf angesprochen, es ihr direkt gesagt. Und dann ziehe dieser Päderast, dieser Schwachkopf, Monia, ihr eine dahergelaufene kurwa vom Babystrich aus Bessarabien vor, die noch keine Menstruation gesehen habe, als machten sie nicht Theater, sondern Cinéma vérité!

Ich sehe sie noch vor mir, wie sie meinem Vater und Poldi Rosentalis auf dem Balkon eine Schüssel große Wassermelonenwürfel und dazu ein Schälchen mit klein gewürfeltem bulgarischem Schafskäse auftischt. Poldi weigert sich trotz der Hitze hartnäckig, das Jackett seines hellen, an Diaspora gemahnenden Anzugs abzulegen; die israelische Zwanglosigkeit, die es Männern erlaubt, in Gegenwart einer Dame nur Hose und Unterhemd zu tragen, wie es mein Vater tut, ist ihm zutiefst zuwider.

Aus seinem rasanten, geschliffenen Jiddisch höre selbst ich einen fremden Hauch heraus, er stammt aus einer anderen

Stadt, aus einer anderen Welt, und ich stoße meine Gabel geistesabwesend in den Aschenbecher, weil mein Blick an Poldi Rosentalis' weißen Schuhen hängen geblieben ist – nackte, schmale Knöchel, übereinandergeschlagen mit der faszinierenden Lässigkeit, die langgliedrige Leute einfach an sich haben.

Er redet praktisch ohne Punkt und Komma, beschreibt meinem Vater sein Lebenswerk, an dem er damals noch arbeitete: das *Vollständige Weltlexikon der jiddischen Kultur*. Meine Mutter nimmt sich heraus, gelegentlich eigene Erklärungen und Hinweise einzuwerfen, obwohl noch keine zwei Wochen vergangen sind, seit sie Poldis Forschungsassistentin geworden ist, und zwar, das soll betont werden, natürlich erst nachdem sie die Tür von Monia Schneidermans Büro mit derartiger Wucht zugeknallt hat, dass das gerahmte Foto von Monia Arm in Arm mit dem französischen Pantomimen Marcel Marceau von der Wand fiel.

Irgendetwas an ihrem Gesichtsausdruck lässt mich auch jetzt nicht los, vielleicht weil ich ergründen will, ob sich schon damals, in jenen Sommertagen, Anzeichen für ihre bevorstehende Flucht an ihr bemerkbar machten oder ob sie noch unschuldig war, ohne Geheimnisse. Doch auf einmal verschwimmt ihr Bild, löst sich auf und macht einem Nachfolger Platz, und so geht es immer weiter, ohne Ende.

Die Blasen im Unterbewusstsein steigen auf und zerplatzen, tauchen auf und sind plopp! wieder fort. Meine Lider sind bleiern und warm, und durch die weiche Wärme höre ich auf einmal Michaelas Stimme.

»Und du, Lilly, was meinst du dazu?«

Wohl wissend, dass Ninusch und Michaela entspannt auf dem Sofa liegen, öffne ich einen wimpernverhangenen Spaltbreit die Augen, ohne gänzlich wach zu werden, und sehe, dass Ninusch ihr zartes Gesicht Michaela nähert und ihr kaum hörbar zuflüstert: »Schschsch, lass sie schlafen, die Arme.« Michaela, beschwipst vom Pfirsichlikör, berührt Ninuschs kantiges Kinn, ihr Mund öffnet sich leicht, doch olé!, das Bild vor meinen Augen verschwindet im Bruchteil einer Sekunde: Das tollpatschige Tigerbaby hat seine Kräfte beim Versuch, mit einem einzigen Satz vom Fußboden auf meinen Schoß zu gelangen, überschätzt und verkrallt sich beim Abrutschen in meine weiße Galabija, es bleibt daran hängen, zieht Fäden heraus, ein Riss im Stoff, ein Kratzer am Oberschenkel, und schon bin ich hellwach, schüttele die Bestie ab: »Kschscht, weg da! Verschwinde, du Bandit, habt ihr das gesehen? – So ein Lump!« Ninusch holt den Kleinen schnellstens auf ihren Schoß, murmelt zärtliche Worte, schüttelt den Kopf über meine uneinsichtige Strenge: »Mensch, Lilly, jetzt aber wirklich!«

Ich geb's ja zu: Was den kleinen Tiger angeht, kommen meine pädagogischen Fähigkeiten, die mich zu einer der besten Dentalhygienikerinnen der Stadt machen, voll zum Tragen. Während Ninusch sich bei der Aufzucht des Kleinen von ihrem Gefühl leiten lässt, das aber wie alles, was jahrelang brachliegt, leider überhaupt nicht wie geschmiert funktioniert, gehe ich mit gesundem Menschenverstand an die Sache heran und setze, wie allerorten in den Beiträgen über Erziehung in *Welt der Frau* oder in den Freizeitbeilagen der Tageszeitungen zu lesen, auf klare Grenzen.

»Tut mir Leid, Ninusch, aber du kennst meine Einstellung: Grenzen müssen sein.«

Und wie um den grausamen Zauber der Autorität unter Beweis zu stellen, entwindet sich der kleine Tiger den Armen seiner Verteidigerin und legt sich mir zu Füßen: Mit seinem Katzeninstinkt spürt er genau, dass die Grenzen, die ich ihm aufzeige, seine kleine Welt abstecken, so dass er sich inmitten der unendlich vielen Eindrücke, die auf ihn einstürmen, sicher fühlen kann.

Auf Michaelas Wangen erscheinen rosa Flecken, aber sie findet schnell wieder zu ihrer sachlichen Nüchternheit.

»Okay, Leute, Ladenschluss! Wenn du willst, dass ich dich nach Hause fahre, Ninusch, musst du dich verabschieden.«

Der junge Tiger macht sofort Anstalten, meinen Freundinnen zu folgen, doch dann begreift er urplötzlich und bleibt, die glasklaren zitronenfarbenen Augen auf den Besuch gerichtet, stehen und rührt sich nicht mehr vom Fleck. Sein Platz ist hier. Hier ist er zu Hause.

Arme Michaela, arme alle, die unglücklich verliebt sind. Die Lust ist ein Nimmersatt, doch wie allgegenwärtig und quälend muss dieser Hunger erst sein, wenn man das Objekt der Begierde ständig vor der Nase hat!

* * *

**Der Tiger ist vom Aussterben bedroht.**

* * *

**Wieder Nacht.**

Obwohl ich tagsüber ständig hätte einschlafen können, bin ich jetzt hellwach und mache mir keine Illusionen: Genau wie in den vergangenen Nächten werde ich auch heute nur mit Mühe einschlafen können.

Es liegt an der Hitze, ich weiß das, selbst in der klimatisierten Wohnung holt die Julihitze mich ein. Ich werde den Druck nicht los, die Sommernacht ist gesättigt von Unruhe, ich werde mich wohl wieder im Bett wälzen, bis das graue Licht der Morgendämmerung durch die geschlossenen Rollläden dringt.

In solchen Nächten lerne ich kennen, was die Schlaflosen unserer Welt seit Menschengedenken kennen: den angespannten, unersprießlichen Wachzustand. Ein Wachzustand, mit dem man nichts anfangen kann. Jeder Versuch, die leeren Stunden mit Beschäftigungen zu füllen, die zum Tag und zum Licht gehören, ist zum Scheitern verurteilt. Wörter und Buchstaben in Monatszeitschriften geraten zu bedeutungsleeren geometrischen Formen, der Fernseher zu einer entfremdeten, undurchlässigen Glasblase; was er an Sprache ausspuckt, ist gebrabbeltes Kauderwelsch, ein Echo des Urschreis. Aufräumen, Wäsche waschen und aufhängen, Nägel lackieren, Balkonblumen gießen – man kommt sich wie ein Roboter dabei vor, weil das schöne Gefühl fehlt, das mit diesen Tätigkeiten normalerweise einhergeht: Freude darüber, dass man die anfallenden Arbeiten Stück für Stück erledigt.

Und als wäre die Grenze noch nicht erreicht, gesellt sich zu meiner Schlaflosigkeit ein grässlicher Hunger. Klein und schleichend, zu nebensächlich, als dass man ihn wahrnehmen würde, solange ständig irgendwas passiert, wird er am Ende des Tages aggressiv. Alle Versuche, ihn zu bändigen, indem ich esse, bis ich pappsatt bin, enden im Chaos, und allmählich glaube ich, dass meine ungestillte Lust – wohl nichts anderes als eine chronische Krankheit? – zwischen den verschiedenen Abteilungen meines Körpers hin und her wandert, wie bestimmte Allergien, die ebefalls zunächst das Atemsystem befallen, anschließend die Haut reizen und dann wieder die Atmung, denn auch ich erlebe ständig wechselnde Empfindungen an ständig wechselnden Stellen, mal wirkt etwas stimulierend, dann wieder juckt es unangenehm, mal fühle ich mich sexuell, mal emotional ausgehungert, oder mein Herz fühlt sich leer an und im nächsten Moment ist es mein Magen, dann das Ganze noch mal in umgekehrter Richtung, und so geht es in einer Tour, wie in einer Endlosschleife.

Doch wenn ich die Krankheit nicht mit der Wurzel ausrotten kann, was bleibt mir anderes übrig, als die Symptome zu behandeln? Ich gehe in die Küche, um wieder einmal beim Essen Trost zu suchen.

Mit einem lauten Pss-pss-pss fordere ich das Tigerbaby auf, mir zu folgen, wie um zu sagen: »Komm mit, du sollst auch was davon haben, dass wir um diese Uhrzeit beisammen sind.« Aus der dunklen Ecke, in der der Kleine hockt, leuchten flache silberne Augen zu mir herüber wie zwei Spiegel, als hätte sich ein Überzug aus Metall auf den gewohnten warmen

Goldton gelegt; man kennt dieses Leuchten von den Katzen, die nachts im Hof um die Mülltonnen streichen: Die Augen sind dann wie kreisrunde Scheiben, die das wenige Licht im Dunkel einfangen und zurückstrahlen. ›Wilde chajes‹ nannten wir sie bei uns daheim, auf Jiddisch, wilde Tiere.

»Eine Katze, du bist eine Katze!« In einem Anfall von Zärtlichkeit knie ich nieder und strecke meine Hände nach ihm aus, lasse zu, dass er seine Stirn an mir reibt und mich zum millionsten Mal mit seinem ihm eigenen Geruch markiert. Meiner Einordnung nach: eine stinknormale Katze, doch Ninusch, die schier platzt vor Wissen, korrigiert mich immer: »Keine Katze. Katzen heißen felis, unser Tierchen aber panthera. Ein himmelweiter Unterschied. Vor vielen Tausenden von Jahren gab es eine Aufspaltung in zwei unterschiedliche Gattungen: die, die miauen, und die, die brüllen.«

Ich stehe wieder auf und gehe zum Kühlschrank. Das Brülltier heftet sich sofort an meine Fersen und rutscht vor lauter Eile fast aus: Ich höre das leichte Aufschlagen der Klauen auf den Bodenfliesen. Unschlüssig stehe ich vor dem offenen Kühlschrank. Trotz des Hungers weckt nichts von dem, was ich sehe, meinen Appetit. Man kann sich natürlich im Vertrauen auf das Sprichwort »Der Appetit kommt mit dem Essen« überwinden, doch meine Erfahrung der letzten Nächte hat gezeigt, dass genau das nicht eintritt, und auch das Gefühl der Sättigung hält nicht vor, es verschafft mir nur für sehr kurze Zeit Ruhe, wie eine Aspirintablette, und ruft mir schmerzhaft das Gefühl echter, garantierter, anhaltender Befriedigung in Erinnerung, auf das ich aus bin.

Und wie fad das Essen in letzter Zeit schmeckt! Der schale Geschmack von Pappe, Pappmaché, Watte, ausgelutschtem Kaugummi und unreifen Bananen bemächtigt sich selbst meiner Lieblingsspeisen wie Schokolade, Käse, Trauben, Mixed Pickles, dänische Butterkekse. Ich mustere noch einmal den Inhalt meines Kühlschranks, seufze, stelle den Waldbeerenjoghurt an seinen Platz zurück.

»Was betest du da vor dem Kühlschrank!«, rief meine Großmutter Rachela mit ihrem kratzigen Bariton immer, wenn ich so dastand und mich für nichts entscheiden konnte. Nach dem Ausschlussverfahren beherzt wählen und zugreifen – für mich ein Ding der Unmöglichkeit. Warum nur löst die Qual der Wahl bei mir weiß der Teufel was aus, bloß nie Übelkeit?

Das Tigerbaby dagegen quält sich nicht herum. Es ist auf einen Wunsch fixiert, einen einzigen, und der ist eindeutig: Es will zum untersten Fach gelangen, dem über den Gemüseschubladen. Dort steht, sorgfältig in eine Plastiktüte gewickelt, eine geöffnete Dose Whiskas, das wir seit ein paar Tagen dem Futter beimengen. Bislang hat sich das Junge mit der aus Pulver für Tierbabys bereiteten Milch zufrieden gegeben, dem Ninusch etwas Sahne hinfügt, um den Fett- und Eiweißgehalt exakt auf den Prozentsatz anzuheben, den Tiger brauchen; auch diese Information hat sie dem unerschöpflichen Heft von *National Geographic* entnommen.

Ich kippe den Inhalt der Dose in die Edelstahlschüssel, füge Milch hinzu, rühre das Ganze zu einem glatten Brei und beobachte, wie sich der kleine Tiger darauf stürzt und mit seinem Gesicht bis über die Bäckchen und Schnurrbarthaare darin eintaucht. Der Raum ist erfüllt von Geschmatze, begleitet von leisem Schnurren und Schnauben, es zeugt von Genuss ebenso wie von Hast und der Angst, dass das unverhoffte Glück plötzlich zerrinnen könnte.

Und wie er gewachsen ist, der Kleine! Er bringt mittlerweile gut zehn Kilo auf die Waage, und wenn er wütend ist oder Angst hat, faucht er, zeigt in einer wilden, furchterregenden Grimasse die Zähne und macht einen Katzenbuckel oder presst sein Becken auf den Fußboden. Die spitzen Zähne sind übrigens weiß wie Zucker, mit Ausnahme der gelblichen Eckzähne, die aussehen wie bei einem erwachsenen Tiger.

Doch die meiste Zeit ist er gutmütig und spielt und spielt bis zum Umfallen – Jagd- und Selbstverteidigungstraining für ein exotisches Erwachsenenleben, von dem er noch nichts ahnt. So tollt er durch die Wohnung oder zerrt an seinen Lumpenpuppen herum, jede Bewegung durchdrungen vom unübertroffenen Charme kraftstrotzender Jugend und mangelnden Bewusstseins. Wenn er nicht spielt, schläft er; sonderlich abwechslungsreich ist seine Welt nicht. Über die eigene Fähigkeit, sein Schicksal zu beeinflussen, macht er sich keinerlei Illusionen. Er ist der geborene Fatalist: ganz Gespür und instinktives Erleben, wie programmiert, als wäre ihm eine genetische Gewissheit eingepflanzt, so alt wie das Leben selbst, die Gewissheit, nur ein winziger Splitter in einem Etwas zu sein, das unermesslich viel größer ist als er. Dieses riesige Etwas bestimmt die Gesetze seines tierischen Daseins, passt auf ihn auf, nimmt ihm Entscheidungen ab, sorgt dafür, dass er Kräfte spart, verhindert, dass er sich umsonst verausgabt, ermöglicht ihm, sich in den unaufhörlichen Fluss des Daseins zu schicken.

Wie gesagt, seit er bei uns ist, seit er sich in meiner Wohnung eingerichtet hat, als hätte er schon immer zu meinem Leben gehört, achte ich strikt auf einen gewissen Sicherheitsabstand. Noch bin ich nicht dazu gekommen, diese bewusste Distanz zu ergründen; meine erwachsene, nachsichtige Denkweise lässt mir den nötigen Freiraum. Und manches kommt eben erst nach einer gewissen Zeit an die Oberfläche, wie eine Geheimschrift, die auch nicht gleich sichtbar wird, wenn man das Papier über einer Kerzenflamme erhitzt.

Jedenfalls bin ich alles andere als ruhig.

Und ich hüte mich vor allzu großer Nähe zu dem Tier, als steckte darin eine verborgene, unbekannte Gefahr, die mich in irgendetwas hineinsaugen könnte, aus dem kein Entrinnen möglich ist.

Ich gebe die Suche nach einem Hungerstiller auf und schließe die Kühlschranktür. Der kleine Tiger schnurrt so laut, dass es sich wie Röcheln anhört, und ich verspüre den Drang, mich zu bücken und ihn hochzuheben, ihm mit einem weichen Tuch das Gesichtchen mit dem feuchten und daher stachelig aussehenden Fell zu trocknen und meine Nase an seinem Schnäuzchen zu reiben. Doch halt! Sofort wende ich meinen begehrlichen Blick von ihm ab, verlasse die Küche, laufe durch die Zimmer, lösche Lichter. Hungrig bin ich allerdings immer noch, sogar so sehr, dass mir die Chance, einschlafen zu können – ein ohnehin zum Scheitern verurteiltes Unterfangen –, realistischer erscheint als die Chance, je satt zu werden.

Ich ziehe mich aus, lasse mich ins Bett fallen, lösche die Nachttischlampe. Ich bin fest entschlossen zu siegen, ins Vergessen einzutauchen, einzuschlafen. Doch mein Körper, schwer und schwitzend, wälzt sich unruhig zwischen den Laken, und ich hole mir mechanisch einen runter, in der Hoffnung, dass die Spannung endlich dem Schlaf ihren Platz räumt und dieser mir die gesegnete Schattenwelt beschert.

Monate sind vergangen seit der schillernden Begegnung mit Taro, Jahre seit den Liebesnächten mit Amicam. Wie lange kann eine Frau allein sein, ohne die tröstliche Berührung einer Männerhand?

Das Tigerbaby krabbelt zu mir ins Bett, um herauszufinden, was ich da Merkwürdiges mit mir veranstalte. Die Neugier treibt seinen großen Kopf mit den runden Ohren zwischen meine Schenkel, es will schnuppern und verstehen, und im selben Moment erfüllt mich seine Nähe mit einer Angst, die mich erstarren lässt: Jetzt wird es mich vergiften, mit einer namenlosen Krankheit anstecken, und ich schiebe es mit aller Macht vom Bett: »Kschscht!, weg da, du Mistvieh, hast du gehört, verschwinde!« Ich kämpfe gegen die mitleiderregenden Versuche des kleinen Tigers, sich an mir, der Matratze, den Leintüchern festzukrallen. Und aus diesem Kampf heraus, aus dieser greifbaren Nähe, springt mich die Lösung an.

Ich muss raus, raus, in eines der Lokale, wo Musik läuft, wo lebendige Menschen sich treffen, sich aneinander reiben, sich füreinander entflammen, sich in die Augen sehen. Dass ich mich mit meinen Freundinnen zu Hause einschließe, hat geradezu etwas Ungesundes, etwas Absurdes an sich. Ich hänge die Bedeutung von Lust hoch und höher, aber warum? Etwa, um der Wirklichkeit nicht ins Auge blicken zu müssen, haargenau der gleichen Wirklichkeit also, die Millionen von Alleinstehenden auf der Welt abverlangt, sich die Nase zu pudern, ihren gesamten Mut zusammenzunehmen und auszugehen?

Schon brennt wieder Licht, und ich bin voll dabei, durchwühle wild entschlossen den aufgerissenen Bauch des alten Wandschranks. Ein Kleid, noch ein Kleid, ein sommerlicher Hosenanzug, ein Rock aus spanischer Spitze mit einem passenden Oberteil aus Satin, Stück um Stück für untauglich erklärt. Nicht mal meine Lieblingssachen sitzen, wie sie sollen, hängen irgendwie hässlich an mir herab, wie so oft bei dicken Frauen, die ihre Rundungen unbedingt kaschieren wollen. Dabei will ich mich doch auf die Jagd begeben, da ist ein Zeltkleid, das meine Weiblichkeit verbirgt, keine kluge Wahl.

Neugierig geworden, laufe ich zum Badezimmer und stelle mich auf die Waage. 112 Kilogramm, mein gewohntes Dauergewicht, genau wie die Farbe einer Kastanie meiner Haarfarbe entspricht und eine Cantaloupe-Melone der Größe einer meiner Brüste; es gibt eben Dinge, die sich nie verändern. Dann muss ich mich wohl an Überbleibsel aus meiner schlankeren Vergangenheit halten, vielleicht findet sich ja in meinem Fundus noch das eine oder andere Kleidungsstück aus meiner Studentenzeit, als ich noch eitel war.

Ich ziehe einen Stuhl heran, steige hinauf zu den oberen Schrankfächern, wo ich meine Klamotten von vor Jahren aufbewahre, irgendwo hier rottet sogar noch der längst vergilbte Kittel aus meiner Zeit als Berufsanfängerin vor sich hin – ich werfe nie etwas weg. Ich schichte die Kleiderstapel um, ziehe das eine oder andere heraus, schüttle es auf und lasse es fallen, bis sich am Boden ein ganzer Haufen mottenzerfressener, leicht nach Staub und Naphtalin riechender Altkleider aufgetürmt hat.

Endlich finde ich ein annehmbares Baumwollkleid aus dickem schwarzem Trikotstoff, gar nicht mal unmodern, eng anliegend bis zur Taille und mit glockig schwingendem Rock. Ich quetsche mich hinein, verzichte auf einen Slip, suche, auf dem Fußboden kriechend, unter dem Sofa nach meinen Latschen, zupfe und kämme mit den Fingern meine Mähne zurecht, ziehe vor dem Spiegel im Bad meine Lippen dunkel nach. Zu guter Letzt noch ein überflüssiger Spritzer Parfüm, der die Nase reizt. Ich will raus, raus, dorthin, wo mich die nächtlichen Straßen verschlucken: weit weg von der Wohnung meiner Großmutter Rachela, weg von dem Tigerbaby, weg von mir selbst.

* * *

**Tigerjunge kommen blind zur Welt und werden nach zwei Jahren sich selbst überlassen. In diesen zwei Jahren lernen sie alles, was sie zum Überleben können müssen.**

* * *

**Taro,** leicht auf Abstand, mit steifem Rücken, seine neue Identität noch für sich behaltend, Wange an Wange mit mir tanzend, hatte gesagt: »Niemand ist einsamer als der Samurai oder der Tiger im Dschungel.«

Ninuschs Ansicht nach wird der Sinn für Humor überbewertet: »Das ist bloß eine Art, sich zu geben. Weiterhelfen tut einem das auch nicht. Alles bleibt, wie es ist.«

Sie, ganz Äußeres, strebt nach handfesten Inhalten. Taro dagegen glaubt an das Lachen. Sein Äußeres entspricht seinem inneren Wesen, daher unterscheidet er nicht zwischen beidem. Auch ich glaube an das Lachen. Eher Gewohnheitssache als erlerntes Wissen. So war es im jiddischen Theater: Lachen war die Hauptsache. Vielleicht bin ich deshalb jetzt heiter, schmunzle sogar gelegentlich über den Nachhall des einen oder anderen Gedankens, der mich einen Moment lang erhellt. Doch mein Lächeln kostet. Was es mir abfordert, sind übermenschliche Anstrengung, Optimismus und gute Absichten ohne Ende. Woran das liegt? Am Lärm.

Die Nacht besteht aus einem hässlichen akustischen Teppich, gewoben aus Tausenden Klangfäden, vom dumpfen Tosen der Stadtautobahn in der Ferne bis hin zum Dauersummen der Hochspannungsleitungen. Eingewoben in Kette und Schuss sind noch Hunderte, nein Tausende Töne und Tönchen, es hupt und hallt, klingelt, pfeift und piept, hustet, räuspert, rauscht und scheppert, was das Zeug hält. Manches tut in den Ohren weh, anderes überhört man in seiner Belanglosigkeit, manche Laute hat man nie zuvor vernommen, andere könnte selbst ein Tauber zuordnen – das Knattern eines Hubschraubers über dem ehemals rein militärisch genutzten Flughafen Sde-Dov, Frauenlachen, Bremsenquietschen, das hydraulische Zischen eines Busses auf dem Weg zum südlichen Ende der Allenby, Babyweinen in einem oberen Stockwerk, das Bumm-bumm-bumm von Techno-Musik aus dem Fenster eines vorbeibrausenden Jeeps, der Bariton des Nachrichtensprechers auf 102 FM am nächsten Kiosk, der Kampfschrei einer Gruppe Jugendlicher, die die Scheinkin entlangschlendern, das Klappern der Teller, die bauchnabel- und augenbrauengepiercte Kellnerinnen von Restauranttischen abräumen, das Klirren zerspringender Gläser – immer ein Zeichen von Glück –, das Klicken von Feuerzeugen, das Sirren der Mücken mit ihren schweren, blutgefüllten Bäuchen, Schnarchen, Schluchzen, Atmen, Schluckauf, Hicksen, Gähnen, Flüstern, genüssliches Stöhnen und natürlich Unterhaltungen, Gott, so viele Unterhaltungen, dass man für einen Moment befürchtet, die Stadt liege unter einer unerträglichen Wolke aus Gesprochenem begraben, die wie ein riesiger Schwarm Heuschrecken über sie hergefallen ist, um sie zu vernichten.

Und dann gibt es auch Frequenzen, die für das menschliche Ohr zu hoch sind: schrille, schneidende Töne, die die dösenden Hunde in den Wohnungen ihrer Besitzer belästigen und ihre Nachtruhe stören. Die höre ich auch.

Und was ist mit dem Gestank? Auf den nächtlichen Straßen stinkt es dermaßen heftig und penetrant, dass ich mich darauf konzentriere, durch meinen optimistisch lächelnden Mund zu atmen, damit mir unvorsichtiges Einatmen der Dämpfe von stinkendem Kot, verrottenden Müllhaufen, Ammoniak und fauligen Eiern nicht die Nasenlöcher verätzt, aber von Zeit zu Zeit bilde ich mir ein, auch so, mit versperrter Nase, die Gestankpartikel auf der Zunge zu spüren.

An der Kreuzung Herzl und Lilienblum bleibe ich stehen, lehne mich sogar kurz an den Pfahl mit den beiden erleuchteten Flügeln, auf denen die Straßennamen stehen. Der geplante Teil meiner nächtlichen Reise ist hier zu Ende. Ab jetzt ist alles Ergebnis eines elektrischen Sekundenblitzes zwischen Wille und Zufall. Ich verdränge einen kurzen Gedanken an den kleinen Tiger. Es ist eher ein Bild als eine Sorge: Ein geschmeidiges nächtliches Wesen schleicht durch meine Wohnung, stößt trotz der Dunkelheit nirgendwo an, dann und wann ein Blinken, das irre Glänzen der Augen. Auf weichen Pfoten tigert der Kleine durchs Zimmer und malt dabei erwartungsvoll eine liegende Acht, das Zeichen für Unendlich.

Die Straße vor mir ist ein von Angeboten strotzendes Vergnügungsviertel. Das weiß ich von Michaela, die des öfteren junge Leute hierher fährt. Sie sind in eine Duftmischung aus Hugo Boss und frischem Testosteron gehüllt und gieren nach Spaß und Sex. Meine Sinne sind geschärft, nur auf sie kann ich mich bei der Wahl des Lokals verlassen, ich habe keinerlei Information über Niveau und Eigenart der Bars, an denen ich vorbeikomme. Welche lohnt einen Besuch, von welcher sollte ich mich besser fernhalten? Alle muten mich fremd an, trendy, unzugänglich, doch trotz des anonymisierenden Einheitslooks weiß ich in der Sekunde, als ich das Lokal entdecke, mit Gewissheit: Hier bin ich richtig.

Ein paar flache Treppenstufen führen zum erleuchteten Eingang hinunter, durch einen in Gold gehaltenen und mit alten Fotos dekorierten Flur gelange ich in einen zum Platzen gefüllten Raum: ›Sodom und Gomorrha‹ fällt mir dazu nur ein, oder eine Zigeunerhochzeit im Film. Rauch und Kohlendioxid, Überreste von Shampoo und Parfüm, Atemschwaden Dutzender Menschen. Körper dünsten Schweiß und Alkohol, Aftershave und Adrenalin aus, angemalte Lippen hängen, vom Körper abgeschnitten, in der dicken Luft und stoßen gedämpfte Wortschnipsel aus. Die mir fremde Musik ist ohrenbetäubend, sie hört sich an wie der Soundtrack von besagtem Zigeunerfilm, Akkordeon, Tamburine und Goldzähne inklusive.

Ich bahne mir den Weg zur runden Bar. Im künstlichen Nebel verschwimmen die Gäste; sie verfolgen mit bleichen Gesichtern und schweren Lidern die beiden bauchfreien Barkeeperinnen, die in ihrem Pferch lässig zwischen Flaschen und Gläsern hin und her tanzen. Mein Blick nimmt die Umgebung unter die Lupe, meine gespitzten Ohren versuchen zu ergründen, was alles in dem Lärm steckt, selbst mein Rückenmark scheint die Anwesenden zu prüfen: Es gilt, den einen zu finden, den ich brauche. Den Auserwählten.

Das geht so schnell, dass es selbst mich, die ich auf Beutezug bin, überrascht. Er lehnt an der Wand am fernen Ende der Bar und sieht ziemlich gut aus, bis auf die nikotinverfleckten langen Zähne, die seinem Grinsen etwas Eselhaftes verleihen. Wenn er lacht und seinen Kopf in den Nacken wirft oder wenn er hustet, tritt sein Adamsapfel deutlich hervor. Eher mittelmäßig gebaut, von der Art, die bei näherer Betrachtung unverhältnismäßig dünne Beine befürchten lässt, geht bei ihm die Anziehungskraft vor allem von den Augen aus: dunkle, lebhafte jüdische Augen, wie man sie bei mir zu Hause mochte. Ihn nehme ich ins Visier. Minuten später hat er mich bemerkt, wendet jedoch sofort den Blick von mir ab, um sich ohne entsprechende Gegenleistung im Begehrtwerden zu sonnen. Er genießt es, den Coolen zu geben, schaut nur dann und wann verstohlen zu mir herüber, um sicherzugehen, dass ich ihn noch im Blick habe. Doch halt! Dafür sind wir heute Nacht nicht hier. Ich winke andeutungsweise zu ihm hinüber. Er sagt etwas zu seinem Gesprächspartner und kämpft sich durch das Menschenknäuel zu mir durch. Dabei verzieht er mürrisch den Mund; offenbar befleißigt er sich aus reiner Höflichkeit. Die hohlen Wangen ziert ein ins Lila stechender Tagesbart. Oh, du Byron, du Revoluzzer.

Mein geliebter Taro, es gibt keine größere Einsamkeit als die des Samurai. Ich erwarte den Mann mit geschlossenen Lippen lächelnd und durchdrungen von der Gewissheit, dass das Opfer keine Chance hat zu entkommen, sobald es in meinem Bannkreis ist. Und genau so läuft es dann auch. Ich spreche absichtlich leise, damit er mit dem Gesicht nahe an meines heranmuss, und zwar so nah, dass ich davon ausgehen kann, dass mein Haar seine Wange kitzelt.

Zahnhygienikerinnen kennen nichts auf der Welt besser als die Natur des Menschen. Wir sehen jede Unzulänglichkeit und jeden Makel, jede Angst, jedes Bedürfnis auf den ersten Blick, und von dem Moment an haben wir den Patienten im wahrsten Sinne des Wortes in der Hand. Als Profis im Gut-Zureden und Überzeugen sind wir tagtäglich mit einer dummen, ungebildeten und selbstzerstörerischen Masse konfrontiert. Und wenn es sich schon bei der Zahnhygiene so verhält, dann gewiss auch auf anderen Gebieten: Der Mensch bringt sich, wo er geht und steht, durch seine selbstzerstörerische Ader um ein schönes und gesundes Leben.

Auch jetzt locke, bearbeite, fessle ich, nur dass ich statt inständiger Bitten, doch häufiger Zahnseide zu benutzen, von anderen, nicht weniger nützlichen Aktivitäten flöte. Und als ich meinem Opfer schließlich vorschlage, mir nach draußen zu folgen, tue ich dies so unzweideutig, dass es ihm gar nicht erst einfällt abzulehnen.

Ich führe den Erwählten die Straße hinunter und biege irgendwann unvermittelt nach links ab, in den Hof eines alten Gebäudes, vorbei an überquellenden Mülltonnen, Zweigen von Hibiskusbüschen, die die einzelnen Höfe voneinander trennen und unsere Schultern streifen. Unterwegs stolpere ich fast über eine Batterie Gasflaschen, hinter dem Gebäude mit dem abblätternden Putz schlägt uns der Geruch von Müll und Moder entgegen. Ich stütze mich mit den Armen ab und lege meine Stirn an die kühle Wand, als wollten wir Verstecken spielen, doch anstatt laut zu zählen, hebe ich mit der Linken das schwarze Trikotkleid hoch, mache die Beine breit und strecke in stummer Einladung den Po nach hinten, dass es aussieht wie ein Hofknicks: Wollen wir tanzen?

In meinem Nacken spüre ich eine Verzögerung, einen Vorlauf, der länger dauert als das Öffnen eines Reißverschlusses.

»Ich ziehe nur schnell ein Kondom über«, beruhigt er mich, doch als hätte ich unbewusst nur auf dieses überflüssige Hinhalten gewartet, nuschle ich: »Nicht nötig, ich hab mich gerade erst testen lassen, der Zettel steckt in meiner Tasche in der Bar, ich kann ihn dir gern zeigen.«

Das Bedürfnis, lebendes Gewebe an lebendem Gewebe zu reiben, ist derart heftig und dringend, dass er das Risiko eingeht. Ich atme erleichtert auf: wunderbar, dieses archaische, schlichte Eindringen eines Körpers in einen anderen.

Nach höchstens drei Minuten ist der Akt vollbracht. Wir richten unsere Kleidung wieder her und verlassen im Gänsemarsch den Schauplatz in Richtung Straße.

Dort tätschele ich meinem Freund zum Abschied die Wange, er spielt den Galan, fragt, um meine Tasche besorgt, ob ich nicht noch mal mit reinkomme. Da bleibe ich, schon in einiger Entfernung, kurz stehen und verabschiede mich endgültig mit einem »Was für eine Tasche? Ich hatte keine mit.«

* * *

**Tiger sind hervorragende Schwimmer. Es sind Fälle bekannt, in denen Tiger Dutzende Kilometer den Fluss entlang geschwommen sind. Diese Fähigkeit ist nicht angeboren, das Weibchen muss den Jungen erst beibringen, das Wasser zu mögen.**

* * *

**Juhu! Der Morgen ist noch weit,** sehr weit. Diese Erkenntnis erfüllt mich mit törichter Freude. Erst kam mir die Straße mit den strahlenden Farben und zahlreichen Details und der fächerartig sich aufweitenden Perspektive unglaublich hell vor, dann wieder hatte ich Angst, dass die Stunden unmerklich verstreichen würden und meine Zeit in Freiheit bald abgelaufen wäre.

Doch das ist ein Irrtum, eine dumme Angst, die schon bald wieder verschwindet. Denn noch ist Nacht, dieselbe Nacht, die zu einem großen Schauplatz für Spiele geworden ist, zur Feier nüchterner Besonnenheit, zum Bankett. Der Same eines Mannes rinnt über meine Schenkel, und ein Lied erfüllt mein Herz: Ein Hoch auf die verbleibende Zeit, ein Hoch auf das segensreiche Leben in der Dunkelheit.

Beschwingt und ohne zu zögern betrete ich das nächste Lokal, und vor lauter Verwunderung bleibt mir schier die Luft weg. Wohin ich meinen entgeisterten Blick auch wende – zum Tresen, zu den Tischen ringsum, zur Schlange vor den Toiletten, zu den engen Winkeln entlang der Wände –, überall stehen, lehnen, gehen und sitzen Männer. Sie trinken, rauchen, unterhalten sich und bewegen sich mit unendlicher Anmut im Raum, wie die Pollen der Mandelblüte, wie Engel des Elysiums, wie kinetische Kunstwerke aus Fleisch und Blut.

Tief einatmen, Lilly, tief und langsam. Genau. So ist's recht.

Ich bestelle ein Bier, tauche meine Lippen in den Schaum. Das Angebot überfordert mich, so wie der Kühlschrank voller guter Sachen mich in meiner Kindheit überforderte und ich mich nicht entscheiden konnte, und schon ertönt in meinen Ohren (fange ich jetzt an zu spinnen?) die Stimme meiner Großmutter Rachela: »Was stehst du da und betest, Lilly? Nimm dir was raus, und wenn du nachher was anderes willst, holst du's dir später!« Ich berühre die Schulter des Mannes, der neben mir sitzt.

Klares Profil mit Stupsnase, rasierter Schädel, wie es der Zeitgeist von Männern verlangt, deren Seele noch in der Kindheit steckt, während die Kopfbehaarung bereits vom verräterischen Herbst der Jugend befallen ist. Er wendet sich mir zu: gefälliges, mittelmäßiges Gesicht mit geraden Linien. Nur die runden Augen – eigentlich Glubschaugen, die aber in tiefen Höhlen sitzen – verleihen ihm etwas leicht Verrücktes, was meine Begeisterung allerdings nur noch mehr entfacht.

Ich kann den Göttern gar nicht genug danken für den Beruf, den ich mir ausgesucht habe – aus dem weißen Hut der Zahnmedizin lassen sich immer neue Überraschungen und Gelegenheiten zaubern, mein berufliches Wissen und Können anzuwenden, wie zum Beispiel die Kunst der Unterhaltung. Statt den Mann mit meiner Selbstsicherheit zu verschrecken, ermögliche ich ihm, sich der Illusion hinzugeben, er halte die Zügel in der Hand, genau wie es in der letzten Ausgabe des *Cosmopolitan* empfohlen wurde. Mit sanftem Profil und gesenkten Lidern lasse ich ihn mir seinen ersten Satz Fragen vorlegen, und als er anspricht, worauf ich die ganze Zeit nur gewartet habe, nämlich was ich von Beruf mache, da weiß ich, die Falle ist zugeschnappt.

Ich muss zugeben, dass ich auf Nummer Sicher gehe und mit pikanten Details vom Kongress der Zahnhygienikerinnen anfange, der dieses Jahr im Hotel David Intercontinental stattfand und sich dem Thema ›Mundgeruch und Sexualität‹ widmete. Mein Glatzkopf ist schon nach wenigen Minuten fasziniert.

»Und ich dachte immer«, merkt er am Ende meiner kleinen Einleitung an, »Mundgeruch wird in erster Linie vom Magen verursacht.«

»Blödsinn und Aberglaube«, lache ich und genieße es, den abartigen Mythos zu zerstreuen. »Mundgeruch kann zwei Gründe haben: entweder mangelnde Dentalhygiene oder die Topografie des Zungenrückens mit seinen Furchen.«

»Unfassbar.«

»Weißt du, dass ich jede Lüge aufdecken kann, und zwar allein anhand der Körpersprache?«

»Tatsächlich?« Er schreckt etwas zurück. »Aber warum sollte jemand –?«

»Die Dentalhygienikerin anlügen?«, frage ich und lege meine Hand auf sein Knie.

»Ja, genau. Die Dentalhygienikerin anlügen.«

»Das ist in der Tat absurd.«

»Wozu also?«

»Wozu wird überhaupt gelogen?«, flüstere ich.

»Genau, wozu?«

»Gründe gibt es mehr als genug.« Ich lasse meine Hand weiter den festen Schenkel entlang nach oben wandern, genieße die Wärme, die andeutungsweise durch die Jeans dringt.

Jetzt legt auch er vorsichtig seine Hand auf meinen Schenkel. »Welche zum Beispiel? Nenn mir doch mal ein Beispiel.«

Unsere Gesichter sind einander so nah, dass unser beider Atem sich zu einer süßlichen Wolke vereinigt.

»Scham. Nur ein Beispiel von vielen.« Mein Blick ruht ernst und konzentriert auf dem seinen. »Stell dir zum Beispiel einen Patienten vor, dem kürzlich eine Herzklappe eingesetzt wurde und der das aus Scham für sich behalten will.«

»Was passiert dann?«

»Was dann passiert? Ich könnte ihn fertig machen.«

Meine Hand schließt sich mit sanfter Selbstsicherheit über der Wölbung in seinem Schritt.

»In seinem Mund leben einhundertsiebzig verschiedene Arten Bakterien, bei jemandem, der nicht auf seine Hygiene achtet, können es sogar bis zu fünfhundert Arten werden.«

»Fünfhundert?« Seine Lippen sind männlich, scharf konturiert.

»Und der Mund ist das Tor zum Körper. Wenn ich ihn also hier verletze …« Ich erhöhe da, wo meine Hand ruht, ein wenig den Druck, um die Dramatik meiner Worte zu unterstreichen. »Wenn ich ihm hier auch nur die kleinste Verletzung zufüge, gerät alles, was er im Mund hat, in die Blutbahn.«

Der Mann erstickt einen Schrei der Verwunderung und der Angst.

»Und jetzt stell dir vor, der Patient hat diesen Killerbazillus in sich, der kürzlich umgegangen ist. Im Magen ist er ein echter Schlappschwanz, absolut harmlos, aber wehe, er gelangt ins Blut! Das wäre das Ende.«

Unser beider Hände wandern bereits über den Körper des anderen – feurig, begeistert, aber doch nach wie vor in der Kontrolle und im vollen Bewusstsein der Öffentlichkeit an diesem Ort. Verstohlen tauschen wir kleine, flüchtige Küsse auf die Wangen, auf das Kinn, Küsse von Zuneigung, vermischt mit Lust. Der Mann lacht, als könnte er den Strudel kaum fassen, in den wir immer tiefer hineingeraten, wie zwei Fliegen, die sich in einem Spinnennetz verfangen haben.

»Erzähl weiter.«

In ein paar Sekunden müssen wir hier weg, zur ersten freien Toilettenkabine, die uns unterkommt.

»Sagen wir, der Patient verschweigt ein Zahnimplantat oder ein orthopädisches Implantat«, flüstere ich hastig, mit warmem Atem.

»Was geschieht dann?« Er befummelt meinen Busen.

»Dann muss man ihn unbedingt auf Antibiotika setzen.«

Er gleitet von seinem Stuhl herab, umschlingt mich und zieht mich zu sich heran, dann schiebt er mich, von hinten an mich geschmiegt, in Richtung Toiletten. Unter den Seitenblicken der Glücklosen, an denen wir, unsere Lust ans Revers gesteckt, vorüberhasten, lassen wir uns von der schmalen, spärlich beleuchteten Zelle verschlucken.

Ich quetsche mich in die Ecke, neben den vergilbten Spülkasten aus Plastik, auf dem im Laufe der Zeit etliche Zigaretten ausgedrückt worden sind. Das Innere der Kloschüssel ist gräulich-trüb, doch zum Pingeligsein ist jetzt nicht der richtige Zeitpunkt. Wenn ich, Lilly, es nicht draufhabe, in einem öffentlichen Klo einen Liebesakt hinzulegen, wer dann? Wozu bin ich dreißigtausend Fuß über dem Meer dem japanischen

Blender begegnet? Und was sagt das über mich aus? Vorliebe? Ein tieferer Grund?

Ein Bein auf der Kloschüssel, das Kleid bis zu den Hüften hochgezogen, sprudelt mein Vortrag aus mir heraus, während mein Partner mit dem Reißverschluss kämpft, der an der beachtlichen Wölbung scheitert.

»Und was, wenn er zufällig Hepatitis B in sich trägt? Dann kann er sämtliche Patienten anstecken. Einen nach dem anderen. Ein Tröpfchen Schweiß, ein Speichelspritzer auf dem Behandlungsstuhl genügt. Nach so einem Patienten ist es absolut unerlässlich, das ganze Zimmer von oben bis unten zu desinfizieren. Zimmer? Quatsch! Die ganze Praxis muss desinfiziert werden!«

Endlich ist er so weit, hüpft mit bis zu den Knien heruntergelassener Unterhose und Hose auf mich zu. Wir treiben schnaufend Akrobatik, bis wir es am Ende, Astarte allein weiß, wie, schaffen, uns mittels unserer menschlichen Mutter und Schraube miteinander zu verbinden.

»Und wenn der Patientin gerade eine Brust abgenommen wurde«, heize ich seinen ohnehin schäumenden Trieb weiter an, »und sie eine Chemotherapie hinter sich hat? Da sind ihre Abwehrkräfte auf dem Tiefststand. Mit einem Mund voller Zahnstein dazu ist eine Infektion praktisch vorprogrammiert ... und das war's dann ... Exitus!«

Wir sind ineinander verknäult, sein ganzer Körper ist an mich geschmiegt, mit einem Arm stützt er sich an der Wand ab, mit dem anderen hält er meine Taille umschlungen und lenkt deren Bewegung, sein Ohr liegt knapp neben meinem Mund. Obwohl ich langsam etwas spüre, was in die Nähe von Genuss kommt, meldet sich ausgerechnet jetzt, wo es sanfter zugeht, das verwöhnte kleine Mädchen in mir – das mit den Lackschuhen und den Tischmanieren – und echauffiert sich über die sanitäre Erbärmlichkeit ringsum, und während ich ungestüm mein Becken bewege, um meinen Dentalhygieneschüler anzutreiben, dass er endlich fertig wird, berichte ich kurz von einem Patienten, den ich gegen Ende meines Studiums, im Rahmen der praktischen Prüfung, behandeln musste. Ein besonders kniffliger Fall: ein aus Russland eingewanderter Obdachloser mit so viel Zahnstein, dass das Zahnfleisch bereits stark angegriffen war. Mit jeder Bewegung meiner Curette drohte eine versehentliche Extraktion, so gefährlich wackelten die armseligen Stümpfe in seinem Mund, und wie sie hing damals auch das ersehnte Diplom am seidenen Faden.

Diese Horrorgeschichte bringt's. Ein Stoßseufzer meines Liebhabers, auf dessen kahlem Schädel im gelben Schein der Glühlampe Schweißperlen glitzern, ein allerletztes Aufstöhnen, mickrig wie das Bläken eines Steinbocks, dann sinkt sein Kopf auf meine Schulter. Endlich.

Ich warte einen Moment, bevor ich ihn sanft von mir schiebe und mein Kleid nach unten ziehe. Mit derselben mütterlichen Sanftheit schlüpfe ich hastig aus der Toilettenkabine, und die Abschiedsworte auf meinen Lippen – »Ich geh nur schnell meine Tasche holen« – rühren mich inzwischen beinahe wie eine süße Erinnerung an längst vergangene Zeiten.

* * *

**Ein Tiger kann pro Mahlzeit bis zu 20 Kilo Fleisch vertilgen.**

* * *

**Die Straßen meiner Stadt tragen mich weiter:** schwerelos, mit klebrigen Schenkeln und zerzaustem Haar, eine Mischung männlichen Speichels in meinem freigebigen Mund, die Zunge schwammig, mit mehligem Belag und genauso erschöpft wie ich selbst.

Ich weiß nicht, ob die Erwählten dieser langen Nacht auch nur halb so wunderbar waren, wie sie sich mir darstellten; die Lust, die kurz davor war, befriedigt zu werden, machte mich praktisch blind – ein weiterer Beweis für Platons Behauptung, dass wir nichts lieben, weil es gut ist, sondern dass es gut ist, weil wir es lieben.

Nach meinen beiden Erfolgen stand mir nun der Sinn nach Abwechslung; meine beiden Erwählten waren weit in ihren Dreißigern gewesen, also pflückte ich mir im dritten Lokal, in das meine Füße mich trugen, einen süßen Knaben mit breitem Gesicht und schulterlangen Haaren. Er hatte dreckige Fingernägel und ein strahlendes Lächeln. Als wir die Höhle verließen, um uns einen geeigneten Hinterhof zu suchen, schob er ein Fahrrad neben sich her; er hielt es am Lenker wie ein minoischer Jäger, der einen Stier an den Hörnern zum Altar führt.

Ausgerechnet er, ein Vertreter jugendlicher Stärke, hatte Mühe, seine Erektion zu halten, also musste ich notgedrungen nachhelfen – erst mit der Hand, dann, nach einem resignierten Seufzer (na, gut, wenn's sein muss), mit dem Mund –, damit er den Akt überhaupt vollziehen konnte. Ich mochte die raue Struktur der Hauswand, an die ich meine Stirn presste, und die Art, wie der junge Kerl meinen Bauch hielt und mich, urplötzlich und nicht auf die feine Art, in den Nacken biss – eine tolle Mischung aus schön und schmerzhaft. Das fast bäuerlich offene, einfache Gesicht beim Abschied (oh, Abschiede, immer wieder Abschiede) gefiel mir so sehr, dass ich ihm glatt einen Hundert-Schekel-Schein für Süßigkeiten geschenkt hätte, wenn – nun ja, wenn ich meine Tasche dabei gehabt hätte, die in dieser Nacht immer wieder durch Abwesenheit glänzte. Aber wozu sich darüber grämen, was alles möglich gewesen wäre, wenn.

Von Bars hatte ich jetzt genug. Also zog ich weiter, um, wie es bei Politikern so schön heißt, den Mann auf der Straße zu treffen. Das Netz der Gassen südlich der Allenby schien mir dafür das geeignete Gebiet. Ich möchte betonen, dass ich ohne Ansehen von Herkunft und sozialem Rang vorging, also eine Gleichbehandlung an den Tag legte, die jedem Volksvertreter zur Ehre gereicht hätte.

Als erstes begegnete ich zwei Streifenpolizisten. Sie hielten mit quietschenden Reifen neben mir und verlangten meinen Personalausweis. Als sie zu ihrem Leidwesen feststellen mussten, dass ich keinen dabei hatte, und gar auf die Idee kamen, mich wegen Stadtstreicherei festzunehmen, – eine äußerst unangenehme Wende, da Männlein und Weiblein in getrennte Arrestzellen müssen, und wie sollte ich da, unter solch diskriminierenden Umständen, meine Aktivitäten für den Rest der Nacht fortsetzen? –, baute ich die Spannung zwischen mir und den Gesetzeshütern mit dem Angebot einer Leibesvisitation ab. Und ich muss gestehen, dass ich mir die Eskapaden dieser Nacht – aufgrund der spartanischen Bedingungen eine beträchtliche Herausforderung für meine Kondition – nur zu gern in Missionarsstellung auf der Kühlerhaube des weißen Ford versüßen ließ.

Etwas später folgte ein kurzes, aber nettes Tête-à-tête mit drei Fremdarbeitern aus Bombay. Sie hatten ihre beengte Unterkunft, die sie mit zehn weiteren Landsleuten teilten, verlassen, um ein bisschen frische Luft zu schnappen. Ich führte sie auf einen Spielplatz, wo uns die Sitzbank für Omas und Tagesmütter, die die lieben Kleinen beaufsichtigen, während diese im Sandkasten spielen oder mal vor Glück juchzend und mal vor Angst kreischend die knallbunte Rutsche hinuntersausen, beste Dienste leistete. Wir gingen als Freunde auseinander, und als ich weiterzog, empfand ich auch einen gewissen Stolz auf meine Großherzigkeit. Ich beschloss, Ninusch demnächst zu fragen, wie viel Geld ich der netten Truppe gespart hatte.

Gleich anschließend traf das Glück einen jungen Orthodoxen, der wie vom Teufel besessen, den Blick aufs Straßenpflaster geheftet, mit flatternden Kaftanschößen und einem breitkrempigen Hut, der einen schütteren Bart und junge Augen in einem schmalen Gesicht beschattete, die Allenby entlanghastete. Ich suchte mir für meine Zwecke einen Hauseingang nahe der Großen Synagoge und verspürte beinahe Zuneigung, als der fromme Mann sich mit seiner Kleidung abplagte; die

Schaufäden seines Gebetshemdchens verhedderten sich so hoffnungslos in den Hosenknöpfen, dass er sie abreißen musste, bevor er nach dem Akt eher verstört als froh über meine Weigerung, für meine tätige Nächstenliebe Geld anzunehmen, davonstürzte und in einer Seitenstraße verschwand.

Danach ließ ich es mir in Gesellschaft zweier ausgelassener Elitesoldaten gut gehen, die auf Erholungsurlaub waren. Sie trugen das Haar kurz geschoren, sprachen wüstes Hebräisch und rissen in einer Tour Witze über Araber. Mein Gelächter flog über den großen Parkplatz hinter dem alten Bahnhof und hallte von den Arkaden wider.

Mein nächster Fang war ein unglücklicher, behaarter Mann aus Russland, der seinen von Magenkoliken gepeinigten Sohn im Kinderwagen durch die Gegend schob. Während des gesamten Liebesakts ruckelte ich mit einer Hand den alten Kinderwagen aus dem Spendenkontingent einer Hilfsorganisation, die alles Mögliche für das leibliche und seelische Wohl Bedürftiger sammelt. Und o Wunder: Als der Vater mit einem herzzerreißenden Oi-oi-oi kam, wie die Karenina, als sie vom Zug überrollt wird, verstummte das Baby, das bis dahin aus vollem Hals geschrieen hatte, und fiel in tiefen Engelsschlaf.

Mit einem gewissen Zögern meines patriotischen Herzens schleppte ich einen ernst dreinblickenden, bärtigen jungen Araber ab; er trug eine schwere Tasche bei sich und weigerte sich aus unerfindlichen Gründen, sie mir unter den Po zu schieben, damit ich mir auf der Erde hinter den Oleanderbüschen, die uns als Versteck dienten, nicht das Kleid schmutzig machte.

Und so pflückte ich mir noch etliche Männer von der Straße und ließ die Nacht schließlich mit zwei Müllarbeitern ausklingen, der eine jung und grimmig, mit dunklen Bartstoppeln, mit denen er erst recht wie ein Verbrecher aussah, der andere älter, weich und übergewichtig, die Stirn voller Versagerfalten.

Ich hätte ewig weitermachen können. Mein Verlangen war noch längst nicht gestillt, nur aufgrund der Erschöpfung, die sich in jeder einzelnen Zelle meines Körpers und insbesondere in der Leber, der Milz und den Blutgefäßen breit machte, etwas abgeflaut. Doch es gibt Taten, denen das Tageslicht nicht zuträglich ist.

Schon färbt der Sonnenaufgang die Ränder der Wolken silbern, also schnell ab, nach Hause. Das arme Tigerbaby ist mutterseelenallein, wahrscheinlich malt es immer noch seine Unendlich-Acht und hat nicht den leisesten Schimmer, wohin ich verschwunden bin. Babys haben, wie jeder weiß, keinerlei Zeitgefühl, weshalb sie jedes Verschwinden des Objekts aus dem Sichtfeld als ein Verschwinden auf Nimmerwiedersehen begreifen.

Trotz der frühen Morgenstunde spürt man in der Kühle deutlich erste Spuren der Gluthitze. Ich habe es eilig, und das hemmt mich, die vergangenen Stunden zu verdauen oder gedanklich zu durchdringen. Die ganze Nacht habe ich mir nicht erlaubt, auch nur eine Sekunde an später zu denken, die Gegenwart war wie eine geschlossene Blase gewesen, aus der es kein Entrinnen gab, doch jetzt habe ich nur einen Gedanken im Kopf, wie ein Dibbuk treibt er mich die letzte Straße entlang, mobilisiert die letzten Kräfte in meinen Beinmuskeln, und ich springe, immer zwei Stufen auf einmal nehmend, die Treppe hinauf, reiße auf der Suche nach dem Schlüssel, der in seinem Versteck auf dem verstaubten Stromzähler liegt, fast die Tür des Sicherungskastens ab, eineinhalb vertraute Umdrehungen im Schlüsselloch, ja, da ist er ja, der Gestank seines Urins, der mittlerweile in den Wänden der Wohnung sitzt. Ich, er, wir.

Ich gehe in die Hocke wie eine Gebärende, suche mein Gleichgewicht, strecke die Hände aus, und er springt, ohne seine Bewegung zu unterbrechen, in meine Arme, Tiger, Tigerchen, ein Kugelblitz, Wärme und Fell und rhythmischer Herzschlag, raues Näschen und kitzelnder, pieksender Prachtschnurrbart, und ich küsse und küsse dieses Gesicht, Weichheit und Charme und Sehnsucht, und immer wieder die Worte »Ja, mein Lieber, ich bin wieder da, du verrücktes Tigerbaby, Liebe meines Lebens« auf meinen Lippen, ich kann gar nicht mehr aufhören, sogar Liebesworte auf Jiddisch – »of mir soll sein far dir« – schwappen aus den Kellergewölben meiner Erinnerung hoch, während ich ihn ins Schlafzimmer mit den heruntergelassenen Rollläden trage, und lullen mich, ihn, uns in den Schlaf, der uns unter dem bunt gemusterten Pikeelaken gleich einholen wird; ich genieße das Gewicht in meinen Armen, das königliche Gewicht eines sich prächtig entwickelnden Thronerben. Und dann entschlummern wir, sinken in den Schlaf, in ewiges Vereintsein, tiefes, stummes Atmen, das Universum. Die Würfel sind gefallen. Die Zeit der Trennung ist vorbei.

* * *

**In Gefangenschaft müssen Tigerjunge sechsmal am Tag gefüttert werden.**

* * *

**Weit, noch sehr weit** tragen mich die Nächte auf ihren schwarzen klaren Wellen.

Ich habe mich in ihre Fluten gestürzt, mich zu einem schlingernden, herumwirbelnden Hölzchen gemacht. Und hätte dieses Stückchen Holz irgendeine Art von Bewusstsein besessen, es hätte Spaß gehabt am Tanz durch die Weiten des Chaos, am Verlust der Kontrolle, o ja, es hätte dieses Bild von sich und die Vielzahl seiner Möglichkeiten inmitten des Universums in vollen Zügen genossen.

Die Dunkelheit der Bars ist ein sternenübersäter Himmel, die Milchstraße – was sag ich, Milchstraße, so ein Quatsch, Alpha Centauri! Und ich bin die kleine Hanna in ihrem Schabbatkleidchen aus dem bekannten Kinderbuch, und jeder Fleck, jede Sudelei, jeder Schmutz verschwindet im Licht der männlichen Himmelskörper, allesamt Götter unter Sterblichen, alle in Reichweite, alle strahlend schön und Bewohner einer ewig anhaltenden Gegenwart.

Wo ich auch einkehre, treibe ich mit einem der Anwesenden mein Unwesen, und das mit wachsendem Vergnügen. Ich mache mir inzwischen nicht mehr die Mühe, die abgedroschenen Rituale der Anmache abzuziehen, und verlange auch von meinem Liebhaber nichts dergleichen. Denn inzwischen finde ich die Taktiken, deren ich mich zu Anfang meiner Tour noch bedient habe, fad und plump und vor allem: sinnlos.

Die Realität, in der ich mich bewege, ist weit simpler. Ich brauche mich nur in den Radius des Atems meines nächsten Erwählten zu begeben und mir die Erwartung mit einem Schluck Irish Cream oder Schokolikör zu versüßen, schon lässt sich der Mann von meinem Geruch und meinem Ansinnen betören und fügt sich.

Als wäre ich ein Blutkörperchen in ihren Adern, trägt die Stadt, Augustglut atmend und vor Augustglut gleißend, mich hierhin und dorthin, bis ich mich von der schier erstickenden Spannung befreit, entladen habe, beruhigt und erlöst bin.

Mein Vater hätte das allerdings anders ausgedrückt: Am Ende der Lust steht das Verderben.

* * *

**Von sich aus vergeudet der Tiger keine Energie. Er lebt in einem ewigen Kreislauf von Nahrungsaufnahme und Ruhepausen.**

* * *

»**Keine Ahnung,** was ich dazu sagen soll: Flittchen oder Nymphomanin«, stöhnt Michaela zum zehnten Mal an diesem Abend.

»Als ich noch mit Norman zusammen war«, sagt Ninusch versonnen, »hatte ich mal fünfundzwanzig Kunden in vierundzwanzig Stunden.« Und um nicht als Angeberin zu gelten, setzt sie erklärend hinzu: »Alle von ein und derselben Reisegruppe aus Sankt Petersburg.«

»Na klar, vor der Intifada kamen ja auch noch massig Touristen ins Land«, versuche ich mit den aktuellen Problemen unseres Landes vom Thema abzulenken. Mein zügelloses Verhalten in den vergangenen Nächten hat bei meinen Freundinnen erhebliche Irritationen ausgelöst. Anders als Ninusch, die dank ähnlicher Erfahrungen meiner Verhaltensauffälligkeit recht gelassen begegnet, ist Michaela erwartungsgemäß aufgebracht und besorgt.

»Als ich dich kennen gelernt habe, warst du ein braves Mädchen. Es stand dir auf der Stirn geschrieben: Ich bin ein braves Mädchen. Bis diese gottverdammte Transe aufgetaucht ist. Was ist nur aus dir geworden?«

Ich zucke mit den Achseln. »Manchmal tut man etwas einfach, weil man tief drinnen weiß, dass man es tun muss.«

»Was – muss? Die ganze Nacht vögeln, als gäb's kein Morgen – ist das etwa ein Muss? Ich will dir ja nicht zu nahe treten, aber vielleicht sollten wir dich mal einem Arzt vorstellen. Ich hab von einem gehört, der auch Sprechstunden für Privatpatienten hat. Irgendwo in Bat-Jam.«

»Ein Arzt für was?«

»Du weißt schon, für was.« Michaela tippt sich mit dem Finger an die Schläfe. In letzter Zeit lässt sie sich die Haare im gleichen Ton färben wie Ninusch, und der Friseur hat ihr einen modischen Kurzhaarschnitt verpasst.

Das Geräusch der Zikaden und die massive Sauerstoffzufuhr von den Eukalyptusbäumen sorgen dafür, dass mir die Luft im Zimmer die Kraft und die Sinne raubt. Und wie feucht es ist! Wären wir doch abenteuerlustige Amphibien, die genauso gut im Wasser atmen können wie an der Luft!

Nächte, in denen Leon mit den Aufnahmen für den Dokumentarfilm über sein Leben beschäftigt ist, gehören zu den Highlights in diesem Sommer. Normalerweise heißt es zwar aufpassen, wenn abends noch gefilmt wird, denn dann muss

Ninusch in einem Bunny-Pyjama und mit frisch rasierter Scham zu Hause im Himmelbettchen auf ihn warten. Doch diese Woche machen wir einen drauf, weil Leon und das Produktionsteam ins tschechische Karlsbad geflogen sind, wo ein besonders hoher Gebrauch seiner revolutionären Erfindung verzeichnet wurde. Und während sich Leon in Gesellschaft von Damen der B- und C-Prominenz interviewen lässt, die dank ›Lady's Little Shaking Friend‹ ihre Ehen und Karrieren wieder auf Erfolgskurs haben, warten wir bis weit nach Mitternacht, wenn die knutschenden Pärchen und die joggenden Senioren aus dem Jarkon-Park abgezogen sind, damit wir ungestört unser allnächtliches Picknick abhalten können. Oh, yeah.

Aber bevor wir loskönnen, müssen wir die Kühlbox mit leckeren Sachen füllen und Wein, Cola, die große Pikeedecke von meinem Bett und die große Taschenlampe einpacken, die ich extra für diesen Zweck im Baumarkt besorgt habe. Das Tigerbaby und Ninusch verfrachten wir auf den Rücksitz, Michaela und meine Wenigkeit (in der Rolle des Steuermanns) machen uns vorne breit, und dann fahren wir, »Hey, Jeep! Hey, Jeep!« grölend, los.

Uns geht es um mehr als nur den schlichten Wunsch nach einem Aufenthalt in der freien Natur, wir wollen erzieherisch und gesundheitsfördernd tätig werden: Unser Schützling soll Auslauf haben, er muss seine Muskeln trainieren. Er ist so groß und stark geworden, dass sich angesichts des geschmeidigen, ungezähmten Körpers selbst das grausamste Herz verkrampft. Der junge Wilde tigert rastlos durch die Wohnung, wie ein verhinderter Schriftsteller, der in der Hoffnung auf die zündende Idee, die ihm zum Durchbruch verhilft, die Schritte von Wand zu Wand zählt.

Einmal unterwegs, sind wir alle hellwach und voller Energie. Michaela ist aus beruflichen Gründen eine Nachteule, für Ninusch sind Tag und Nacht eins, und ich bin glücklich, eine Lösung für meine Schlafstörungen gefunden zu haben.

Ich erhebe mich von der Pikeedecke und räkle mich. Mein nackter Körper leuchtet in der Dunkelheit.

»Zum hundersten Mal, Michaela: Ich bin auf der Suche nach Liebe. Wenn das etwas wäre, was man, wie du so gern sagst, ›behandeln lassen‹ kann, wäre das Problem der Bevölkerungsexplosion auf unserer Erde längst gelöst. Ich gehe jetzt schwimmen, kommt ihr mit?«

»Angeblich feiert die Syphilis ihr großes Comeback, und du, Lilly, verträgst keine Antibiotika!«, quiekt Ninusch. Sie räumt sich ein Plätzchen zwischen den Essensresten frei, legt sich der Länge nach hin und bettet ihren Kopf auf Michaelas Schoß.

»Siehst du«, sagt Michaela, »Ninusch denkt dasselbe wie ich. Vielleicht beugst du dich der Mehrheit?«

»Eure demokratischen Methoden gefallen mir nicht«, gebe ich zurück. »Das ist out. Der Mensch ist ein hierarchisches Wesen. Außerdem, es gibt Leute, die sich nicht mit platonischer Liebe – bussi-bussi, Händchenhalten – begnügen. Nämlich die Mehrheit.«

Nach diesen Worten nehme ich völlig unbesonnen, als hätte mein Körper sich selbständig gemacht, Schwung und vollführe gekonnt eine Rückwärtsrolle. Wahrscheinlich hat sich der Bewegungsablauf beim Turnunterricht der Grundschule in mein motorisches Gedächtnis eingeprägt. Wie es allerdings aussieht, wenn einhundertzwanzig Kilo Frau (ja, genau, so viel wiege ich zur Zeit!) ausgelassen über den Rasen kugeln, muss ich mir schon selbst ausmalen – oder aber in Michaelas Gesicht ablesen, die mich anstarrt wie jemanden, der ein auffällig großes Muttermal hat oder ein Toupet trägt, nämlich mit zivilisierter Gelassenheit, um die Neugier und den Schock zu kaschieren.

Jedenfalls nehme ich das, was zur Zeit in meinem Leben geschieht, alles andere als auf die leichte Schulter. Ich suche nach Erklärungen, stelle Fragen und verlange Antworten. Gleichzeitig wende ich mich an meinen Schutzengel mit der Bitte, seine Aufgabe wieder zu übernehmen. Doch wie sehr ich auch hinhöre, die innere Stimme, die mich seit jeher vor Schaden bewahrt hat, scheint verstummt, die Stimme, die seit meiner Pubertät in mir lebt, die Stimme, die mich veranlasst, einem russischen Geiger an der Straßenecke ohne langes Nachdenken Münzen in den Hut zu werfen, die Stimme, die Zurückhaltung und das rechte Maß anmahnt, die Stimme, die über die Grenzen meiner seelischen Gesundheit, über mein zivilisiertes, wohlbehütetes Dasein wacht, die Stimme, dank deren ich es bis hierhin geschafft habe.

In Ermangelung dieser inneren Stimme muss ich auf ein dunkles Urwissen zurückgreifen, das in mich eingebrannt ist, als wäre es Teil meiner DNS, und das steif und fest behauptet, alles, was in meinem Leben geschehe, gehöre einfach zu mir und meinem Wesen und sei nur natürlich.

»Also, was ist, kommt eine von euch mit ins Wasser oder nicht?«, frage ich.

»Wozu? Die Luft hier besteht doch praktisch aus Wasser. Jedenfalls bin ich auch so schon patschnass«, gibt Michaela patzig zurück. Und sie hat Recht: Der Rasen ist vom Tau durchnässt wie nach einer Sintflut. Auch unsere Klamotten und die bunte Pikeedecke, auf der Michaela mit Ninusch liegt, sind klamm. Trotzdem zieht es mich zum schlammigen Wasser des Sees, an dessen Ufern die Mücken dichte Wolken bilden, und ich bin entschlossen, den kleinen Tiger noch einmal mitzuschleppen, obwohl er von der vorigen Tauchpartie noch nicht wieder trocken ist und jetzt gerade hinter seinem Ball her den Hügel hinunter rast, einem echten Fußball mit Autogrammen von sämtlichen Spielern des Hapo'el Bne-Jehuda, den Michaela aus der Schatzsammlung ihres Ältesten, Moran, entwendet hat.

»Schau dich mal an, wie schlank du geworden bist!« Ein neidischer Unterton liegt in Michaelas Stimme. »Gott allein weiß, wie das geht, bei dem vielen Essen, das du in letzter Zeit in dich hineinstopfst!«

Auch Ninusch behauptet, dass meine Fettpolster zusehends dahinschmelzen, und würde die elektronische Waage, die ich mir kürzlich gekauft habe, nicht in leuchtenden Ziffern 120 anzeigen, ich wäre glatt versucht, meinen Freundinnen zu glauben. Als Medizinerin jedoch verlasse ich mich lieber auf handfeste Beweise als auf die menschliche Wahrnehmung, die gerne täuscht. Und schiebe die Tatsache, dass meine Sachen wie ausgeleiert und mir inzwischen um zwei Nummern zu groß sind, lieber auf die Waschmaschine oder aber auf das neue, viel zu aggressive Waschpulver.

Wie sonst sollte man erklären, dass ich kein Gramm zunehme, wo ich doch futtere, was das Zeug hält, obwohl das Essen nach nichts schmeckt. Die Mengen, die ich vertilge, habe ich mir früher nur bei verheerenden Fressattacken genehmigt, wenn ich von einer Liebe oder von Prüfungsergebnissen enttäuscht war.

Das eigentliche Problem besteht darin, dass ich trotz der erstaunlichen Nahrungsmengen, die zu verdrücken ich in der Lage bin, nie satt werde. Der Hunger ist mein ständiger Begleiter. Und als würde das nicht reichen, hat mein Körper noch eine Reihe scheußlicher Anzeichen von schlechter Verdauung entwickelt, so dass ich mich des öfteren vor meinen Patienten schämen muss, wenn nämlich mein Magen und die Gedärme ihre Concerti geben und dabei Grummeln und Gluckern noch zu den leiseren, menschlicheren Tönen gehören.

Ich habe einen Blähbauch und mir ist fast pausenlos übel, ein Brechreiz, so zart wie Blumenduft und genauso penetrant. Und die Durchfälle! Kannenweise trübes Wasser mit Einsprengseln unverdauter Essensreste spritzt mindestens viermal am Tag aus mir heraus und sorgt für soziale Scham ebenso wie für körperliche Qualen.

Schluss damit!, befehle ich mir, stell diese bedrückenden Gedanken ab, und zwar sofort! Über mir hängt die zarte Sichel der letzten Mondphase – krasser kann der Kontrast zu meinen Verdauungsproblemen kaum sein –, und ich stoße ein lang gezogenes »Heeeeeeey!« aus und stürme wie eine gefürchtete Brünnhilde den Hügel hinab zu der Rasenfläche, die der junge Tiger so schnell und gefährlich erobert wie David Beckham das Fußballfeld.

Ein betörendes Glücksgefühl schwappt in mir hoch, wenn ich mit dem jungen Tiger spiele, gleichzeitig spüre ich eine tiefe innere Zufriedenheit, die von der Erkenntnis rührt, dass ich meine Pflichten wahrnehme. Seit die unsichtbare Mauer zwischen ihm und mir gesprengt wurde – die Mauer, die mich zunächst davon abgehalten hatte, ihn in mein Herz zu schließen –, ist es mir ein Bedürfnis, so viel Zeit wie irgend möglich mit ihm zu verbringen. Ehrlich gesagt weckt der allmorgendliche Abschied, wenn ich in die Praxis gehe, Trauer und eine unbestimmte Sehnsucht in mir, und selbst berufliche Erfolge, bislang Allheilmittel gegen jede Art von innerer Unruhe, können mich nicht ablenken, ich muss immerzu an dieses wilde Geschöpf denken. Manchmal kommt es mir vor, als verschleierte sich selbst Ninuschs Blick, der nie Eifersucht kannte, wenn sie sieht, mit welcher Begeisterung der kleine Tiger mich, sei es als Aufforderung zum Spielen oder als Zeichen seiner Zuneigung, umkreist und seinen Kopf an meinem Schenkel reibt.

Doch jetzt sind wir zusammen, und was will man mehr, hier unter den Sternen? Sie sind so hell, dass ich das Gefühl habe, sie durchfluten mit ihrem Licht mein gesamtes Blickfeld, so dass ich jeden Grashalm, aber auch jeden Streifen und jede Nuance von Orange und Gold und Weiß und Tiefbraun im Fell des jungen Tigers erkennen kann, und ich bestaune ihn und bin unwillkürlich ergriffen, eine beinahe religiöse Ergriffenheit, wie beim Anblick eines Sonnenauf- oder -untergangs, eines Großbrands oder der endlosen Weiten eines blauen Ozeans, und ich frage mich verwundert, welche höhere Macht diesem einfachen Säugetier, einem von vielen sterblichen Wesen, eine derart feurige, ausdrucksvolle Schönheit verliehen hat.

Dank dieser übernatürlichen Schönheit nehme ich seinen Egoismus und seine fordernde Haltung einfach hin, ohne dass mich dieses Fass ohne Boden schreckt oder gar im Sinne von ›Was sind denn das für Arbeitsbedingungen?‹ ärgert, denn tief im Herzen weiß ich, dass die vollendete Pracht und die klaren Linien Schaden nähmen, wenn sich das Tier nicht so egoistisch verhielte und seine Auffassung von Gegenseitigkeit nicht so diffus wäre.

»Komm!«, rufe ich und will ihn hochnehmen, doch er sträubt sich und entgleitet mir mit seinem ganzen Muskelgewicht, als wollte er sagen: Mädchen haben bei mir keine Chance. Doch ich bleibe stur, Nächte wie diese sind die Gelegenheit, ihm das Schwimmen beizubringen, wie es sich für seinesgleichen gehört.

Das jedenfalls habe ich auf einem von Ninuschs Merkzetteln gelesen, die überall in der Wohnung verstreut sind, und seither arbeite ich unermüdlich daran, den jungen Tiger ans Wasser zu gewöhnen und daran, es zu mögen. Ich darf betonen, dass ich zu Hause in der Badewanne bereits beachtliche Erfolge erzielt habe: Kaum hört er Wasser einlaufen, kommt er mit großen Sprüngen angerannt und klettert, ganz heiß auf die Begegnung mit dem kühlen Nass, auf den Wannenrand. Doch hier, in der freien Natur, hat er Angst vor dem Unbekannten, und Ninusch und ich sind ziemlich gefordert, wir müssen ihm gut zureden, bis er sich in den See wagt und lange genug im Wasser planscht, um die richtigen Schwimmbewegungen überhaupt erlernen zu können.

Bisher, das muss ich leider zugeben, waren unsere Bemühungen vergeblich; auch wenn es uns gelingt, ihn über eine vernünftige Zeitspanne im Wasser zu halten, reißt er sich los, sobald er eine Chance sieht, und findet seinen Weg aus dem Wasser. Dann schüttelt er sich ausgiebig wie zum Zeichen seines Unwillens und versprüht unter heftigem Geniese Millionen von Tröpfchen auf die Umgebung: ein behaarter Rasensprenger.

Auch jetzt wäre ihm natürlich die Sicherheit eines festen Bodens unter den Pfoten lieber, doch ich schnappe mir den Ball und verziehe mich schenkelklopfend ans untere Ende des Hügels: »Los, komm, du Feigling, komm mit!« Er gehorcht und folgt mir, zögerlich und in Zickzacklinien über den Rasen trabend, vorbei an unserer Lichtung, wo Michaela und Ninusch sich wie ein träges Turteltaubenpärchen ihre platonische Liebe zugurren, in Richtung dunkler See.

»Nu wot choroschi moi, ty idi, poplawai, schwimm, schwimm ein bisschen, meine Lieber!«, ermuntert Ninusch ihren Liebling auf Russisch.

Michaela, die Skeptikerin, zeigt offen ihren Unmut.

»Entschuldigt bitte, aber ich kann mich nicht an den Gedanken gewöhnen, dass eine Katze schwimmen lernen soll. Seid ihr sicher, dass das nicht an Misshandlung grenzt? An Tierquälerei? Und wie der jetzt riecht! Wie ein Putzlumpen. Eine Monsterkatze, wie sie im Buche steht.«

Doch da sind wir schon fast unten, am schwarzen Wasser.

Das Quaken der Frösche vom See lässt an andere, ferne Naturlandschaften denken, Urwälder mit Lianen und Farnen und tropischer Flora.

Wenige Schritte vor der im Dunkeln liegenden Wasserlinie bleibt der junge Tiger stehen. Es wird nicht leicht sein, ihn zu zwingen, so stark, wie er mittlerweile ist. Ich wate bis zu den Hüften ins Wasser und strecke ihm ermunternd die Arme entgegen: »Los, komm, na, los, mit einem Satz!« Doch er bleibt am Ufer stehen, ein dunkler Schatten, der missmutige Blick von der Dunkelheit verschluckt. Immer wieder rufe ich, bis mir der Geduldsfaden reißt und ich zurück ans Ufer stapfe, um mich mit meiner ganzen erzieherischen Macht auf den Verweigerer zu stürzen, nur dass ich ihn diesmal mit beiden Händen am Nacken packe, statt ihn mutig hochzuheben und ihn, die Arme fest um den sich windenden Körper geschlungen, ins Wasser zu tragen. Mit einer Kraft, von der ich selbst nicht weiß, woher sie plötzlich kommt, ziehe ich ihn an dem dicken

Wulst hoch und schleppe ihn tief in den See hinein, bis meine Brüste wie zwei helle Bojen obenauf treiben. Erst da lasse ich ihn vorsichtig, aber entschlossen und ohne meinen Griff zu lockern, zu Wasser.

Und dann wiederhole ich die Übung, ein ums andere Mal hebe ich ihn vorsichtig heraus und lasse ihn wieder sanft zu Wasser, als taufte ich ein christliches Kind, auf dass der Schöpfer seinen ewigen Bund mit ihm schließe. Als mir die Kraft ausgeht, lasse ich meinen Schwimmschüler einfach im Wasser, ohne ihn jedoch loszulassen: Er soll meine schützende Anwesenheit spüren, auch wenn ich ihn nicht mehr ganz so fest halte.

Nach einer Weile ziehe ich ihn, rückwärts über schleimige Algenbänke gehend, sanft hinter mir her tiefer in den See hinein, meine Füße versinken in dem glitschigen Schlamm, bis ich irgendwann – den genauen Zeitpunkt kann ich weder näher beschreiben, noch lässt sich sagen, wann er sich aus dem Gewebe der Zeit herausgelöst hat, – loslasse und zügig davonschwimme, ins Tiefe, während der kleine Tiger erschrocken wenige Meter hinter mir mit den Beinen strampelt, als wäre er am Ertrinken.

Jetzt ist er allein, sein Kopf ragt erstaunt aus dem Wasser, während der Körper unter der Oberfläche zappelt. Doch nach einem langen Moment verwirrten Wirbelns in der Tiefe beginnen die Pfoten hastig zu rudern, o Wunder, er schwimmt, bewegt sich aus eigener Kraft auf mich zu, einen Meter, zwei, noch einen, direkt in meine ausgestreckten Arme, nur schleunigst wieder in die sichere Umarmung. Kaum ist er nahe genug, fange ich ihn auf, gebe ihm die erhoffte Sicherheit, umschlinge seinen nassen Körper und drücke ihn mit vor Stolz und froher Verzückung geschwellter Brust an mich und bedecke das breite Gesicht mit Küssen. »Alle Achtung, kleines Genie, bravo!«

Wir wiederholen die Übung noch zweimal. Ich entferne mich umständlich, bahne mir einen Weg in dem modrigen

Wasser, und er, mit jedem Mal sicherer, beeilt sich, mich einzuholen. Als wir beide glauben, dass er die Technik beherrscht und kein Anfängerglück mehr im Spiel ist, rufe ich, tief aus dem Zwerchfell, ohne hohe Töne, die das soeben Geschehene verraten könnten: »Ni-nusch, Mi-cha-ela, kommt mal kurz her!«

Oben am Hügel erscheinen zwei ranke und schlanke Silhouetten und setzen sich gemächlich in Bewegung, auf den See zu; sie scheinen eher zu gleiten als zu laufen, Geister in hellen Sommerkleidern, dicht an dicht, als stiegen sie zusammen einen steilen Abhang hinunter und nicht eine runde, weiche Graskuppel, und plötzlich bedrückt mich die Erkenntnis, dass diese Augenblicke, die ich gerade erlebe, dem sicheren Ende geweiht sind.

Die Zeit verrinnt, sie zieht sich in die Länge, bricht ab, aber ich kann ihren stetigen Fluss nicht eine Sekunde lang aufhalten, und bei diesem Gedanken überkommt mich eine trunkene kosmische Großzügigkeit, und ich wünsche jedem, wirklich jedem Einzelnen, der unter diesen Sternen lebt, zwei solche Wesen, die, kaum dass er nach ihnen ruft, auf einem grasbewachsenen Hügel erscheinen und auf ihn zugehen und ihm damit die unerschütterliche Gewissheit geben, dass sie, ganz egal, was er von ihnen möchte, binnen weniger Sekunden bei ihm sind.

Ich weiß: Wenn in ferner Zukunft das Unvermeidliche eintritt und mein Hirn alt ist und abbaut und die Zellen schrumpfen und absterben, werde ich mir von der höheren Macht, wo immer sie auch sein mag, als letzte Barmherzigkeit erbitten, diese Momente noch einmal durchleben zu dürfen. Dann werde ich diese Bilder, verschossen und zerkratzt, wie sie sind, auf die Leinwand der Erinnerung projizieren, wieder und wieder, wie einen alten Amateurfilm, aber von einer fremden Familie, einen Film, der wehmütig macht, als ginge es um einen selbst und die eigenen Lieben: Kinder, die über eine weite Wiese rennen, ein Kleinkind mit einer verkehrt herum aufgesetzten Schirmmütze, das ihnen hinterherlaufen will, stolpert, hinfällt und sich wieder aufrappelt, bemüht, den Großen zu folgen, eine Frau, die in einem Sommerkleid lachend auf der Veranda eines Landhauses steht, Fußball spielende Männer, die auf einem improvisierten Feld Staubwolken aufwirbeln, während ein kleiner Hund, eine Promenadenmischung, zwischen ihren Beinen umherjagt, und das alles in dreifacher Geschwindigkeit und bis auf das Rattern des alten Projektors ohne Ton. Ja, genau so wird es sein, wenn alles noch einmal durch die vom Vergessen durchzogenen Weiten meines Gehirns zu mir vordringt.

Ninusch und Michaela haben den Hügel hinter sich gelassen und den See erreicht.

»Was ist denn, Lilly, was ist los, ist was passiert? Was macht ihr da?«

Ich winke sie mit beiden Armen zu mir und halte die Überraschung mit letzter Kraft so lange zurück, bis sich die beiden überreden lassen und ihre Kleider ablegen, zwei blass schimmernde Körper, die am Ufer herumstehen und dann ihren Mut zusammennehmen und sich juchzend ins Wasser stürzen.

Von da an nur noch wildes Gewieher dreier nackter Liliths und drei wasserspritzende Händepaare, während ein nasser, eifrig paddelnder kleiner Tiger aufgeregt von einer Frau zur anderen schwimmt, ohne den Grund für die Geisterfeier zu begreifen, die das dunkle Wasser des Sees kräuselt, wo sich sanft ein schmaler und kühler Mond spiegelt.

* * *

**Tigermännchen wie -weibchen markieren ihr Revier mit einer Mischung aus Urin und einem speziellen Sekret.**

* * *

**Meine blonden Freundinnen** haben sich umsonst gesorgt, haben umsonst um mein seelisches Wohl und meine leibliche Sicherheit gebangt. Wie so oft spielt das Schicksal sein verborgenes Spiel, und wir, die sterblichen Statisten der Großproduktion, dürfen plötzlich einen Satz mehr sagen, bekommen einen zusätzlichen Auftritt.

Eines schönen Tages – ich bin gerade auf der Suche nach Klamotten, die meinem neuen Körperumfang entsprechen – treffe ich zufällig Amicam.

Zunächst haben die beiden Verkäuferinnen im Laden für Übergrößen behauptet, mit meiner Figur könne ich auch in normalen Geschäften etwas finden, dann hat mich das kecke Bedürfnis, mich zu verwöhnen, mir etwas Gewagtes zu gönnen, das die Grenzen meines praktischen Denkens sprengt, dazu getrieben, ein Taxi anzuhalten und mich zum Hamedina-Platz fahren zu lassen. In einer Boutique, die so klein ist, dass ich früher die Luft hätte anhalten müssen, um mich dort aufhalten zu können, spüre ich, als ich ein Kleid von einem jungen italienischen Modeschöpfer anprobiere, zwei Hände, die mich an den Schultern fassen und mich sanft zwingen, mich umzudrehen, so dass ich in ein vertrautes, sonnengegerbtes Gesicht blicke, ein Gesicht mit kantigem Kinn und lachenden Augen, ohne dass sich ein Muskel darin bewegt.

Wir stehen einander gegenüber. Wir sind gleich groß, wie immer, wenn ich Absätze trage. Eine Zeitlang sagt keiner von uns ein Wort, aber dann bauen wir die Stille mit einem wahren Feuerwerk der Begrüßung ab, scherzhafte Fragen und holprige Komplimente, die unsere Verlegenheit kaschieren sollen.

Ja, natürlich bin das ich, Amicam, nein, ohne extra Diät zu machen, ich schwöre, ehrlich gesagt habe ich schon wieder etwas zugenommen.

Mit seinem Lachen, bei dem er die starken Zähne zeigt, tut er meine Worte als einen nach Komplimenten angelnden Witz ab, dreht mich hin und her, Wahnsinnsfigur, Lilly, wie ein Fotomodell, super siehst du aus, Nicole Kidman, und er besteht darauf, mir das blaue Chiffonkleid zu kaufen, das ich gerade anprobiere, ein Kleid in Größe vierundvierzig, der Größe für füllige und nach allgemeiner Auffassung attraktive Frauen. Der handschriftlich auf dem Etikett vermerkte Preis beträgt zweitausend Dollar, nach Abzug der vierzig Prozent Schlussverkaufsrabatt.

Danach kurze Szenen in schnellem Wechsel. Wir spazieren, wie durch eine Blase abgeschirmt von den gewöhnlichen, schutzlosen, armseligen Leuten, die an uns vorübergehen, durch die Straßen, trinken Wein in einem Café und hinterlassen ein Trinkgeld, das den Betrag unserer Bestellung übersteigt, ruhen uns auf einer Parkbank aus und lauschen, eng umschlungen, einem schwermütigen russischen Musikanten, der auf seiner Geige *Hava Nagila* spielt, schmiegen uns flüsternd und händchenhaltend in einem Taxi aneinander, studieren Kopf an Kopf die Speisekarte eines teuren Restaurants mit Fusion-Küche.

Und wir reden, reden ohne Unterlass. Wir haben ja so viel nachzuholen, um die gähnende Lücke der zweijährigen Trennung zu schließen. Ein Hagel von Fragen, Geständnissen, Schuldzuweisungen, Bitten um Verzeihung, mit verkniffenem Mund und Grimassen, die zu einem Lächeln schmelzen, das von einem vor Aufregung roten Ohr zum anderen reicht, einer Aufregung, an deren Ende das Glücksgefühl ruht, wie eine Katze, die es sich auf der Fernsehdecke gemütlich gemacht hat.

Vorbei die Zeit des Umherstreifens. So, mit dieser Schlichtheit, passieren die wirklich wichtigen Dinge: ein Nachmittag, ein Kleiderladen, eine Berührung deiner Schultern durch vertraute Hände, ein Blick.

Spät in der Nacht, nachdem ich Amicam schlafend auf dem Sofa in seiner alten, mir ach so vertrauten Wohnung zurückgelassen habe – der Wohnung, die ihm der Kibbuz aufgrund seiner kosmopolitischen Tätigkeit vor Jahren zur Verfügung gestellt hat –, mache ich mich zu Fuß auf den Heimweg, um das süße Bewusstsein, endlich wieder am richtigen Platz zu sein, in die Länge zu ziehen. Mein Herz quillt über vor Dankbarkeit gegenüber der höheren Macht – Dankbarkeit dafür, dass meine Wahl damals auf Amicam gefallen war, aber auch für die Geduld, die mich trotz der langen Trennung, trotz der Fallen, die das Vergessen mir stellte, trotz der Krisen des anfälligen Herzens ihm wieder zugeführt hat.

Mit gesenktem Haupt will ich mir selbst und auch dir, höhere Macht, wer oder was auch immer du sein magst, der Ewige oder ein Moloch, eingestehen, dass sowohl die Intensität des Trennungsschmerzes als auch meine jetzige Fähigkeit, mutig jedes Ehrgefühl fahren zu lassen und in Amicams sonnengebräunte Arme zurückzukehren, das direkte Ergebnis einer ungestillten Sehnsucht sind, die tiefer reicht als jedes Meer: mein inniger Wunsch, einen sicheren Hafen zu erreichen und dem Echo der Leere, das in mir widerhallt wie ein in den Abgrund geschleuderter Stein, auf immer zu entfliehen.

Selbst jetzt, nach Jahren, steigt vor meinem geistigen Auge das himmlische Bild eines festlichen Essens am Freitagabend im Kibbuz auf, als wäre es gestern gewesen, ein Schabbatmahl mit der vollzählig versammelten Familie Ur-Kasdim: mein Geliebter, Papa Dan-Dan und der von Alzheimer geplagte Opa Nachtsche. Von außen ein weitläufiger Speisesaal, der in der ungezügelten Blütenpracht weißer und roter Bougainvilleen versinkt, drinnen schmelzend weiches weißes Licht, welches das harmonische Miteinander im Raum erhellt, die Bewegung der Teilchen innerhalb des Ganzen: lauter hart arbeitende Männer und Frauen. Die Mitglieder der Kibbuzgemeinschaft und ihre Frauen sind frisch geduscht, sie haben die Anspannung der Woche abgelegt und genießen in vollen Zügen den freien Abend – Freizeit, die sie sich im Stall, auf dem Feld, im Kinderhaus erarbeitet haben. Essenstabletts, Blicke auf die elektrisch betriebenen Förderbänder, Quark, duftende Omeletts, Berge von frischem Gemüse.

Schon damals fühlte ich mich wie eine Göttin, stark, ein Übermensch. Schon damals wusste ich: Hier bin ich richtig.

Wozu mich mit Altlasten und Zukunftsängsten herumschlagen, wenn ich in einem hellen Blazer aus dem Laden für Übergrößen hier sein kann und nur zusehen muss, dass ich meine Ärmel vor dem speichelverdünnten Kartoffelpüree rette, das Opa Nachtsche aus dem Mundwinkel tropft, während der alte Herr in die Diskussion über den neuen Trennzaun platzt, die Amicam gerade mit seinem Vater führt, und mit einem erstaunlichen Gespür fürs Dekonstruktivistische bruchstückhaft eine der Flunkergeschichten kolportiert, die einst unter Kameraden am Lagerfeuer zusammen mit dem Mokkakännchen die Runde gemacht hatten.

Ein Passant starrt mich verwundert an: eine Frau in einem himmelblauen Chiffonkleid, die mitten in Tel Aviv, mitten in der Nacht losprustet. Und wie hätte ich mir das Lachen auch verkneifen sollen bei der Erinnerung an Opa Nachtsches Evergreen, mit dem er immer wieder anfing, wie ein Künstler, der sich wie besessen nur einem einzigen Thema widmet. Das kathartische Ende auslassend, stieg der alte Nachtsche treffsicher jedes Mal irgendwo mittendrin ein und erzählte von dort rückwärts seine Story, irgendwas von einem Hühnerdiebstahl im kibbuzeigenen Stall, mit Josske dem Dicken, Mottke dem Rotschopf und Froike dem Pflug als Komplizen.

Mit dem ersten Satz der Geschichte erstarrten die Blicke von Sohn und Enkel Ur-Kasdim. Ich aber, Lilly, Spross einer jiddischen Komödiantenfamilie, hörte aufmerksam zu und malte mir aus, wie ich mich davonstehlen würde, sobald Amicam, erschöpft vom nächtlichen Pflügen meines Körpers, eingeschlafen wäre, um im Kühlschrank der Kibbuzküche Reste vom Auflauf zu stibitzen, nur dass diesmal mein Akt nicht simpler Ausdruck meiner Verfressenheit wäre, sondern dank der historischen Perspektive einer alten Tradition eine zusätzliche, geradezu feierliche Dimension bekäme.

Und obwohl der Kibbuz nur noch bedingt als Kollektiv funktionierte und bereits am Privatisierungsprozess krankte, obwohl in der Küche und im Speisesaal nicht mehr hemdsärmelige Kibbuzfrauen und braungebrannte Freiwillige aus Schweden arbeiteten, sondern Angestellte eines Cateringservice, Arbeitskräfte aus dem Humankapital der russischen Einwanderung, konnte man immer noch die herrliche, nach Obstblüte duftende Luft genießen und das Gefühl der Gewissheit, dass wir ohne Wenn und Aber für immer hierher gehören, in dieses Land, das wir bewohnen und in dem wir leben, stolz und schön: ich und mein Geliebter und seine hochwohlgeborene Familie.

Und jetzt gehe ich durch die nächtlichen Straßen und muss unwillkürlich schmunzeln, als mir die Gesichter der drei Ur-Kasdims wieder einfallen: drei Generationen von Helden der israelischen Kriege, die mir beim Schabbatmahl gegenübersitzen, die helle Haut von der Sonne zu Gold- und Kupfertönen gebrannt, die Augen erstrahlen in arischem Blau, nur die Nasen sind, tja, leider groß und fleischig, Hakennasen eben, letzte Spuren einer schmachvollen Vergangenheit in der Diaspora.

Erst als ich meine Wohnung betrete und der Tiger, der vor Freude beinah überschnappt, mich anspringt und Ninuschs vorwurfsvolle Stimme sagt: »Mensch, Lilly, wo hast du bloß gesteckt? Wir sind fast durchgedreht vor Sorge!«, falle ich aus der Wolke der Bilder und Erinnerungen und lande mit einem Satz wieder in der Wirklichkeit.

* * *

**Der Tiger sieht nachts fünfmal so gut wie der Mensch.**

* * *

**»Keine Ahnung, was mit mir los ist«,** sagt Amicam. Er sitzt da, wie alle Männer im Laufe der Geschichte dasaßen und wohl auch immer dasitzen werden, wenn sie sich hilflos fühlen: auf der Bettkante, die Knie auseinander, mit gebeugtem Rücken, den Kopf in den Händen vergraben.

Und ›Hilflosigkeit‹ ist in der Tat das treffende Wort, wenngleich es in Anbetracht von Amicams Zustand etwas zu allgemein sein dürfte.

Ich mache mir keine Sorgen. Bestimmt wird sich schon bald alles einrenken. Ich, die ich geschlagene zwei Jahre auf ein Wiedersehen mit ihm gewartet habe, kann bestimmt noch so lange warten, wie es eben dauert, bis der Mann, den ich liebe, wieder im Vollbesitz seiner Kräfte ist.

»Wir haben noch das ganze Leben vor uns, Katerchen. Ich mache mir keine Sorgen.«

Amicam lächelt gezwungen und brummt mit erloschenem Blick: »Ich eigentlich auch nicht, Süßichen.«

Sowohl Michaela als auch Ninusch sind mit Amicam zufrieden. Sie freuen sich für mich und lassen es mich deutlich spüren. Vor zwei Tagen, nach einem festlichen Mittagessen in einem Restaurant mit Meerblick in Jafo, wo ich meinen Geliebten und meine Alternativfamilie miteinander bekannt machte, kaufte Amicam von der Blumenverkäuferin für jede von uns eine rote Rose, und da fielen meine beiden Freundinnen gleichzeitig mit Küssen über die männlichen Wangen her, die schon wieder bläulich schimmerten und nach der zweiten Rasur des Tages verlangten.

»Oh, Amicam, solnyschko, unser Liebling.«

Am Abend saßen sie mir dann mit ernsten Mienen gegenüber und versuchten in Gemeinschaftsarbeit, meine Probleme zu lösen. Sogar der kleine Tiger, der neben mir auf dem Sofa lag, sah mich mit seinen gelben Augen an, als könnte er plötzlich eine Liebesweisheit aus dem Hut zaubern.

»Bestimmt liegt es an der Aufregung«, meinte Michaela. »Wenn's bei den Männern irgendwo hakt, dann als Erstes da. Die sind nicht wie wir, die Mädchen, die immer und überall können, ob im Wasser oder im Feuer, in der Mittagspause, auf einem Esstisch, oder in einem Koffer und nach einem arbeitsreichen Tag.«

»Vielleicht liebt er dich zu sehr«, preschte Ninusch mit ihrer

These vor. Ihr Blick war verschleiert, als würde sie gleich in Ohnmacht sinken. »Oder er will damit warten, bis ihr verheiratet seid.«

»Schnapp dir ein Buch, Ninusch, und verzieh dich!«, fuhren Michaela und ich sie an. »Davon verstehst du nichts.«

Als es uns auch am fünften Tag nicht gelang, unsere aufgefrischte Liebe mit einem feierlichen Orgasmus zu krönen, weihte Amicam mich in die Probleme ein, die ihm das Zivilleben vergällten: Aufgrund eines dummen Vorfalls, der sich unter seinem Kommando ereignet hatte – er wies drei Panzer an, drei palästinensische Jugendliche (zweifellos Terroristen vom militärischen Arm der Hamas) zu überfahren, die spät nachts von einer Vergnügungsfahrt nach Ramalla in ihr Dorf zurückkehrten –, war sein Aufstieg zum Stellvertretenden Brigadekommandeur ausgesetzt worden.

»Meine Leute sind eins A, die hätten dicht gehalten, wie immer«, seufzte Amicam.

Doch diesmal hatten seine Freunde keine Gelegenheit gehabt, ihre Treue zu beweisen: Wie durch ein Wunder trafen zwei der Jugendlichen, die sich gerade noch hatten retten können, auf ein CNN-Team, das ihre Zeugenaussage zu gern filmen wollte, und so war Amicams heller Kopf auf dem Altar der weißen Weste der israelischen Verteidigungsarmee geopfert worden.

»Du kriegst noch eine Million Chancen«, flüstere ich verführerisch; mein Mund verschlingt meine letzten Worte mitsamt Amicams welkem Glied.

Doch vergeblich. Auch nach zwei vollen Stunden virtuoser und einfallsreicher Bearbeitung, einer ausgewogenen Mischung aus oralen und manuellen Techniken, ist mein Geliebter immer noch saft- und kraftlos.

Ja, in den letzten Tagen war ich wirklich pausenlos bemüht, nicht irgendwelchen trüben Gedanken nachzuhängen, die selbst das optimistischste Selbstbewusstsein untergraben. Und wer wollte mir das verübeln, wo doch mein früher allzeit bereiter Geliebter auf einmal solche Mühe hat, mich erotisch zu finden, und das ausgerechnet jetzt, wo wir beide zu der Auffassung gelangt sind, dass unsere Liebe uns ein gemeinsames Schicksal geradezu auferlegt, und er obendrein einen Bonus ganz nach seinem Geschmack bekommt, nämlich eine wohlproportionierte, muntere Frau, die sich unglaublich engagiert dafür einsetzt, dass das Liebesleben wieder in Schwung kommt.

Ich darf anmerken, dass ich zur Zeit förmlich überschäume vor erotischen Fantasien. Überall in Amicams Wohnung, wo ich neuerdings den Großteil meiner freien Zeit verbringe, finden sich Einkaufstüten teurer Dessousläden nebst gewagten Lustobjekten aus farbigem Plastik und Silikon, für Tausende von Schekeln in Geschäften gekauft, deren Warenangebot darauf abzielt, gute Laune zu verbreiten und die körperliche Lust zu steigern.

Wie die letzten Hinterlassenschaften von jemandem, der beschlossen hat, ins Wasser zu gehen, liegen neben dem Doppelbett eine Henkersmaske aus weichem Kalbsleder, mit lila Pelz verbrämte Handschellen, elastische Strumpfbänder, eine Peitsche und hochhackige schwarze Schuhe, und überall fliegen, zart und schwerelos, apricot- und champagnerfarbene Seidendessous mit grauer Spitze, romantische Korsetts mit Bändchen und Ösen, hauchdünne weiße Nylonstrümpfe herum, wie lauter gute Feen, die uns helfen wollten, aber gescheitert sind.

Auch die Pornofilme, die sich bis vor kurzem vor dem Videogerät auftürmten – allesamt der letzte Schrei: Sex mit Tieren, Indern, älteren Damen und sogar Frauen, die Hebräisch sprechen –, hielten nicht, was sie versprachen, und wanderten zurück zum Sexshop in unserer Nachbarschaft.

Ich zermarterte mir das Gehirn, um frühere erotische Erlebnisse aus der Versenkung zu holen und sie dem lechzenden Amicam in epischer Breite zu erzählen, mit sämtlichen anatomischen Einzelheiten und einem nicht unbeträchtlichen Maß an Prahlerei. Wie die verführerische Scheherazade mit ihren unzähligen Geschichten verbrachte ich Stunden in seinem Bett, in der Hoffnung, dass sein männlicher Trieb, in den der Konkurrenzkampf eingewoben ist wie ein roter Faden, erwachen würde, wenn ich quasi künstlich eine harmlose Eifersucht in ihm weckte.

Doch ach, auch meine Geschichten liefen ins Leere.

So schwebe ich, in rauchfarbenen Chiffon, plissierte Seide oder hellblaue Organza gehüllt, das Schamhaar herzförmig rasiert und in knalligem Pink gefärbt, wie ein Geist von Zimmer zu Zimmer, verzehre kiloweise Erdbeeren von den Lenden meines Helden, gleite mit lustvollen Schlängelbewegungen über den Körper meines Angebeteten und hülle ihn in einen Schleier aus aromatischen Ölen, während Duftkerzen den Geruch von Vanille und Moschus verbreiten und literweise Côte du Rhône in hohe Kristallgläser fließt: exotische Lustrituale ohne Ende.

Doch trotz alledem und dazu der gesamten Bandbreite alter wie neuer populärerer Techniken, die der Menschheit als ›lustfördernd‹ verkauft werden, bleibt mein Oberstleutnant schlapp, schlaff, schwach.

»Vielleicht liegt es an mir, du findest mich eben nicht mehr attraktiv, der Körper lügt nicht«, jammere ich gebetsmühlenartig, nur damit Amicam mir wieder und wieder ein Loblied auf meine Weiblichkeit und mein Naturell, auf meine äußere und innere Schönheit singt.

»Denk immer daran: Männer mögen keinen Druck. Tu, als hättest du null Lust«, lautete Michaelas Anweisung, als ich gestern nach Hause kam, um ein paar Stunden mit dem Tigerbaby zu verbringen, und Ninusch riet mir: »Lutsch ihm doch mal den Schwanz« – eine Plattitüde, auf die ich gar nicht erst einging. Leider kann ich mir zur Zeit nicht erlauben, selbst den banalsten Rat in den Wind zu schlagen, und sei es auch nur, um die Geister des Zweifels und der Niederlage zum Schweigen zu bringen. Daher gehe ich vor Amicam, der in seiner Verzweiflungspose dasitzt (am Fußende des Betts, in gebeugter Haltung etc.), brav auf die Knie und schiebe, Ninuschs Rat befolgend, meinen Kopf zwischen seine Beine – sie ist immerhin vom Fach.

Doch lange Minuten vergehen, und meine Geduld und Mühe werden nicht belohnt.

Ich wische mir mit dem Handrücken den Speichel vom Mund und stehe auf. »Ich mach uns mal was zu essen.«

»Super. Ich sterbe vor Hunger«, seufzt Amicam erleichtert und sucht Zuflucht auf dem Sofa, wo er sich ganz seiner derzeitigen Lieblingsbeschäftigung widmen kann: der Lektüre der Wochenendbeilagen sämtlicher Zeitungen, die wie immer um diese Jahreszeit voll sind von neuen Enthüllungen irgendwelcher skandalöser Vorgänge während des Jom-Kippur-Kriegs.

Ich verschwinde in meinem flatternden seidenen Hausmantel in der Küche. Mein Magen quält mich mehr denn je. In den letzten Tagen musste ich mir listige Täuschungsmanöver ausdenken, um Amicam vom Rumoren in meinem Bauch und den häufigen Gängen zum Klo abzulenken. Der leichte Brechreiz, der in meinem Innern lebt wie ein Teil meiner Atmung, ist ebenfalls stärker geworden und schwappt in sanften Wellen in meiner Kehle hoch, um sich sogleich wieder in die Tiefen des Magens zurückzuziehen.

Und der Hunger! Mein Hunger wird von Tag zu Tag schlimmer, so dass ich es inzwischen aufgegeben habe, mich beim Essen zu beherrschen. Zu meinem Glück ist Amicam ein Mann, der gerne zusieht, wenn seine Frauen beim Essen ordentlich zulangen. In seinen Augen ist das ein Beweis für Häuslichkeit und Zügellosigkeit in einem, eine seltene, lustfördernde Mischung.

Auch jetzt reiße ich die Kühlschranktür auf und stürze mich auf Philadelphia-Frischkäse, Nudelsalat und die Tofubällchen, die Amicam extra für mich im Bioladen *Kirschknospe* gekauft hat.

Ich stelle eine schwere Steakpfanne auf den Herd. In einer blutigen Tüte wartet ein Siebenhundergramm-Entrecôte auf Amicam, und ich hole es mit spitzen Fingern heraus und lasse es auf die Arbeitsplatte plumpsen. Als das große Stück Butter zischend in der Pfanne geschmolzen ist, werfe ich das Fleischstück hinein. Ein penetranter Geruch steigt mir beißend in die Nase.

Aus unerfindlichen Gründen hat er eine beruhigende Wirkung auf meinen Brechreiz, und statt mich, wie sonst, ans offene Fenster zu stellen, bleibe ich vor der brutzelnden Pfanne stehen und wende gelegentlich mit einer Gabel das Fleisch; die Hitze entzieht ihm das Blut, und es entsteht eine bräunliche Sauce, die sich mit der verbrennenden Butter mischt.

Womöglich hat Michaela doch Recht, vielleicht sollte ich tatsächlich einen Arzt aufsuchen. Keinen Psychiater, Gott bewahre. Aber ein gründlicher Check-up bei einem Allgemeinmediziner könnte bestimmt nicht schaden. Ich muss an die Horrorgeschichten denken, die ich in letzter Zeit in der Praxis gehört habe: Bei einer unserer Patientinnen – sie ist zwei Jahre jünger als ich – wurde ein Knoten in der Brust entdeckt, eine andere hat es an den Lymphdrüsen erwischt, und Ada Kaufman, eine Frau, die mit ihrem Importunternehmen für sanitäre Anlagen reich geworden ist, liegt mit fortgeschrittenem Lungenkrebs im Sterben.

Amicam ist ganz in seine Zeitung vertieft, als ich das Tablett ins Wohnzimmer trage. Fast geistesabwesend schickt er mir ein Dankeschön-Luftküsschen und macht sich über sein Fleisch her; alle paar Bissen stippt er mit der Gabel in das Glas Dijon-Senf und trinkt einen Schluck Bier aus der Dose. Sein Gesicht steckt schon wieder hinter der Zeitung.

Ich lasse mich aufs Sofa fallen. »Na, irgendwas Neues?«, frage ich, um seine Aufmerksamkeit zu gewinnen.

»Die übliche Scheiße«, speist Amicam mich mit einer allgemeinen Bemerkung über die Situation im Land ab und zeigt damit deutlich, dass ich ihn nicht nerven soll.

Ich erhebe ihn zum Kommentator.

»Aber kann man denn gar nichts dagegen tun? Was würdest du vorschlagen, Katerchen?«

Nichts liegt mir ferner, als mich hier auf seinem Sofa zu langweilen, daher setze ich alles daran, ihn in ein Gespräch zu verwickeln.

»Was ich vorschlagen würde? Das einzig Sinnvolle.«

Mein Köder hat gewirkt, Amicam legt die Zeitung weg. Er mustert meinen Körper, der durch den offenen Hausmantel schimmert. Wie konnte ich das bloß vergessen? Die Situation im Nahen Osten ist für meinen Geliebten das Aphrodisiakum Nummer eins!

»Sofortiger Rückzug auf die Grenzen von Siebenundsechzig und eingeschränktes Rückkehrrecht für die Palästinenser. Sollen sie endlich ihren Scheißstaat ausrufen und uns in Ruhe lassen. Man darf gespannt sein, ob die Arabskis ihre Unabhängigkeit genießen können – bei dem korrupten Regierungsapparat, den sie haben.«

Amicam verlässt den Esstisch und kommt zu mir.

»Rück kurz rüber, ja habibti, lass mich mal gucken, was du unter deiner Galabija hast.«

»Israel und Palästina: zwei Staaten für zwei Völker«, deklamiere ich kichernd.

»Komm, komm, mein linkes Käferchen«, brummt Amicam wohlig, dreht mich auf den Bauch und besteigt mich von hinten, während er sich noch die blaue Boxershorts herunterzieht.

»Auf geht's, Süßi, mein Honigküchelchen, los, sag was auf Arabisch.«

Ich versuche, mich herauszuwinden. »Keine Lust, Katerchen. Ich weiß gar nicht mehr, was man da sagt. Und überhaupt: Aus der Schule kann ich sowieso bloß Hochsprache.«

»Dann sag's eben hochsprachlich, Käferchen.«

Ich spüre, dass sein Glied an meinem Po steif wird.

Ich seufze resigniert und brabble auf Arabisch vor mich hin, besinne mich auf die vorgefertigten Sätze, die mein Oberstleutnant mir einst beigebracht hat, und erfinde neue hinzu, in die ich die aktuelle Politik einfließen lasse:

»Sajdi d-dabet, bi-hjat allah, ana ma ba'ref ischi. Issal esch-schabab min harass el-hudud. Achi lam ja'ud ila l-bejt min waqt man'a t-tadschual. Adschlejt ma' isshabi naschreb ischi 'ind Hamis fi l-balad. Ma ramejtsch hadschar dschanb el-mahssom, lani kunt fi l-mustaschfa ma' ummi 'aschan rassil el-kila.« (Herr Offizier, bei Allah, ich weiß von nichts. Fragen Sie doch die Jungs vom Grenzschutz. Mein Bruder war seit Beginn der Ausgangssperre nicht mehr zu Hause. Ich war mit meinen Freunden bei Chamis im Dorf, kurz was trinken. Ich habe an der Absperrung nicht mit Steinen geworfen, ich war mit meiner Mutter zur Dialyse im Krankenhaus.)

Der bescheidene Text wirkt wie ein Zauberspruch: Kaum habe ich die letzten Worte gesprochen, spritzt Amicam mit einem erleichterten Stöhnen seinen Samen ab und flüstert mir Liebes- und Dankbekundungen ins Ohr. Als er, erschöpft von den fleischlichen Lüsten, die ich ihm bereitet habe, eingeschlafen ist, schlüpfe ich in meine Kleider und hinterlasse ihm einen Zettel im gleichen Stil, in dem er früher mir Zettel hinterließ, bevor er auf unbestimmte Zeit verschwand.

»Mein Katerchen, bin weg. Brauche ein bisschen Auszeit zum Nachdenken. Hab dich lieb. Puschelchen.«

* * *

**Mit drei Monaten beginnen Tigerbabys, Fleisch zu fressen.**

* * *

**Nachts, im Dunkeln, in meinem Bett.** Wieder kann ich nicht einschlafen. Als würde er meine Unruhe spüren, hört der junge Tiger nicht auf, neben mir zu rumoren, er krabbelt über mich drüber, erdrückt mich fast, zerrt an mir herum.

Ich liege mit offenen Augen da, die Gedanken kreisen in

meinem Kopf, ich finde keine Ruhe und auch keine Antworten auf meine Fragen.

Das war früher anders. Wenn es etwas gab, dessen ich mir absolut sicher war, nur eine einzige Sache, dann diese: Bei allen Unwägbarkeiten unserer Welt habe ich doch eine Gewissheit, nämlich die, dass Amicam Ur-Kasdim ein Mann ist. Ein echter Mann. Das war mir vom ersten Moment an klar, und ich wusste es immer.

Ich wusste es in der Sekunde, als ich ihn in seiner Uniform an der Megiddo-Kreuzung stehen sah und mein Fuß auf die Bremse trat. Er winkte mit herrischer Hand, ich solle anhalten, und forderte, ich möge ihn umgehend zu seinem Fahrtziel bringen; seinen staubigen Landrover mit dem Armeenummernschild, der es gewagt hatte, gegen ihn aufzubegehren, ließ er ohne zu zögern mit aufgeklappter Kühlerhaube, aus der grauer Rauch quoll, am Straßenrand stehen.

Ich wusste es, als ich am Ende unseres ersten gemeinsamen Essens im Edelrestaurant *Mul Jam* nach meinem Portemonnaie kramte, um die Rechnung mit ihm zu teilen, und er mir Einhalt gebot und befahl, dergleichen nie wieder zu wagen, wenn ich mit ihm unterwegs sei. Als ich daraufhin, den Blick aufs Aquarium geheftet, beharrlich schweigend, die graubraunen Hummer beobachtete, die noch lebten, jedoch wegen der Gummis um ihre Zangen wie gelähmt waren, hob Amicam gleich die Stimme, wenn auch nur ein wenig, und fragte, ob seine Anweisung klar sei. Doch statt vehement meine Unabhängigkeit zu verfechten, schluckte ich nur einmal leer und flüsterte: »Jawohl, Oberstleutnant.«

Ich wusste es, als sein Schnarchen die Kristalltropfen am alten Kronleuchter im Schlafzimmer meiner Großmutter Rachela erzittern ließ, wo ich jetzt mit dem Tigerbaby schlafe.

Und ich wusste es, als sogar das Oberhaupt des Clans, Großvater Nachtsche Ur-Kasdim, der fern seines eigenen Bettes mit betäubten Sinnen und aufgequollen von Infusionen im Sterben lag, eine welke, zittrige Hand zwischen meine Beine schieben wollte, als ich bei ihm saß und seine fahlen Lippen mit einem Wattestäbchen befeuchtete.

Ich wusste es, als ich Amicam auf einen Spaßtag mit den beiden Kindern aus erster Ehe begleitete und Inbar Abulafia-Ur-Kasdim kennen lernte, seine Ex, eine Frau mit einem Pierrot-Gesicht: helle Kulleraugen und unnatürlich symmetrische, übertrieben geschwungene Brauen, die sie mit einem dunkelblauen Stift nachgestrichelt hatte, weil ihr aufgrund einer seltenen Pilzerkrankung die Wimpern und die Augenbrauen ausgefallen waren. Eine solche Frau konnte es sich an allen zehn Fingern abzählen, dass Amicam sie verlassen würde, eine wie sie konnte sich ja nicht mal in ihren kühnsten und freizügigsten Träumen ausmalen, welche Bedürfnisse ein Mann wie Amicam Ur-Kasdim hatte.

Ich wusste es, als er mich mit Herpes ansteckte, mit Tripper, Chlamydien und etlichen anderen, hierzulande weitgehend unbekannten Erregern, Andenken der Prostituierten in den exotischen Ländern, die er im Rahmen seiner beruflichen Tätigkeit als internationaler Bewässerungsexperte regelmäßig bereiste.

Ich wusste es, als er mir bei unseren gemeinsamen Wannenbädern die Haare wusch.

Ich wusste es, als er auf dem Höhepunkt eines feurigen Koitus plötzlich erstarrte und mir zuzwinkerte, als wollte er sagen: Das alles ist Schall und Rauch, irdisch und banal, unsere Seelen verbindet ein ewiger Bund, der tiefer reicht, als das Auge blicken kann.

Und ich wusste es, als ich meine Wange an seine breite Stierbrust schmiegte, um mich vom Auf und Ab seiner Atmung sanft in den Schlaf wiegen zu lassen, als läge ich in einem Fischerboot auf den ruhigen Wassern des Kinneret.

Aber jetzt weiß ich wie ein Philosoph auf dem Sterbebett nur eines: dass ich nichts weiß.

* * *

**Tiger stellen ihrer Beute nur auf kurzen Strecken nach, sie sind keine Hetzjäger wie die Löwen und bilden, anders als diese, auch keine geselligen Gruppen, sondern jagen allein, wenn auch nicht besonders erfolgreich.**

* * *

**Ich bin im Zeichen der Waage geboren.** Es steht für ›ausgleichendes Wesen‹ und ›inneres Gleichgewicht‹. Mein Gestirn ist die strahlende Venus, Göttin der Liebe, der Schönheit und der sinnlichen Genüsse, mein Element ist die Luft, das unsteteste unter den Elementen. In zwei Wochen werde ich dreißig.

Ich habe das Gefühl, dass mein Sehvermögen schwindet, alles verschwimmt vor meinen Augen. Gesichter erkenne ich nicht mal mehr auf wenige Schritte Entfernung, ich errate anhand der Statur, wer mir entgegenkommt. Ich ertrage den Straßenlärm nicht mehr, daher fahre ich mit dem Taxi zur Arbeit, mit Michaela oder auch mit unbekannten Fahrern, jedoch stets bei geschlossenen Fenstern.

Ninusch behauptet, ich sei fix und fertig und brauchte dringend Urlaub, doch ich wehre mich mit Händen und Füßen. Meine Arbeit ist das Geländer, an das ich mich klammern kann, während ich über die Hängebrücke meines Lebens gehe.

Amicam hat mich von seiner bevorstehenden Reise nach Papua Neuguinea unterrichtet, er soll dort seine Bewässerungslehre verbreiten. Ich könne doch mitfahren, bot er warmherzig an, ein bisschen Abstand von der Situation gewinnen, von den Arabern mit ihrem Quatsch. Eine ungewöhnliche Gelegenheit zum Beginn unseres gemeinsamen Lebens. Ich könne die Zähne der Kinder behandeln, ihnen das eine oder andere über Mundhygiene beibringen. Papua Neuguinea sei der einzige Ort auf der Welt, wo es noch Kannibalen gebe. Und es sei dort üblich, dass Frauen reiferen Alters sich junge Liebhaber nähmen, die ihnen Genuss verschafften, während sie verschrumpelten.

Amicam breitet bunte Touristenbroschüren mit den Landschaften Papua Neuguineas vor mir aus, aber ich schüttle den Kopf: »Nein, Amicam. Fahr du ruhig ohne mich.«

Seine kleinen, lachenden Augen verschleiern sich. Er macht Druck. Doch ich bleibe hart, an meiner Absage gibt's nichts zu rütteln.

»As-salam alejkum, Katerchen«, verabschiede ich mich von ihm.

»Alejkum as-salam, Puschelchen«, akzeptiert er meinen Entschluss, wie es sich für einen Offizier und Mann gehört. Macht rechtsum kehrt, marsch, steigt in seinen Landrover und braust davon.

Manchmal frage ich mich, ob in meinem widerspenstigen Gehirn ein Tumor heranwächst. Erst gestern hat Israel Riklis erzählt, bei der Unternehmerin Ada Kaufman hätten sich in jedem erdenklichen Körperteil Metastasen gebildet. Ich beobachte mich mit wachsender Angst, doch siehe da, als Gegengewicht verströmt eine Kraft in meinem Innern eine Art dunkler Ruhe, die mir zuraunt: Alles in Ordnung, wie eine Morphiumpumpe, die den trostreichen Stoff verlässlich und in regelmäßigen Dosen abgibt. Natürlich ist eine gewisse Selbsttäuschung unvermeidlich, ich muss meine Ängste und Empfindungen klein reden und herunterspielen, wenn ich die Tage gut gelaunt und innerlich gelöst – mein ewiges Markenzeichen – überstehen will, und in puncto Selbstbetrug ist schließlich niemand so versiert wie jemand, der sich Sorgen macht.

Die nächtlichen Ausflüge zum Park haben den kleinen Tiger mit der wilden Natur zusammengebracht, jetzt muss ich des öfteren Zecken und Flöhe aus seinem Fell entfernen. Ich habe Angst, ihn mit dem Giftpuder zu bestäuben, mit dem man Parasiten von Katzen fernhält. Er ist noch so jung und leckt sich das Fell, ohne sich über einen verdächtigen Geschmack Gedanken zu machen.

Ninusch hat einen Riesenstapel teurer Magazine aus verschiedenen Ländern mitgebracht; Leon bekommt jede Zeitschrift, in der etwas über seine Erfindung steht. Michaela blättert die Zeitschriften mit zusammengezogenen Brauen durch. Sie ist bedrückt, die Kinder haben aus Manhattan angerufen und gebettelt, noch bis nach den Hohen Feiertagen bei ihrem Vater bleiben zu dürfen. Sie hat eingewilligt, doch nachdem sie mit den einzelnen Klassenlehrerinnen und Erzieherinnen gesprochen hat, ist sie nun todunglücklich und fragt sich, ob sie nicht doch einen Fehler gemacht hat und zu nachgiebig war.

Während Michaela sich die Zeitschriften ansieht, entferne ich mittels Papiertaschentüchern, die ich mir um die Finger wickle, prall mit Blut voll gesogene Zecken aus dem Fell des Tigers, bis Michaela plötzlich ausruft: »Das ist ja nicht zu fassen!«

Ninusch und ich stürzen zu ihr und setzen uns neben sie aufs Sofa. Michaela hält ein japanisches Magazin in der Hand, die aufgeschlagene Seite zeigt einen Star, eine Diva im schulterfreien goldfarbenen, mit winzigen Zuchtperlen bestickten Abendkleid, der tiefe Ausschnitt reicht bis zum gepiercten Bauchnabel, aus dem hochgesteckten schwarzen Haar fallen Strähnen auf den Hals und ins Gesicht, verdecken beinahe gänzlich die lang gezogenen, comicartigen Schlitzaugen, nur der Mund bleibt frei, roh und lüstern, ein Skorpionstich im pergamentfarbenen Teint des flachen Gesichts.

»Würdet ihr mir freundlicherweise verraten, wer das sein soll?«, lässt Ninusch sich vernehmen.

Kurze Beratschlagung, ein kluger Plan: Michaela und Ninusch sollen losfahren und Mister Nonaka vom Sushi-Catering herholen, Ninusch kennt ihn über Leon. Mister Nonaka wird uns die Bildunterschrift am unteren Seitenrand übersetzen, es sind ja bloß ein paar Zeilen in tanzender Schrift.

Selbst wenn mich etwas wie ein Faustschlag trifft und es mir vor lauter Angst und bodenloser Verzweiflung schier den

Atem verschlägt, ist mein Glaube an Intuition und Vorahnung so gering, dass ich bis zu Herrn Nonakas Eintreffen weiter das Tigerfell nach Zecken durchkämme.

Als er endlich da ist, schnürt sich mir das Herz zusammen: Er ist so klein, dass er irgendeine frühe Erinnerung in mir weckt, vielleicht an die Zwillingsäffchen, die meine Eltern einst waren. Und vielleicht verstehe ich deshalb trotz des holprigen Englisch die Quintessenz aus der Bildunterschrift und kann sie einordnen: Alles Seiende ist dem Untergang geweiht.

So spricht mein Geliebter zum letzten Mal zu mir, mit den Zeilen des Teufels.

»Das ist Sohn, ähm, Tochter von großes Arzt, Okasaki«, erklärt Mister Nonaka, »berühmte plastische Chirurg aus Tokio. Macht alle schön, Schauspielerinnen, Sängerinnen. Operiert Nase, Buse. Das hier ist Sohn, ähm, Tochter. Professor für Philosophie. Auch berühmte. Geht viel Party, mit reiche Leute und Künstler. Das letzte Bild. Kleid von Donatella Versace. Hat sich umgebracht. Nicht Donatella, Professor für Philosophie. In letzte Brief, er schreibt: Alles, was ist, kann sterben. Nein, falsch, Entschuldigung, nicht ›kann‹, ›darf‹ sterben. Nein, nicht ›darf‹, ›soll‹ sterben. Nein, auch nicht. ›Muss‹. Muss sterben. Mehr steht nicht.«

Alles Seiende ist dem Untergang geweiht.

Mister Nonaka verabschiedet sich von uns mit etlichen Verbeugungen hintereinander und zerknüllt dabei den Fünfhundert-Schekel-Schein, den er von uns bekommen hat. Ah... do... mo, Nonaka-san, danke.

Ninusch und Michaela diskutieren rege über das Ereignis, das sich im fernen Japan zugetragen hat. Michaela gibt ihre Beschreibung von Taros Auftritt in der Lobby des Hotel Dan Panorama, mit mir am Arm, zum Besten.

Das Tigerbaby, glücklich über das Ende der kosmetischen Behandlung, versteckt sich unterm Sofa, auf dem sich meine Freundinnen, umgeben von Hochglanzzeitschriften, eng aneinander kuscheln.

Ich bleibe auf meinem Sessel sitzen. Draußen bricht die Nacht herein. Die Worte aus Ninuschs und Michaelas Mund klackern im Raum wie gläserne Murmeln in einem leeren Schwimmbecken. Sie besagen nichts, bedeuten nichts, drücken nichts aus. Reine Laute.

Nach dem ersten tiefen Schock, den Taros Tod in mir auslöst, hat das Wissen darum eine befreiende Wirkung, wie wenn eine Kugel pfeifend die Luft zerschneidet.

* * *

**Da der Bestand der frei lebenden Tiger stetig dezimiert wird, verringern sich die Chancen, einen Partner zur Paarung zu finden.**

* * *

**Aladdins Höhle, die Hängenden Gärten** der Semiramis, der Hintergrund eines präraffaelitischen Gemäldes oder der Saal, wo Cleopatra den Antonius verwöhnte – in meinen Augen hat mein Wohnzimmer in diesem Moment von all diesen etwas.

Michaela hatte darauf gedrängt, sich nach der Arbeit mit mir zu treffen, und zwar allein. In einem leeren, mir unbekannten Café hielt sie mich zwei geschlagene Stunden fest und schwafelte wirres Zeug, und erst als Ninusch mit der wenig glaubhaften Ausrede zu uns stieß, sie sei zufällig draußen vorbeigegangen und habe uns hier sitzen sehen, dämmerte mir, dass die beiden etwas ausgeheckt haben. Und in der Sekunde, wo sie mir überschwänglich gratulierten, brachte ein junger Kellner mit Akne auf den Wangen auch schon eine kleine, mit brennenden Wunderkerzen bestückte Torte, auf deren weißer Glasur rosa Marzipanröschen eine 30 bildeten.

Ja, meine Geburtstagsparty begann mit einer Überraschung und in ausgelassener Stimmung. Der Abend war noch jung, und wie so oft in glücklichen Momenten deutete nichts auf den traurigen Ausgang hin, den er nehmen sollte.

Nachdem wir den Kuchen vertilgt hatten, fuhren wir zu mir. Meine Wohnung sah dermaßen verändert aus, dass ich ein paar Sekunden brauchte, um unter der mächtigen Kulisse die gewohnten Konturen zu entdecken. Das Tigerbaby empfing uns an der Wohnungstür mit einer Schleife aus goldenem Geschenkband um den Hals; anders als sonst fiel es mich nicht an und sprang auch nicht an mir hoch, sondern umkreiste mich mit hoch aufgerichtetem Schwanz und führte uns in das von Hunderten Kerzen erleuchtete Wohnzimmer, das sowohl ein heidnischer Tempel als auch die Ankleide einer weltberühmten Sopranistin hätte sein können.

An jedem freien Plätzchen im Raum standen Vasen, Gefäße und Schalen mit den verschiedensten frischen Blumen. Der aufdringliche Duft war so intensiv, dass mir schwindlig wurde und ich mich an Michaelas Ellbogen klammern musste; als ich mich wieder gefangen hatte, nahm ich das botanische Fest ringsum eingehend in Augenschein.

Die Hauptquelle des betörenden Dufts bildeten gigantische Sträuße aus voll erblühten weißen und roséfarbenen gesprenkelten Casablanca-Lilien. Ich rang um Luft und atmete möglichst durch den Mund, um nicht die Besinnung zu verlieren.

Dutzende Reagenzgläser mit milchweißen, rosalippigen Orchideen zierten die TV- und Hifi-Konsole, unzählige langstielige Rosen, wie Florette, noch halb geschlossen und von so tiefem Purpurrot, dass sie auf schwarzem Samt kaum wahrnehmbar gewesen wären, füllten zwei silberne Eimer neben dem Sofa, an den Türpfosten und entlang der Wände erstrahlten in hohen Bodenvasen elegante Gladiolen in kommunistischem Rot und Gletscherweiß, in Vasen, die auf Regalen, Stühlen und Podesten aus aufgestapelten Büchern standen, steckten Nelkensträuße mit wilden Kronen in Babyblutrot, Rosengebinde in pastelligem Crème und Vanille, Pfirsich und Altrosa, Schwertlilien und anmutige Lisiantus, in flachen Glasschalen schwammen Ranunkelköpfchen, Kerzen und blasse Jasminblüten.

Das Sofa war unter einem gewebten georgischen Wandteppich mit einem kaukasischen Reitertrupp auf schnittigen Pferden verschwunden. Die Kämpfer trugen hohe Fellmützen, und die glänzenden Scheiden ihrer Schwerter schlugen ihnen gegen die Hüften, während sie mit ihrer Gefangenen, einer Schönheit mit langen Zöpfen und farbenfrohen Kleidern, davonsprengten. Auf diesem Teppich lagen Dutzende samtener und seidener Kissen verstreut, und genau dorthin, zu dieser fürstlichen Bettstatt, führten mich nun meine beiden Freundinnen. Der kleine Tiger sprang schnell mit hinauf und machte sich daran, ein bestictes Kissen zu zerfleddern. Der Wohnzimmerteppich war entfernt worden, so dass der Boden in der Zimmermitte frei war, bereit für alles Kommende.

»Also, Mädels, raus mit der Sprache. Habt ihr den Botanischen Garten ausgeraubt? Oder gar bei einem bankrotten Züchter im nördlichen Negev den Pleitegeier gespielt?«

»Weder noch.«

Die Gesichter meiner Freundinnen strahlen vor Glück und Zufriedenheit. Diese Aktion ist ihnen genauso gelungen wie die Überraschung im Café, und aus Ninuschs Mund sprudeln stolze Erklärungen, die von ihrer List und Tatkraft zeugen: Der Laden, den Leon immer beauftrage, wenn er seine Blumengrüße verschicke, auch international, habe die Blumen geliefert, weil Leon doch ein so guter Kunde sei, und den dekorativen Wandteppich und die Kissen habe sie aus Leons Sammlung gemopst, das heißt, sie habe sie von der jüdisch-arabischen Galerie für Ethnokunst in Jerusalem abgeholt, an die Leon die guten Stücke für die Ausstellung *Teppiche – Kunst oder Handwerk* verliehen und nicht wieder zurückgefordert habe – sein Pech.

Mir wird immer ganz mulmig zumute, wenn Ninusch beschließt, Leon zu bestehlen, egal, ob sie eine sündhaft teure Feuchtigkeitscreme klaut oder mal eben ein Blumengeschäft um eine Summe prellt, die den Anschaffungskosten eines Neuwagens entspricht. Doch ich bin mir meiner Doppelmoral in diesem Punkt bewusst – zum Beweis: die Breitling an meinem Handgelenk –, und beschließe, die Freude, die mir aus Ninuschs Gesicht entgegenstrahlt, nicht zu zerstören.

Beide Freundinnen haben sich fabelhaft elegant herausgeputzt. Michaela steckt in einem tief ausgeschnittenen blauen Viskosekleid, das von einer positiven Auswirkung der Liebe auf ihren Geschmack zeugt, Ninusch trägt zu ihren Lacksandalen mit nadeldünnen Absätzen ein Kleid, das an eine Mullbinde mit ausgefransten Rändern erinnert und ebenso raffiniert wie teuer aussieht, lauter aneinandergenähte Fetzen aus braunem Chiffon, Design John Galliano, eines von Leons teuren Geschenken.

»Okay, wartet mal kurz, ich will mich auch aufbrezeln.«

Ich verschwinde im Schlafzimmer, wo ich aus meinen Klamotten steige und in das hellblaue Kleid schlüpfe, das Amicam mir gekauft hat.

Als ich ins Wohnzimmer zurückkomme, steht der Couchtisch bereits vor dem Sofa und darauf ein etwa kickertischgroßes Tablett mit einem bunten Sushi-Mosaik.

»Die sind von Mister Nonakas Catering«, sprudelt Ninusch. »Und die dort«, sie deutet auf eine Kiste Wein am Fuße des Sofas, »stammen aus Leons Weinkabinett.«

Zu Leons Sammlung gehörten etliche Kisten Wein im Wert von mehreren Tausend Dollar, erklärt Ninusch, und sie seien ihm so teuer, dass die beiden philippinischen Butler, die er seit seiner Ankunft in Israel nach Gusto herumkommandiere, nicht mal in die Nähe des wertvollen Kabinetts dürften.

»Aber ich hab's geschafft!«, triumphiert Ninusch. »Ich bin Leon heimlich gefolgt, als wir vor kurzem Gäste hatten, ich habe ihn beobachtet und mir die Kombination für das Zahlenschloss gemerkt.«

Wieder muss ich mich beherrschen, gegen Ninuschs Vorgehen zu protestieren, und meine Sorge für mich behalten, um ihre Freude nicht zu trüben. Sie hat zusehends an Selbstbewusstsein gewonnen und lässt sich nicht mehr so leicht aus der

Bahn werfen, sie bewegt sich, als befände sie sich im Zentrum eines nach unten ziehenden Gewichts, während ein Kompass in ihrer schmalen Brust ihr den Weg weist. Ihre Zeit tropft aus dem Kreis heraus, in dem sie gefangen war, und in ihrem Innern schwappt eine Erinnerung nach der anderen hoch, ja sogar Zukunftspläne, mit Datum und Uhrzeit, doch ist es vor allem der Wille, der sie lospreschen lässt, vorwärts, sie und ihr schmales, feines Näschen, immerzu vorwärts, irgendeinem nur für Ninuschs Augen sichtbaren Himmelsblau entgegen.

Am Ende kann ich mich doch nicht länger beherrschen. Die Robin Hoodsche Unbekümmertheit, mit der Ninusch sich alles Mögliche aus den Schatzkammern ihres Gönners ›leiht‹, hat etwas Zerstörerisches an sich.

»Wir könnten genauso gut einheimischen Wein von Carmel Mizrahi trinken. Glaub mir, keine von uns würde den Unterschied merken.«

»Ach, hör auf. Wie sollen wir je lernen, den Unterschied zu merken, wenn wir nie was richtig Gutes probieren?«

Michaela macht mir hinter Ninuschs Rücken Zeichen: Lass, es hat keinen Zweck, ich hab schon alles versucht.

Ich fläze mich aufs Sofa, Ninusch setzt sich mit dem Tigerbaby zwischen den Beinen neben mich, und Michaela lässt sich in den Sessel fallen und schlägt die Beine übereinander.

»Da fällt mir ein: Wo ist der Mann, dem wir dieses aristokratische Gelage zu verdanken haben? Ninusch, wo steckt eigentlich Leon zur Zeit?«

»Bei Mizrahi im Arsch«, kommt die Antwort der Neueinwanderin in bestem Tel Aviver Slang. »Michaela, sag du's ihr.«

Ergeben schickt sich Michaela in die ihr zugewiesene Rolle. Keine Frage, in ihrer ständigen Sorge um Ninusch hat sie die letzten Tage genug mit ihr gefeilscht.

»Heute werden die letzten Szenen für seinen Film abgedreht. Im Kurhotel ›Carmel Woods‹. Er ist seit gestern dort und wird nicht vor morgen Mittag zurück sein. Sie filmen ihn nachts im Pool, stell dir vor, in Gesellschaft zweier Fitnesstrainerinnen und einer Ernährungsberaterin.«

»Und wie war dein Tag, Michitsch?«, erkundigt sich Ninusch. Begebenheiten und Anekdoten aus Michaelas Arbeitsalltag sind immer ein beliebtes Thema. Die Gute hat die natürliche Gabe, ihre Geschichten zu erzählen wie ein Berufskomiker: mit Schmackes. Doch heute ist sie irgendwie sonderbar, und wäre Michaela nicht Michaela, würde ich sogar sagen: rätselhaft.

»Was ist, hast du jemand Interessanten kennen gelernt?«

Es kam durchaus vor, dass der eine oder andere unter den männlichen Fahrgästen ein nicht unbeträchtliches romantisches Interesse in der Taxifahrerin weckte.

»So ungefähr«, lautet die ausweichende Antwort.

»Erzähl, los, erzähl!«, bestürmen wir Michaela, so dass ihr gar nichts anderes übrig bleibt, als zu erzählen, wenn auch widerstrebend.

»Na, gut. Ein großer, schlanker Typ. Kastanienbraune Haare, so mit Pony. Ein Bild von einem Mann, Wahnsinn! Ich hab ihn auf um die fünfunddreißig geschätzt, aber angeblich ist er fünfzig. Schriftsteller. Hat ein Meisterwerk verfasst, das aber nur dreißig Leute gelesen haben. Echt witzig.«

»Was ist denn so witzig daran, dass das Buch ein Flop war?« Ninusch sagt es bewusst kühl, mit zusammengepressten Lippen, wie bei einer viktorianischen Amme.

»Ich find's eben witzig. Eines musst du mir schon lassen: Wenn ich was witzig finde, dann ist es wirklich witzig.«

»So, so. Und was genau ist daran witzig, hm? Komm, erklär's mir.« Ninusch ist wild entschlossen, Michaelas Zufallsgalan herunterzumachen.

»Also, er findet, ich sehe super aus. ›Grünäugige Stadtamazone‹ hat er mich genannt.«

Ninusch lässt ein verächtliches ›Ha-ha-ha‹ ertönen. »Ich sag dir auch zehnmal am Tag, dass du gut aussiehst.«

Michaela lässt sich nicht unterkriegen.

»Wenn es von dir kommt, ist es genauso witzig.«

Ninuschs verdeckter Besitzanspruch stachelt sie zu ebenso verdeckter Rebellion an.

»Hässlichkeit findet er unerträglich. Wenn's nach ihm ginge, würden hässliche Leute eigene Wege haben, wie die Radfahrer. Sie müssten von der Nationalversicherung leben und dürften nur nachts auf die Straße. Oder man stellt ihnen ein Naturschutzgelände in der Negew-Wüste zur Verfügung. Oder im Beka'a-Tal.«

Michaela kugelt sich vor Lachen, Ninusch dagegen ist schockiert.

»Und das findest du witzig? Schau dir mal Filme über die Schoah an, für dich wahrscheinlich genau das Richtige, um dich totzulachen.«

Ich mische mich lieber nicht ein. Wer seine Sinne beieinander hat, sollte sich aus einem Streit zwischen Liebenden tunlichst heraushalten, sonst erwischt ihn womöglich völlig unverschuldet ein Querschläger.

Ninusch lässt nicht locker.

»Und – hast du ein Date mit ihm?«

»Sag mal, was ist denn in dich gefahren, dass du heute so giftig bist? Meine Telefonnummer hab ich ihm gegeben, damit er mich anrufen kann, wenn er mag. Was ist, ich darf doch wohl auch Bedürfnisse haben, oder etwa nicht?«

»Du hast ihm deine Telefonnummer gegeben? Hast du das gehört, Lilly, sie hat ihm ihre Nummer gegeben!«

Mir bleibt nichts anderes übrig, als meine ganze Autorität in die Waagschale zu werfen.

»Ich habe nicht die geringste Lust, mir an meinem Geburtstag euer Gekabbel anzuhören. Gib mir dein Glas, Ninusch, und iss, bevor alles weg ist.«

Ninusch gibt zähneknirschend auf, wie ein Boxer, dem von einem hyperfairen Kampfrichter kurz vor dem Knock-out der Gegner entzogen wird. Michaela dagegen trägt weiterhin das stille, geheimnisvolle Lächeln zur Schau, das den Sturm ausgelöst hat. Kein noch so anständiger Mensch ist frei von einem gewissen Sadismus, und gelegentlich kommt er auch mal zum Vorschein.

»Seht euch den Kleinen an, er ist im siebten Tigerhimmel«, lenke ich die Aufmerksamkeit meiner Freundinnen auf den jungen Tiger, der sein Glück immer noch kaum fassen kann: Schmatzend und röchelnd vertilgt er ein Kilopaket Pastrami, das extra gekauft wurde, damit auch er etwas von der Partystimmung hat. Sein Appetit steckt uns an; wir stürzen uns auf die Sushiplatte. Die kleine Auseinandersetzung schieben wir vorerst beiseite.

Nachdem wir eine weitere Flasche Wein niedergemacht und große Löcher in Mister Nonakas Mosaik gerissen haben, bringt Michaela das Tablett in die Küche. Ninusch schiebt Strähnen ihres Blondhaars hinter die zarten Ohren und verkündet mit vor Aufregung bebenden Nasenflügeln und übertriebener Feierlichkeit: »Jetzt kommt der künstlerische Teil.«

Im Nu sind die beiden im Schlafzimmer verschwunden, haben den Tiger mitgenommen und die Tür hinter sich geschlossen. Ich dagegen, schwach und schwindlig vom teuren Wein und dem Duft von Blumen und Kerzenwachs, schließe die Augen für einen kurzen Katzenschlummer, aus dem ich von den anschwellenden Akkorden des Andante con moto aus Schuberts Trio in Es-Dur geweckt werde.

Es ist erst ein paar Monate her, dass ich es zum letzten Mal gehört habe – an einem lauen Aprilabend, in der Badewanne –, aber jetzt habe ich das Gefühl, das alles gehört nicht nur zu einer anderen Zeit, sondern auch zu einem anderen Menschen, einer anderen Lilly, die zu fern ist, als dass man sich ihrer noch erinnern könnte, so wie man sich auch nicht an die Zeit zurückerinnern kann, die dem Leben in seiner uns bekannten Form vorangegangen ist, die Zeit, als das Leben noch einem schlichteren Organismus gehörte: den Beginn der Evolutionskette.

Als ich die Augen wieder öffne, steht der Couchtisch in die

Mitte des Raumes. Darauf steht ein Louis-Vuitton-Koffer; die Anzahl der von Leon gemopsten Sachen steigt von Minute zu Minute.

Neben dem Tisch hat Michaela in einem schwarzen Smoking mit Fliege Position bezogen. Die Hochwasserlänge der Hose verrät sofort, von wem der Anzug stammt. In meinem Hinterstübchen breitet sich eine leise Angst aus: Leon wählt seine Kleidung mit großer Sorgfalt und kennt jedes einzelne Stück.

Der kleine Tiger hockt dicht neben Michaelas Fuß.

Schuberts Klänge verleihen dem theatralischen Anblick zusätzliche Dramatik, als Michaela sich langsam, aber sicheren Schritts in Bewegung setzt. Sie wirkt feierlich, beinahe tragisch. Das Tigerbaby tapst gemessenen Schritts neben ihr her. Es benimmt sich wie ein vollendet dressiertes Tier, als wären die in ihm schlummernden Gene des Zirkuskindes erwacht und hätten die gewohnte Wildheit niedergezwungen.

Michaelas Miene ist verschlossen, der Körper des Tigers gehorsam, zielbewusst. Sie drehen, immer an der Wand entlang, eine Runde durchs Zimmer, bis sie schließlich vor dem Koffer stehen, der sich während ihres Rundgangs geöffnet hat. Heraus wächst Ninusch, ja, richtig, sie wächst heraus, ein anderes Wort gibt es nicht, um die Bewegungen ihres schlanken Körpers zu beschreiben, der bis zu diesem Moment, der Teufel weiß wie, gefaltet in dem kleinen Koffer gelegen hat. Jetzt recken sich langsam, überaus kontrolliert, erst dünne, in weiße Strumpfhosen gehüllte Beine und anschließend der Rest des Körpers, der in einem Paillettentrikot steckt, kerzengerade und fest wie der Stiel einer der Blumen ringsum zur Decke.

Der Körper reckt und streckt sich, bis Ninusch schließlich aus dem Koffer steigt und sich in voller Größe auf dem Couchtisch präsentiert. Im selben Moment streckt Michaela die Hand aus, nimmt mit theatralischer Geste (wo in Dreiteufelsnamen hat sie das bloß gelernt?) den Koffer vom Tisch und stellt ihn auf den Boden, als wollte sie sagen: Jetzt.

Und da beginnt vor meinen Augen auch schon der Zauber eines langsam sich bewegenden weiblichen Körpers, die Bewegung ist mit der Musik verflochten, als wäre sie selbst ein Instrument, das keinesfalls fehlen darf, so dass man sich fragt, wie man dieses Andante con moto je ohne hören konnte, und nicht nur dieses, sondern auch all die anderen melancholischen Werke Schuberts.

Ninuschs enorme, beinahe beängstigende Biegsamkeit kenne ich, sie hat mich schon oft mit ihrer Zirkusakrobatik unterhalten. Doch jetzt, wo sie ihren Körper an das melancholische Cello schmiegt (und ach, wie melancholisch es klingt!), haben ihre Bewegungen nichts mehr von der clownesken, beschwingten Note, sondern strahlen die Feierlichkeit und achtunggebietende Haltung einer nie dagewesenen Kunst aus – Theater, Show und Tanz in einem. Unmittelbar vor meinen Augen verwandelt sich meine Freundin erst in eine stumme Meerjungfrau, dann in eine Schneeflocke, die auf einer ausgestreckten Hand dahinschmilzt, schließlich in die abstrakte Darstellung purer Energie: das Entstehen ersten Lebens in der Ursuppe, über der ich noch vor wenigen Minuten gebrütet habe.

Ninuschs Beine schlingen sich umeinander wie ein Seil, senken sich hinab zum Hinterkopf, bilden einen komplizierten Seemannsknoten, der sich aber sofort wieder auflöst und zu einem Körper wird, dessen Arme und Beine an die unzähligen Arme eines tropischen Korallenriffs denken lassen, die von unsichtbaren Wasserwirbeln in stetiger Bewegung gehalten werden und von der Mitte weg, zur Mitte hin und um ihre eigene Achse schlingern.

Wie viel Disziplin und Kraft doch in diesem geschundenen und mir so vertrauten Körper steckt, in diesem zerbrechlichen Körper, der ständig nach Entspannung strebt, nach einem Ruhezustand mit baumelnden Gliedern, dem exakten Gegenteil der kinetischen Skulptur, die sich langsam und ohne Unterlass vor meinen Augen bewegt.

Michaela bückt sich und – geschieht es wirklich oder träume ich nur? – flüstert dem Tiger etwas ins Ohr, woraufhin er, das unverbesserliche Zirkustier, sich dem Couchtisch nähert. Der Rücken spannt sich, das Becken schmiegt sich an den Fußboden, der Schwanz schlägt wie ein Pendel nach rechts und nach links, und hopp!, hebt der kleine Tiger ab und landet auf dem Katzenbuckel des Gummimädchens.

Dort thront er, tollpatschig und stolz, mit im goldenen Kerzenschein glänzenden Augen, während Ninusch so lange mit ihren Beinen, Armen und Händen Figuren um ihn formt, bis er den Mittelpunkt eines kreisrunden Rahmens bildet: der orangefarbene Marmeladenklecks auf einem Riesenkeks.

Sie erstarren einen Moment lang, und Michaela streckt mit ernster Miene die Hand nach ihnen aus und sieht mich erwartungsvoll an. Ich klatsche ein paar Mal in die Hände, doch sie gebietet mir Einhalt: Das war noch nicht alles.

Wieder löst sich der Knoten auf, und jetzt ändert sich alles, die künstliche Kühle fällt ab, und Ninuschs Bewegungen um den Tiger herum werden warm, natürlich wie der Fluss des Blutes in den Adern. Sie hält den kleinen Tiger fest, umarmt ihn, streichelt ihn, schmiegt sich an ihn. Jetzt ist sie selbst ein Tier, eine Art Faultier, wie das, das wir einmal zusammen im Safaripark gesehen haben, ein pelziges Wesen, das mit gelangweilter, sinnlicher Langsamkeit an den Ästen in seinem Gehege schaukelte.

Und so, mit einer an Honig erinnernden fließenden Bewegung, biegt Ninusch ihren Rücken durch, streckt die Beine und schlägt sie übereinander, löst erst die Knöchel, dann die Schulterblätter und die Schultern von der Tischplatte, ein Glied ums andere, bis sie ihr Menschsein endgültig abgestreift hat und sich um den Tiger windet, woraufhin sie und das Tigerbaby im Einklang mit den letzten Akkorden des Klaviers und des Cellos eins werden, ein achtgliedriger Menschentierkörper mit zwei Köpfen.

* * *

**Der Tiger wirft sein Opfer mit einem gezielten Sprung zu Boden. Meist genügt ein einziger tödlicher Biss in den Hals oder den Nacken, um das Opfer zu töten.**

* * *

**Ich glaube, wir sind betrunkener,** als wir es je waren. Jetzt spielt wieder russische Popmusik. Wir tanzen und tanzen, in dionysischer Feierlaune, mit hüpfenden Brüsten und wackelndem Po, und Ninusch singt lauthals die offenkundig dämlichen Worte des Refrains mit. Wir haben die sechste Flasche geköpft, zwei weitere stehen entkorkt bereit, damit der Wein ›atmen‹ kann, und das ist erst der Anfang.

Nach der Showeinlage will Ninusch den kleinen Tiger unbedingt auf den Balkon sperren: Die ganze Aufregung könnte zu viel für ihn sein, schließlich ist er noch jung und gerät leicht aus dem Häuschen.

Wir dagegen geben uns gern der Erregung hin, die uns umhüllt, stellen die Musik lauter und tanzen durchs Zimmer, bis Michaela eine kleine Pause ansagt. Während Ninusch und ich auf dem Sofa um Atem ringen, holt Michaela aus der Küche ein rundes Tablett, auf dem, majestätisch wie der Name der Tänzerin, nach der sie benannt ist, eine bombastische Pavlova thront. Der Rokoko-Sahnetraum hat den Durchmesser einer Krinoline, mindestens, und singt ein Loblied auf Protz und Übertreibung.

Michaela stellt das Wunder der Konditorenkunst – auch dies ein Beweis für Leons weltumspannende Beziehungen zu Lieferanten von Luxusgütern – auf den Couchtisch und verteilt Löffel. Wie eine Horde speichelleckender Bewunderer mit schmalem Oberlippenbart, die ihren angebeteten Star am Bühneneingang abfangen, stürzen wir uns auf das Tutu der Ballerina, wühlen in der weißen Wolke, bis wir zur Tortenmitte vorstoßen, die mit ihrer blutenden Füllung aus Himbeeren, Brombeeren, roten und schwarzen Johannisbeeren und Walderdbeeren aussieht wie der aufgeschlitzte Bauch eines Mordopfers in der Oper, und spülen den süßen Schaum mit Wein direkt aus der siebten Flasche hinunter.

Und wieder wirkt Michaela wie in sich versunken, ein dümmliches Lächeln umspielt ihre Lippen, und Ninusch wird sofort hellhörig: »Was ist denn jetzt schon wieder los?«

»Nichts. Mir ist bloß was eingefallen. Ich hab zu ihm, zu diesem Schriftsteller von heute morgen, gesagt: ›Na, und was denken Sie: Liegt in der Schönheit irgendeine tiefere Wahrheit begraben? Und da hat er angefangen zu toben: ›Tief? Die Wahrheit ist tief? Die Wahrheit liegt an der Oberfläche. Sie ist bloß nicht angenehm, deswegen brennt es den Leuten nicht auf den Nägeln, sie aufzuspüren. Die denken, wenn die Wahrheit ans Licht kommt, ist sie interessant, aber im Grunde ist sie ziemlich langweilig. Da schau ich lieber zu, wie Wandfarbe trocknet, das ist interessanter!‹ Und dabei hat er ganz ernst in meinen Rückspiegel geschaut. Ich musste mir den Bauch halten vor Lachen. Und wäre auf der Schlomo-Hamelech beinah auf einen Lkw aufgefahren.«

Ninusch ignoriert Michaela mitsamt ihrer Geschichte und ihrem Gelächter.

»Schnee«, sagt sie nachdenklich. »Diese Torte erinnert mich an Schnee. Als ich klein war, gingen wir raus auf den Hof, alle Kinder von unserem Wohnblock. Wir machten sneschki, Schneebälle.« Ninusch schiebt ihre Hand wie eine Schaufel in die Torte und hebt einen Batzen Sahne heraus. »Und dann haben wir sie … na, wie sagt man das auf Hebräisch?«

»Gegessen?« Michaela hat sofort den geneigten Gesichtsausdruck, der für ihre Herzallerliebste reserviert ist, wenn diese von ihren Strapazen in der Diaspora berichtet.

»Nein, nicht direkt.« Ninusch scheint zu zögern. »Wie sagt man … hm … na ja, also, das ging eher so.«

Und ehe wir unserer Neueinwanderin, die sich wieder einmal mit der Tatsache konfrontiert sieht, dass Hebräisch ist schwere Sprach, auf die Sprünge helfen können, landet der Sahneklumpen auch schon in Michaelas Gesicht.

Einen Moment lang ist sie wie erstarrt. Auch ich bin perplex, suche in Ninuschs Gesicht nach einem Anzeichen von Übermut oder Jux, doch Ninusch wirkt zerbrechlicher denn je, ihre Nasenspitze und die Augen sind gerötet, die Lippen zittern.

»Da hast du noch mehr!« Sie greift sich noch einen Sahneklumpen und klatscht ihn Michaela aus unmittelbarer Nähe ins Gesicht. »Und noch einen, und noch einen!« Ninuschs Stimme überschlägt sich zu einem ungewohnten Falsett. »Du bist ein ordinäres Biest! Jawohl. Du bist schlimmer als Tschengis, schlimmer als Norman, schlimmer als alle, alle, alle. Wie sagt dein Freund so schön: Die Wahrheit ist durchaus sichtbar, aber eben leider unangenehm. Also versteckst du sie. Für dich bin ich eine Puppe. Ein Nichts. Ein Spielzeug. Du hast keinen Mann, deine Kinder sind verreist, da findest du es interessant, dich um mich zu kümmern. Du kommst dir toll dabei vor, kannst dich als Heilige fühlen. Endlich was, mit dem du deine leeren Stunden füllen kannst, deine leere Seele. Aber dann läuft dir plötzlich was Besseres über den Weg. Ein Schriftsteller, in deinem Taxi! Vielleicht ist er ja Single. Und einsam. Und braucht deine Hilfe. Bemuttere ihn doch, dann kriegst du endlich mal wieder einen guten Fick. Los, kümmere dich um ihn! Nur zu! Aber eins sag ich dir: Ich bin keine Puppe. Und du, du bist eine blöde Nutte, bloß dass du's weißt!«

Mit jedem Satz klatscht Ninusch Michaela noch mehr Sahne ins Gesicht.

Ich löse mich aus der Verwunderung, die mich erfasst hat. Ich kenne niemanden, der so wenig eifersüchtig und aggressiv ist wie Ninusch, daher hat die quietschende, ungeübte Wut, die sie an den Tag legt, etwas Beängstigendes an sich, etwas Lähmendes, das mich erst einmal in Untätigkeit erstarren lässt, doch ich erwache schnell aus meiner Lähmung.

»Der Anzug, Ninusch! Pass auf den Anzug auf!« Es ist die praktische Seite, die aus mir spricht. Und schon bin ich bei Michaela und mache mich daran, sie aus Leons ruiniertem Smoking zu schälen und anschließend aus dem Hemd darunter.

Jetzt werde ich zum Angriffsziel, und ein Klumpen fettiger Sahne, vermischt mit Waldfruchtbrei, versaut mir das Zweitausend-Dollar-Kleid, das letzte Andenken, das mir von meinem Oberstleutnant geblieben ist.

»Du bist auch nicht besser! Du denkst wohl, ich merke nichts. Sehe nichts. Du denkst wohl, ich weiß nicht, was mit dir los ist«, tobt Ninusch weiter mit ihrer piepsigen Stimme, die sich in den oberen Tönen überschlägt, einer Stimme, die nicht an höhere Töne als die eines plätschernden Bergbachs gewöhnt sind.

Michaela unternimmt einen Versuch, den Schwall an Beleidigungen und Vorwürfen mit einer Frage zu stoppen.

»Was redest du da für einen Blödsinn, du Spinnerin?«

Ich habe keine Zeit, Ninusch zu antworten. Jetzt, wo ich Michaela endlich aus dem versauten Smoking geschält habe, sehe ich zu, dass ich ins Bad komme. Ich reiße mir das blaue Kleid, diese himmelblaue Chiffonwolke, vom Leib, drehe den Hahn auf, halte den Stoff mit den Sahneflocken unters fließende Wasser, kippe anschließend Flüssigwaschmittel auf die Flecken, lasse das Kleid zum Einweichen im Waschbecken liegen und bete, dass die Chemikalien ihre Wirkung entfalten und mein bestes Stück noch zu retten ist.

Ohne mir die Hände abzutrocknen, laufe ich, nur in Slip und BH, schleunigst ins Wohnzimmer zurück. Die Wogen scheinen sich etwas geglättet zu haben. Ninusch, in ihrem Zirkuskostüm, sitzt auf einem Stuhl, Michaela, wie ich nur in Slip und BH, kniet vor ihr, trocknet ihr die Wangen und redet tröstend auf sie ein.

»Was ist nur in dich gefahren, dass du so austickst? Menschenskinder, du hast vielleicht Fantasien! Ist doch alles Quatsch. Ich brauche keinen Schriftsteller. Als ob du das nicht wüsstest, also mal echt. Ich liebe doch dich, du Dummi. Du bist für mich wie meine Kinder. Ich schwör's dir, bei allem, was mir heilig ist.«

Ninusch schweigt fein still. Mit rotem Näschen und bebenden Nasenflügeln zieht sie geräuschvoll letzte Rotzreste hoch. Ihr Blick ist glasig. Offenbar dringen Michaelas Worte nicht zu ihr durch oder sie werden nicht aufgenommen. Abgesehen vom flackernden Widerschein der Kerzen herrscht in ihren Augen absolute, undurchdringliche Dunkelheit.

Während ich noch abwartend dastehe, um zu sehen, in welche Richtung sich das alberne Drama entwickelt, werden wir von einem heftigen elektrischen Blitz erfasst, der dem Raum den Kerzenschein, die Schatten und sämtliche dunklen Ecken raubt. Plötzlich ist es ringsum strahlend hell, und als wir begreifen, was los ist, und zur Tür schauen, wo sich der Lichtschalter befindet, steht Leon in der Tür und betrachtet stumm die Szene.

Michaela springt auf die Beine und erstarrt, als hätte ihre Tatkraft nur bis hierhin gereicht. Ninusch auf ihrem Stuhl rührt sich keinen Millimeter vom Fleck und behält ihren Gesichtsausdruck unverändert bei. Sie ist echt bescheuert. Durchgeknallt.

Die Gegenwart ist so dicht, dass man die ohnehin dicke Luft kaum atmen kann. Tick, tack. Tick, tack. Zeit verrinnt, Zeit zerspringt. Wie lange steht er wohl schon in der Tür? Helle Hose, weißer Tennispullover, lässige Pose, wie ein Zuschauer beim Golfturnier. Rotes Gesicht, sonnenverbrannt. Auch der kahle Schädel ist gerötet, aber noch sind die braunen Pigmentflecken zu erkennen, von denen er übersät ist. Fleischige, unförmige Nase, wie ein Zierkürbis. Die Augen sind nicht zu erkennen, so tief liegen sie hinter den dicken Brillengläsern. Ein Waldtroll in Sportklamotten, kurz und dick wie ein Baumstumpf oder ein Riesenchampignon.

Seit wann beobachtet er unser privates, intimes Happening? Seit dem Moment, als Ninusch ihren Miniskandal abgezogen hat, oder noch länger? Was hält er vom Gefühlsausbruch seiner Geliebten? Hat er sie schon jemals so laut schreien hören? Erkennt er seinen Koffer wieder? Den Wandteppich auf dem Sofa? Warum ist er überhaupt hier? Und was hat ihn zu dem Entschluss bewogen, ausgerechnet in diesem bestimmten Moment auf den Schalter zu drücken?

Und wer ist er eigentlich, dass ich mich seinetwegen hier, bei mir zu Hause, so fühle, wie ich mich jetzt fühle! Warum bin ich wie gelähmt vor Scham und Angst, als hätte man mich bei einer schändlichen Tat ertappt? Immerhin sind wir fast nackt, verletzlich, entblößt, der Lächerlichkeit preisgegeben. Schon des öfteren hatte ich dieses beschämende, kindliche Gefühl von Beklemmung, wenn es sich ergab, dass ich Leon begegnete, eine Beklemmung, die ich früher den Eltern meiner Freundinnen gegenüber empfand, wenn ich zu Besuch kam: halblaute, gestammelte Begrüßung, trockener Mund, angespanntes Warten darauf, dass sie das Zimmer verließen und ich wieder ich selbst sein und atmen, denken, sprechen konnte. Wieso verstumme ich vor diesem Mann wie ein verängstigtes Kind, wo er doch, obwohl zwanzig Jahre älter als Ninusch, weder ihr Vater noch ihr Ehemann ist?

Da platzt die Blase der Starre. Mein Mund öffnet sich, um etwas zu sagen, doch Leon kommt mir zuvor.

»Nimm deine Klamotten und warte unten im Wagen auf mich«, sagt er, sanft und gefährlich, zu Ninusch.

Das dressierte menschliche Tier erhebt sich vom Stuhl und setzt sich in Bewegung. Schon ein armseliger Anblick, so ein glitzerndes Zirkuskostüm im elektrischen Licht. Mit steifen Gliedern stakst Ninusch zur Tür, und als sie sie fast erreicht hat, bückt sich Leon, hebt den Louis-Vuitton-Koffer vom Boden auf, schließt bedächtig den Reißverschluss und hält ihr das edle Stück mit den Worten hin: »Da, vergiss das nicht.«

Auch diesmal schaut er sie nicht an. Sein Blick hinter den Brillengläsern wandert auf der Suche nach weiteren Sachen, die ihm gehören könnten, durch den Raum, wie ein Indianer auf dem Kriegspfad erkundet er die Umgebung nach frischen Spuren und zeichnet im Stillen eine exakte Landkarte.

Jetzt dürfen Michaela und ich die Show nach Herzenslust weiterspielen. Michaela schnappt sich den versauten Anzug vom Sofa, schlüpft blitzschnell hinein und stürzt sich auf Leon, während ich todesmutig beschließe, halb nackt, wie ich bin, stehen zu bleiben, und nur mit gespielter Selbstsicherheit die Arme vor der Brust verschränke.

»Hören Sie mal«, setzt Michaela mit rauer Stimme an und muss sich erst mal räuspern. »Wenn mich nicht alles täuscht, sind Sie Ninas Lebenspartner. Ich möchte nur eines klarstellen: Was hier abgegangen ist, war eine Fete. Lillys Geburtstagsfete. Eine Frauenfete. Wir sind bisschen über die Stränge geschlagen. Frauen unter sich, Sie wissen bestimmt, wie das ist. Sie haben wirklich keinen Anlass, sauer oder eifersüchtig zu sein. Hier sind noch ein paar Sachen von Ihnen, dieser Anzug zum Beispiel, der geht morgen in die Reinigung, und danach bring ich ihn mitsamt den anderen Sachen persönlich bei Ihnen vorbei. Richtig, Lilly?«

Ich gebe weiterhin keinen Ton von mir. Die Worte, die überzeugender wirken könnten als das Chaos im Zimmer – Blumen, Kerzen, die zerfledderte Torte, drei nur dürftig bekleidete erwachsene Frauen –, sind noch nicht erfunden.

Das Resultat ist eindeutig, für Fantasien bleibt kein Raum. An Ninuschs Bestrafung lässt sich ebenso wenig ändern wie an der Wut, die Leon gleich an ihr auslassen wird. Sogar Michaela, die in diesen Sekunden vor allem mit sich selbst beschäftigt ist und mit dem Versuch, die Sache auszubügeln, die Dinge richtig zu stellen, merkt, wie nutzlos ihre Erklärung, überhaupt ihr Reden ist, und das bringt sie zur Raserei; Leons arrogantes Schweigen löscht ihre Worte gleichsam aus, eine Haltung, die sie sofort und zutreffend als ›aufmerksam-höflich und zugleich abschätzig‹ einstuft, etwas, das sie so oder ähnlich auch beim Taxifahren gelegentlich im Nacken spürt. Diese Wahrnehmung spült im Handumdrehen die Gutmütigkeit fort, mit der sie ihre Verteidigungsrede vorgetragen hat, so dass nicht mal sie selbst mehr weiß, was sie antreibt: Leons beleidigende Arroganz oder die Sorge darüber, was Ninusch gleich erwartet.

»Und noch was, Mister Leon.« Das Engagement in Michaelas Stimme lässt alles noch erbärmlicher, noch lächerlicher, noch aussichtsloser klingen. »Ich habe einen direkten Draht zur Kripo. Der Polizeipräsident von Petach-Tikva ist mein Schwager, und ich versichere Ihnen, er kriegt sofort von mir Bescheid, wenn ich erfahre, dass Sie auch nur ansatzweise handgreiflich geworden sind.«

Leon blickt sie traurig an.

»Junge Frau – Sie müssen schon entschuldigen, aber ich kenne Ihren Namen nicht –, es gibt da etwas, was Sie offenbar noch nicht verstanden haben: Nina ist schwer krank. Es hat immer wieder Menschen wie Sie gegeben, und es wird wohl auch weiterhin vorkommen, dass irgendwelche Leute sich zu Ninas Beschützern aufspielen, ihre Gesellschaft suchen, sie auf den rechten Weg bringen, sie adoptieren, sie retten, ihr helfen wollen, et cetera. Wie wir alle wissen, ist sie hübsch und niedlich und hat keines der körperlichen, neurologischen oder seelischen Gebrechen, die es zwingend erforderlich machen, sie in eine Anstalt einzuweisen oder sie zum häuslichen Pflegefall zu erklären. Für jemanden wie Nina die Verantwortung zu übernehmen bedeutet absolute Hingabe, Entschlossenheit und Verzicht auf vieles, worauf zu verzichten die meisten Menschen nicht bereit wären: Kinder, Familie, Freunde, ein Privatleben, Freizeit. Viel wichtiger dagegen, und deshalb möchte ich mir gar nicht erst anhören, dass Sie, genau wie Lilly seinerzeit – nicht wahr, Lillylein? –, mit Leib und Seele bereit sind, Nina unter Ihre Fittiche zu nehmen, wobei ich nicht den geringsten Zweifel habe, dass das Ihr aufrichtiger Wunsch ist, nur – viel wichtiger ist Ninas Wunsch, und Nina möchte bei mir sein. Und das ist von allem, was ich hier zu sagen habe, das Entscheidende.«

Leon hält kurz inne, damit wir Raum haben, die Tragweite seiner Worte zu begreifen. Er nimmt die Brille ab, reibt sie mit seinem eleganten Tennispullover sauber und setzt sie sich wieder auf die Kürbisnase. Zwischen den lichten, sonnengebleichten Augenbrauen entsteht eine tiefe und dunkle tragische Falte. Der amerikanische Akzent verleiht Leons gestochener, präziser Wortwahl zusätzlich Gewicht.

»Ich gestehe, dass wir eine ganze Reihe von Problemen haben, wie viele andere Paare auch, und genau wie diese anderen Paare ringen auch wir um eine bessere Beziehung. Und genau wie diese anderen Paare finden auch wir Trost bei unseren Freundinnen und Freunden, und daher ist Lillys und, soweit ich das richtig verstanden habe, inzwischen auch Ihre Rolle von solcher Bedeutung und Wichtigkeit. Aber mindestens ebenso wichtig – auch damit Ihre Freundschaft nichts an Aufrichtigkeit und Reinheit einbüßt –: Sie müssen die Tatsache akzeptieren, dass Nina bei mir sein will. Natürlich können Sie ihr jederzeit gern anbieten, mich zu ersetzen. Ich werde Sie nicht daran hindern. Sie können sie kidnappen, wenn Sie wollen, sie locken und sie überreden – nur zu. Die Sache ist nur die: Solange das, was Nina möchte, ganz oben auf der Prioritätenliste steht, und ich will hoffen, dass das auch bei Ihnen der Fall ist, sind Ihre Chancen, so Leid es mir tut, das sagen zu müssen, eher als gering einzuschätzen. Der persönliche Wille nimmt in der Welt, in der wir leben, einen Ehrenplatz ein. Unter den unendlichen Möglichkeiten, die sich uns im Laufe unseres Lebens bieten, hat Nina mich gewählt. Und dagegen ist selbst Ihr Schwager, der Polizeipräsident, wie ich fürchte, ziemlich machtlos. Warum also respektieren nicht auch Sie die Entscheidung Ihrer Freundin? Gute Nacht.«

Als er fort ist, gehe ich als erstes zum Balkon, um das ausgesperrte Tigerbaby wieder hereinzulassen, das schon seit geraumer Zeit, um Einlass bittend, an der Tür kratzt.

Michaela hat sich wieder ins Wohnzimmer gesetzt und sich eine Zigarette angezündet.

»Ich wüsste bloß eines gern, Lilly: Haben die beiden diese Horrorshow miteinander abgestimmt? Dieses ganze Gefasel von Hingabe und Verantwortung und so?«

»Ich glaube nicht. Offenbar empfinden beide dasselbe: dass sie füreinander bestimmt sind. Der Rest der Welt besteht für sie aus Verbrechern, lauter Leute, die sie nur ausnutzen wollen und denen sie ansonsten herzlich egal sind.«

Ich schaue mich um, versuche das neue Licht in mich aufzunehmen, das alles überflutet.

»Wie haben die sich bloß gefunden? Und wo? Immer wenn ich sie danach frage, druckst sie nur rum. Lilly? Lilly!«

Aber ich bin abgelenkt und kann nicht antworten, ich beobachte, wie aus jedem einzelnen Gegenstand, aus jeder Blume und jedem Fitzelchen Stoff die rote Farbe entweicht. Vor meinen Augen breitet sich die Wirklichkeit aus: unbekannt, von einer neuen Klarheit, Blaus und Grüns, durchzogen von unzähligen Grautönen.

* * *

**Das Tigerweibchen signalisiert die Bereitschaft zur Paarung durch lockendes Gebrüll und Duftstoffe, die aus Harn und einer Absonderung aus der Analdrüse bestehen.**

* * *

**Um fünf Uhr morgens kam Serjoga** mit dem Tannenbaum. Es war ein kleiner Baum, nicht größer als Serjoga selbst, doch das Nadelkleid war so ausladend, dicht und duftend, dass Ninusch sofort ihre Nase in das kühle, piekende Dunkelgrün steckte und anschließend, schier platzend vor Glück, ihr Gesicht zu Polina umwandte.

Polina hatte sich mit allen neun Kindern versammelt, und jetzt beobachteten sie schweigend, wie Serjoga zwei kurze Bretter zu einem Kreuz zusammennagelte, ein Loch in die

Mitte bohrte und schließlich den Stamm hineintrieb. Gemeinsam mit ihm traten alle einen Schritt zurück, um das Tannenbäumchen zu begutachten, das nun aufrecht und stabil in der Mitte des Wohnzimmers stand.

Kurz darauf schneite, gehetzt und geheimnistuerisch, ein lachender Tschengis herein. Sein Gesicht verschwand hinter Kisten mit Baumschmuck und bunten sternförmigen Kerzen: Überschüsse aus dem Hause Magometov. Nina Magometov hatte ein Faible für Traditionen und sehnte sich nach der Vorfreude auf Silvester und nach der märchenhaften Festatmosphäre, daher war es ihr ein Anliegen, für Michael, Rafael, Nethanel und Tomer, denen das ›nowi god‹ völlig unbekannt war, wenigstens ansatzweise den Charme des christlich-sowjetischen Festes herbeizuzaubern.

Als Ninusch und Polina die Kisten öffneten und sich daran machten, die federleichten, bunt glänzenden Glasschätze an die Zweige zu hängen, kamen die Kinder langsam und vorsichtig und mit hypnotisierten Blicken voll religiöser Verwunderung näher, etwa so, wie die Inkas Cortez' Conquistadores empfangen haben müssen.

Tschengis hatte es eilig, sich zu verabschieden, versprach aber, am Abend mit den Geschenken wiederzukommen, sobald er sich von der Familienfeier loseisen könne.

»Dass du mir nicht den künstlerischen Teil des Abends verpasst!«, zwitscherte Ninusch im dunklen Treppenhaus, und aus dem Gepolter auf den Stufen drang Tschengis' Stimme zu ihr herauf wie ein fernes Echo: »Keine Sorge, kukla! Spätestens um neun bin ich da!«

Und er hielt sein Wort. Kurz nach neun stürmte er schnaufend in die Wohnung und ließ sich auf den Stuhl fallen, der im Halbkreis der Kinderstühle auf ihn wartete. In dem Teil des Wohnzimmers, der für die ›Bühne‹ reserviert war, stand auf einem Hocker ein gigantischer Topf, darunter steckte als Feuerstelle eine große, mit orangefarbener Gelatine überzogene Taschenlampe, so dass es tatsächlich aussah wie ein brennendes Feuer. Neben dem Topf stand, mit geblähten Wangen, Polina in weißer Kochmontur, eine Chefmütze auf dem Kopf und in der Hand eine Schöpfkelle, die sie durch die Luft schwang; in das harte Gesicht war mit Schminkstift ein schwarzer Schnurrbart gemalt, der ihr die gewisse Selbstüberzeugung verlieh, die sich für einen namhaften Chef de cuisine geziemt.

Kaum saß Tschengis an seinem Platz, erlosch das Licht und Polina drückte auf die PLAY-Taste des großen Ghettoblasters: die bekanntesten russischen Hits aus der Zeit nach der Perestroika. Mit übertriebener, theatralischer Geste nahm sie von dem Tischchen vor sich eine Spaghettipackung und kippte den Inhalt in den Topf. Dann rührte sie erst in der einen, dann in der anderen Richtung, und als sie die Schöpfkelle herauszog, schlängelte sich Ninusch, umhüllt von einem roten Schal, aus dem Topf hervor: Sie spielte eine Nudel in Tomatensauce.

Ninuschs Gesicht wurde ernst und lang und länger, und mit ihren windenden Bewegungen verkörperte sie einfühlsam die schlaffe, einsame Nudel, deren stolze anfängliche Festigkeit mit den verstreichenden Minuten im kochenden Wasser zunehmend dahinschwindet. Tschengis' Lachen übertönte die Stimmen der neun Kinder, doch noch ehe er sich wieder beruhigen konnte, hieb Polina mit dem Schöpflöffel Ninusch auf den Kopf, und sie verschwand im Topf, nur um abermals daraus emporzukommen, diesmal als Huhn. Immer noch am Leben, aber bereits ohne Federn, versuchte das arme Tier vergeblich, auf gerupften Beinen dem Kochtopf zu entkommen, scheiterte jedoch jedes Mal am unerbittlichen Küchenchef. Danach erschien Ninusch in verschiedenen weiteren Rollen: als Krautkopf, als Fisch, als Pommes in heißem Frittieröl, als Suppengemüse, als gefülltes Gemüse, als Krapfen, der vor roter Marmelade nur so triefte, und zuletzt als trauriger Apfel im Schlafrock. Mit jeder Verwandlung wurde die Stimmung ausgelassener und das Gelächter der Zuschauer lauter und so hemmungslos, dass es gelegentlich an Hysterie grenzte.

Insbesondere stach Ninusch Radus Lachen ins Ohr; ihn

hörte sie zum ersten Mal überhaupt lachen. Der kleine Rumäne mit den tief liegenden Augen hatte ein spitzes und abgehacktes, sägendes Lachen und hörte sich an wie ein junger Esel; als Ninusch endlich dahinter kam, von wem die Laute kamen, musste sie ein Weinen unterdrücken, das in ihrer Brust anschwoll wie ein Brotlaib im Ofen und die Show zu verderben drohte.

Später, als alle mit dem Auspacken der bescheidenen Geschenke beschäftigt waren – Tüten mit Süßigkeiten und Fläschchen mit Seifenblasenlauge –, führte Tschengis Ninusch am Ellbogen in die Küche. Er goss sich einen Drink von Polinas Black Label ein.

Aus den schönen dunklen und leicht schräg gestellten Augen des Greifers strömte Licht.

»Als Gott die Liebe erfand«, sagte er, »die große Liebe, wie die von Romeo und Julia, Lenin und Nadeschda Krupsakaja, Rabin und Clinton, da wusste er noch nicht, was wahrhaft große Liebe ist. Weil er noch nicht erlebt hatte, wie sehr Papa Tschengis seine kukla liebt.«

Ninusch lächelte, erschöpft und glücklich, wie ein Schauspieler nach einer erfolgreichen Theaterpremiere.

»Morgen«, fuhr Tschengis sanft, aber mit unverhohlener Erregung fort, »morgen machst du hier Schluss und verabschiedest dich brav von allen Kindern. Von Radu Dinulescu und von Schmadu Kukulescu. Dann bringe ich dich an einen Ort, wo du dein Talent voll entfalten kannst. Du kennst mich: Vor Kunst krieche ich auf allen Vieren, wie ein Sklave. Ein Talent wie deines brachliegen zu lassen, wäre eine Sünde. In meinen Augen – und jetzt werd nicht gleich rot, kukla – bist du genial. Also dann bis morgen gegen sieben, sei bereit.«

Er kam in einem schwarzen Volvo mit Serjoga am Steuer. Die letzten Reste des Sonnenuntergangs tauchten den Süden von Tel Aviv in theatralisches Rot – eine großartige Kulisse für das kleine Ereignis in Ninuschs unwichtigem Leben. Von jetzt an, dachte Ninusch in jenem Moment, würde sie nach dem bislang eher seichten Drama ihres Lebens endlich als Hauptdarstellerin leben, genau wie die Leute um sie herum. Der Gedanke war ihr etwas peinlich, und sie kauerte sich ganz klein auf dem Rücksitz zusammen. Der schwarze Lederbezug war so weich, dass sie sich vorstellte, das Polster sei ein lebendiges Wesen, das sie in sich aufnahm, um die gesamte Fahrt über auf sie aufzupassen.

Tschengis war in Hochstimmung, und wie immer, wenn er das Gefühl hatte, sich etwas Großes ausgedacht zu haben, schwelgte er in Redseligkeit mit philosophischem Unterton.

Er schloss das Schiebefenster, das ihn und Ninusch von Serjoga trennte, räkelte sich ausgiebig und schlug die Beine übereinander.

»An Tagen wie diesem, kukla, bin ich voller Bewunderung für die Welt, in der wir leben. Und wenn ich nicht im – entschuldige den Ausdruck – verfickten sowjetischen Erziehungssystem aufgewachsen wäre, könnte ich mich sogar dem Glauben an etwas öffnen, was größer ist als wir. Äh ... Gott oder so was in der Art.«

Ninusch kramte aus ihrem Beutel eine Tafel Milchschokolade, die sie sich als Wegzehrung eingesteckt hatte.

»Und wohin geht unsere Reise, Tschengis?«, fragte sie, an einem Stück Schokolade lutschend, und lugte durch das dunkel getönte Fenster nach draußen.

»Ins Paradies, kukla. An den Ort, den ich aufgebaut habe und der – abgesehen von meinen Kindern, sie mögen gesund sein – mein größter Stolz ist. Mein Lebenswerk. Nach einer solchen Leistung kann der Mensch wahrlich in Ruhe sterben. Nicht dass ich derlei beabsichtige.«

Er streckte die Hand aus und brach sich ein Stück von Ninuschs Schokolade ab, doch sofort traf ihn ein mahnender Blick, woraufhin er hastig in seiner Hosentasche kramte und Ninusch einen Zwanzig-Schekel-Schein hinhielt; er wusste, dass es Ninusch quälte, wenn sie etwas ohne Gegenleistung hergeben sollte.

»Unser Ziel ist ein Vorort von Aschkelon, kukla. Alle unsere Freunde aus der ehemaligen Sowjetunion, die noworusskie, wie man so schön sagt, kaufen sich dort Häuser oder bauen sich Schlösser, Beverly Hills ist ein Dreck dagegen. Aber wenn du unser Schlösschen siehst, das ab sofort auch dein Zuhause sein wird, fällst du auf der Stelle tot um.«

Ninusch verfiel in konzentriertes Knabbern. Sie wusste, dass es keinen Sinn hatte, weitere Fragen zu stellen. Tschengis' Neigung, alles dramatisch zu inszenieren, gestattete ihm nicht, ihr das Fahrtziel näher zu beschreiben, er wollte das Wunder zu exakt dem Zeitpunkt präsentieren, den er sich für diese Gelegenheit ausgedacht hatte. Sie musste sich mit dem Anblick von Serjogas Stiernacken begnügen, einem dicken Wulst, der den Kopf mit dem Rücken verband.

Draußen, auf der schwarzen Straße nach Süden, brausten wie futuristische Kakerlaken andere Wagen vorbei, die schneller fuhren und den Volvo locker überholten. Aber Tschengis hatte eine Schwäche für Verkehrssicherheit, und seine Entourage hatte sich strikt an seine Vorgaben zu halten.

* * *

**Im Zoo besteht das Futter des Tigers aus Vitaminen und Pferdefleisch, rund fünf Kilo täglich.**

* * *

**Das Tor öffnete sich selbsttätig,** der Volvo glitt sanft hindurch und fuhr mit leise rauschenden Reifen über den feinen Kies der breiten, palmengesäumten Auffahrt und hielt vor dem Haus. Ninusch stand vor einer der schönsten Villen, die sie in ihrem Leben gesehen hatte. Trotz der nur zwei Stockwerke war das Gebäude zweifellos auch das Schlossähnlichste, was ihr je untergekommen war: neoklassizistischer Stil, klare Linien, weißer italienischer Marmor, die Vorderseite auf dorischen Säulen ruhend, mit muskulösen, barbusigen Sphinxen am Fuße der ausladenden Marmortreppe, die hinauf zur Eingangstür führte.

In der Mitte des Vorplatzes stand, von Stiefmütterchenbeeten und nach englischer Art gestutzten Zypressen und Ficusbäumchen umgeben, ein beleuchteter Springbrunnen: eine Artemis in Lebensgröße, mit ausladenden Rundungen, auf ihr Lager gebettet, und über ihr, auf wundersame Weise schwebend, ein molliger Eros mit gespanntem Bogen. Auf Bauch und Hüften der antiken Göttin rieselte ein goldfarben angestrahlter Regen herab: Zeus' listige Art, in die Anatomie des Objekts seiner Begierde einzudringen.

Während Tschengis und Ninusch die Treppe hinaufgingen, fuhr Serjoga den Wagen in die Garage. Die hohe, kunstvoll gedrechselte Eingangstür wurde von einer jungen Frau mit einem hübschen, aber misstrauischen Gesicht, wie man es von Prostituierten kennt, geöffnet. Sie führte Tschengis und Ninusch in ein Empfangszimmer mit schwarzen und weißen Fliesen im Schachbrettmuster; der Kronleuchter an der hohen Decke wirkte mit seinen vielen Klunkern und Prismen so schwer, dass Ninusch innerlich bangte, ob er auch wirklich gut verankert war – nicht dass er plötzlich herunterkrachte und die ganze schöne Villa mit sich riss, als stünde das Haus am Schlund des Vesuvs und nicht in einem neureichen Vorort von Aschkelon.

Vom Empfangszimmer aus folgten sie der Frau mit dem misstrauischen Gesicht durch einen langen Gang in einen großzügigen Raum, der sich als Wohnzimmer entpuppte; neben den drei nach unten führenden Stufen verlief eine marmorne Rampe, ähnlich den Behindertenzugängen in Konzertsälen und Museen.

Schlichte weiße Ledersofas entlang der Wände, Couchtische aus Edelstahl und fliederfarben besprühtem Glas, Vasen mit frischen Schnittblumen, abstrakte Kunst an den Wänden, edle Lichtobjekte, die ein weiches, diffuses Licht verbreiteten –

alles zeugte von der Hand eines Innenarchitekten mit ausgesprochen gutem Geschmack.

Ein schwarzer Spiegel über die gesamte Wandbreite verwandelte den Raum in einen riesigen Festsaal, der im Nirgendwo zu enden schien. Als Ninusch sich in diesem Spiegel suchte, entdeckte sie eine ferne, dünne Silhouette, wie eine Skizze, ein körperloses Abziehbild ihrer selbst.

Eine halb geöffnete Schiebetür führte auf eine helle, pflanzenüberwucherte Veranda; dahinter erstreckte sich ein offenbar weitläufiger Garten. Von dort wehte der Duft unbekannter Blumen herein und reizte die Geruchsnerven. Ninusch ließ sich auf einem der weißen Sofas nieder, Tschengis ging zur Bar und goss sich einen Whisky Black Label ein.

»Na, was sagst du, kukla?«, fragte er, als er zu ihr zurückkehrte und es sich neben ihr bequem machte. »Schön hier, was?«

Kurz darauf betraten ein Mann und eine Frau, beide in den Fünfzigern, den Raum. Die Frau, sehr groß und füllig, mit weichem Gesicht und rotem Haar, trug eine lavendelfarbene Tunika mit passender Hose. Der Mann war klein, mit muskulöser Brust und breiten Schultern, ein Schlägertyp mit einer unangenehm kraftstrotzenden, streitsüchtigen Ausstrahlung. Die sehr große Nase mit den länglichen Nasenlöchern erinnerte gefährlich an einen Imperator aus längst vergangenen Zeiten, der besorgte Blick deutete darauf hin, dass die Ruhe jederzeit gefährdet war, wenn der unberechenbare Greifer diesem Ort einen Besuch abstattete. Tschengis zog Ninusch zu sich heran.

»Darf ich vorstellen, kukla, das sind Lida und ihr Mann Juri, die beiden führen mir hier das Geschäft. Sie haben zwei tatkräftige Helfer, die du gleich noch kennen lernen wirst, obwohl – Ira hast du ja schon gesehen, sie hat uns an der Haustür empfangen.«

»Und das hier«, er nahm Ninuschs Kinn in die Hand und dreht es nach rechts und nach links, als wollte er dem Ehepaar zeigen, was für ein schönes Gesicht sie hatte, »das ist die süße Puppe Ninka. Mein Geheimschatz.«

Lida und Juri nahmen argwöhnisch auf dem Sofa gegenüber Platz. Lida hatte runde braune Augen wie ein Kuckuck und einen kleinen runden, schnabelartigen Mund. Je ernster das Paar dreinblickte, desto aufgekratzter wurde Tschengis.

»Los, Leute, erklärt Ninette alles, was sie über das kleine Business, das ich hier unterhalte, wissen muss. Anschließend kann sie die anderen Prinzessinnen kennen lernen.«

Lidas hektischer Vogelblick wanderte von einem zum anderen, bis er schließlich auf Ninusch haften blieb.

»Nun denn. Dieses Haus, in dem wir uns hier befinden, Nina, heißt *Haus des Nordlichts* – dom sewernogo sijanija. Eine private Pflegeeinrichtung für Leute mit genetisch bedingten Behinderungen. Verstehen Sie?«

Ninuschs Lächeln mit den fauligen Zähnen spornte Lida an weiterzusprechen: das Prinzip der immer gleichen Wirkung alles Nichtvollkommenen.

»Ich möchte betonen, dass wir uns hier nicht mit entwicklungsbedingten Pathologien wie Darmtumoren oder Autoimmunkrankheiten befassen, sondern mit angeborenen DNA-Mutationen.«

Ninusch blickte fragend den Greifer an, der in ein so genüssliches Gelächter ausbrach, dass Ninusch unwillkürlich wieder lächeln musste.

»Ich kann dich gut verstehen, kukolka, diese ganzen Bezeichnungen sind für dich natürlich Parteichinesisch. Aber Lidotschka ist eben Ärztin, Wissenschaftlerin, und du weißt ja, wie sehr Leute ihres Schlags mit sich und ihrem Genius beschäftigt sind und wie wenig fähig, mit dem Rest der Welt zu kommunizieren. Kurzum, was wir hier bieten, ist eine private Pflegeeinrichtung der Luxusklasse, eine kleine, aber feine Klinik für Opfer von Atomversuchen in Kasachstan. Juri, mein Lieber, gib der Kleinen hier ein bisschen Hintergrundinfo.«

Juri räusperte sich geräuschvoll. Abgesehen davon, dass ihm das Thema ganz offensichtlich am Herzen lag, hatte Ninuschs Schönheit unfehlbar ihre übliche Wirkung entfaltet.

»Die meisten Mädchen bei uns stammen aus dem atomaren Versuchsgebiet um Semiplatinsk in Kasachstan. Das Gebiet entspricht etwa der Fläche von Großbritannien. Einundvierzig Jahre lang, eigentlich bis zur Perestroika, wurden dort nukleare Tests mit Atom- und Wasserstoffbomben durchgeführt. Einhundertvierundzwanzig Bomben wurden überirdisch gezündet, weitere dreihundertdreiundvierzig unterirdisch. Die Wirkung von allen zusammengenommen entspricht ungefähr zweitausend Hiroshimas …«

»Mit einem Wort, kukla: Die Leute dort haben über einen relativ kurzen Zeitraum eine Strahlung verpasst gekriegt, wie man sie normalerweise in Hunderten von Jahren nicht abbekommt«, schaltete sich der Greifer ein, dem in der Rolle des passiven Zuhörers zunehmend langweilig wurde. »Und die Ergebnisse sind entsprechend. Die unzähligen verschiedenen Krebse, die dabei entstanden sind, könnten ganze Enzyklopädien füllen. Die Leute spucken eine blaue Flüssigkeit, mit der man eine Kloschüssel von Harnstein befreien könnte. Deshalb haben wir diesen schützenden Hort für Behinderte ins Leben gerufen. Ein humanitäres Projekt, sozusagen.«

Ninusch starrte verstört auf die Anwesenden, sie wurde mit jeder Erklärung verwirrter. Tschengis entschied, dass der theoretische Teil damit abgehakt war.

»Wann kann sie die Mädchen kennen lernen?«

Lida tat beleidigt. »Jederzeit. Wann sie möchte. Die Mädchen warten schon. Ich dachte nur, wir sollten die junge Dame erst einmal aufklären. Es ist immerhin das erste Mal, dass sie –«

Aber Tschengis hörte ihr nicht mehr zu. Mit federndem Schritt durchquerte er den Raum und rief mit donnernder Stimme von der Tür aus in den Gang: »I-ra!!!! Antreten!«

Dann setzte er sich schnell wieder neben Ninusch, als wollte er um keinen Preis verpassen, wie sie reagierte.

Die folgenden Augenblicke sollten sich mehr als alles andere, mehr als die langen Monate, die sie anschließend in Gesellschaft der Frauen verbrachte und die von der unmittelbaren Nähe zu ihnen und den täglichen Vorfällen mit ihnen geprägt waren, in Ninuschs Gedächtnis einbrennen.

Zum ersten Mal in ihrem Leben begriff Ninusch ansatzweise das Staunen derer, die sie immer anstarrten, zum ersten Mal begriff sie, dass im ersten Eindruck oft eine tiefe, kristallklare Wahrheit steckt und dass jedes nähere Kennenlernen, jede Annäherung, jedes Unter-die-Lupe-Nehmen der zahlreichen Details nur zu Abstrichen vom endgültigen Gesamtbild führen kann, das wir auf den ersten Blick wahrgenommen haben und das so glasklar war wie der Blick eines Menschen, der aus einem Nebel herausgefunden hat.

Eine geschlossene Gruppe kam in den Raum, doch Ninusch konnte sich auch später nie von dem Eindruck lösen, dass die jungen Frauen paarweise antraten und ihr Aufmarsch wie ein spöttisches Nachäffen der Tiere auf der Gangway der Arche Noah wirkte; ihr Anblick glich einer sträflichen Missachtung der göttlichen Ordnung, die die Geschöpfe ihrer jeweiligen Art entsprechend eingeteilt hat.

Hier passte kein Wesen zum anderen, jedes bestach durch überspitzte Einmaligkeit und durch eine unüberwindliche Unvereinbarkeit mit dem Rest – ein schlechter Witz des Teufels, ein Beweis für die ausgeprägte Nichtzugehörigkeit und das absolute Auf-sich-Gestelltsein eines jeden Einzelnen und zugleich der Hinweis auf eine zerstörte, eine irgendwie verloren gegangene Zusammengehörigkeit, ähnlich der Zusammengehörigkeit versprengter Splitter einer am Boden zerschellten Porzellanfigur.

Wenn Ninusch von dieser Begegnung erzählte, achtete sie stets darauf, jede der Frauen namentlich zu erwähnen, wenngleich sie die Namen damals, in jenen ersten Momenten, die wie pures Theater waren, brutal und unfassbar, noch nicht kennen konnte; dennoch war das Bedürfnis, ihnen eine menschliche Identität zu verleihen, stärker als jede erzählerische Logik, denn es war für Ninusch, als würde sie ihre eigene Person betrachten, wie ein Mensch, der auf einer Lichtung im Wald sitzt und seine eigene Stimme hört, die ihn beim Namen ruft.

Ira half allen, sich ringsum zu setzen, teils auf die Sofas, teils auf den weißen Teppich auf dem Marmorboden. Etwas später schob ein großer blonder Mann mit gebücktem Rücken einen Rollstuhl mit einer Frau herein, die weder Arme noch Beine hatte.

»Das ist unser Boris«, informierte Tschengis Ninusch und zeigte auf den Blonden. »Iras Mann. Ich finde das Arrangement mit den Ehepaaren, die hier arbeiten, super. Beide sind Ex-Junkies, und wer, glaubst du, hat sie aus dem Dreck gezogen, hat ihnen ein neues Leben gegeben und ihnen Arbeit verschafft?«

Ninusch tippte mit dem Finger auf Tschengis' Brust und wandte ihren Blick sogleich wieder der inzwischen verteilten Gruppe zu. Lida und Juri erhoben sich wie Gastgeber, die ihrem spät eingetroffenen Ehrengast die übrigen Partygäste vorstellen.

»Na, dann wollen wir mal mit der Ausnahme anfangen«, verkündete Lida und präsentierte mit ausgestreckter Hand eine schwarzhaarige Zwergin mit lächelndem Boxergesicht. Ihre Beine waren so kurz, dass sie trotz des niedrigen Sofas mit den Füßen nicht bis zum Boden reichte. Sie trug einen blauen Kinderjogginganzug mit einem Tom&Jerry-Aufdruck auf der Brust, das glatte Haar wurde von einem roten Reif aus der Stirn gehalten.

»Das ist Debbie.« Die Zurückhaltung, mit der Lida sprach, sollte die unterschwellige Ungeduld kaschieren. »Debbie stammt als Einzige nicht aus Kasachstan. Sie ist aus den USA eingewandert, wo sie in einer Containersiedlung nahe Miami gewohnt hat, extra für Menschen mit ... Deformationen. Lauter Leute, die sich nicht mehr rechtschaffen durch Freakshows ernähren können, weil das Genre drüben für illegal erklärt wurde.«

»Ich kann noch nicht so gut Hebräisch«, erklärte Debbie und zog mit einer Koketterie, die Ninusch sofort gefiel, die platte Nase kraus. Wahrhaft weibliche Verhaltensweisen weckten stets Ninuschs Bewunderung.

»Und das hier«, Lida bedeutete dem buckligen Boris, den Rollstuhl etwas näher heranzuschieben, »ist Milotschka Achmadulina Makaraul.«

Milotschka sah aus wie die Knetarbeit eines Kindes, das zu faul war, dem Rumpf unter dem Kopf Würstchen als Arme und Beine anzukleben, und den Eltern nun stolz und erwartungsvoll seinen Knetkrüppel präsentiert: eine Kugel auf einer dicken Wurst. Der Körper der missgestalteten Frau steckte in einer Art Sack aus bordeauxfarbenem Stoff, rings um die Halsöffnung glänzte eine Spitzenbordüre als Kragen.

»Milotschka malt Aquarelle mit dem Mund, sie ist ein unglaubliches Talent.«

»Und was für eines«, hauchte Tschengis warm in Ninuschs Ohr. »Sie malt nicht nur mit dem Mund, sondern auch mit ihrer Hm-hm-hm – wie diese Thailänderinnen, die mit dieser Methode sogar eine Colaflasche öffnen können. Die Kunden sind ganz verrückt nach ihr und ihrem Talent.«

Ninusch brachte ihren Gönner mit einem aufgebrachten »Schschsch« zum Schweigen und winkte Milotschka zu. Sie war etwa zwanzig, das dicke, unschöne, aber lebhafte Gesicht mit den intelligenten Augen war von etwas filzigen braunen Locken gerahmt.

»Und diese beiden sind unsere siamesischen Zwillinge, Rosa und Rita Suleimanov aus Semiplatinsk. Sie sind am Po miteinander verwachsen und sehr selbständig. Wenn wir alle vorgestellt haben, beantworten sie gern alle weiteren Fragen. Für die meisten Menschen sind siamesische Zwillinge ja immer besonders interessant. Die beiden sind die besten Freundinnen, nur in letzter Zeit ist es ein bisschen problematisch geworden: Rosa hat eine Vorliebe für südamerikanische Telenovelas entwickelt, während Rita sich eher für ernste Themen interessiert, Politsendungen oder Reportagen oder gute französische Filme auf yes3. Aber über Geschmack lässt sich ja bekanntlich nicht streiten, stimmt's?«

Der letzte Satz galt Juri, der mit verschränkten Armen und trotziger Miene abseits stand; ihm ging die überflüssige Vorstellungsarie, die der Boss ihnen hier aufzwang, schwer gegen den Strich.

Rosa oder Rita Suleimanov nahm den Kaugummi, den sie bis dahin energisch gekaut hatte, aus dem Mund und behielt ihn in der geballten Faust. Die beiden Schwestern ähnelten einander sehr: glattes Haar, verschlossene, melancholische Gesichter mit den typisch asiatischen Wangenknochen. Beide waren stark geschminkt, doch die eine trug einen rosa Jogginganzug, die andere, die mit dem blauen Steinchen im rechten Nasenflügel, Jeans und ein psychedelisch gemustertes Oberteil.

Die Hosenböden der beiden waren aneinandergenäht, und Ninusch fragte sich gerade, wie die Wahl der Garderobe bei den beiden funktionierte, als Lida davon berichtete, dass die Entscheidung, welche Hose an welche genäht werden solle, ein ziemlich großes Problem darstelle und sie über eine ausgeklügelte Methode mit Klettverschlüssen nachdenke, die jede erdenkliche Kombination ermöglichen würde.

Ira wanderte von einer Frau zur anderen und teilte an diejenigen, die in der Lage waren, Teller und Tassen zu halten, Saft, Kaffee und Kekse aus. Ninusch beobachtete mit Freude, dass Boris der sympathischen Milotschka Achmadulina mit einem Löffelchen zu trinken gab, und lobte ihn insgeheim für seine ruhige Hand.

Lida setzte ihre Erklärungen fort, doch Ninusch mochte nicht mehr zuhören. Verstohlen sah sie sich die Gesichter der Anwesenden an und fand ihre eigene Methode, sich ohne fremde Hilfe schnell, aber diskret mit ihnen vertraut zu machen: eine Art des Kennenlernens, die die instinktive Identifizierung unter Artgenossen mit einschloss.

Dabei kreuzte sich Ninuschs Blick mit dem einer großen kurzhaarigen Frau ohne Unterkiefer, deren Ohren an der Stelle saßen, wo eigentlich das Kinn hingehörte. Anschließend musterte Ninusch eingehend eine junge Frau, deren Gesichtszüge unter einem dichten dunklen Flaum verschwanden, ein geradezu animalischer Wildwuchs, der, wie nicht zu übersehen war, unter dem geblümten Kleid auch den Rest ihres Körpers bedeckte. Wie der Wolf in Großmutters Bett, schoss es Ninusch durch den Kopf.

Es dauerte nicht lange, da hörte Ninusch auf, sich mit ihrer Scheu zu quälen, sie traf bewusst eine Entscheidung, befreite sich von ihrem gesenkten Blick und ähnlichen Anwandlungen, die bei solchen Gelegenheiten Respekt bekunden sollen, und nahm die Gesichter und Körper der verkrüppelten Frauen eingehend in Augenschein: Sie wollte alles in sich aufnehmen, jedes Detail, bis sie sich mit allem bis ins Kleinste vertraut gemacht hatte und nicht mehr die Spur einer Geringschätzung oder Fremdheit verspürte.

Mit unverhohlenem Blick beobachtete Ninusch erst eine kleine Halbwüchsige, fast noch ein Kind, mit hellem Haar und einem zarten Gesichtchen, auf deren Stirn sich, klein und blass, ein drittes Auge von milchig-grauer Farbe abhob, und als nächstes eine Frau mit kastanienbrauner Mähne, die, mit Essen und Trinken beschäftigt, auf dem Teppich lag und deren Hände ebenso wie die Füße direkt am Rumpf angewachsen waren.

Lidas Stimme riss Ninusch aus ihrer privaten Kennenlerntour. Die Ärztin hatte bemerkt, dass sie ihre Zuhörerin verloren hatte, und sprach Ninusch direkt und namentlich an.

»Und das hier, Nina, ist Bajan Orombabija aus Tscheliabinsk.«

Ninusch sah hinüber zu einer etwa fünfunddreißigjährigen gepflegten Blondine mit hübschem Gesicht, die absolut normal wirkte, so dass Ninusch sie zunächst für eine weitere Pflegerin hielt, die man ihr aus irgendwelchen Gründen noch nicht vorgestellt hatte. Auf Lidas Zeichen hin stand die blonde Frau auf und öffnete die Knöpfe ihres lila Morgenrocks, um den Blick auf ihren fülligen weiblichen Körper mit schweren Brüsten, zellulitösen Oberschenkeln und Schwangerschaftsstreifen freizugeben. Doch statt eines Dreiecks aus Schambehaarung kam unter dem gewölbten Bauch ein Miniglied von nicht mehr als vier Zentimeter Länge und dem Durchmesser eines weiblichen Daumens zum Vorschein.

Ein Pimmelchen, dachte Ninusch. Ein Pimmelinchen.

»Danke, Bajan«, sagte Lida. »Du kannst dich wieder setzen. Als Letztes hätten wir da noch Iwona, aber es ist für sie einigermaßen mühsam, ihr Zimmer zu verlassen, Sie können sie später kennen lernen, nach dem Abendessen. Ira oder Boris werden Sie zu ihr führen. Sie bringt mehr als dreihundert Kilo auf die Waage, da braucht sie sich nicht extra herzubemühen, wenn es nicht unbedingt sein muss. Und wo wir uns jetzt alle kennen, schlage ich vor, wir gehen in den Speisesaal. Ira und Boris haben heute Ihnen zu Ehren etwas Besonderes gekocht, Bœuf Stroganoff, und außerdem gibt's auch noch Blini mit Schmand und rotem Kaviar und Piroschki mit Äpfeln, eine Delikatesse.«

Damit war die Vorstellungsrunde abgeschlossen. Tschengis stand auf und räkelte sich.

»Na, das wurde aber auch Zeit. Man kann ja verhungern hier. Einfach unmenschlich.«

* * *

**Kleinere oder mittlere Beutetiere werden durch einen Nackenbiss getötet, bei größerer Beute verbeißt sich der Tiger in die Kehle und erstickt so sein Opfer.**

* * *

»**Auch nicht anders als deine anderen Bordelle,** Tschengis«, sagte Ninusch, als sie das ihr zugedachte Zimmer betraten, und verzog das Gesicht. Sie trat ans Fenster, öffnete es und blieb, erschöpft und beschwipst von dem Wein, der zum Abendessen serviert worden war, davor stehen und sog die kühle Luft ein, die vom dunklen Garten hereindrang.

»Wie du wieder redest, kukla. Ein Mundwerk wie ein Straßenkind. Daran merkt man die schlechte Kinderstube. Dieser Ort markiert den Gipfel meiner geschäftlichen Aktivitäten. Ein Ort voller Visionen. Ein Ort, der beweist, dass die Welt ständig besser wird. Überall nutzen sich die Leute nur gegenseitig aus. Aber hier wird selbst denen, für die sich kein Schwein interessiert, ein anständiges Leben, ein Auskommen und eine Unterkunft geboten. Rosa und Rita zum Beispiel, die siamesischen Zwillinge, sammeln mit ihrer Arbeit Geld für eine Trennungsoperation. Sie werden nur ein Viertel von dem brauchen, was es normalerweise kostet, weil sie sich in einem Krankenhaus in Singapur auseinander schnippeln lassen, das sich wegen der Werbewirksamkeit auf hochkarätige Operationen spezialisiert hat. Aber wie du über mein Geschäft redest, da juckt's mich manchmal regelrecht, dir den Mund mit Seife auszuwaschen.«

Er machte es sich in dem Sessel vor dem geöffneten Fenster bequem, von dem aus die Äste des Zedrachbaums zu sehen waren, die mit ihren lila Blüten in die Nacht ragten.

»Komm mal her zu mir«, sagte Tschengis und klopfte sich auf die muskulösen Schenkel in der ewigen Jeans, woraufhin Ninusch gehorsam ihren Po auf seinem Schoß platzierte. »Du hast die Chance, hier Leute kennen zu lernen, denen du sonst nie begegnet wärest. Nirgendwo. Leute, die sich für so was interessieren, sind nämlich was Besonderes. Leute mit Niveau. Leute mit Geld, mit Bildung. Keine dahergelaufenen stinkenden rumänischen Arbeiter vom Busbahnhof, die sich für hundert Schekel einen blasen lassen wollen. Und die Regeln hier sind sehr streng. Was meinst du wohl, warum ich Lida und

Juri eingestellt habe? Sie sind Ärzte. Bei ihnen steht die Ethik an oberster Stelle. Und Boris und Ira, die sich um den Haushalt kümmern und alles in Schuss halten? Die sind taffer als taff. Die meisten Kunden fassen die Mädchen praktisch nie an. Die wollen nur glotzen, sich einen runterholen, und das war's. Wir haben hier fünf ›Behandlungsräume‹, und glaub mir, es gibt Tage, da muss Ira nicht mal die Bettwäsche wechseln. Meiner Einschätzung nach brauchst du nur in Minimalstbekleidung deine Kunststückchen à la Houdini vorzuführen und ansonsten keinen Finger zu rühren. Vielleicht hier und da ein Hand-job, wenn's hoch kommt, mal ein Blow-job. Mehr passiert nicht. Aber mit einer Eins-A-Klientel! Unser allerbester Kunde, ein amerikanischer Jude, hat schon alle und alles ausprobiert, was es auf der Welt gibt. Er war überall, in Südamerika, in Fernost. Den reißt so schnell nichts vom Hocker. Ein Schönheitschirurg nur für Figurprobleme. Irgendeine neuartige Methode zum Fettabsaugen hat ihn zum Multimillionär gemacht. Er hatte eine siamesische Zwillingsschwester, die an der Brust mit ihm verwachsen war. Als die beiden in ihren Zwanzigern waren, ist sie gestorben. Also haben sie sie ihm weggeschnitten. Die beiden hatten ein gemeinsames Herz, einen Magen, einen Verdauungsapparat. Mit einem Wort: Wenn er Bohnen aß, musste sie furzen. Bloß ein Scherz. Jedenfalls: Sie ist tot, aber er lebt noch. Wir haben mal zusammen gebechert, und da hat er ein bisschen aufgemacht und mir von seinem Leben erzählt. Seit dem Tod seiner Schwester ist er auf der Suche, aber wonach, weiß er selbst nicht genau. Ich wette, wenn er dich sieht, wird das Liebe auf den ersten Blick. Das sagt mir mein Instinkt, kukla, und du weißt ja, dass ich mich in solchen Sachen nur selten irre, stimmt's?«

Ninusch schlang ihre Arme um Tschengis' Hals und legte ihren Kopf an seine Schulter.

»Und was soll ich mit dieser Liebe auf den ersten Blick anfangen?«, fragte sie schläfrig und unterdrückte ein Gähnen.

»Ach, meine liebste kukla! Du bist ein vergeudetes Talent.

Machst du Witze? An dem Tag, wo so einer sich in dich verliebt, kukla – und das wird dir jede Frau bestätigen, die da, wo ich herkomme, auch nur die Straße überquert –, an dem Tag, wo das passiert, sind alle deine Probleme für immer gelöst. Verstehst du?«

Doch Ninusch gab keine Antwort. Ihr Atem ging leicht und regelmäßig. Sie war eingeschlafen.

* * *

**Tiger brauchen täglich 16–20 Stunden Schlaf.**

* * *

**Zur Zeit fährt Michaela Nachtschichten.** Das ist ihr im Moment lieber. Die Fahrgäste sind meist überrascht, wenn sie eine Frau am Steuer sehen, aber dann sprechen sie sie darauf an, und oft wird daraus eine nette Unterhaltung, die Michaela von ihren eigenen Gedanken ablenkt.

Tagsüber schläft sie sich aus, und abends kommt sie zu mir. Dann sehen wir zusammen fern. Ich gebe mich eher wortkarg, Gespräche würden sie schnell ermüden. Stattdessen beobachte ich den jungen Tiger oder liebkose ihn, wenn ich Lust dazu habe. Er ist so selbständig geworden, dass ich jetzt beinahe darum betteln muss, mit ihm schmusen und balgen zu dürfen – früher sein täglich Brot. Aber ich bin nicht beleidigt. Hauptsache, er ist da. Das Wissen um seine Anwesenheit und die Sorge um sein Wohl befriedigen mich vollauf, und wäre da nicht dieser Hunger, der pausenlos und selbst im Schlaf an mir nagt und der mich von innen her auffrisst, könnte ich glatt behaupten, ich sei glücklich. Die vollkommene Entspannung, so soll's sein. Und bestimmt kommt auch Ninusch bald vorbei. Ja, ganz sicher.

Leider hat Michaela gar keine gute Laune. Sie ist unruhig und alles andere als glücklich. Eine Woche ist es nun her, seit wir meinen Geburtstag gefeiert haben, und noch immer keine Nachricht von Ninusch, kein einziges Wort. Michaela tigert durch meine Wohnung, händeringend, wie die Heldin in einem jiddischen Theaterstück, und regt sich über mein angebliches Desinteresse auf. Von Zeit zu Zeit zerrt sie mich mit dem Befehl »Hinsetzen!« zum Sofa, um sämtliche Einzelheiten über Ninuschs Leben aus mir herauszuquetschen, als gäbe es da irgendein Geheimnis zu lüften, mit dem sie das Rätsel lösen könnte.

Doch da ist kein Geheimnis. Was es zu sagen gibt, wurde gesagt, mit solchen und mit anderen Worten. Damit hat sich's. Ich bin glücklich, dass es keinerlei Vorkommnisse und auch sonst nichts zu berichten gibt, doch Michaela macht das unruhig. Sie glaubt fest daran, dass Neuigkeiten stets Verbesserung bedeuten, sie ist ein typischer Vertreter ihrer Zeit, ein moderner Mensch.

Manchmal reibt sie ihr Gesicht mit den Händen, zieht die Haut zu den Seiten, wie um die Müdigkeitsfalten zu glätten, die Sorgenmuskeln zu entspannen. Ich kuschele mich auf dem Sofa ein, ziehe den jungen Tiger zu mir her und genieße es, auf der Suche nach Flöhen sein Fell zu durchpflügen. Michaela ist sauer, bezeichnet mich als Unmenschen. Ich schüttle den Kopf. Ihr ist nicht zu helfen. Alles, was ich für sie tun kann, ist, sie in meiner Wohnung, in meiner Nähe zu dulden, da, wo über die letzten Monate das Leben sprühte, wo sich abgestandener Rebensaft in fröhlich prickelnden Champagner verwandelt hat.

Am achten Tag kreuzt Ninusch auf. Zur paradiesischen Abendzeit, in der die Dämmerung die Umrisse weichzeichnet und der Körper in eine sanfte Müdigkeit mit schlaffen Muskeln fällt.

Michaela ist auch schon bei mir, schaut, den Blick starr auf den Fernseher gerichtet, mit einem Glas Nescafé in der Hand die Abendnachrichten, schlägt ihre freie Zeit bei mir tot, bis sie sich wieder in die Arbeit stürzen, den Blick auf die Straße richten, Fahrtziele ansteuern, nebensächliche Probleme lösen kann. Ninusch betritt ohne zu klingeln die Wohnung, sie hat einen eigenen Schlüssel. Schnurstracks steuert sie auf Michaela zu, die schweigend zu ihr hochblickt. Ninusch nimmt ihr das Glas aus der Hand und stellt es auf den Couchtisch.

Ich bin mit dem kleinen Tiger an unserem angestammten Platz auf der Couch. Ninusch sieht mich fragend an und ich nicke: nur zu. Ich verspüre nicht den geringsten Drang, die durch ihr Erscheinen entstandene Spannung abzubauen. Ich warte ab.

Michaela kommt vom Sessel hoch, pflanzt sich mitten im Zimmer auf, wie eine künstliche Palme in einem Kübel. Ein großer, verlorener Körper mit herabbaumelnden Armen: kräftiges Becken, blonde Frisur, Kiwiaugen mit dunklen Ringen. Sie weiß nicht weiter, hat keinen Plan. Ungewohnt und zugleich amüsant, sie auch mal als schwach zu erleben.

Ninusch geht zu ihr. Sie zieht ihr linkes Bein ein wenig nach. Am Hals prangen fingerkuppengroße Flecke mit gelblichen Rändern, an der Unterlippe hat sie eine verkrustete Wunde dicht am Mundwinkel. Das linke Auge ist geschwollen und blutunterlaufen. Ninusch nimmt Michaelas Gesicht in die Hände, durchschneidet den grünen Blick mit ihrem grauen, heftet ihre Lippen mit einem langen Kuss auf den Mund der Taxifahrerin und saugt sich, ganz Wille und Ziel, daran fest.

Ich habe bereits Erfahrung mit Ninuschs erotischen Anwandlungen, heftiges Herumgeschmuse mit wildfremden Passanten auf offener Straße, einmal auch mit Leon. Ein Luder wie aus dem Lehrbuch, jeder Millimeter abgeguckt von Stripperinnen und Pornosternchen: Lächeln in allen Schattierungen, sich am Körper des Gegenübers reiben, Schlängelbewegungen, Schlafzimmerblick. Doch jetzt ist Ninusch so ernst und erwachsen, wie man es nur sein kann, und den Rücken hält sie gerade und still. Sie will von Michaela nicht wie eines der Kinder geliebt werden und zeigt ihre Absicht mit einem Ernst und einer Sanftheit, die keine Fragen offen lassen. Zunge, Lippen, Zähne. Sie verlangt Einsatz.

Anfangs ist Michaela noch steif, doch nach und nach lässt

sie sich erweichen, kapituliert vor der Entschlossenheit des Angriffs. Sie umarmen sich. Mit tastender Hand öffnet Ninusch Michaelas Jeanshemd, streicht erst über die gewölbte Brust und schiebt dann ihre Hand unter die Achsel und hinunter zur weichen Taille.

Da reißt mir der Geduldsfaden, und ich werfe ein Kissen auf die beiden, das ich unter dem Hinterteil des Tigers herausgezogen habe. Auch er beobachtet das Geschehen, verwirrt, dass seine Anwesenheit ignoriert wurde: Er ist doch sonst immer der Mittelpunkt, schließlich geschieht doch immer alles nur um seinetwillen, für ihn.

Das Kissen verfehlt seine Wirkung nicht. Ninusch legt ihren Arm um Michaelas Schultern, führt sie ins Schlafzimmer und schließt die Tür. Ich räkle mich und angle mir die Fernbedienung.

Nach zwei Stunden oder mehr kommen die beiden wieder heraus. Draußen ist es mittlerweile dunkel. Sie gesellen sich zu mir auf den Teppich. Michaela ist ausgepowert und schwerfällig, Ninusch widmet sich ganz dem kleinen Tiger, baut acht Tage Sehnsucht ab. Und ich warte. Warte auf die Nacht.

Doch der Abend zieht sich hin, dreht sich sanft im Kreis. Wir machen Essen, zappen uns durch die Fernsehprogramme, wühlen in der Schale mit feuchtem Obst: Trauben, geflammte Äpfel, blutige, aufgebrochene Granatäpfel. Wie um ein Lagerfeuer liegen wir in einem Kreis um den Tiger auf dem Teppich. Wir reden ein bisschen, verstummen, reden weiter, und der Tiger lässt sich von uns verwöhnen. Ich warte.

* * *

**Tiger sind Einzelgänger und leben nicht in Rudeln, außer während der begrenzten Zeit, die die Mütter mit ihrem Nachwuchs verbringen.**

* * *

**Am liebsten würde ich diese Nacht auf einen Schlag** verputzen. Mit einem schnellen, gezielten Handgriff, wie um die Tischdecke von einer gedeckten Tafel zu reißen. Mutig, mit dem Geruch von Skandal.

Heute Nacht will ich Spaß haben. Ja. Ich will auch meinen Spaß haben. Lieben, satt werden bis zum Ekel, bis zum Brechreiz, bis sich mein Körper, schläfrig und zufrieden, mit einem müden »Jetzt ist es gut« in mein himmlisch weiches Bett fallen lässt.

Natürlich weiß ich, dass auch der grünste Grünschnabel aller Spieler nicht mitten in einer Glückssträhne das Pferd wechselt, auf das er gesetzt hat, schließlich bin ich beileibe kein Neuling auf dem Gebiet. Meine übliche Strecke liegt einladend vor mir, wie die Straße, die das Mondlicht auf das wellengekräuselte Meer wirft: Die Lilienblumstraße, meine gewohnte und verlässlich vom Erfolg gekrönte Piste, ist mein privates Eldorado für Glücksgefühle und diskrete Spielchen.

Es gefällt mir, das erste Lokal zu betreten, nach dem mir der Sinn steht. Auf diese willkürliche Art und Weise lege ich die Ecke fest, aus der meine vielfältigen Vergnügungen erwachsen sollen. Ich lasse den Blick über die verfügbare Auswahl schweifen. Mäßig bis angenehm. Solide. Und das ist auch gut so. Ich freue mich. Für Anstrengungen und Überraschungseffekte fehlt mir die Energie. Lauter hundsgewöhnliche Männer. Keiner von ihnen ein Apoll. Soldaten. Versicherungsvertreter. Ladenbesitzer. Vielleicht der eine oder andere Polizist. Hi-tech-Flüchtlinge. Keine Edelboutique, aber durchaus gediegenes Kaufhaus. Und ich bin ja auch eine einfache Frau.

Ich gehe auf einen zu, der besonders einsam aussieht und meiner Einschätzung nach am ehesten anbeißen wird. Fast gewohnheitsmäßig tauche ich in seinen Dunstkreis ein, unterbreite ihm ohne lange Vorrede mein Angebot – wozu in einer so schönen Nacht Worte und Zeit vergeuden? Doch er sieht mich erschrocken an. Im gedämpften Licht sehe ich einen Blick voller Verachtung, ja, Verachtung. Entschiedenes Zurückschaudern, ohne Zögern und Zweifel, sogar Fassungslosigkeit.

Ich habe nicht vor zu insistieren. Der Kalif Harun al-Raschid soll selbst entscheiden, welchen Schatz in seinem Königreich er sich in die Tasche seines arabeskenbestickten Mantels steckt. Ich durchkämme die Nacht, nach links und nach rechts, Kneipen und Bars, die verzweigten Straßen nördlich und südlich der Allenby, der Achad-Ha'am, der Dizengoff, meine müden, schmerzenden Füße tragen mich weiter, immer weiter auf der verzweifelten, atemlosen Suche, doch kein Mann, nicht ein einziger von denen, die mir über den Weg laufen und die ich anspreche – und Gott ist mein Zeuge, dass ich mich heute vor nichts und niemandem ekeln würde –, kein einziger Mann ist bereit, mir seine Gunst zu erweisen.

Gunst! Dass ich nicht lache. Nicht mal ein gutes Wort bekomme ich zu hören, kein Lächeln, keine höfliche Ablehnung. Die Männer nehmen vor mir Reißaus wie vor einem Ungeheuer, einem Teufelswesen, das aus den Tiefen der Hölle emporgestiegen ist, um sie heimzusuchen. Mein Gesicht ist das der Medusa, mein Haar ein Knäuel sich windender Schlangen, die ihr schreckliches Gift in alle Richtungen versprühen. Diese Nacht verläuft ohne jede Begegnung, da ist keine Hand, die sich mir entgegenstreckt, kein Funke einer noch so simplen, schlichten Wahrnehmung meiner Existenz.

Ich bin fix und fertig und zittere am ganzen Leib, leicht, aber nachhaltig, als bestünde mein Körper aus einem einzigen überanstrengten Muskel. Vom ersten grauen Sonnenstrahl lasse ich mich nach Hause tragen, zu dem kleinen Tiger – o Gott, der Tiger! Ich hatte sieben fette Jahre, was mich wohl jetzt erwartet?

Unter schrecklichen, schneidenden Schmerzen, unter hemmungslosem Weinen schlafe ich ein, das Gesicht in das orangefarbene Fell mit den dunklen Streifen gedrückt, das nach

Sonnenflecken auf dem Boden, nach Brot, nach den staubigen, freiheitsdurchfluteten Weiten der Zeit riecht, die vor allem Seienden war.

* * *

**Hat der Tiger sein Revier markiert, hält er sich größtenteils innerhalb dieser Grenzen auf.**

* * *

**Die weibliche Lust ist ein alles verschlingender Sumpf.** Hier liegt unser dunkles Wesen begraben. Um dem dunklen, animalischen Wesen zu entkommen, haben die Menschen alles erfunden, was sie erfunden haben, doch die raffinierte, unbegreifliche Natur, die in unserem Innern und um uns herum allgegenwärtig ist, treibt ein grausames Spiel mit uns.

Es kann schon sonderbare Blüten treiben, wenn der Frau die Berührung durch den Mann fehlt. Anders kann ich mir nicht erklären, wieso ich mich eines schönen Tages nach der Arbeit, statt nach Hause zu gehen, auf Doktor Israel Riklis' Tisch setze und säusele: »Ich muss schon sagen, Israel, dein Haarimplantat ist einfach fabelhaft. Du siehst zehn Jahre jünger aus, mindestens.«

Das fadenscheinige Kompliment wirkt sofort, im Nu lande ich auf dem Behandlungsstuhl, und Israel Riklis quetscht sich, an seinem Reißverschluss nestelnd, neben mich, bereit, seinen Chefpflichten nachzukommen.

»Weißt du, das Implantat allein würde gar nichts bringen«, versucht er, mich von seiner beschämend schwachen Erektion abzulenken. »Aber ich mache jetzt mit Adina diesen Workshop, ›Stärkung der Paarbeziehung durch Spiritualität‹. Du müsstest sehen, wie das auf die Leute wirkt. Gestern zum Beispiel ging es um ein Ehepaar, er Börsenmakler, sie mit superdicken Titten. Am Ende haben sie sich in den Armen gelegen und geflennt, was das Zeug hielt. Allein vom Zuschauen hab ich ganz feuchte Augen bekommen. Aber jetzt komm, mach mal bisschen den Hintern hoch.«

Langsam fruchten Israels Bemühungen, und ich spüre sein halb steifes Glied, das sich in meinen rechten Schenkel bohrt, während er über mir noch um eine Stellung kämpft, die er auch länger halten kann.

Da zündet die schlaffe Berührung urplötzlich ein boshaftes Feuer.

»Weißt du, was, Israel? Ich finde, Weinen wird völlig falsch interpretiert. Da steckt ein Denkfehler drin. Tränen sind das Problem, nicht die Lösung.«

»Wie meinst du das, Lilly?«, schnauft der Zahnarzt und zerrt an meinem Slip, ohne Erfolg.

»Ich finde, wir sollten aufhören zu weinen und stattdessen lieber lachen. Die Menschen lachen nicht genug.«

Ich ziehe meine Hand unter meinem Chef heraus und schnappe mir vom Instrumententablett eine Spraydose Äthylchlorid, um dem Guten das Zeug in dem Moment, wo er sich in mich hineinschieben will, mitten ins Gesicht zu sprühen. Israel zuckt zurück, wirft mit dem Kopf einen Behälter aus rostfreiem Stahl mit Instrumenten zu Boden und versucht vergeblich, seine Augen zu schützen, während er zugleich hastig seinen Schatz zurück in die Hose stopft. Ich rutsche vom Stuhl und sprühe wie wild drauflos, sobald Israel auch nur eine Sekunde die Hände vom Gesicht nimmt.

»Ja, Doktor Riklis, ja! Wir wollen lachen, im Lachen liegt die wahre Erlösung!«

In der Tat platze ich schier vor Lachen, während mein Chef, baff und blind, auf seiner Flucht vor mir mit dem Rücken gegen die Wand knallt und daran entlang zu Boden gleitet. Auch jetzt lasse ich nicht von ihm ab, immer darauf bedacht, die Luft anzuhalten, damit ich nichts von den benebelnden Dämpfen einatme, und ich versprühe weiter Äthylchlorid, bis der Behälter leer ist. Ich werfe ihn in den Mülleimer, schnappe mir meine Handtasche und sause, immer noch aus vollem Halse lachend, wie Lilith angesichts des zerstörten Tempels, aus der Praxis.

Verblüfft von der fröhlichen Gewalt, die aus mir herausgebrochen ist, stürme ich die Treppe hinunter. Offenbar habe ich doch nicht wenig von dem Zeug abgekriegt: Ein Brechreiz steigt mir in die Kehle, mir dreht sich der Magen um, und aus einem existenzialistischen Widerstand heraus, einem Aufbäumen gegen die Umstände und meine Gefühle, gegen die Natur an und für sich, steuere ich auf das rumänische Restaurant zu, wo ich mit einem üblicherweise bescheidenen vegetarischen Mittagsmahl Stammgast bin. Der alte Kellner begrüßt mich mit dem entsprechenden Augenzwinkern.

»Hallo, Lilly. Als Spezialität des Tages haben wir pürierte Auberginen mit Lebergeschmack, ein Pâté de luxe.«

»Nein, danke, Paul. Heute nehme ich ein Steak. Dieses Entrecôte hier, siebenhundert Gramm, für zwei Personen.«

Ich untermauere meine Bestellung, indem ich mit dem Finger auf die dazugehörige Zeile in der Speisekarte deute, und gebe mich zurückhaltend, um mich nicht durch allzu freundliches Geplauder zu weiteren Erklärungen hinreißen zu lassen.

»Medium rare, Paul. Gut blutig.«

* * *

**Die Paarungsbereitschaft des Tigerweibchens ist von Temperatur und Witterung abhängig, in wärmeren Gegenden hält sie das ganze Jahr über an.**

* * *

**Nur mit Mühe akzeptiert mein Vegetarierkörper** das karnivorische Drama, das ich ihm aufgezwungen habe. Muskelkrämpfe und Schüttelfrost beuteln mich die ganze Nacht und auch die folgenden beiden Tage. Zu meinem Glück ist Wochenende, so dass die unausweichliche Klärung meines abartigen Verhaltens mit Doktor Riklis nicht vor Sonntag ansteht.

Ninusch darf nicht vorbeikommen, Leon verlangt ihre Anwesenheit an seiner Seite. Michaela isst mit Moran zu Abend, der junge Soldat hat Erholungsurlaub. Also bin ich mit dem Tiger allein zu Haus. Liege herum, quäle mich, warte auf Linderung. Hin und wieder zwinge ich mich aus dem Bett, um die Wasserschüssel aufzufüllen und ein paar Dosen Whiskas zu öffnen, dann lasse ich mich wieder in das zerwühlte Bett fallen und versinke in namenlosen, beängstigenden Schmerzen.

Mir scheint, als wäre selbst der Fluss des Blutes in meinen Adern schmerzhaft. Meine Muskeln verkrampfen sich wie wild, meine Augen brennen und sondern eine zähe Flüssigkeit ab, mir klappern die Zähne, und in der Nacht von Freitag auf Samstag setzt auch noch ein Jucken ein, so quälend und unaufhaltsam, dass ich mir mit den Fingernägeln die Haut aufkratze.

Der kleine Tiger hockt in seiner Ecke und beobachtet mich auf Schritt und Tritt. Er hat begriffen, dass jetzt nicht die Zeit für Spiele ist.

Erst am Samstagabend beginnt mein kraftloser Körper sich zu beruhigen, ich sinke in einen unruhigen Schlaf, bis irgendwann doch Ninusch vorbeikommt und mich zwingt zu duschen, während sie den feuchten, muffelnden Lakenbrei vom Bett abzieht.

»Ninusch!«, rufe ich aus der Dusche. Die Erschöpfung in meiner Stimme dämpft die Angst, die in ihr steckt. Ninusch kommt sofort herbei, und ich zeige ihr meinen nackten Körper von allen Seiten, damit sie den langen, goldfarbenen Flaum sehen kann, der ihn von oben bis unten bedeckt: Beine, Rücken, Arme.

Doch Ninusch liest die Wirklichkeit auf ihre Art. Sie nimmt mein Gesicht zwischen die Hände.

»Gott, Lilly, deine Augen ... Sie sind gelb!«

* * *

**Der Tiger hat längere Eckzähne als jedes andere Tier. Sein Kiefer ist so stark wie zehn erwachsene Männer.**

* * *

**Erst behauptet Michaela noch,** das Ganze sei ein Hormonproblem.

»Vielleicht kommst du in die Wechseljahre? Meine Mutter seligen Angedenkens hatte in ihren letzten Lebensjahren einen Bartwuchs, das glaubst du nicht! Verglichen mit ihr war Fidel Castro ein Waisenknabe!«

Ninusch probiert einen kosmetischen Ansatz und bestellt bei Marlens taubstummer Assistentin umgehend einen Dreifachtermin zur Haarentfernung mit Warmwachs. Doch die lange Qual erweist sich als vergeblich, denn schon am nächsten Morgen muss ich beim Aufstehen feststellen, dass eine frische, noch dichtere Flaumschicht meinen Körper bedeckt.

»Dann sind es vielleicht die Nerven. Immerhin – du hast ja gesehen, was du dem armen Zahnarzt angetan hast. Glaub mir, wenn's die Nerven sind, kann alles passieren. Angeblich kann man sogar Krebs kriegen, wenn man's mit den Nerven hat. Und Haare am Körper sowieso. Oder was meinst du, Nina?«

Michaela bastelt nach Kräften an einer Diagnose, die auch hält, was sie verspricht. Manchmal bin ich geneigt, ihre Mutmaßungen anzunehmen, so sehr wünsche ich mir eine einfache, logische Erklärung, einen Geistesblitz, der meine Gedanken zerschneidet und mich zurück in die starken und sicheren Arme der Norm treibt. Doch nichts im Leben geschieht aus heiterem Himmel. Wir treiben immer auf dem langsamen Strom der Geschehnisse, der uns durchs Leben trägt.

Und wer weiß, ob sich nicht tatsächlich eine kleine, aber wichtige Schraube in meinem Kopf gelöst hat und jetzt für dieses rätselhafte Chaos sorgt, für einen verborgenen chemischen

Wirrwarr zwischen den Synapsen? Was hat der Zahnarzt mir eigentlich angetan, dass ich ihn zum Opfer einer gemeinen Verführung machen musste? Und von meinem persönlichen Vergnügen, meiner wilden Entschlossenheit und den verblüffenden Erfolgen einmal abgesehen: Schon meine nächtlichen Umtriebe hatten nichts Normales und Menschliches an sich, und ich habe sie ja auch nur eingestellt, weil die gesamte männliche Bevölkerung meiner Stadt plötzlich wie ein Mann immun gegen mich war.

Das Nervensystem ist ein rätselhaftes Gebilde, dem man viele Krankheiten und Beeinträchtigungen anhängen kann. War es nicht ein Nervenzusammenbruch, der meine Mutter erst Poldi Rosentalis in die Arme trieb und sie später veranlasste, mit einem einzigen Koffer in der Hand einen Flug ohne Wiederkehr nach Südamerika anzutreten?

So vergeht meine Zeit: mit dem Versuch, mich zu trösten, die Angst zu beruhigen, die wie ein kalter Stein vor dem Tor meines Herzens liegt. Manchmal erschrecke ich dermaßen, dass ich mich verkrieche; dann hocke ich zusammengekauert in einer Ecke der Wohnung und versuche, meine körperliche Anwesenheit auf ein symbolisches Mindestmaß, ein Abstraktum, zu reduzieren, in der Hoffnung, dass sich auf diese Weise vielleicht auch die unaufhörlichen verborgenen Abläufe in meinem Innern minimieren. Abläufe, auf die ich ohnehin keinen Einfluss habe.

Ninusch besteht darauf, dass ich abends aus dem Haus gehe, ich soll frische Luft schnappen, mir die Beine vertreten, mich bewegen. Nach Sonnenuntergang, wenn es auf den Straßen endlich dunkel geworden ist, ziehe ich eine lange Galabija über und gehe mit offenem Haar und gesenktem Haupt hinaus, um meinen täglichen Pflichtspaziergang zu absolvieren.

»Beobachte Leute, den Verkehr, alles um dich herum. Belausche irgendwelche Gespräche, das hat uns doch schon immer Spaß gemacht. Verlier nicht den Kontakt«, beschwört mich Ninusch, wenn sie mich zur Tür begleitet.

Doch mich erfüllt eine hohle, bedrohliche Leere, die dafür sorgt, dass mich die Gesichter der Leute, die an mir vorübergehen, kalt lassen. Oft merke ich nicht mal mehr, ob es ein Frauengesicht oder ein Männergesicht war, das meinen Blick kurz auf sich gezogen hat und gleich wieder in dem Strom untergegangen ist, der sich durch die Wirklichkeit wälzt, eine Wirklichkeit, die mir mittlerweile fremd und abartig vorkommt, als hätte sie nie etwas mit mir zu tun gehabt.

Mein Körper verändert sich schnell und ist schon bald nicht mehr wiederzuerkennen. Jeden Morgen entdecke ich etwas Neues. Ich werde zunehmend haariger. Sämtliche weiblichen Fettpölsterchen sind spurlos verschwunden, doch kleiner oder dünner bin ich nicht geworden. Ehrlich gesagt ist eher das Gegenteil der Fall: Ich werde immer größer, meine Arme sind dicker und länger und mit einer gefährlichen, männlichen Kraft geladen, mein Brustkorb hat sich geweitet und gewölbt. Überhaupt haben sich an verschiedenen Stellen riesige Bögen, Kuhlen und Wölbungen herausgebildet, und ich merke zu meinem Schrecken, dass ich diese subkutane Veränderung mit einer Art Entdeckerfreude verfolge: Dem neuen Körper mangelt es nicht völlig an Proportionen oder Ausgewogenheit, ihm wohnt eine fremde, eigene Schönheit inne. Doch ich schüttele meine kurzfristig aufflammende Selbstbewunderung ein ums andere Mal ab und kralle mich mit letzter Kraft an einem vernunftgesteuerten, bewussten Beobachten fest.

Manchmal allerdings staune ich über die Kraft, die diesen unbekannten Körper antreibt, der mein Körper ist. Ich bemühe mich darum, dieser Kraft nicht freien Lauf zu lassen, aber es passieren dauernd Missgeschicke. Was ich berühre, wird zerdrückt oder geht sonstwie kaputt: Gläser platzen in meiner Hand, ein Küchenstuhl bricht geräuschvoll unter mir zusammen, die Sprungfedern im Sofa und in der Matratze meines Betts ächzen unter meinen Gewicht.

Und ich kann mich nicht mehr auf der Waage im Badezimmer wiegen: Eines Morgens flackerte die Zahl 160 rot auf und erlosch. Ninusch tauschte sofort die Batterien aus, aber die Waage reagierte nicht mehr; unter der ungeheuren Muskelmasse, zu der ich geworden bin, hat sie den Geist aufgegeben.

Zu meinem Glück rief Doktor Riklis gleich am Sonntag nach meinem fiebrigen Wochenende an und gab mir von sich aus einen Monat unbezahlten Urlaub. Danach, sagte er, erwarte er mich in alter Frische und mit mustergültigem Benehmen an meinem Arbeitsplatz, er kenne mich doch und wisse, dass ich eigentlich ein grundanständiges Mädchen sei.

»Ich habe mich deinetwegen mit Adina beraten«, drang seine Stimme an mein Ohr. Hinter der höflichen Fassade konnte Israel Riklis nur mühsam letzte Reste der Kränkung verbergen, die immer noch mitschwangen.

»Ich war ja zunächst der Meinung, dass das ganz nach den Begleiterscheinungen einer Virenattacke aussieht. Wie diese organische Psychose, die bei AIDS-Kranken ausbricht. Irgendwas Drastisches. Unerwartetes. Du warst doch immer so ausgeglichen. Aber Adina meint, es könnte sich durchaus um eine allergische Reaktion handeln. Heutzutage ist ja praktisch alles eine Allergie. Sie findet, du solltest dich auch unbedingt um deine spirituelle Seite kümmern. Vielleicht nutzt du den Urlaub für Vipassana-Meditation. Schweigen und den Blick nach innen richten. In unserer Zeit muss man für alles offen sein.«

Jeder beurteilt meine Situation anders, nur Ninusch schweigt, getreu ihrer stoischen Art, jedes Geschehen im Leben, egal wie grausam, als integralen Teil einer kosmischen Strömung zu sehen. Sie löst die ständig neuen Probleme, die täglich auftauchen, fällt Entscheidungen, spendet Trost, erteilt Anweisungen: was einzukaufen ist, was in den Müll gehört, was auf den Tisch kommen soll. Sie leert das Katzenklo von verklumpter Streu, füllt frische Streu nach, trainiert den kleinen Tiger mit dem Ball, animiert ihn, zu springen, rennt mit ihm durch die Wohnung, aber nicht mehr aus Spaß an der Freude, sondern aus einem Pflichtgefühl heraus, das ihr Gesicht reifer wirken und sie eher ihrem Alter entsprechend aussehen lässt. Sie hüpft vom Sessel aufs Sofa, lockt den Tiger, ihr zu folgen, versteckt sich, hält keuchend inne und legt nach einer kurzen Pause voller Ernst und ohne Puste aufs Neue los.

Und sie schleppt tütenweise Fleisch vom Metzger an. Pferd, Schwein, Innereien und Abfälle vom Huhn für das Jungtier, für mich frisches Rind. Sie instruiert Michaela: Das muss geschnippelt, das gehackt werden, das kochst du, das schmeißt du weg. Entschlossen und sachlich wie eine energische Krankenschwester tritt sie meiner lähmenden Angst und Michaelas wirrem Gefasel entgegen.

Ich schätze, Ninuschs ruhiger Umgang mit den seltsamen Symptomen meiner Krankheit sind der Hauptgrund, weshalb Michaela mich nicht zur Notaufnahme schleift und sogar aufgehört hat, mich zu überreden, einen Arzt zu rufen. Sie erfüllt Ninuschs Anweisungen, schnippelt, hackt, kocht, wirft weg. An die Stelle ihrer gewohnt lautstarken, stürmischen Art, die nur so strotzte von Vertrauen in die eigene Kraft und Fähigkeit, die Ordnung des Universums zu ergründen, ist eine unterwürfige, beflissene Artigkeit getreten, mit der Michaela mich gelegentlich sogar an meine Eltern mit ihrer Hörigkeit gegenüber Ärzten, Spezialisten und Beamten erinnert.

Auch diese neue Schwäche ihrer Geliebten akzeptiert Ninusch kommentarlos, als müsste es eben so sein, nur ab und zu, wenn die beiden einen praktischen Aspekt des nächsten Tages besprechen, streckt sie die Hand aus, um einen imaginären Schweißschleier von Michaelas Stirn zu wischen, eine Strähne glatt zu streichen, mit den Worten »Beruhige dich, Mischka« mit dem Daumen über Michaelas Nasenwurzel zu reiben, und dann pariert Michaela auf der Stelle und schneidet spöttische Grimassen. Das ist das Ergebnis der Liebe, die Ninusch ihr zeigt: Die Taxifahrerin ist unglaublich weich geworden, voll femininer Ehrfurcht unter den niedergeschlagenen Wimpern.

Die beiden berühren einander oft, flüchtig, wie zufällig, sie nutzen jede Gelegenheit dazu, jedes Mal, wenn sie sich in der

Hektik der Erledigungen, die die neue, durch meine Krankheit entstandene Situation erfordert, über den Weg laufen. Ein flüchtiger Kuss, ein Streicheln der Wange, ein Verständnis und Harmonie bekundendes Lächeln quer durch den Raum.

Doch ich habe jegliches voyeuristische Interesse an ihrer Liebe verloren. Ich habe mir genug Gedanken über ihr weiteres Schicksal, ihre Zukunft, ihre statistischen Chancen zu scheitern und die möglichen Gründe dafür gemacht. Mittlerweile ist meine eigene Angst zu groß, ich bin zu sehr mit mir selbst beschäftigt, verfolge gebannt das Drama, das von innen und außen auf mich einwirkt, mich scheucht, ein Drama, dessen einzige Helden Teilchen von Energie und Materie sind, und das in ständigem Wechsel.

Angst beherrscht mein Dasein und hindert mich, wahrzunehmen, was nicht zur Gesamtheit der großen und kleinen Verluste zählt, alles, was sich täglich, ja stündlich in Richtung Vergangenheit von mir entfernt. Ich bin dabei, mich selbst zu verlieren, mich aufzulösen.

* * *

**Tiger sind rotblind. Ihr Farbspektrum rangiert zwischen Blau und Grün und umfasst vor allem verschiedene Grautöne.**

* * *

**»Lilly. Lilly, aufstehen. Wach auf.** Mach die Augen auf.«

Es ist Ninusch. Sie riecht nach Markt. Nach Gemüse, aber welchem? Sellerie vielleicht. Und Blut und Fleisch vom Metzger. Schweiß, Blütenshampoo. Sie hört nicht auf, an mir zu rütteln.

»Los, Lilly, steh auf.«

Dabei will ich so gern schlafen. Schlafen und nochmals schlafen, all die Tage und Stunden und Minuten, bis alles vorüber und wieder beim Alten, Gewohnten, Vernünftigen ist.

Bücher, Gedanken, Arbeit, Mode, wir, Taro, die Erinnerung an Taro, die Erinnerung an andere Männer, Hoffnung, Liebe, Erwartungen, Essen, Gespräche, o ja, all diese Gespräche, die ich früher so unendlich genossen habe, das Leben.

Mein Leben.

Ich habe alle Anstrengungen unternommen, es mir zurückzuholen, habe mein Gedächtnis und mein Bewusstsein bemüht und die Hoffnung schließlich aufgegeben. Ich habe kapituliert, und als Teil meiner Kapitulation will ich diese vernebelte Wirklichkeit durchschlafen, eine Wirklichkeit, die zu ergründen, zu begreifen ich keine Mittel habe und vielleicht auch nie haben werde und an deren unbekannte, grobe Struktur mich anzupassen ich offenbar außerstande bin.

»Steh auf. Wir müssen reden.«

Ich wälze mich zur anderen Seite. Das zerwühlte Bett stinkt. Die Rollladen sind heruntergelassen, durch die Ritzen fällt das Licht der Mittagssonne auf die alten Bodenfliesen.

»Was willst du, Ninusch? Lass mich schlafen. Ich will schlafen.«

Sie setzt sich zu mir auf die Bettkante.

»Hör zu, Lilly. Bald – wann genau, weiß ich nicht, aber bestimmt bald – wirst du aufhören zu verstehen, was ich sage. In jedem Fall wird alles gut, aber ich will, dass es schon jetzt gut ist. Man kann diese ganze Quälerei abkürzen. Man kann sie ganz beseitigen. Du musst nur, hörst du, Lilly, loslassen. Sowieso lässt sich das Ganze nicht mehr aufhalten. Also lass los. Sonst ist da nichts als Krankheit und Anstrengung und ein schwarzes Loch.«

»Loslassen?«

»Ja. Komplett. Wie nackt im Regen stehen. Wie beten. Komm, ich zeig dir was, komm mit in die Küche. Na, komm schon.«

Ich schleppe mich hinter ihr her in die Küche. Sie zeigt auf den Tisch, wo ein Tablett mit einem blutigen Berg steht.

»Da. Iss es, wie es ist, Lilly. Ich werde Michaela Bescheid sagen, dass sie es dir nicht mehr kocht. Und noch was: Mit deinem Hunger ist es vorbei. Stimmt's?«

Schwindlig vom Strudel der Veränderung und der Angst ist es mir noch gar nicht aufgefallen. Aber Ninusch hat Recht. Der Hunger, der mich Gott weiß wie lange gequält hat, ist schon vor vielen Tagen verschwunden.

»Da hast du's. Siehst du? Und es wird noch mehr Gutes geben. Richtig bald. Wenn du loslässt. Du musst loslassen. Unbedingt. Und ihn hier nimmst du mit. Er muss mit dir mit.«

Der junge Tiger hockt in der Ecke neben dem Kühlschrank. Ein Riesenkerl mit gelben Augen. Prächtig wie der Herr der himmlischen Heerscharen. Er weckt Lust, Sehnsucht. Ein orangefarbener Fellmagnet. Aber er guckt böse, gereizt. Der Schwanz schlägt hin und her wie ein Pendel. Jetzt fletscht er die Zähne. Mich schaudert's. Auch er macht etwas durch – was, weiß der Teufel. Ein wildes Tier, eingesperrt in einer Tel Aviver Wohnung. Ninusch will ihn hochheben, aber er wehrt sich mit aller Kraft, zerkratzt ihr den Arm, gibt ein gedehntes Fauchen von sich. Sie lässt sich nicht abschrecken, zerrt ihn zu mir, drückt ihn mir praktisch in die Arme.

»Da, nimm ihn. Halte ihn fest.«

»Und jetzt?«

»Nichts. Das war's schon. Setz dich. Setzt euch. So, ganz ruhig. Du brauchst nichts zu tun.«

»Was ist mit denken?«

»Vergiss es. Du hast frei.«

»Aufräumen, Termine vereinbaren oder absagen?«

»Nichts da. Setz dich einfach hin.«

»Und das war's? Bist du sicher?«

Ninusch gibt keine Antwort.

Ich setze mich auf einen alten Stuhl, der mitten in der Küche steht, halte den schweren Tiger auf meinem Schoß fest. Rohes Fleisch auf dem Tisch. Ninusch. Das Tigerbaby.

Und in dieser Sekunde macht sich in mir ein tiefes Gefühl von Ordnung breit. Das Gefühl einer reinen, exakten, beängstigend schönen Ordnung. Als fügten sich die Teile eines absurden Puzzles langsam zu einem Bild. Was es darstellen soll, bleibt noch unklar, doch seine Fertigstellung ist nur eine Frage der Geduld.

Jetzt spüre ich mit allen Sinnen und mit jeder Zelle meines Körpers, wie die hartnäckige Angst, die mich seit Wochen verfolgt, nach und nach von einer unerklärlichen, unbestimmten Zufriedenheit abgelöst wird.

* * *

**Der Biss des Tigers erfolgt blutlos. Wird er gezielt gesetzt, dauert es nur 30 bis 90 Sekunden, bis das Opfer tot ist. Meist gibt es, von einem kurzen erstickten Röcheln abgesehen, keinen Laut von sich.**

* * *

**An dem Abend, an dem sie entdeckt,** dass mir sämtliche Zähne ausgefallen sind, hat Michaela einen ungewöhnlich fiesen Ausraster.

»Was denkst du dir eigentlich? Soll das die Lösung sein, dass du dich den ganzen Tag in deiner eigenen Scheiße suhlst, und wir sollen dich auch noch bedienen!«, fällt sie aus heiterem Himmel über mich her.

Ninusch hebt erstaunt den Blick von ihrem *National Geographic*. Ich frage mich, wie sie immer noch etwas darin findet, was sie noch nicht weiß.

»Und du, Nina, brauchst mich gar nicht so anzuglotzen«, setzt Michaela ihren Überraschungsangriff fort. »Du weißt genau, dass ich Recht habe. Wie lange soll das noch weitergehen, dass alle hier tun, als wüsste keiner, was los ist?«

»Solange es eben braucht.«

»Wie lange? Einen Monat? Ein Jahr? Wie lange? Wie kann man so leben, ohne auch nur den Hauch eines Gefühls von Zukunft, ohne Plan, ohne alles? Du wirst ja inzwischen selber bemerkt haben, dass es von allein nicht mehr weggeht. Und du«, wendet sich Michaela wieder mir zu, »was denkst du? Hast du überhaupt eine Meinung? Hast du eine Ahnung, wie du aussiehst? Und dazu noch er!« Michaela deutet hinüber zum Schlafzimmer, wo der junge Tiger gerade schläft. »Bald ist er ausgewachsen, zu voller Lebensgröße, wie man so schön sagt, und wo sollen wir dann hin mit ihm? Sollen wir ihn der Stiftung ›Ein Herz für Tiere‹ schenken? Ich sage euch hier und jetzt: Für mich ist das Ende der Fahnenstange erreicht. Ja, Nina. Eine hier muss das Kind endlich beim Namen nennen. Wenn du's nicht kannst, weil du zu gutmütig bist, kein Problem, dann übernehme ich eben den Schwarzen Peter.«

Ninusch lächelt mich an. Ich lächle zurück. Das bringt Michaela nur noch mehr auf die Palme, und sie rastet erneut aus; jetzt bin wieder ich das Ziel ihres Angriffs.

»Und du, Lilly, kannst selbst entscheiden: Entweder du kommst jetzt auf der Stelle mit mir zum Arzt oder ich mache den Laden dicht. Toll, dass dir alles scheißegal ist, aber hast du auch nur einmal einen halben Gedanken daran verschwendet, dass es eventuell ansteckend sein könnte? Vielleicht hast du dir von deinem chinesischen Konsul was eingefangen – weiß der Geier, wo sich solche Leute im Lauf ihres Lebens rumtreiben! Was meinst du, warum er sich aus heiterem Himmel das Leben genommen hat, bei der vielen Kohle und dem ganzen Erfolg? Weil er eine tödliche Krankheit hatte, deswegen! Aber ihr, ihr könnt es euch ja leisten, auf logische Überlegungen zu pfeifen. Ihr bildet euch ein, wenn man was ignoriert, geht es von selber weg. Da hab ich aber eine Überraschung für euch. Mag ja sein, dass ich von allem möglichen klugen Scheiß nicht viel verstehe, aber was das Leben anbelangt, hab ich euch noch einiges beizubringen, weil das Leben nämlich kein Schwanz ist, Miss Lilly, es ist immer hart!«

Ninusch und ich müssen uns zusammenreißen, um nicht laut loszuprusten, und das raubt Michaela den letzten Nerv. Ein, zwei Sekunden bewegt sie stumm die Lippen, ihre Hand fährt durch die Luft, um einem Gefühl Ausdruck zu verleihen, das sich nicht ausdrücken lässt, dann verzieht sich plötzlich das Gesicht, die Lippen fangen an zu zittern, und Michaela wird von einem Heulkrampf geschüttelt.

Ninusch ist sofort bei ihr. Schnell umarmen, trösten, auf den Rücken klopfen.

»Was denn, was ist mit dir?«

Keine von uns hat Michaela je so aufgebracht gesehen. Eines ist klar: Irgendetwas quält sie, aber bestimmt nicht das, worüber sie sich gerade ausgekotzt hat.

Und in der Tat: Nachdem sie das Wasser getrunken hat, das Ninusch ihr schnell aus der Küche geholt hat, dauert es nicht sehr lange, bis Michaela sich wieder einkriegt. Ein paar letzte herzzerreißende Schluchzer schütteln ihren Körper, Ninusch schiebt ihr einen Stuhl unter den Po, Michaela lässt sich darauf plumpsen, holt ein paar Mal tief Luft und erzählt dann, dass ihr Ex-Mann Meir, sein Name möge ausgelöscht werden, angerufen und ihr mitgeteilt hat, die vier Kinder hätten einstimmig beschlossen, bei ihm in New York zu bleiben.

»Er hat jedem Kind einen eigenen Computer gekauft. Inline-Skates, Videospiele. Und sich ein Haus mit Swimmingpool zugelegt. Jeder hat sein eigenes Zimmer bekommen, mit Klo und Dusche. Der Großen hat er zum sechzehnten Geburtstag ein Auto versprochen, das ist in zwei Wochen.«

Mit angeekelter Miene, die das Beben ihrer Stimme kaschieren soll, zählt Michaela die Bestechungsgeschenke auf.

»Ihr wisst, wie er ist, ihr kennt ja die ganze Geschichte. Bis zum heutigen Tag haben ihn die Kinder einen Scheißdreck interessiert. Er ist abgehauen, als Moran Bar-Mizwa wurde, mit fünf kleinen Kindern hat er mich sitzen lassen. Jetzt, wo man ihnen nicht mehr den Po abwischen, nicht mehr mit ihnen inhalieren, sich nicht mehr groß um sie kümmern muss, kann man Spaß mit ihnen haben. Auf einmal ist er ein großer Abnehmer. Früher hat er sich kaum zu den Feiertagen gemeldet. Auf einmal lässt er zum Geburtstag ein Auto rüberwachsen. Der weiß doch nicht mal, wer wann Geburtstag hat! Bestimmt hat er nur zufällig Wind davon gekriegt. Aber was ich nicht begreife: Wie können sie mir das antun! Wie ...«

Bis hier hat Michaela sich noch zurückgehalten, jetzt knicken sämtliche Barrieren ein. Verletzt, wie sie ist, bricht sie hemmungslos in Tränen aus und heult Rotz und Wasser. Ninusch setzt sich auf ihren Schoß, hält ihr den Kopf, streichelt ihr übers Haar, bis sie sich beruhigt hat und ins Bad geht. Dort läuft lange das Wasser im Waschbecken, gefolgt von geräuschvollem Naseputzen.

Mit geröteten Augen kehrt Michaela, frisch gekämmt, mit noch feuchtem Haar, zu uns zurück. Bis auf einen depressiven, bitteren Zug um den Mund hat sie sich schon wieder im Griff.

»Aber jetzt mal im Ernst: Was machen wir mit Lillys Krankheit, und wenn wir schon dabei sind, sollten wir vielleicht auch gleich ein bisschen gründlicher nachdenken, was wir mit diesem Monster hier machen, bevor es vollends ausgewachsen ist.«

Sie klingt wieder friedlich und ausgeglichen.

»So wahr mir Gott helfe, Nina, ich liebe dich mehr als ich je irgendwen geliebt habe, außer meinen Miststücken von Kindern, sie mögen mir bloß gesund bleiben. Und ich will ja auch niemandem auf die Zehen treten, aber du kennst mich und weißt: Ich bin nun mal ein praktischer Mensch. Du tust, was du kannst, aber wie um alles in der Welt soll's jetzt weitergehen? Ich meine, entschuldigt die Anmaßung, aber wie die Dinge liegen, bin ich von allen hier die Normalste. Und daher nehme ich die Hauptverantwortung gern auf mich, aber so wahr mir Gott helfe: Ich hab nicht die geringste Ahnung, wo ich anfangen soll.«

In Michaelas Gesicht spiegelt sich die aufrichtige Not eines Menschen, der sonst immer weiß, was er zu tun hat.

Ninusch steckt sich mit einer selten lasziven Geste eine Zigarette an und zieht nachdenklich-konzentriert den Rauch ein.

»Du hast keinen Grund, dich über dich selbst zu ärgern, Michaela. Es gibt eben Situationen, da kann man nichts tun.«

Michaela ist untröstlich.

»Klar.« Schicksalsergeben hebt sie die Arme. »Wenn ich wenigstens wüsste, was es ist. Aber ohne Arzt hat man ja keine Chance.«

»Ich weiß, was es ist.« Ninusch stößt den Rauch aus und mustert interessiert ihre Zigarette, als wollte sie ergründen, inwiefern sie sich seit dem Anzünden verändert hat. »Und Lilly weiß es auch.«

»Na, vielleicht hättet ihr die Güte, mich einzuweihen?«

Ninusch hört auf, ihre Zigarette zu mustern, und drückt sie umständlich im Aschenbecher aus.

»Auch du weißt es haargenau, Michaela. Es ist doch total simpel. Du brauchst nur hinzuschauen.«

Offenbar ist der Tiger von den Stimmen wachgeworden. Er kommt auf seinen starken Pfoten ins Wohnzimmer getapst und blinzelt ins Licht.

Ungerührt von unseren Blicken, bleibt er mitten im Raum stehen, lässt sich auf sein Hinterteil fallen, hebt mit akrobatischer Verdrehung das Hinterbein und schnappt irgendwo unter dem weißen Bauch nach einem unsichtbaren Floh. Als er damit fertig ist, räkelt er sich ausgiebig und rollt sich anschließend zu Ninuschs Füßen ein: eine Riesenaprikose. Zu dritt betrachten wir ihn stumm, als wäre er der Hüter der absoluten Wahrheit, die sich schon bald in ihrer ganzen Pracht zeigen sollte.

Michaela kaut auf ihrer Unterlippe.

»Also, wenn das, was du mir sagen willst, stimmt, was tun wir dann, um es aufzuhalten?«

»Genau darum geht es ja: nichts. Wir tun nichts. Wir warten einfach ab, bis der Prozess abgeschlossen ist.«

Ninusch steht die Enttäuschung, dass sie Michaela das Selbstverständliche mit so vielen Worten erklären muss, ins Gesicht geschrieben.

»Aha. Liebste Nina, Süße, Herzblatt! Und was passiert,

wenn der Prozess, von dem du da redest, abgeschlossen ist? Kommen dann die Sanitäter und die Polizei und holen uns alle ab? Die eine in die Psychiatrie, die andere ins Frauengefängnis und die Dritte in den Bibelzoo?«

»Wenn der Prozess abgeschlossen ist, bricht Lilly mit unserem Tigerchen zusammen nach Bengalen auf. Dafür sammle ich doch die Sachen, ›organisiere‹, was ich kann. Die beiden gehören nach Bengalen. Dort wird es ihnen gut gehen.«

Ninusch bückt sich, und wie um dieses Gute, das uns erwartet, zu demonstrieren, krault sie den weißen Hals des jungen Tigers.

»Ihr seid ja beide total durchgeknallt«, sagt Michaela. Wieder füllen sich ihre Augen mit Tränen. »Und ich hab mittlerweile auch schon einen an der Waffel. Das Äffchen Tschipopo in Afrika, aber volle Kanne.«

* * *

**Der Tiger stammt ursprünglich aus China, doch vor langer Zeit hat er seinen Lebensraum bis nach Sibirien im Norden, bis ans Kaspische Meer im Westen und bis Sumatra und Bali im Süden ausgedehnt.**

* * *

**Ich schaue nicht mehr in den Spiegel,** um die Veränderungen in Augenschein zu nehmen. Sie sind mir egal. Zwischen den Wänden, die täglich näher zu kommen scheinen, lasse ich meine Schritte vom inneren Gefühl lenken. Vertraute Gerüche sind mir fremd geworden, stören mich.

Ich habe Ninusch gebeten, alle Parfüms und Kosmetika und die ätherischen Öle aus dem Bad zu entfernen. Ich spreche kaum noch. Mir ist das Kopfhaar ausgefallen. Statt meiner alten kleinen Zähne ist mein Mund jetzt voll elfenbeinfarbener Hauer. Am meisten freue ich mich über die gewaltigen Eckzähne. Ich genieße es, sie in das Fleisch zu hauen, das Ninusch mir täglich bringt, es in Stücke zu reißen und zu spüren, wie die großen, bluttriefenden Brocken durch meinen Schlund rutschen.

Die meiste Zeit verbringe ich mit Schlafen. Der junge Tiger dagegen ist rastlos, sein Verhalten ungestüm und aggressiv. Vor ein paar Tagen hat er Michaela dermaßen gekratzt, dass sie sich beim Roten Davidstern verbinden lassen musste. Jetzt darf ihm nicht mal mehr Ninusch allzu nahe kommen, aber er ist ohnehin zu schwer geworden, als dass sie ihn noch auf die Arme heben könnte. Wenn er frisst oder spielt, darf man ihn nicht anfassen; versucht Ninusch dennoch gelegentlich, sich von ihm die verspielte, kindliche Zuneigung von früher zu holen, fletscht er die Zähne, und sein Gebrüll, inzwischen tiefer und lang gezogen, hallt wie ein Fremdkörper von den Wänden der Wohnung wider.

Ich bin die Einzige, die er weiterhin respektvoll und mit gebührender Ehrfurcht behandelt, in gewisser Weise scheint er vor mir sogar zu kuschen. Jedenfalls schleicht er sich von dannen, sobald ich auf dem Küchenbalkon auftauche, wo das Fleisch und das Wasser stehen. Wir beäugen einander mal kühl-distanziert, mal voller Verständnis. Jetzt, wo er seinen Exklusivstatus verloren hat, rächt er sich: Er pisst und kackt, wo es ihm gefällt, weigert sich, auf seinem Kissen zu schlafen, rebelliert. Ich blicke ihn stumm an. Er wird sich mit den Veränderungen abfinden müssen, die hier in der Wohnung stattfinden, genau wie wir auch. Und ich möchte ihm ja gern helfen, aber erst muss er sich fügen, seine untergeordnete Rangstellung akzeptieren. Er wird lernen müssen, und meine Aufgabe ist es, ihn zu lehren.

Michaela kommt nur nachts vorbei. Sie macht Doppelschichten, fährt sechzehn Stunden am Stück Taxi. Sie will die Kinder zurückhaben. Und in eine größere Wohnung umziehen. Damit jeder sein eigenes Zimmer bekommt. Und einen Computer. Sie hofft, sie damit zu locken.

Ninusch hat ihrem Geheimversteck in der Wäschekammer

eine weitere Schuhschachtel hinzugefügt: für Michaelas Kinder. Für Inline-Skates, Fahrräder, Nike-Schuhe.

Gelegentlich fahren wir zum Jarkon-Park. Die Nächte sind jetzt kühler, die drückende Hitze, die jede Bewegung hemmt, ist abgeflaut. Ich jage über die Wiesen, um die Dattelpalmen, messe mich mit dem tollpatschigen jungen Tiger, der regelmäßig den Kürzeren zieht.

Hier, in der freien Natur, gibt er sein Fremdeln und seine Gereiztheit auf. Die Bewegungsfreiheit, die diese Nächte uns bescheren, versetzen sowohl seinen als auch meinen Körper in einen Taumel. Vorbei die Zeiten, wo ich mit Ninusch und Michaela faul auf der Decke lag. Dafür habe ich jetzt keine Zeit. Ich verschreibe mich ganz der Bewegung, unterwerfe mich vollends dem, was mein Körper von mir verlangt, lasse ihn sein Lied singen.

Aber es wird täglich gefährlicher. Der Auslauf, den ich brauche, übersteigt längst die Dimensionen der Wiese am unteren Ende des Hügels, die dem Tiger anfangs zum Spielen diente, und ich lasse sie immer häufiger hinter mir und stiebe davon zu den dunklen, baumbestandenen Flächen. Dann presche ich mit drei großen Sätzen durch den Eukalyptushain oder drehe eine Runde um den See.

Einmal habe ich unvorsichtigerweise den von Laternen beleuchteten Weg überquert. Leider hat mich ein Pärchen auf einer Parkbank dabei gesehen; ihr Gekreische hallte noch minutenlang durch die Nacht, als die Dunkelheit mich längst wieder verschluckt hatte.

»Damit ist ab sofort Schluss. Zu gefährlich«, verkündete Ninusch. Und Michaela gab lakonisch zurück: »Guten Morgen, meine Liebe, bist du endlich aufgewacht? Es war schon die längste Zeit zu gefährlich.«

Also fahren wir nicht mehr zum Park. Michaela fordert eine umfassende Lösung, eine Kardinallösung. Ninusch diskutiert mit ihr in aller Ausführlichkeit die verschiedensten Ansätze, doch ich habe inzwischen die Fähigkeit verloren, Menschengesprächen mit all ihren implizierten Bedeutungen und Zwischentönen zu folgen; alles, was über eine direkte, sachliche, praktische Kommunikation hinausgeht, übersteigt meinen Verstand.

Ninuschs Arbeit wird von Tag zu Tag schwieriger und anspruchsvoller. Sie trägt die Hauptlast meiner Grundversorgung und der des jungen Tigers, sogar ein großes Katzenklo hat sie mir gebaut, aus ein paar großen Kartons, die sie aneinandergeklebt und in fröhlichem Gelb gestrichen hat. Ninuschs Leben besteht inzwischen nur noch aus Säcken und Tüten, sie schleppt und schleppt, was das Zeug hält: Fleisch, Katzenstreu, Lebensmittel, Abfälle. Manchmal muss sie achtmal am Tag die drei Stockwerke rauf- und runterlaufen, um die Ausscheidungen zu entsorgen, den Hausmüll wegzubringen und die nötigen Einkäufe zu erledigen, vor allem Putzmittel.

Meine Wohnung ist klein, ohne Frage. Zu klein. Und trotzdem unternimmt Ninusch jede Anstrengung, um sie mustergültig sauber und ordentlich zu halten. Zu unserem Glück ist Leon immer noch schwer beschäftigt: Die Arbeiten an seinem Dokumentarfilm und die Proben für die Misswahl ziehen sich hin. Doch Leons Trennung von uns ist künstlich und nicht von Dauer. Ich weiß, dass sich die flüssige Zeit bald wieder verfestigen wird, und dann wird sie zerspringen, und Ninuschs Verrat, ihre Diebstähle, ihre Beziehung mit Michaela, all ihre Lügen und Geheimnisse werden durch diesen Riss nach draußen sickern. So ist der Lauf der Welt.

* * *

**Das Tigerweibchen muss ungefähr alle fünf Tage töten.**

* * *

**Der heutige Morgen besteht nur aus Lichtsplittern.** Staubpartikel tanzen in einem Sonnenstrahl, der sich an der Fensterscheibe bricht. Ich liege auf dem Teppich vor dem Sofa und bin von einer matten Schläfrigkeit umfangen; ich wende nicht mal den Kopf, als sich der Schlüssel in der Haustür dreht: bestimmt Ninusch mit der täglichen Beute.

Noch ehe ich hinübersehe, weiß ich, dass sie mit leeren Händen gekommen ist.

Unschlüssig bleibt sie im Flur stehen. Durchsichtiger als sonst, das rauchfarbene Haar hinter die Ohren geschoben. Aus dem linken Nasenloch kommt ein dünnes Rinnsal: Blut, das schon teilweise eingetrocknet ist.

Ihre Stimme ist schwach, ausdruckslos.

»Er hat sie entdeckt. Leon. Die Schachteln. Aber er hat nichts gemacht. Weil er dringend wegmusste. Im Herzen, tief im Herzen, weiß er ja genau, dass ich nicht abhaue. Nie. Wir sind doch fest zusammen. Für immer. Er hat mich bloß geschubst, und da bin ich gestürzt. Auf die Ecke von dem kleinen Marmortisch, den wir aus Mailand mitgebracht haben. Und da hab ich mir hier eine Macke geholt.«

Ihr Arm bewegt sich wie eine Meeresalge, als sie sich in den Nacken fasst und den Arm erschöpft wieder fallen lässt.

»Es hat nur einen dumpfen Knall getan. Wie wenn eine Melone runterfällt. Eine kleine Wassermelone. Leon ist dann sofort gegangen. Ich hab mich noch bisschen hingelegt und bin dann hergekommen. Und ich hab nichts eingekauft. Das mach ich später. Jetzt muss ich mich erst noch mal kurz hinlegen.«

Sie geht ins Schlafzimmer. Der junge Tiger springt ihr erwartungsvoll entgegen. Aber Ninusch geht achtlos an ihm vorbei, legt sich, ohne die Sneakers abzustreifen, aufs Bett und zieht die Beine an den Bauch. Nur die Brust, die sich im Ausschnitt ihres T-Shirts leicht hebt und senkt, zeigt, dass sie atmet. Ich lege mich vor das Bett. Der junge Tiger lässt sich auf seinem Kissen nieder und wartet darauf, das Ninusch ihn endlich wahrnimmt.

Ninuschs Brust hebt und senkt sich kaum sichtbar, vielleicht streicht ein kleiner Wind durch ihr Inneres und zwingt ihren Körper zu funktionieren. Ich warte.

* * *

**Der Tiger vergeudet keine Energie, wenn es nicht sein muss. Er lebt in einem ständigen Kreislauf aus Fressen und Ruhepausen.**

* * *

**Als der Abend kommt, ist sie tot.** Die Sonne ist schon untergegangen, doch die Nacht ist noch grau, zögerlich. Nichts hat sich verändert, außer der Bewegung in Ninuschs Brust. Die hat aufgehört. Der kleine Tiger will hinauf aufs Bett, rutscht ab, krallt sich in den Überwurf und rudert, bis er es irgendwann geschafft hat. Er beschnuppert Ninuschs Gesicht.

Und begreift. Da schiebt er sich ganz dicht an ihren eingerollten Körper heran und kuschelt sich in die Kuhle ihres Bauchs.

Ich beäuge Ninusch eingehend. Dunkelheit ist für mich kein Problem mehr, ich kann jede Einzelheit klar und deutlich sehen: die bis ins Fleisch abgeknabberten Nägel an der herabhängenden Hand, die mageren Knöchel, wie von einem Kind, die geschwungene Oberlippe.

Die Erinnerung ist wie die Korona einer Sonnenfinsternis des Bewusstseins. Womöglich ist es meine letzte Erinnerung. Ja, das ist es mit Sicherheit: die letzte Erinnerung.

Rund zwei Jahre vor Ninuschs erstem Termin in der Zahnarztpraxis. Vielleicht etwas weniger als zwei Jahre, vielleicht auch etwas mehr. Abenddämmerung. Eine dicke, schwitzende Frau kommt aus einer Zahnarztpraxis im Süden Tel Avivs und schaut sich suchend um, sie muss dringend Wasser lassen. Ihr Blick fällt auf ein denkmalgeschütztes, in Renovierung begriffenes Haus. Über Bauschutthügel stolpert sie in den Hinterhof, kramt auf dem Weg in ihrer Tasche nach den weichen, mit Aloe Vera imprägnierten Papiertaschentüchern. Zwischen nackten Betonpfeilern bleibt sie stehen. Auf einem großen Stück Pappe, das den Arbeitern offenbar als Essecke dient, liegt eine Frau auf dem Bauch. Auf ihr, keuchend, ein Mann mit heruntergelassener Hose, der dunkle Spalt seines Hintern bewegt sich bedächtig und monoton vor und zurück. Die Frau streckt ihre beängstigend mageren Beine seitlich weg. An einem Fuß hängt ein modischer roter Flipflop mit Pfennigabsatz. Der zweite Schuh liegt unmittelbar neben ihr. Die dicke Frau erstarrt, sie hat erfasst, was sich vor ihren Augen abspielt. Sie ist unschlüssig, ob sie weglaufen oder schreien und ihre Anwesenheit preisgeben soll. Eine kleine Bewegung von ihr, und der Vergewaltiger hebt den Kopf. Sein Blick trifft den ihren. Ein langer oder auch nicht so langer Moment des gegenseitigen Taxierens. Auch der Mann erstarrt. Auch er muss sich entscheiden, wie er jetzt reagieren soll. Etwas im Gesichtsausdruck der Dicken löst sein Dilemma. Ohne den Blick von ihr abzuwenden, nimmt er sein Treiben wieder auf. Sie wird nichts tun. Sie wird sich nicht vom Fleck rühren, bis sie das Zeichen dazu bekommt. Weil sie ein Nichts ist. Sie hat keinen Willen, keine Macht. Sie ist nichts als schwaches menschliches Gewebe. Nutzlos. Sein Blick ist auf ihr Gesicht geheftet wie die Augen der Kobra auf das vor Angst gelähmte Kaninchen. Ihre Angst erregt ihn. Er lächelt fast, während seine Bewegungen schneller und schneller werden. Nachdem er gekommen ist, steht er auf, zieht ohne jede Hast den Reißverschluss seiner Hose hoch und verlässt den Schauplatz. Während des gesamten Vorgangs war das Gesicht der Frau in dem Kartonstück vergraben, auf dem sie liegt. Sie liegt reglos da. Nach einer Weile, die kurz ist oder auch lang, rappelt sie sich hoch. Ihr Gesicht ist tränenüberströmt und von Wimperntusche verschmiert. Sie schält sich den zerrissenen, vom Staub verdreckten Slip vom Bein, starrt ihn einen Moment lang fast verwundert an und stopft ihn dann in ihre Tasche, deren Henkel sie die ganze Zeit über in der Faust gehalten hat. Dann streicht sie das Kleid mit dem psychedelischen Muster glatt, hüpft wie ein verwundeter Flamingo auf einem Bein zu ihrem zweiten Schuh und schiebt den vor Blässe fast violetten Fuß hinein. Der ausdruckslose Blick bleibt an der Dicken hängen, die lautlos die Lippen bewegt. Sie verlässt den Schauplatz. Kurze oder auch längere Zeit später geht auch die Dicke.

Nie-Zeit

Jetzt-Zeit

Das Bewusstsein wird endgültig ins Nichts der Erwartung gesogen.

Ich warte.

Michaelas Stimme ertönt vom Eingang her: Sie hat gute Laune.

»Warum ist es so dunkel in der Wohnung? Und wie es hier stinkt! Was ist los, hat Ninusch euch heute versetzt? Na ja, kann vorkommen, ich räume gleich auf. Hey, Lilly, wo bist du, komm her! Ich hab extra früh Schluss gemacht, damit wir zusammen gucken können, wie Hitler live die Misswahl moderiert. Und wo steckt denn der kleine Bengel? Komm, komm her, du Racker, ich hab dir frisches Schnitzel vom Metzger mitgebracht.«

Ich lausche den Schritten – Wohnzimmer, Küche. Die Kühlschranktür geht auf und wieder zu. Kurz darauf rauscht die Klospülung.

»Lilly! Menschenskinder, steh endlich auf! Nina muss mir heute unbedingt die Augenbrauen und den Damenbart zupfen, ich sehe bald aus wie Amir Peretz in der Knesset! Mann, bin ich heute gut drauf. Moran hat vorhin aus der Kaserne angerufen, er hat mit seiner Schwester telefoniert und auch mit den Kleinen gesprochen. Ganz so toll, wie sie behauptet haben, läuft es wohl doch nicht. Sie haben Probleme mit der Sprache und Heimweh angeblich auch. Also kommen sie voraussichtlich an Pessach, angeblich zu Besuch, aber Moran meint verstanden zu haben, dass sie wieder bei ihrer Mama wohnen wollen. Na, wer sagt's denn? Mich verlässt so schnell keiner!«

Der letzte Satz fällt in dem Moment, als sie auf den Lichtschalter im Schlafzimmer drückt. Eine weiße Wirklichkeit überflutet uns. Der junge Tiger hebt den Kopf.

* * *

**Das Tigerweibchen bringt nur alle drei, vier Jahre einen Wurf zur Welt.**

* * *

**Das Taxi bremst ab** und hält vor einem eleganten Mehrfamilienhaus in einer ruhigen Seitenstraße in der Nähe des Hamedina-Platzes. Weiße Rosenbüsche auf dem Rasen vor dem gepflegten Eingangsbereich. Runde Gartenleuchten verbreiten weiches, milchiges Licht. Mit drei großen Sätzen gelange ich in die Büsche außerhalb des Lichtkegels. Michaela stellt sich vor die verschlossene Eingangstür und drückt wahllos auf einen der Klingelknöpfe an der Gegensprechanlage.

»Ich bin eine Nachbarin, tut mir Leid, dass ich störe. Könnten Sie mir bitte öffnen, ich habe den Müll runtergebracht, und da ist mir aus Versehen die Tür zugefallen.«

Wie soll jemand dieser gereizten, fast hysterischen Stimme die aufgesetzte Lässigkeit abnehmen?

Offenbar kaschiert die Gegensprechanlage, dass Michaela kurz vor dem Durchdrehen ist. Ein elektronisches Summen erfüllt ihre Bitte. Sie stößt die Eingangstür auf und signalisiert mir, dass ich reinkann. Ich schlüpfe in das Gebäude und schmiege mich an die Wand unter den Briefkästen.

»Okay. Auf geht's. Ich parke nur kurz das Taxi um, damit es nicht im Licht der Laterne steht. Sobald ich ihn raufgehen sehe, warte ich hier an der Tür auf dich.«

Michaela flüstert, obwohl niemand in der Nähe ist. Ihre

Hand tätschelt meinen Hals. Hurtig springe ich die Stufen hinauf zum achten Stock – was für eine Wohltat, endlich ein bisschen Freilauf, nach einer längeren Phase des Eingesperrtseins in der beengten Wohnung. In den Fernsehern hinter den verschlossenen Türen läuft die Übertragung der Misswahl. Möglicherweise wird der frisch gekürten Schönheitskönigin gerade im Blitzlichtgewitter der Fotografen das strassbestückte Krönchen aufgesetzt.

Wie schnell die Treppe zu Ende ist!

Ich bin im letzten Stockwerk angelangt, vor der Tür der Dachgeschosswohnung. Auch hier, zu beiden Seiten der Sicherheitstür, runde Lampen mit weichem Licht. Pflanzen verschönern den Treppenaufgang. Ich schlüpfe in den schattigen Bereich hinter einer Zwergpalme, schmiege meinen Bauch an die großen Bodenplatten aus Marmor und genieße die Kühle. Ich warte.

Lange oder kurze Zeit. Lang oder kurz. Es ist bedeutungslos.

Das Bewusstsein ist leer.

Es gibt nur ein Ziel, und das tickt in mir wie eine Zeitbombe.

Tick, tack, tick, tack
Tick, tack, tick, tick, tack,
Flüssigzeit, Festzeit
Spiralzeit, Kreiszeit
Atemzeit und Stillstandszeit
Geburtszeit, Todeszeit
Tigerzeit, Brüllzeit
Zielzeit, Trefferzeit
Absinthzeit, Blutzeit
Tierzeit, Menschenzeit
Rückwärts zählen wir
Trennung, Nimmerwiederkehr

Der weiche Anschlag des ankommenden Aufzugs. Die Türen öffnen sich. Er tritt heraus. Der maßgeschneiderte Anzug umhüllt den untersetzten Körper wie eine Haihaut. Er summt ein altes Lied von Madonna und tastet in der Tasche des Jacketts nach dem Schlüssel.

Ich hefte meinen Blick auf den feisten Nacken.

Mein erster Instinkt: von hinten anspringen, mit einem festen Biss das Genick brechen. Aber ich weiß: So nicht. Zu schlicht. Unbefriedigend.

Er soll mich sehen. Ich will, dass er mich sieht.

Ich trete hinaus ins Licht. Mein Schwanz schlägt auf den Marmor. Ich lege die Ohren an, bis sie ganz flach am Schädel liegen, zeige die Eckzähne bis zur Wurzel. Er dreht sich um. In seiner Brille spiegelt sich mein grausames Grinsen. Ich schinde Zeit. Vielleicht bleibt ihm vor Angst das Herz stehen. Aber jetzt ist nicht der Zeitpunkt, um auf Risiko zu spielen. Meine Schultern spannen sich, meine Hinterbeine drücken mit voller Kraft gegen den Boden. Ein Sprung, und er liegt flach auf dem Rücken, und ich packe seinen Hals und reiße ihm den Adamsapfel und alles drum herum heraus. Aus der zerfetzten Hauptschlagader spritzt das Blut in einer dunklen Fontäne an die Wand. Auch aus dem Mund fließt Blut, die Augen rollen in ihren Höhlen. Nur ein Stückchen Haut und ein unsichtbarer Knorpel verbinden den Kopf noch mit dem Körper, der nicht aufhört zu zucken.

Ich weiß, das war's. Genug. Meine Arbeit ist getan, doch ein Bedürfnis, das tiefer geht als jedes Wissen, lässt mich neben dem Sterbenden verweilen, ich attackiere meine Beute am Bauch, zerfetze die Schichten teuren Stoffs, die kranke Haut, grabe mich mit dem Gesicht ins Fleisch, in die Eingeweide. Ein plötzlicher Brechreiz lässt mich fast zurückschrecken: Das Blut stinkt nach Vitaminen und Medikamenten, aber die Energie, die mich antreibt, ist stärker als jeder Ekel, und ich schüttele den Kopf, ziehe, zerre mit den Zähnen die Gedärme aus dem zerfleischten Bauch. Violett und glitschig rutschen sie auf den Fußboden, ein langer, gewundener Schlauch voll Menschenkot, meine Augen sind blind vom Blut und etwas anderem – Macht, Hölle, irgendetwas Namenloses, Unbeschreibliches.

Das Geräusch des abwärts fahrenden Fahrstuhls setzt dem Blutbad ein Ende. Ich erstarre. Der Fahrstuhl hält ein Stockwerk unter mir. Ich warte ab, bis ich höre, dass sich die Türen schließen.

Mit vorsichtigen, federnden Schritten mache ich mich auf den Weg nach unten und halte immer wieder inne, damit meine Ohren die Geräusche im dunklen Treppenhaus sortieren können: In den Wohnungen bereitet man sich auf die Nacht vor, gedämpfte Laute, Kinderstimmen, müde Unterhaltungen über den vergangenen Tag, Geschirrklappern.

Michaela erwartete mich bereits am Eingang. Sie hält mir die Tür auf, damit ich rauskann. Sie mustert mich, will etwas sagen, lässt es bleiben und rennt los, bückt sich vornüber in die Rosenbüsche. Ihr Rücken erbebt. Sie übergibt sich.

Als sie ins Taxi steigt, liege ich bereits auf meinem Platz auf dem Rücksitz und lecke mir ausgiebig die verschmierten Vorderpfoten.

»Ich war an der Tankstelle«, sagt sie und wischt sich mit dem Ärmel den Mund ab. Sie ist kreidebleich. Auf der Stirn und über der Oberlippe glitzern Schweißperlen. »Alles bereit.«

* * *

**Das Revier des Tigers erstreckt sich über Dutzende von Quadratkilometern, in manchen Fällen umfasst es mehr als einhundert Quadratkilometer.**

* * *

**Die Nacht tropft mit katzenhafter Trägheit** durch die offenen Fenster. Kühle. Ist schon Herbst? Mit einem Kanister in der Hand geht Michaela an den Wänden entlang durch die Wohnung und verschüttet mit kleinen, gemessenen Bewegungen Benzin. Vor bestimmten Gegenständen hält sie sich länger auf, vor dem Schrank, dem Sofa.

Der junge Tiger hat das Bett verlassen und liegt jetzt still davor.

Ninusch liegt immer noch in derselben Pose da, doch ist sie inzwischen, etliche Stunden nach ihrem Ableben, völlig durchsichtig, nicht nur die Haut, auch die inneren Organe, Herz, Lungen, Hirn. Durch ihre Hand kann man das Blumenmuster des Bettüberwurfs erkennen. Ich bedeute dem jungen Tiger, mir in den Flur zu folgen, doch er schmiegt sich an den Fuß des Betts.

Michaela ist fertig und stellt den Kanister auf den Tisch.

»Okay, ich schätze, das reicht. Ist ja eine kleine Wohnung.«

Sie holt ein weißes Leintuch aus dem Schrank und breitet es über Ninusch.

»Und jetzt raus mit euch. Wartet unten hinter den Mülltonnen auf mich.«

Ich sehe den jungen Tiger an. Er kriecht unters Bett. Seine Augen leuchten mir, glasig vor trotzigem Widerstand, aus der Dunkelheit entgegen.

Michaela zerrt ihn heraus und will ihn hochheben, aber er kämpft wie ein Wilder, windet sich aus ihren Armen, schlägt mit einem dumpfen Knall auf dem Boden auf und verzieht sich mit angelegten Ohren in seine Ecke. Der kurze, zottige Schwanz schlägt nervös nach links und nach rechts.

»Und jetzt? Der soll sich mal ausspinnen. Die Zeit läuft.«

Arme Michaela. Die Liebe und die in der Folge entstandene emotionale Durchlässigkeit kommen sie teuer zu stehen. Immer wieder ist sie mit ihrer eigenen Machtlosigkeit konfrontiert, immer wieder wird sie mit der Nase in ihre Hilflosigkeit gestoßen, wie der Tiger, wenn er als Baby im Wohnzimmer eine Urinpfütze hinterlassen hat.

Jetzt übernehme ich die Sache, gehe auf den jungen Wilden zu. Er sträubt das Fell, fletscht die Zähne. Ich ignoriere diese Zurschaustellung seiner Männlichkeit. Eine Blitzsekunde später ist er in der Luft. Der dicke Wulst seines Nackens steckt zwischen meinen vorsichtigen Zähnen, und wie von einem Zauberstab berührt, beruhigt er sich. Er lässt den Kopf seitlich hängen und zieht die Schultern und den Schwanz zum weißen Bauch hin ein. So trage ich ihn hinaus. Ich spüre sein Gewicht in meinem Nacken, als ich durch das dunkle Treppenhaus bis ganz nach unten laufe; vielleicht ist er für diese Form des Transports schon zu groß, wer weiß. Sein Fell weckt in meinem Gaumen ein beinahe erotisches Gefühl, das durch meinen Hals ins Becken wandert, und ich bin von einem tiefen, ungewohnten Stolz erfüllt.

* * *

**Das Tigerweibchen hat einen schlechten Ruf, was die Aufzucht der Jungen anbelangt: In vielen Fällen verlässt sie die Jungen oder frisst sie auf.**

* * *

**In der Dunkelheit des kleinen Hofs sitzen wir** hoch erhobenen Hauptes, als wären wir nicht geschickte, prachtvolle Dschungeltiere, sondern einfache Hunde, und verfolgen gebannt, wie die geöffneten Fenster nach und nach in einem orangefarbenen Tanz von Schatten zu flackern beginnen.

»Ach, da seid ihr? Und ich stehe und warte am Wagen, wie eine Bekloppte.«

Michaela keucht noch immer von ihrer Flucht aus der brennenden Wohnung. Gelbe Haarsträhnen kleben an ihrer Stirn. Wangen und Nase sind schwarz von Ruß, die tränenden Augen gereizt vom Rauch. Sie wischt sich die Hände an den Schenkeln ab, fährt mit einer harten Zunge über die trockenen, aufgerissenen Lippen und kämpft gegen ihr Zähneklappern an.

»Okay, jetzt aber los, hopplahopp, lauft. Die hinteren Türen sind offen, und du, Lilly, passt auf, dass er ruhig liegen bleibt, unser kleines Genie. Hast du mich verstanden? Ruhig.«

Hier, auf der beengenden Rückbank, wo mein Körper sich so klein wie möglich machen, sich zusammenkauern muss, verzehre ich mich nach Bewegung, einer Bewegung, an der ich aktiv beteiligt bin, auch wenn meine Glieder in der fast abartigen Liegehaltung eingeschlafen sind und inzwischen schmerzhaft kribbeln. Draußen liegt die weite Welt, und ich hocke eingezwängt auf dem Rücksitz und der Kleine zwischen den Sitzen auf dem Boden des Taxis, wie Astronauten in einer Kapsel, die nicht ein Milligramm mehr fassen kann als vorgesehen. Jeder Quadratzentimeter Fläche, jeder Kubikzentimeter Luft ist bis auf den letzten Atemzug genau berechnet. Exakt die Menge, die bis zum Ziel benötigt wird. Wir gleiten hinüber in die Sphäre der exakten Maße.

Die Zeit zerfließt, dehnt sich. Alles hat ein Ende, selbst diese Fahrt wird ein Ende haben, ich weiß nicht, wohin sie geht, verspüre aber auch nicht das Bedürfnis, es zu wissen. Ich habe die Sehnsucht nach Gewissheit hinter mir gelassen, wie die Ampeln einer großen Kreuzung. Ich lausche dem monotonen Brummen des Taximotors, gebe mich ihm hin, lasse mich von dem Geräusch einlullen, bis es die einzige Wirklichkeit ist. Meine Augen sind geschlossen, aber ich bin hellwach.

Etwa einen Kilometer vor der Kreuzung von Sdom hält Michaela am Straßenrand. Irgendwo in der Ferne, über dem angedeuteten Horizont, färbt sich der Himmel rosa. Die Wärme, die in die Luft der Morgendämmerung sickert, verrät die Anwesenheit der Wüste, die noch nicht zu sehen ist; schon bald werden die blassblauen Zipfel am südlichen Ende des Toten Meeres zu erkennen sein. Mein Körper spannt sich, bereitet sich auf den

Sprung durch die geöffnete hintere Tür vor, doch Michaela winkt, bedeutet mir, an meinem Platz zu bleiben. Der Kleine hebt verschlafen den Kopf und reißt die Augen auf, gelbe Eulenaugen im Licht der Morgendämmerung; am Ende hat ihn das Geruckel des Wagens doch eingeschläfert, obwohl dies normalerweise seine Wachphase ist. Michaela öffnet den Kofferraum, holt eine Decke heraus und breitet sie über mich und den Kleinen.

Die verbleibende Strecke bis zum Aussichtspunkt, der etwa einen halben Kilometer vor Beginn der Arava-Schnellstraße liegt, fährt Michaela im gemütlichen Zuckeltempo; mit der ungezügelten Raserei von Tel Aviv bis hierher ist es vorbei. Am Aussichtspunkt hält sie abermals an. Ich höre sie die Tür öffnen, aussteigen. Arme Michaela! Hunderte von Kilometern ist sie durchgefahren, ohne Zwischenstopp, um zu pinkeln oder zu trinken.

Ich warte. Aber sie hat offenbar nicht vor, auch uns aussteigen zu lassen, damit wir uns die Beine vertreten können. Schon nach wenigen Minuten wird mir auch klar, warum: Ich höre Stimmen, ihre und die anderer Leute. Vielleicht Touristen, die wie sie angehalten haben, um die wilde Schönheit des syrisch-afrikanischen Bruchs zu bewundern, die tief gefurchte Narbe zwischen zwei Kontinenten, den Nabel der Welt.

Ich lausche angestrengt, um aufzuschnappen, was draußen gesprochen wird, worüber Michaela sich mit den Leuten unterhält. Und obwohl jede Silbe klar und deutlich zu hören ist, fliegen die Worte am Taxi, an mir vorbei. Und die Unterhaltung dauert. Vielleicht nur ein paar Minuten, vielleicht auch eine Ewigkeit.

Michaela steigt wieder ein. Knallt die Fahrertür zu. Wir setzen uns wieder in Bewegung. Am Druck in den Ohren, der sich erst im einen und kurz darauf im anderen Ohr löst wie eine platzende Schale, erkenne ich, dass wir hinunter ins Tal gefahren sein müssen, ganz tief runter, weit unter den Meeresspiegel, so nahe wie nur irgend möglich an den lebendigen, brodelnden Mittelpunkt der Erde.

Das Taxi hält. Michaela öffnet die hintere Tür, und wir tappen schwerfällig heraus, verblüfft von der Blässe des stärker werdenden Lichts der aufgehenden Sonne.

Kleine Fliegen tanzen in der trockenen Luft. Die Stelle, die Michaela willkürlich ausgesucht hat, weist keinerlei Besonderheiten auf. Die schmale Straße ist leer, fließt vom Nirgendwo ins Nirgendwo. Rechts ragen glitzernd Granitfelsen auf, links erstreckt sich eine ausgetrocknete, graue Weite, die in der Ferne bis zu den weichen Kuppen des östlichen Jordanufers reicht.

»Okay. Da wären wir.«

Michaela massiert mit Daumen und Zeigefinger ihre Nasenwurzel, schließt die Augen. Mit ihrem fahlen, ausgemergelten Gesicht wirkt auch sie abgezehrt, ausgetrocknet, genau wie die Wüste.

Sie zieht ein gefaltetes Papier aus der Hosentasche, glättet es und hält es mir vor die Augen. Das Echo einer Erinnerung streift die Tiefen meines Bewusstseins. Michaela sagt etwas.

»Das ist Ninas Karte. Hier liegt Bengalen, siehst du? Und wo die grünen Kreise sind, ist das Schutzgebiet. Präg dir das gut ein.«

Ich höre nur bedeutungslose Klangwellen einer menschlichen Stimme.

Die Sonne wird von Minute zu Minute weißer. Meine Augen verengen sich unwillkürlich zu Schlitzen. Michaela steigt in ihr Taxi, wendet und fährt in die Richtung davon, aus der wir gekommen sind. Aber ich achte nicht mehr auf sie. In Zeitlupe, vorsichtig tastend, mache ich mich auf den Weg in die Wüste. Mit jedem Schritt wird meine Bewegung sicherer, findet ihren Rhythmus, und ich bleibe nur stehen, um auf den Kleinen zu warten, der noch immer am Rande der Straße steht und dem Wagen hinterherstarrt, der sich nach und nach auflöst, erst zu einem Fleck, dann zu einem silbernen Punkt, bis er schließlich ganz verschwunden ist.

Der Kleine wartet noch einen Moment lang ab, dann schüttelt er die Erfahrung des ewigen Wunders ab, das seine Aufmerksamkeit gebannt hat, und spurtet mir hinterher. Als er mir so nah ist, dass ich die goldenen Ringe in seinen Augen sehen kann, setze ich mich wieder in Bewegung.

* * *

**Der Tiger ist ein guter Kurzstreckensprinter, ermüdet aber schnell. (Lilly daran erinnern, Zahnpasta zu besorgen, Leon anrufen, dass ich mich verspäte)**

* * *

**Die Erde, über die ich gehe,** ist verbrannt, vollgesogen mit Licht und Tod. Ich komme langsamer voran, als mir lieb ist. Wir wandern nachts. Tagsüber verstecken wir uns in Erdlöchern oder Höhlen oder im Schatten von Felsen. Manchmal, vor allem morgens, bilden wir uns ein, dass wir ein Wasserloch sehen, aber wenn wir darauf zugehen, stellen wir meistens fest, dass es nur wieder eine böse Täuschung der frühen Sonne war. Zeit verrinnt, Zeit zerspringt. Hohle Zeit, die nichts als eine anhaltende Gegenwart ist. Es gibt keine Vergangenheit, keine Zukunft, keine Hoffnungen, keine Ängste. Wir haben eine lange Reise vor uns, und es ist unklar, ob wir unser Ziel je erreichen werden. Das Bewusstsein ist leer von Erinnerungen, und nur manchmal, wenn die Kühle der Nacht unsere Lungen füllt und wir an einer Wasserstelle liegen, schließe ich die Augen, und hinter meinen Lidern erscheint eine Landkarte mit Bergen, Ebenen und Wüsten. Eine dicke Linie grenzt ein bestimmtes Gebiet ab, und darin hat jemand ohne Sinn und Verstand dunkelgrüne Kreise eingezeichnet.

Januar 2004

# Danksagung

Ich hatte Glück mit den Menschen, denen ich im Laufe der Arbeit an diesem Buch begegnet bin. Sie haben mich mit ihrem Wissen und ihrem guten Geschmack bereichert, und manchmal auch einfach dadurch, dass sie da waren.

Mein Dank gilt:

Haim Pessach, Nili Mirski, Zeruya Shalev, Edna Mazya, Ariana Melamed, Gil Hareven, Daniel Milo

Meinen Agenten, Shai Nesher und der kosmopolitischen Nilli Cohen

Bella Schneider, der Königin der Dentalhygienikerinnen, sowie den Mitarbeitern des Safariparks in Ramat Gan, Rachel Klang, Doron Tam und Igal Horowitz

Jiftah, Zvika, Momi, Almog und allen Mitarbeitern des Keter-Verlags

Shimon Adaf, Lektor und Muse in Personalunion, der Syntax-Fee Orna Sieff und Paduth Anijar, meiner rechten Hand

Meiner Familie, Dovik, Dudu, Hadassa und meiner Mutter

Izhar und Ilai Ashdot, den Lieben meines Lebens